Dans les bras d'un confrère

*

Le mystérieux Dr Becker

*

Jamais sans lui

JANICE LYNN

Dans les bras d'un confrère

Traduction française de

ADELINE MAGNE

BLANCHE

HARLEQUIN

Collection : Blanche

Titre original :
WEEKEND FLING WITH THE SURGEON

HARPERCOLLINS FRANCE
83-85, boulevard Vincent-Auriol, 75646 PARIS CEDEX 13
Service Lectrices — Tél. : 01 45 82 47 47 - www.harlequin.fr
ISBN 978-2-2804-4831-4 — ISSN 0223-5056

Composé et édité par HarperCollins France. Achevé d'imprimer en janvier 2021.
par CPI Black Print - Barcelone - Espagne
Dépôt légal : février 2021.

FSC
www.fsc.org
MIXTE
Papier issu de sources responsables
FSC® C159065

Pour limiter l'empreinte environnementale de ses livres, HarperCollins France s'engage à n'utiliser que du papier fabriqué à partir de bois provenant de forêts gérées durablement et de manière responsable.

1.

Comme hébétée, McKenzie Wilkes contempla l'écran de son portable.

Plaquée…

Elle n'arrivait pas à le croire. Paul l'avait plaquée… Et par texto, par-dessus le marché ! Non, mais c'était une blague ? Plaquée par message interposé ! Ce minable n'avait même pas le cran de la prévenir de vive voix. Après deux ans de promesses d'amour éternel et autres roucoulades, voilà qu'il se débarrassait d'elle comme d'une malpropre. Elle mériterait au moins une explication, non ? C'était ce qu'il s'était passé avec Clay, son ex.

Enfin, son ex avant Paul.

En toute justice, Paul avait essayé de lui téléphoner le soir précédent. Seulement, débordée de boulot, elle avait été retenue à l'hôpital jusque tard dans la nuit et elle n'avait pas consulté ses messages. Pourquoi l'avait-il appelée, au juste ? Pour lui dire qu'il ne l'aimait plus et qu'il désirait mettre un terme à leur relation ?

Soudain furieuse, elle se mordit l'intérieur de la lèvre.

Non, elle ne pleurerait pas. Jamais de la vie. Au contraire, elle allait afficher un grand sourire et commencer sa journée de travail comme d'habitude.

Au reste, avait-elle le choix ? Ses petits patients et leur famille avaient des problèmes bien plus importants qu'un banal chagrin d'amour. Elle allait faire contre mauvaise fortune bon cœur et surtout ne pas céder à l'envie de rentrer chez elle se recroqueviller sur son lit en position fœtale pour pleurer toutes les larmes de son corps. Ses patients avaient besoin d'elle. Elle adorait son métier et se battait comme une lionne pour ses petits malades de la clinique pédiatrique cardiaque de Seattle. Elle ne comptait pas ses heures et cumulait les gardes. Souvent même, elle annulait des projets personnels pour s'occuper de patients critiques. Elle avait cru que Paul comprenait cela. Elle était chirurgien cardiaque, bon sang. Spécialisée en pédiatrie, de surcroît. Lui, il travaillait pour un site de vente par Internet : en cas de problème, ses clients ne risquaient pas de mourir.

Elle se mordit la lèvre plus fort et se concentra sur la douleur pour ne plus penser à son cœur qui se brisait.

Paul l'aimait, pourtant, non ? Il le lui avait dit et répété des centaines, des milliers de fois ces deux dernières années. Alors, comment pouvait-il écrire d'un seul coup qu'ils avaient besoin de prendre un peu de recul pour faire le point sur leurs sentiments ? D'après lui, ils se seraient éloignés l'un de l'autre, et leurs objectifs dans la vie n'étaient plus les mêmes. Elle tombait des nues. Comment pouvait-il affirmer une chose pareille alors que l'essentiel de ses projets personnels était lié à Paul et à leur vie commune ? Elle avait pensé qu'ils se marieraient dans un an ou deux, qu'ils fonderaient une famille, qu'ils vieilliraient ensemble… Cela dit, elle avait eu les mêmes projets avec Clay. Il avait mis un terme à une relation de sept ans, commencée sur les bancs de la fac, justement au moment où elle envisageait de passer à la vitesse supérieure avec lui. Un beau jour, il lui avait annoncé qu'il avait été choisi pour un poste d'interne à Boston et qu'elle ne faisait pas partie du voyage. Le choc avait été rude, mais le pire avait été l'apitoiement de ses proches. Sa mère l'avait rendue littéralement dingue en essayant de la caser avec tous les célibataires du coin et en l'infantilisant à coups de « ma pauvre petite fille », tant et si bien qu'elle avait craqué et sauté sur la première occasion de fuir : en l'occurrence, cette offre d'internat à Seattle.

Une aubaine à bien des égards. Malheureusement, l'histoire se répétait. En pire ! Dans un peu moins d'un mois, elle devait retourner dans le Tennessee pour la première fois depuis son déménagement à Seattle. Elle était conviée au mariage de sa cousine Reva en tant que demoiselle d'honneur. Impossible de se désister, elles s'étaient depuis toujours promis l'une et l'autre de participer à leurs noces respectives. Comble de l'ironie, elle avait même songé que Paul pourrait profiter de ce voyage pour lui faire sa demande.

Oh ! Seigneur, pourquoi, pourquoi avait-elle laissé entendre à sa mère qu'une demande en mariage aurait sans doute lieu sous peu ? C'était vraiment donner des bâtons pour se faire battre !

En tout cas, il était hors de question qu'elle se rende seule au mariage de Reva et Jeremy. Sa mère se sentirait à coup sûr obligée de la refourguer à Pierre, Paul ou Jacques. Elle imaginait déjà ses regards de pitié et ses remarques sur le fait qu'elle était plaquée une fois de plus.

Peu à peu, la réalité de la situation se déployait dans son esprit : Paul avait mis un terme à leur relation. Il ne l'aimait plus, si tant est qu'il l'ait jamais aimée. Bien sûr, il n'avait jamais fait bondir son cœur comme dans les contes de fées, mais elle appréciait sa compagnie, leur couple semblait solide et il comptait pour elle. Par ailleurs, elle avait dépassé l'âge des contes de fées. Leur relation était – non, *avait* été – agréable, confortable, rassurante, un peu comme une bonne tasse de chocolat chaud par un soir d'hiver froid et pluvieux. Paul était quelqu'un de fiable, et elle se sentait bien avec lui, satisfaite. Elle l'avait aimé, son mec-chocolat. Pendant deux ans, il lui avait donné l'impression d'être appréciée, importante, de compter pour quelqu'un…

— Salut, Doc.

Dérangée dans ses pensées, elle leva la tête avec un sourire automatique. Elle s'aperçut alors qu'elle était restée plantée là, comme pétrifiée, depuis qu'elle avait lu ce texto.

— Oh ! salut !

D'un air dégagé, elle adressa à son collègue un petit signe de la main comme si tout allait très bien, merci beaucoup, et que son univers ne venait pas de s'effondrer tel un château de cartes. Elle rangea son téléphone et entra dans la clinique d'un pas décidé.

Mais, malgré son allure bravache, elle avait les mains qui tremblaient. Dieu merci, elle n'était pas affectée au bloc aujourd'hui : dans cet état, elle aurait du mal à assurer ses opérations d'une main ferme. Et encore, s'il ne s'agissait que de ses mains… Son corps tout entier tremblait.

Paul l'avait plaquée. Plaquée, plaquée, plaquée…

Saisie d'un vertige, elle s'arrêta, appuya son front contre le mur de béton froid et ferma les yeux.

Ça allait. Enfin, ça irait. Même si Paul n'était plus amoureux d'elle, elle s'en remettrait d'une manière ou d'une autre. Même si elle devait se rendre au mariage de Reva et faire comme si le célibat lui allait comme un gant, elle survivrait aux regards de pitié ainsi qu'aux conversations assassines qui iraient bon train dans son dos.

« Pensez donc ! Partie deux ans plus tôt pour se remettre d'un chagrin d'amour, elle revient plaquée à nouveau. À croire qu'elle ne sait pas garder un homme. »

Elle se concentra sur sa respiration pour tenter de déloger la boule qui lui pesait sur l'estomac. Malgré cela, sa peau se couvrit d'une sueur froide. Et sa mère qui répétait à l'envi qu'elle avait hâte de rencontrer enfin Paul, l'homme que sa fille aimait et envisageait d'épouser…

À cette pensée, une nausée lui monta à la gorge.

Elle se sentait mal. Elle allait vomir.

— Hum…

Quelqu'un s'éclaircissait la gorge derrière elle.

À ce bruit, elle pivota sur ses talons et faillit perdre l'équilibre face à Ryder Andrews qui la dévisageait, les sourcils froncés, d'un air préoccupé qui la fit rougir violemment.

Bon sang, pourquoi, de tout le personnel de la clinique, fallait-il qu'elle tombe justement sur lui, pile au moment où elle se sentait physiquement mal ? Même en temps normal, le Dr Andrews lui donnait des papillons dans le ventre et des picotements dans les doigts. Avec lui, elle s'était toujours sentie timide comme une écolière. Était-ce parce qu'elle était interne il n'y avait encore pas si longtemps alors qu'il était déjà un chirurgien cardiaque réputé ? En tout cas, si Paul lui avait fait l'effet d'un chocolat chaud, Ryder était un whisky qui lui montait à la tête et lui coupait les jambes.

— Ça va bien ?

Elle sentit des larmes lui piquer les paupières.

De pire en pire ! Si seulement elle pouvait rentrer chez elle, recommencer sa journée à zéro, de préférence sans recevoir ce texto malencontreux et sans tomber sur le moins amical de ses collègues…

— Oui, oui… Ça va très bien, merci.

Comme s'il n'était pas dupe du mensonge, Ryder continuait de la dévisager de ses yeux couleur miel.

Son regard l'intimidait. Elle avait toujours le sentiment qu'il lisait en elle plus de choses qu'elle n'aurait souhaité en révéler. À présent, par exemple, elle aurait juré qu'il ne la croyait pas. Cela dit, il l'avait trouvée appuyée contre le mur, sur le point de rendre son café du matin. Pas besoin d'être un génie pour comprendre qu'elle n'était pas au mieux de sa forme.

Malgré tout, pourquoi fallait-il que ce soit lui qui la surprenne dans ce moment de faiblesse ? Elle était convaincue qu'il ne l'appréciait pas, et elle-même n'était pas sûre de l'aimer beaucoup, si génial soit-il dans son métier. En sa présence, elle se sentait toujours sur les nerfs, sur le point de dire ou de commettre une bêtise. Il l'intimidait, voilà, avec sa mine ténébreuse qui semblait toujours la juger.

Au début, pourtant, il avait été avenant, blagueur. Elle avait pensé qu'ils pourraient devenir de bons copains tous les deux. Mais brusquement, sans qu'elle comprenne pourquoi, deux semaines après avoir rejoint leur équipe, il avait complètement changé à son égard. Sans verser dans l'hostilité ouverte, il s'était ingénié du jour au lendemain à l'éviter sauf quand le travail l'exigeait. Autrement, chaque fois que leurs chemins se croisaient, elle éprouvait une tension étrange et désagréable. Elle n'avait pourtant pas le souvenir d'avoir fait quoi que ce soit susceptible de le vexer. Un jour, pour en avoir le cœur net, elle lui avait même posé la question. Il lui avait assuré que tout allait bien, mais il avait continué à l'éviter. De guerre lasse, elle s'était mise à faire de même. Elle avait sans doute tort d'accorder de l'importance à son attitude, mais c'était plus fort qu'elle : il l'énervait.

C'était d'ailleurs le cas à présent : soumise à l'examen de ses yeux perspicaces, elle avait l'impression qu'il avait déjà deviné qu'elle avait été plaquée et, pire, qu'il plaignait Paul de l'avoir supportée aussi longtemps.

— Tu es sûre ? Ça n'a pas l'air d'aller si bien que ça. Veux-tu un verre d'eau ? Que j'appelle quelqu'un ?

— Non, ça ira, répliqua-t-elle avec humeur.

Cette réponse était plus honnête que la précédente. Oui, ça irait. De même qu'elle avait surmonté sa rupture avec Clay, elle survivrait à Paul. Il ne l'aimait sans doute plus, de toute façon. Était-elle si peu digne d'amour que tous les hommes de sa vie finissent tôt ou tard par s'en aller ?

En tout cas, si Ryder continuait à la regarder comme cela, elle allait fondre en larmes.

— Tu m'excuseras, mais j'ai deux ou trois petites choses à régler avant de commencer mes consultations.

Comme, par exemple, s'enfermer dans son bureau et pleurer toutes les larmes de son corps.

Elle se hâta de s'éloigner avant qu'il dise quelque chose d'autre ou qu'elle se rende davantage ridicule.

Comme souvent en présence de Ryder, sa nuque la picota. Elle se retourna et vit qu'il n'avait pas bougé. Il continuait de la suivre des yeux, songeur.

Les lèvres pincées, elle lui décocha un regard courroucé qui valait pour l'ensemble du genre masculin. Puis, la tête haute, elle se réfugia dans son bureau, referma la porte et donna libre cours à ses larmes.

Planté devant la porte fermée, Ryder était déchiré entre mille injonctions contradictoires.

Va-t'en, mais va-t'en donc ! Tu vois bien qu'elle ne veut pas te parler.

D'ailleurs, il ne désirait pas connaître les problèmes de McKenzie Wilkes. Moins il avait affaire à elle, mieux il se portait. Pour une bonne et simple raison : dès qu'il l'avait rencontrée, il était tombé sous le charme. En apprenant qu'elle était déjà en couple, il avait étouffé dans l'œuf cette attirance et s'était efforcé autant que possible de l'éviter pour ne pas faire resurgir ces sentiments.

Ce matin, toutefois, il n'avait pas pu passer son chemin en voyant McKenzie dans cet état. Elle n'allait visiblement pas bien. Pas bien du tout, même. C'était évident à la façon dont elle appuyait son front contre le mur, à son teint pâle et cireux. Elle avait l'air à deux doigts de faire un malaise.

Va-t'en, s'ordonna-t-il à nouveau.

Seulement, non, il ne pouvait pas faire une chose pareille. Elle n'allait manifestement pas bien. Il était médecin et il ne pouvait décemment pas tourner le dos à une collègue malade, quelle qu'elle soit. Cela n'avait rien à voir avec McKenzie Wilkes. Il agirait de la sorte avec n'importe qui.

En salle de pause, il prit un verre d'eau et un paquet de biscuits.

Après tout, peut-être qu'elle n'avait rien mangé ce matin et qu'elle avait seulement besoin d'avaler quelque chose ? Quoique, à vrai dire, il en doutât. Non, l'explication ne devait pas être aussi triviale. Enfin, cela ne le regardait pas. En revanche, il allait faire ce qu'il fallait : lui proposer un peu d'eau et s'assurer qu'elle était en bon état physique, après quoi il se remettrait à l'ignorer comme avant.

Seulement, lorsqu'il frappa à la porte, McKenzie ne répondit pas.

— Je t'ai apporté un verre d'eau et des biscuits, dit-il à la porte fermée.

Toujours rien. Il frappa de nouveau, sans plus de résultats.

À quoi bon s'obstiner ? Visiblement, elle ne voulait pas lui parler. Il avait agi comme il le fallait. Si elle n'avait pas la courtoisie élémentaire de lui répondre, tant pis pour elle.

Il allait s'en aller lorsqu'une pensée le frappa : et si elle n'était pas en mesure de répondre, justement ? Pas plus tard qu'à l'instant, elle avait paru sur le point de défaillir…

Il frappa à nouveau, avec plus d'insistance.

— McKenzie, ouvre-moi !

Silence.

À présent, son esprit turbinait à plein régime. Pour rien au monde il ne partirait sans être rassuré. Il fallait absolument qu'il sache si elle allait bien, quitte à se reprocher par la suite d'avoir réagi de façon exagérée.

— Si tu ne réponds pas tout de suite, je rentre pour m'assurer que tu n'es pas évanouie.

Assise par terre, McKenzie leva la tête de ses genoux pour jeter autour d'elle un regard embrumé par les larmes.

Qu'est-ce qu'il lui voulait, à la fin ? Pendant des mois, il s'était appliqué à faire comme si elle n'existait pas, et voilà que, aujourd'hui, il éprouvait le besoin de vérifier qu'elle n'avait pas fait un malaise. Bon sang, il n'allait pas la laisser tranquille ? C'était quoi, son problème ?

— Va-t'en.

Voilà, il l'avait, sa réponse. Maintenant, il pouvait partir.

— Je t'ai apporté de l'eau et des biscuits, répéta-t-il.

Ce n'était sûrement pas un peu d'eau et des gâteaux qui allaient résoudre ses problèmes.

— Je n'en veux pas.

— Je reste tant que je ne suis pas sûr que tu vas bien.

Alors il pouvait attendre longtemps, songea-t-elle avec amertume. Même si elle parviendrait tôt ou tard à remonter la pente. C'était juste une question de temps. Il n'y avait pas de raison, elle y était bien arrivée avec Clay. Certes, elle avait mis longtemps à s'en remettre, mais elle avait fini par digérer sa déconvenue. Avec Paul, ce serait pareil, et sans doute plus facile. À coup sûr, elle mettrait cette fois moins de temps à s'en relever, à ne plus fondre en larmes à la moindre chanson sentimentale. Oui, elle allait devenir une pro du râteau. Elle commençait à avoir une belle expérience en la matière. Bientôt, elle se ficherait pas mal que Paul l'ait plantée pour « prendre un peu de recul ».

Ryder frappa à nouveau.

— Je ne pars pas, McKenzie. Ouvre cette porte.

Mais est-ce qu'il allait se taire, bon sang ? Inutile de rameuter tout l'étage. Elle n'avait pas besoin que chacun soit au courant de ce qu'il venait de lui arriver.

À contrecœur, elle se mit debout, s'essuya les yeux et prit une grande inspiration.

Allez, ça irait. Il n'y avait pas de raison qu'il en soit autrement.

— McKenzie…

Elle ouvrit la porte brusquement.

— Oui, quoi ?

Bon, comme entrée en matière, c'était un peu brusque, mais on n'avait pas idée d'être aussi collant ! Elle n'avait rien à faire de sa sollicitude. Tout ce qu'elle voulait, c'était qu'il lui fiche la paix.

Planté sur le seuil, pris de court par son hostilité, Ryder lui tendit le gobelet et le paquet de biscuits.

— Tiens, c'est pour toi.

— C'est bon, je les prends. Satisfait ? Maintenant, tu peux partir.

— Je… OK.

Mais il scrutait son visage avec inquiétude.

Elle dressa le menton d'un air bravache, le mettant au défi de lui parler. Oui, elle avait pleuré. Oui, elle avait les yeux gonflés et des traînées de mascara sur les joues. Oui, elle était gênée qu'il la voie dans cet état.

— Je peux faire quelque chose ?

Prise de court à son tour par sa gentillesse, elle sentit sa propre mauvaise humeur se dégonfler comme une baudruche.

— Non… Ça ira, merci.

Elle respira un bon coup et se contraignit à ébaucher un faible sourire.

— J'ai eu une nuit fatigante et pour ne rien arranger je viens de recevoir des nouvelles… inattendues, disons. Mais merci pour le verre d'eau et pour les gâteaux.

C'était gentil de sa part. Elle devait avoir une sacrée sale tête pour qu'il se soit senti obligé d'intervenir de la sorte. S'il souhaitait être rassuré sur ce point, elle avait plus de chances d'afficher une meilleure mine après cette crise de larmes.

Elle se força à nouveau à sourire.

— Ça ira, maintenant. Vraiment.

Sur ce, elle referma la porte, le laissant de l'autre côté.

Elle devait impérativement se ressaisir si elle voulait arriver au bout de la journée. Si Ryder lui avait témoigné une telle sollicitude alors qu'il n'avait pas vraiment d'atomes crochus avec elle, comment les autres allaient-ils réagir ? Elle devait se calmer, se rafraîchir le visage, retoucher son maquillage. Si quelqu'un lui posait des questions, elle mettrait ses yeux rouges sur le compte de sa nuit de garde. En revanche, ce soir, une fois seule, elle pourrait rouvrir la vanne des larmes.

2.

McKenzie s'était installée dans une petite salle de travail pour attendre des analyses médicales, Comme celles-ci tardaient à arriver, elle se mit distraitement à surfer sur Internet et fit défiler sur l'écran les résultats d'une requête pour des « services de rencontres de qualité ».

Après tout, autant profiter de ce temps mort pour tenter de régler ses soucis personnels.

Une semaine s'était écoulée depuis ce petit texto aux grandes conséquences. Elle était moins taraudée par le sentiment d'être sans cesse au bord des larmes. Mais, au lieu de cela, une angoisse diffuse s'enracinait en elle : dans moins de quinze jours, elle allait devoir se rendre dans le Tennessee pour assister au mariage de Reva.

La belle, la talentueuse Reva, sa cousine parfaite à la vie parfaite. À la moindre occasion, sa mère lui en rebattait les oreilles, quand elle ne lui répétait pas à quel point elle avait hâte de rencontrer son futur beau-fils.

Car, non, elle n'avait pas eu le cran d'avouer qu'elle n'était plus avec Paul. C'était au-dessus de ses forces de subir à nouveau la pitié de sa mère, sa déception.

Et elle n'avait rien dit non plus à Reva.

Autrefois, elle n'avait aucun secret pour sa cousine, mais récemment elles s'étaient insensiblement éloignées. Reva avait toujours l'air gênée en sa présence. Gênée d'être la plus populaire des deux, heureuse en amour alors que McKenzie accumulait les échecs dans ce domaine. Depuis sa rupture avec Clay, elles ne s'étaient pour ainsi dire plus parlé. Ironie de l'histoire, depuis quelques mois, elle avait enfin réussi à convaincre Reva que, oui, elle aussi avait une vie parfaite à Seattle, merci beaucoup.

Sa famille n'avait pas compris sa décision de partir si loin. Ils se faisaient du souci pour elle et ne supportaient pas de la savoir seule. Sa mère avait même commencé à écumer les sites de rencontres sur Seattle dans l'espoir de lui dégotter un homme. Lorsqu'elle avait commencé à sortir avec Paul, quel soulagement de pouvoir enfin leur annoncer qu'elle n'était plus célibataire ! Tout à coup, entre elle et sa mère, entre elle et Reva, la tension s'était apaisée. Même son frère avait semblé moins inquiet. Comment allait-elle leur dire qu'elle venait à nouveau de se faire plaquer ? Tels qu'elle les connaissait, ils allaient se mêler de son absence de vie sentimentale, lui mettre la pression pour qu'elle revienne à la maison. La distance n'y faisait rien, même à des milliers de kilomètres, ils étaient susceptibles de lui empoisonner l'existence.

Non, elle ne pouvait ni se rendre à ce mariage sans compagnie masculine, ni se désister. Sa cousine lui demanderait forcément des explications et, à coup sûr, elle culpabiliserait d'avoir une vie formidable alors que cette pauvre McKenzie n'arrivait pas à garder un homme. Quant à trouver un remplaçant à Paul, il n'en était pas question. En un temps si court, c'était mission impossible, et de toute façon elle n'était pas d'humeur pour l'instant.

En attendant, il fallait bien trouver une solution. D'où cette recherche Internet assez embarrassante.

Bon sang, autant sa vie professionnelle était une réussite, autant sa vie privée était un ratage sur toute la ligne. Pourvu qu'aucun collègue ne la voie ! Et cette solution allait lui coûter une petite fortune. Mais cela en valait la peine si elle lui permettait d'occulter sa mésaventure sentimentale. Il vaudrait mieux engager quelqu'un de Seattle. Si elle avait recours à un escort de Nashville, ses proches risquaient de tomber sur lui dans la rue et de découvrir le pot aux roses. L'horreur ! Plus tard, une fois de retour à Seattle, elle leur avouerait peut-être la vérité. Peut-être. Quoi qu'il en soit, pour sa tranquillité d'esprit, elle allait devoir se trouver un homme pour l'accompagner à ce mariage, et *pronto.*

— Intéressant comme recherche, dis donc.

Nom de nom, Ryder ! Il ne manquait plus que lui !

Le feu aux joues, elle s'empressa de réduire la page Internet et se tourna vers lui sans parvenir à masquer sa gêne.

Il était appuyé contre le chambranle de la porte, les sourcils froncés avec une expression étrange.

— Il s'est passé quelque chose entre toi et ce gars avec qui tu sors ?

Elle prit une profonde inspiration et se déroba à son regard.

— On peut dire ça comme ça.

De quoi se mêlait-il ? Et d'abord, que fichait-il ici ? OK, elle se trouvait dans une salle de travail, mais avait-il oublié qu'il ne l'appréciait pas et qu'il l'évitait ? Il aurait été bien inspiré de s'en souvenir à présent. Mais non, il la dévisageait fixement, comme s'il essayait de résoudre un grand mystère.

— Je pensais que votre couple était solide.

Un soupir échappa à McKenzie.

Ryder l'avait pincée en train de surfer sur un site d'escorts masculins. Il l'avait vue avec des yeux rouges toute la semaine passée. Autant lui avouer carrément qu'elle s'était fait plaquer. D'autant plus que si elle ne le faisait pas, les collègues s'en chargeraient dans son dos.

— C'était le cas, mais plus maintenant, dit-elle en affectant un haussement d'épaules désinvolte.

— Bon débarras. Il n'était pas bien pour toi.

Elle ouvrit des yeux ronds.

Alors ça… Qu'est-ce qu'il en savait ? Il avait dû rencontrer Paul deux fois en tout et pour tout et, pour autant qu'elle sache, il ne lui avait pas adressé la parole.

— Paul est quelqu'un de bien, murmura-t-elle. Il me reviendra.

Elle rougit en se rendant compte de ce qu'elle venait de dire, et à Ryder, par-dessus le marché. Pourquoi affirmait-elle une chose pareille ? Certes, cette rupture l'avait laissée désemparée,

Paul comptait beaucoup pour elle. Mais de là à le récupérer ? Depuis ce texto dévastateur, ils s'étaient à peine parlé.

— Ce n'est pas toi qui l'as quitté ? demanda Ryder, l'air incrédule.

Elle réprima un sourire amer.

Eh non, cette décision n'était pas de son fait. Pas plus avec Paul qu'avec Clay. Mais en quoi cela regardait-il Ryder ?

Il fit un pas vers elle, et sa présence envahit soudain la petite pièce. Elle sentit son cœur cogner à grands coups dans sa poitrine. La gorge serrée, elle le contempla sans bouger, comme pétrifiée. Elle aurait voulu disparaître, s'évanouir dans les airs.

D'un geste de la main, Ryder désigna l'ordinateur.

— Tu fais ça pour le rendre jaloux ?

Elle jeta un coup d'œil à l'écran à présent en veille.

Non, elle n'avait pas pensé à ça, mais après tout pourquoi pas ? En tout cas, mieux valait laisser Ryder dans cette idée, d'autant plus que ce n'était pas si bête à la réflexion. Avec un peu de chance, en la voyant au bras d'un autre, Paul se rendrait compte qu'il tenait encore à elle. C'était en effet un moyen de le récupérer. Ou pas.

— Ça pourrait marcher, tu crois ?

Ryder haussa ses sourcils ténébreux.

— Sérieusement, j'avais raison ? Tu recrutes un escort pour rendre ton ex jaloux ?

Elle se sentit devenir rouge pivoine.

— Ça ne te regarde pas, lâcha-t-elle sèchement.

Puis, sans réfléchir, elle bredouilla des mots tellement dingues qu'elle n'en revint pas de les avoir prononcés :

— Sauf, bien sûr, si tu acceptais de passer pour mon petit ami le temps d'un week-end ?

Ryder aurait été le dernier à s'intéresser de trop près à McKenzie Wilkes. Vraiment. Seulement, quoi qu'il fasse, il ne parvenait pas à s'ôter de la tête le souvenir de ses yeux tristes. C'était d'ailleurs pour cela qu'il s'était attardé à l'hôpital après sa dernière consultation. Normalement, il serait parti en veillant à ce que son chemin ne croise pas celui de McKenzie mais, lorsqu'il l'avait aperçue toute seule dans cette salle de travail, il avait été attiré comme par un aimant. Ça avait été plus fort que lui : il n'avait pas pu ne pas s'arrêter, juste pour voir comment elle allait, à la rigueur lui faire un petit coucou. Il avait toujours eu un faible pour elle, mais ce faible prenait des allures d'obsession. Il ne cessait de penser à elle, à ce qui avait bien pu la mettre dans un tel état. Si elle avait reçu de mauvaises nouvelles personnelles, ou si elle avait été obligée d'en apporter à la famille d'un patient.

Mais non, il s'agissait d'un banal chagrin d'amour.

Il avait songé bien sûr qu'elle avait pu pleurer pour des raisons personnelles, mais il ne s'était pas attardé sur cette idée. Après tout, la vie privée de McKenzie ne le regardait pas. D'ailleurs, il n'appréciait pas du tout qu'elle se serve de lui pour régler ses problèmes.

— Tu voudrais m'utiliser pour rendre ton ex jaloux ?

— Plus ou moins, oui, répondit-elle avec une franchise déconcertante. Tu vis avec quelqu'un ?

— Non, mais…

— Écoute, si tu ne veux pas, je n'insiste pas. Je n'ai pas dit ça pour sortir avec toi, ajouta-t-elle comme si l'idée en elle-même était ridicule. Enfin si, mais pas pour de vrai, tu comprends ? J'ai juste besoin de quelqu'un pour m'accompagner au mariage de ma cousine. Quelqu'un qui n'ait aucune attente vis-à-vis de moi et qui sache jouer le jeu. Et si Paul devient jaloux par la même occasion…

Elle termina sa phrase par un haussement d'épaules.

Ryder resta muet, complètement scié.

McKenzie voulait l'utiliser pour se remettre d'un chagrin d'amour. Exactement comme Anna. Quoique, non. Avec McKenzie au moins, les choses étaient claires, il ne serait pas question de sentiment.

— Je ne me vois pas inviter un homme qui risquerait de

se faire des idées, poursuivit-elle comme il ne disait rien. Ce serait cruel. D'ailleurs, je n'ai pas l'intention de remplacer Paul. Simplement, je ne peux pas aller seule à ce mariage.

Elle devait vraiment être désespérée pour lui faire pareille proposition. C'était d'ailleurs ce qui le retenait de tourner tout bonnement les talons et de la planter là. Mais de là à lui dire oui… Tenir le rôle qu'elle lui proposait serait une torture de tous les instants.

— Il est prévu pour quand, ce mariage ?

— Pas le week-end prochain mais le suivant. Ça laisse très peu de temps, je sais, s'empressa-t-elle d'ajouter en le voyant ouvrir des yeux ronds.

— Tu voudrais que je t'accompagne à un mariage dans deux semaines et que je fasse comme si on sortait ensemble ?

Si elle n'avait pas eu l'air aussi sérieux, il aurait pu croire à une plaisanterie.

— « Je voudrais », c'est un euphémisme. Je te revaudrai ça au centuple.

— Pour être ma petite amie pour de faux quand j'en aurai besoin à mon tour, tu veux dire ?

— S'il te plaît, Ryder. Je ne sais vraiment pas quoi faire. Je suis au pied du mur. Comme tu peux le voir toi-même, ajouta-t-elle en désignant l'ordinateur.

— Désolé, mais c'est non.

Le visage de McKenzie se décomposa de déception, et il fut brièvement tenté de revenir sur ses mots.

Mais non, il n'allait pas dire oui à McKenzie pour dissiper le désespoir qui assombrissait ses beaux yeux verts. À une époque, il aurait adoré avoir un prétexte pour passer du temps avec elle, mais par bonheur ce n'était plus le cas. Le mieux était d'oublier cette conversation.

McKenzie enfonça ses ongles dans ses paumes moites.

Qu'est-ce qu'il lui avait pris de proposer à Ryder Andrews une chose pareille ? À coup sûr, il devait la prendre pour une folle, une déséquilibrée, ou pire, une pauvre fille. Il fallait vraiment qu'elle soit aux abois pour lâcher semblable ânerie. Ryder n'avait aucun atome crochu avec elle, vraiment aucun. Comment croire une seule seconde qu'il accepterait de l'accompagner, même pour de faux ? C'était ridicule.

Mais, au fond, pas plus que de faire appel à une agence d'escorts. Au moins, elle connaissait Ryder. Avec lui, elle ne risquait rien. Il ne chercherait pas à tirer profit de la situation, elle ne craindrait pas d'avoir affaire à un criminel ou à un escroc qui aurait contourné les vérifications d'usage lors de son recrutement.

Elle détailla du regard son bon mètre quatre-vingts, ses cheveux châtains, ses yeux couleur de miel ourlés de longs cils épais, ses lèvres pleines encadrées par de profondes fossettes.

Ryder était à l'évidence un beau gosse. D'ailleurs, elle s'en était fait la remarque lorsqu'ils s'étaient rencontrés et elle n'avait pas changé d'avis depuis. Mais M. Beau Gosse avait dit non. Bien sûr, pourquoi aurait-il accepté de lui sauver la mise dans une situation déplaisante ?

Pourtant, il s'attardait sur le seuil de la pièce.

Puisqu'il la laissait se débrouiller toute seule, pourquoi ne s'en allait-il pas ? Il lui avait dit non, OK, très bien. Maintenant, qu'il la laisse retourner à sa recherche Internet pendant qu'elle attendait les résultats de son patient.

— Je n'imaginais pas que tu dirais oui, de toute façon. Qu'irais-tu faire à Nashville avec moi ?

Ryder cligna les paupières, surpris.

— À Nashville ? Nashville dans le Tennessee ?

Oui, ça faisait une sacrée trotte depuis Seattle : plus de mille cinq cents kilomètres. Cinq heures de vol dont elle redoutait chaque minute. La simple idée de monter dans l'avion lui donnait des palpitations. À moins que ce ne soit Ryder qui lui fasse cet effet. Il la regardait d'un air étrange. Avait-il peur des avions, lui aussi ?

— J'aurais payé ton billet, se justifia-t-elle.

Il eut l'air insulté et fit un geste vers l'ordinateur en veille.

— Je ne suis pas à louer.

Elle se sentit rougir.

— Ce n'est pas ce que j'ai voulu dire. J'aurais remboursé tes dépenses parce que c'est normal. Tu ne devrais pas en être de ta poche parce que tu essayes de me sauver la mise.

— Te sauver la mise ? Rien que ça ?

— Si ma famille me voit arriver seule, ce week-end va être un calvaire. Ils vont se faire un sang d'encre au sujet de ma rupture, et je ne veux pas pourrir l'ambiance avec mes affaires de cœur. En plus, impossible de me défiler, ajouta-t-elle avec un soupir. Je suis demoiselle d'honneur… Ça va faire deux ans que je ne les ai pas vus. Je voudrais juste profiter de ce week-end en famille en toute sérénité. Mais bon, j'ai un plan de secours, ne t'inquiète pas.

Les larmes aux yeux, elle se tourna vers l'ordinateur et remua la souris pour ranimer l'écran.

Ce n'était certainement pas le meilleur des plans, mais avec un peu de chance, il éviterait que son premier séjour en famille depuis *x* temps ne soit un fiasco complet.

Ryder tressaillit.

Était-ce des larmes qu'il voyait briller dans les beaux yeux de McKenzie ?

Il s'était arrêté pour s'assurer qu'elle allait bien, pas pour la faire pleurer. Et pourtant c'est ce qu'il venait de faire. Il aurait dû rentrer chez lui, l'éviter comme auparavant. À présent, comment pourrait-il oublier ses larmes, alors qu'il venait d'en provoquer d'autres par son indiscrétion ? Il avait la désagréable impression de lui faire du tort en refusant. Il n'avait pourtant rien à voir avec ses problèmes. Sa rupture avec son petit ami, son appréhension à l'idée de retrouver sa famille dans sa situation présente, rien de cela ne le concernait. Mais c'était plus fort que lui, il était comme cloué au sol.

Après tout, serait-ce si difficile de réorganiser son emploi du temps pour partir avec elle à Nashville ?

— Ce n'est pas risqué de partir avec un type dont tu ne sais rien ?

McKenzie haussa les épaules sans le regarder.

— Je n'ai jamais eu recours à ce genre de services, mais je compte bien me renseigner avant de choisir l'entreprise et le type que je vais recruter.

Sans lui accorder davantage d'attention, elle sortit son portable et composa un numéro affiché sur l'écran de l'ordinateur.

— Allô ? Je cherche un homme pour m'accompagner lors d'un week-end, dans deux semaines. Oui, tout le week-end, vingt-quatre heures sur vingt-quatre. Ce serait pour un déplacement hors de l'Oregon.

En l'entendant mettre son projet en application avec une détermination résignée, il sentit son cœur bondir.

Il ne pouvait pas la laisser faire cela. Il était inconcevable qu'il tourne les talons et qu'il la laisse à la merci d'un inconnu. Si cet individu profitait de sa vulnérabilité ? Et si c'était un tueur en série ? Lui-même n'avait pas la prétention d'être un chevalier blanc, mais il avait des principes et il ne tournerait pas le dos à une femme dans une situation délicate. Il n'éprouvait plus rien pour elle. Sinon, pour rien au monde, il n'aurait voulu être une passade pour aider une fille à réparer son cœur brisé et à sauver la face envers ses proches. Il voulait bien rendre service, mais de préférence sans se faire utiliser. Heureusement, McKenzie n'était pas de ce genre-là. Donc il l'accompagnerait, il se ferait passer pour son petit ami pendant deux ou trois jours, après quoi ils reprendraient leur vie chacun de son côté.

Sans réfléchir davantage, il s'avança d'un pas résolu et prit le téléphone des mains de McKenzie pour couper l'appel.

— Mais ça ne va pas la tête ? Qu'est-ce qu'il te prend ?

Il lui rendit l'appareil en se demandant s'il ne s'apprêtait pas à commettre une énorme bêtise.

— Tu ne vas pas partir avec un escort.

— Pardon ? Je fais ce que je veux, merci !

Il ne put s'empêcher d'admirer le feu qui animait ses yeux verts.

— Excuse-moi, je vais reformuler ma phrase.

Il prit une profonde inspiration et se dit qu'il agissait comme n'importe qui l'aurait fait à sa place.

— Tu n'as pas besoin d'un escort parce que je pars avec toi à Nashville. En revanche, il va me falloir quelques détails, ajouta-t-il.

Sous le choc, McKenzie serra son téléphone entre ses mains qui tremblaient légèrement.

Avait-elle bien entendu ? Ryder venait-il vraiment de lui proposer de l'accompagner ?

— Tu viendrais avec moi ?

— Si tu veux dire que tu n'auras pas à t'inquiéter de voyager avec un type dont tu ne sais absolument rien, alors, oui, je viens avec toi, affirma-t-il.

Elle le contempla avec des yeux ronds.

— Mais pourquoi ?

Il fut secoué d'un petit rire sourd, comme si elle faisait une montagne d'un rien négligeable.

— Parce que. Donne-moi quelques renseignements pour que je puisse m'organiser.

Ryder partait avec elle. Il allait lui permettre de sauver la face et de rassurer sa famille sur la vie qu'elle menait à Seattle, sur sa vie sentimentale. Surtout, ils ne la prendraient pas en pitié et ne se mettraient pas en tête de la caser avec Pierre, Paul ou Jacques. Ce week-end lui apparaissait soudain sous un jour beaucoup moins redoutable.

— Je pars jeudi de manière à être là pour la répétition du mariage, le lendemain. Si tu es sûr de venir, alors je t'achète un aller pour vendredi après-midi et un retour pour samedi soir.

— Tu rentrerais le samedi ?

— Non, le dimanche, dit-elle en secouant la tête.

Ryder haussa les épaules.

— Alors je vais poser quelques jours de manière à partir

avec toi jeudi. On rentrera ensemble. Ça fait longtemps que j'aurais dû prendre des vacances, de toute façon.

Alors ça… Elle ne s'était pas attendue à ce qu'il lui dise oui, et voilà que, en plus, il calquait son emploi du temps sur le sien !

— Mais où vas-tu séjourner ? balbutia-t-elle sans réfléchir.

— Eh bien, avec toi. Je suis censé être ton petit ami, non ?

Elle planta ses dents dans sa lèvre inférieure.

On se calme…

La réponse de Ryder n'aurait pas dû la plonger dans cette agitation. Pas plus que son regard intense n'aurait dû faire galoper son cœur. Pourtant, c'était plus fort qu'elle.

Seigneur, dans quel pétrin était-elle en train de se fourrer ? Ryder Andrews était bel homme. Elle avait peut-être tort de se lancer dans cette aventure avec lui, même pour de faux.

— Je vais loger chez ma mère.

— Parfait. Dans ce cas, moi aussi. Je peux dormir sur le canapé si nécessaire. À moins que ta mère ne veuille pas de moi et qu'elle me jette dehors.

— Ma mère trouvera à son gré n'importe quel homme qui ne fera pas de moi une vieille fille.

C'était la stricte vérité, mais la plus exigeante des mères aurait été ravie de voir sa fille ramener à la maison un homme tel que le Dr Ryder Andrews, un type craquant et en plus chirurgien cardio-thoracique.

— Une vieille fille, toi ? Parce que tu as rompu avec ton informaticien ?

— C'est ridicule, je sais, mais va-t'en expliquer ça à ma mère.

— Seulement si tu me dis de le faire, répondit-il en souriant.

Parce qu'il allait rencontrer sa mère. Il allait l'accompagner à Nashville, ce que n'avait fait aucun de ses amis de Seattle, pas même Paul. Non qu'elle ne souhaite pas les inviter. Seulement, sa peur maladive de l'avion lui faisait restreindre ses voyages au strict minimum. En revanche, son frère était venu la voir plusieurs fois et il avait eu l'air d'apprécier Paul. C'est bizarre comme une tragédie d'enfance peut avoir des conséquences radicalement différentes selon les individus. La simple perspective de prendre un vol la rendait malade, alors que son frère avait affronté le passé familial en devenant pilote.

— Donc, c'est sûr ? Tu pars vraiment dans le Tennessee avec moi ? Et tu vas faire semblant d'être mon petit ami pour que ma famille ne me catalogue pas définitivement parmi les vieilles filles incasables ?

Une vieille fille incasable, McKenzie ? Quelle drôle d'idée ! Ryder ne doutait pas une seconde que, quand elle serait prête, elle trouve un remplaçant à son ex. Elle était de ces femmes belles et intelligentes que n'importe quel homme rêve d'avoir dans sa vie. Avec ses beaux yeux verts qui débordaient de vivacité, ses épais cheveux roux dans lesquels il aimerait tant glisser les doigts, ses jolies formes que les blouses médicales ne parvenaient pas à dissimuler, elle ne manquait pas d'atouts. Il avait fait de son mieux pour réprimer son attirance pour elle, mais il avait des yeux pour voir, et McKenzie Wilkes était une femme splendide.

Mais ce qu'il appréciait le plus en elle, c'était l'originalité de sa réflexion, sa capacité à le surprendre. À contrario, il leur arrivait souvent d'être sur la même longueur d'onde sans qu'ils se consultent. Dans les premiers temps où ils s'étaient connus, lorsque leurs regards se croisaient, il devinait aussitôt à quoi elle pensait et réciproquement. Dans ces cas-là, ils échangeaient un sourire complice. Puis il avait appris qu'elle avait quelqu'un dans sa vie et s'était efforcé de limiter les occasions de travailler avec elle, mais, chaque fois qu'il y avait été contraint, elle l'avait toujours impressionné.

Non, il n'avait jamais rencontré personne comme elle. Il s'était fait une raison en apprenant qu'elle était déjà prise et s'était résolu à tenir ses distances avec elle, mais un jour, pourtant, il lui avait demandé si elle était heureuse en couple. Elle avait répondu par l'affirmative avec enthousiasme : elle avait même l'intention d'épouser Paul. Alors il avait abandonné tout espoir. S'il s'était imaginé devoir un jour lui servir de petit ami…

Mais ils en resteraient là, lui et elle. Pour rien au monde il ne voulait d'une relation avec une fille qui cherche à se consoler d'un chagrin d'amour. Il avait déjà tenté l'expérience une fois et il s'en était mordu les doigts.

— Je n'ai jamais été à Nashville. Ce sera l'occasion de faire un peu de tourisme.

— Sérieusement ? Tu vas m'accompagner et me servir de copain ?

Plutôt que de la voir faire appel à une agence d'escorts ? Absolument.

— Oui, tu as bien entendu : je vais me faire passer pour ton petit ami au mariage de ta cousine.

3.

Sans que McKenzie comprenne pourquoi, depuis qu'elle avait demandé à Ryder de lui servir de petit copain, celui-ci était redevenu le collègue sympa des premiers jours. Enfin, « sympa », c'était beaucoup dire, mais au moins il ne filait plus dans la direction opposée dès qu'il la repérait. Au contraire, il lui souriait lorsqu'ils se rencontraient au hasard des couloirs. Un jour, ils avaient même échangé quelques mots en salle de pause. Il n'était resté que le temps de remplir une bouteille d'eau, mais son sourire l'avait accompagnée toute la journée.

Tant qu'il ne lui faisait pas la tête, c'était bon signe, non ? Cela devait vouloir dire qu'il n'avait pas changé d'avis.

Mine de rien, comme il ne l'évitait plus, leur relation de travail en était facilitée. Par exemple, le jour même, avec le cas de Sawyer Little. La nouveau-née avait développé une cyanose quelques heures après la naissance. Dieu merci, sa mère s'en était rendu compte et avait aussitôt averti l'infirmière, qui avait détecté un léger essoufflement et un taux d'oxygène sanguin trop bas. Le bébé avait été placé sous une tente à oxygène, et elle avait été appelée pour un examen cardiaque. Alors qu'elle terminait d'installer un électrocardiogramme au chevet du berceau, Ryder était entré dans le service de soins intensifs néonatals. Lorsqu'il avait croisé son regard, ses yeux s'étaient assombris, et les coins de sa bouche redressés.

Bon sang, cet homme avait un sourire à tomber par terre…

Une alarme se déclencha dans l'alcôve voisine, la ramenant à la réalité.

L'infirmière qui l'assistait sur le cas de Sawyer se redressa.

— C'est le patient d'à côté. Désolée, je dois remplacer sa poche de médicaments.

— Vas-y. Si j'ai besoin d'aide, je t'appelle.

L'unité comprenait deux rangées d'alcôves séparées par un couloir central auquel faisait face le bureau des infirmières, où Ryder était en train de consulter un dossier.

Elle lui jeta un coup d'œil à la dérobée.

Dans sa tenue médicale bleu marine, on aurait dit George Clooney dans *urgences*. Il aurait fait son effet sur grand écran.

Reportant son attention sur sa petite patiente, elle prit du gel tiédi et en vérifia la température sur le dos de sa main avant de l'étaler sur la poitrine de Sawyer.

Ce qu'elle vit à l'ECG la fit grimacer : le ventricule gauche et l'aorte de Sawyer étaient trop petits. Le cœur gauche du bébé était atrophié, il recevait un flux sanguin insuffisant.

— Ryder, tu peux venir une minute ?

— Bien sûr.

Il cliqua sur la souris pour refermer son dossier puis la rejoignit.

— Qu'est-ce qui ne va pas ?

— C'est cette petite. Elle est née la nuit dernière. Sa mère a remarqué qu'elle avait mauvaise mine lorsqu'elle a essayé de lui donner le sein. Le pédiatre a fait appel à moi, mais je tiens à avoir ton avis.

Ryder examina le frêle bébé branché à plusieurs tubes et moniteurs. McKenzie promena à nouveau la sonde sur la poitrine du nourrisson de manière à montrer le ventricule et l'artère sous-développés.

— Hypoplasie du cœur gauche, dit-il.

Elle acquiesça d'un hochement de tête.

— Elle n'a pas été détectée lors des échographies prénatales.

Elle orienta la sonde pour visualiser le canal artériel – le vaisseau sanguin reliant l'artère pulmonaire à l'aorte chez le fœtus.

Dieu merci, il était encore ouvert. Le sang oxygéné pouvait donc toujours passer du ventricule droit à l'aorte. Si le canal s'était déjà fermé, ce qui arrive normalement dans les premiers jours après la naissance, le débit sanguin aurait diminué drastiquement, et le pronostic vital du bébé aurait été engagé.

— Elle est sous prostaglandine E1 ?

Cette molécule sécrétée pendant la grossesse était prescrite en semblable cas pour maintenir la perméabilité du canal artériel.

— Non, pas encore, répondit-elle. Sawyer commence tout juste à manifester des symptômes, et je découvre la malformation en même temps que toi.

— OK, on démarre tout de suite le traitement.

Tout en parlant, Ryder se dirigea vers le bureau des infirmières pour taper l'ordonnance. L'infirmière revint sur ces entrefaites, et il lui tendit le document. Elle hocha la tête et se mit aussitôt à préparer la médication qui, avec un peu d'espoir, donnerait une chance de survie à Sawyer.

— Ça ne va pas tarder à arriver, dit-il en rejoignant McKenzie, qui continuait à examiner le bébé.

— Regarde le foramen ovale.

Elle pointa le doigt vers une ouverture entre les deux oreillettes.

— Il est encore ouvert, mais qu'en penses-tu ?

Elle tendit la sonde à Ryder pour lui permettre de continuer l'examen à sa guise.

— Il est trop petit.

Là encore, il confirmait ses observations.

— Il faut l'opérer dès qu'un créneau se libère.

— Oui. Même sous oxygène, elle désature. Il faudrait la mettre sous ventilateur.

McKenzie hocha la tête.

— Pauvre petit bout, va. Elle va avoir du chemin à faire.

— C'est vrai, mais la route est moins rude qu'autrefois.

Surprise par l'accent étrange de sa voix, elle quitta le bébé des yeux pour dévisager Ryder.

Il avait une expression qu'elle ne lui avait jamais vue, comme si ses pensées s'aventuraient bien au-delà de l'unité de soins où ils se trouvaient à présent.

Songeait-il aux travaux de recherche dans lesquels il s'impliquait ? Il appartenait à une équipe qui œuvrait à la mise au point d'une technique d'impression en 3D de tissu cardiaque humain. Il espérait ainsi créer des implants, notamment pour reconstruire des aortes trop petites ou réparer d'autres malformations. Peu après leur rencontre, il lui avait dit qu'il s'était installé à Seattle pour profiter d'opportunités de recherche susceptibles d'apporter des avancées importantes dans la qualité de soins offerte aux patients. Regrettait-il que ses recherches ne soient pas encore assez abouties pour permettre à une patiente comme Sawyer d'en profiter ? S'agissait-il d'autre chose ?

— Tu préfères que je fasse appel à un autre chirurgien ?

Il parut revenir brusquement au présent et secoua la tête.

— Non, pourquoi ? Je ne vois pas l'intérêt, puisque je connais déjà son cas.

— Ce n'est pas ça. Je me disais que…

Elle s'interrompit, ne sachant si elle devait lui rappeler que, récemment encore, il aurait remué ciel et terre pour ne pas travailler avec elle.

— Si tu es d'accord pour t'occuper d'elle, ce serait formidable.

— Je suis d'accord, affirma-t-il en sortant son portable de sa poche. C'est une coïncidence, bien sûr, mais justement, ce matin, je dois réaliser un shunt de Glenn sur un bébé de cinq mois.

Elle haussa les sourcils, surprise.

Par bonheur, les cas d'hypoplasie du cœur gauche étaient assez rares, c'était donc en effet une sacrée coïncidence d'en diagnostiquer un justement le jour où Ryder en opérait un autre.

Le traitement de Sawyer consisterait en plusieurs chirurgies qui s'échelonneraient dans un ordre bien précis. La première intervention, dite « de Norwood », aurait lieu dès sa première semaine de vie et permettrait de diriger le sang du ventricule droit vers l'aorte. Ensuite, vers cinq ou six mois, le shunt de Glenn viserait à déconnecter la veine cave supérieure du cœur pour la relier directement sur l'artère pulmonaire, de manière à ce que le sang pauvre en oxygène de la partie supérieure du corps soit amené directement vers les poumons. Enfin, à l'âge de deux ou trois ans, Sawyer devrait subir une troisième et dernière opération, dénommée « Fontan ». Celle-ci servirait à dériver vers l'artère pulmonaire le sang bleu de la veine cave inférieure, drainant la partie inférieure du corps. Si tout se passait bien, au terme de ce traitement, Sawyer irait beaucoup mieux, et son sang serait oxygéné normalement.

Ryder s'éloigna pour organiser l'intervention avec l'infirmière en chef, puis il revint.

— Je vais faire en sorte que la Norwood de Sawyer soit programmée avant notre week-end à Nashville. C'est moi qui vais m'occuper d'elle, mais il faudra quand même que j'en touche un mot au Dr Rhea, puisqu'il va prendre en charge mes patients pendant mon absence.

— Merci, dit-elle

Elle ne savait pas trop de quoi elle le remerciait : d'avoir accepté d'opérer Sawyer ou de réorganiser son emploi du temps pour l'accompagner à Nashville. Dans un cas comme dans l'autre, elle lui était reconnaissante.

— De rien, c'est mon boulot, répondit-il, l'air presque gêné par sa gratitude.

Elle n'était pas dupe de sa modestie. Pour lui comme pour elle, ce métier représentait bien plus qu'un simple boulot, justement. C'était d'ailleurs un point commun entre eux, et un sujet bienvenu si jamais ils tombaient en panne de conversation durant le séjour. Avec un peu de chance, il n'y aurait pas trop de temps morts au cours des trois jours, parce qu'elle ne voulait surtout pas ennuyer Ryder.

— Veux-tu que j'aille annoncer la nouvelle aux parents de la petite ? proposa-t-il.

Elle le regarda, touchée par son offre.

Parler aux parents, leur expliquer pourquoi leur bébé est malade et nécessite des soins souvent lourds, c'était bien l'aspect qu'elle redoutait dans son métier. Elle ne pouvait pourtant pas se décharger de ses responsabilités sur Ryder ou sur un autre. Sawyer était sa patiente, elle serait amenée à rencontrer ses parents à de nombreuses reprises au cours des mois et des années à venir, même si Ryder les voyait sans tarder pour leur exposer les détails de l'intervention.

— Merci, mais je vais m'en charger. C'est la mère de la petite qui s'est rendu compte la première que quelque chose clochait, donc ils se doutent qu'il y a un problème. Je vais leur expliquer le diagnostic et ce à quoi ils doivent s'attendre. Tu pourras les voir plus tard, lorsqu'ils auront digéré un peu la nouvelle.

Bel euphémisme. Les parents de Sawyer allaient avoir un sacré choc. Ils étaient arrivés à l'hôpital en s'attendant à en repartir avec un bébé en bonne santé. Or, non seulement Sawyer était malade, mais, sans une opération à cœur ouvert, elle allait mourir sous peu.

— Tu veux m'assister au bloc ?

Il voulait qu'elle fasse partie de son équipe pour reconstruire l'aorte de Sawyer ? C'était une question piège ?

— Oui, absolument.

— Formidable.

La joie communicative qui pétilla dans les yeux de Ryder déclencha en elle de délicieux fourmillements.

Au cours de l'année passée, elle avait eu quelques occasions de collaborer avec lui. À chaque fois, elle avait été impressionnée par sa capacité de concentration et par son habileté, et Dieu sait qu'il en faut pour opérer de petits cœurs de la taille d'une noix. C'était un chirurgien hors pair, et elle était ravie qu'il ait rejoint les équipes de la clinique. Elle savait qu'il participait à la mise au point de plusieurs techniques innovantes, et elle avait espéré le seconder dans son travail opératoire, voire dans ses recherches. Pendant leurs premières semaines de collaboration, elle avait d'ailleurs eu la chance de l'assister sur quelques interventions, mais ensuite plus rien ou presque. Pour une raison qui lui échappait, il était devenu inaccessible, de sorte que la majorité de ses patients étaient suivis par le Dr Rhea. Elle s'était demandé mille fois si elle avait dit ou fait quelque chose qui avait vexé Ryder.

Mais, quel que soit le motif, ce devait être du passé, puisqu'il avait accepté de l'accompagner à Nashville et lui proposait de l'assister sur la Norwood de Sawyer !

Elle effleura du bout du doigt la poitrine du bébé en priant pour que tout se passe bien lors de cette chirurgie.

Au cours des années à venir, si un cœur venait à être disponible, il faudrait certainement procéder à une transplantation, mais chaque chose en son temps. Si Sawyer arrivait à fêter son premier anniversaire, son pronostic serait encourageant. D'ici là, ils devaient se garder de tout optimisme excessif. Même si la médecine accomplissait d'énormes progrès, le taux de mortalité pour ce genre de malformation demeurait encore élevé.

Elle sentit soudain la main de Ryder sur la sienne, et un frisson lui parcourut le bras.

— Tu ne veux vraiment pas que je t'aide avec les parents de la petite ?

Elle leva les yeux et vit dans son regard un mélange de compassion et d'inquiétude, comme s'il ne saisissait que trop bien l'ampleur du malheur sur le point de s'abattre sur le jeune couple.

— Je… Merci. Oui, ce serait bien.

Ryder demeura en retrait pendant l'entrevue avec les parents de Sawyer Little, prêt à intervenir en cas de besoin. Mais McKenzie se tirait très bien de sa difficile tâche.

Comme il fallait s'y attendre, les Little étaient effondrés par ce qu'ils venaient d'apprendre. Avec douceur et patience, McKenzie trouvait des mots simples pour leur expliquer le diagnostic et répondre à leurs questions. Afin de leur permettre de mieux visualiser le problème, elle avait même dessiné un cœur normal et un autre atteint de la malformation dont souffrait Sawyer.

La scène éveillait en lui le souvenir d'une tragédie qui avait changé le cours de sa vie, même s'il avait été trop jeune à l'époque pour comprendre ce qu'il se passait. Une tragédie à laquelle il songeait chaque fois qu'il entrait au bloc opératoire, conscient du fait que la moindre erreur risquait de causer à une famille le même malheur qu'avait connu la sienne.

— Je vous présente le Dr Ryder Andrews. Ryder est chirurgien cardio-thoracique, il a lui aussi examiné votre fille et il est arrivé au même diagnostic. Je sais que ce que je vous raconte est difficile à admettre, mais le temps presse, et il faut se décider vite. Ryder va vous expliquer ce qu'il préconise pour soigner votre fille, après quoi nous discuterons des suites que vous souhaitez donner aux événements.

Ryder prit le relais et décrivit les obstacles énormes auxquels Sawyer serait confrontée, ainsi que différentes options pour les aborder. Il leur présenta aussi les statistiques de survie en pareil cas.

— Elle va vraiment mourir si vous ne l'opérez pas ? Vous en êtes sûr ?

— Sûr et certain. Si son corps ne reçoit pas du sang oxygéné, elle n'a aucune chance de survie.

Il cita à nouveau les différentes statistiques en cas ou non d'opération.

— À vous de nous dire ce que vous souhaitez faire. Vous pouvez choisir de ne pas l'opérer si c'est votre décision à tous les deux.

— Mais alors, elle va mourir ! s'écria Mme Little avec un sanglot.

Son mari l'enveloppa d'un bras.

— Avec une chirurgie, Sawyer risque de traîner des soucis de santé toute sa vie, mais elle aura de bonnes chances de survie et pourra sans doute mener une existence presque normale, dit McKenzie. La décision vous appartient. Si vous avez besoin d'un peu de temps pour en discuter tous les deux, nous pouvons sortir quelques minutes.

— Ce n'est pas nécessaire, dit M. Little en serrant davantage sa femme contre lui. Notre décision est prise.

Il jeta un coup d'œil à sa femme, qui hocha la tête.

— Opérez-la, dirent-ils de concert.

Ryder leur expliqua à quoi ils devaient s'attendre les jours suivants, puis McKenzie les serra dans ses bras en leur promettant de les tenir informés à chaque étape. Ryder échangea une poignée de main avec eux. Il s'apprêtait à partir lorsque la mère de Sawyer lui saisit le bras.

— Sauvez-la, s'il vous plaît.

Les lèvres pincées, il hocha la tête.

— Je ferai de mon mieux. Je… Enfin, ça ne change pas grand-chose à la situation, mais je comprends ce que vous ressentez.

Il s'interrompit pour prendre une inspiration.

— Voici plus de vingt ans, ma sœur est née avec la même malformation que celle de votre fille.

Ses parents avaient vécu le même enfer. Ils avaient éprouvé le même désarroi lorsqu'on leur avait annoncé le diagnostic. Seulement, il allait tout faire pour que l'issue soit complètement différente dans le cas de Sawyer.

— Elle a survécu ? demanda Mme Little.

Il fit non de la tête.

— La technologie était beaucoup moins avancée. À l'époque, les bébés nés avec cette malformation n'avaient quasiment aucune chance. Mais ce n'est plus le cas, Dieu merci. Certes, le risque n'a pas totalement disparu, mais l'espoir est permis.

Après avoir pris congé des Little, McKenzie et lui se dirigèrent en silence vers l'ascenseur. Dans la cabine, elle leva les yeux vers lui, bouleversée.

— C'est terrible, ce qu'il est arrivé à ta famille. Parfois, je me demande pourquoi j'exerce un métier aussi dur émotionnellement.

— Pas moi. J'ai toujours voulu me spécialiser en cardiologie pédiatrique.

— À cause de ta sœur ?

— Oui.

— C'est bizarre, murmura-t-elle sans se formaliser de cette réponse laconique. C'est comme si sa mort avait permis à d'autres enfants de survivre. Je suis désolée qu'elle n'ait pas vécu, mais je suis ravie que tu sois devenu chirurgien.

Il hocha la tête.

— C'est le métier que j'ai toujours voulu exercer.

D'aussi loin qu'il se souvienne, il n'avait jamais envisagé d'autre avenir. À l'âge où ses camarades voulaient devenir pompier, policier ou footballeur, il surprenait tout le monde en affirmant qu'il voulait réparer des cœurs malades. Et c'était ce qu'il faisait à présent. Pour Chrissy, pour ses parents, pour lui-même…

Il sentit soudain une main tiède s'emparer de la sienne.

Par bonheur, la sonnerie de l'ascenseur retentit, et il dégagea sa main avant que les portes ne s'ouvrent.

Il devait faire attention, garder ses distances. Il était trop facile d'oublier que McKenzie sortait d'une déception amoureuse et qu'il était le lot de consolation idéal.

4.

Épuisé, Ryder s'adossa au mur de la salle de repos, entre le vestiaire des hommes et celui des femmes.

Il s'était douché et s'apprêtait à rentrer chez lui après plus de sept heures passées au bloc. Secondé par une équipe pluridisciplinaire dont McKenzie faisait partie, il venait de terminer la première des opérations qui, il l'espérait, permettrait à Sawyer de survivre et de mener une vie à peu près normale. En général, si tout se passait bien, une Norwood prenait environ cinq heures, mais l'intervention pouvait durer plus longtemps en cas de complications telles que des hémorragies ou si la malformation s'avérait plus grave que le diagnostic initial ne le faisait supposer. L'opération de Sawyer s'était bien déroulée jusqu'à ce qu'ils arrêtent la circulation extracorporelle pour faire redémarrer le cœur. Il avait fallu deux heures supplémentaires pour que le petit cœur se remette à battre efficacement. Mais ils y étaient arrivés.

— Ça va ?

Il leva la tête et croisa les yeux verts de McKenzie.

Était-elle venue ici pour le chercher ?

Il se redressa et se passa une main dans les cheveux en haussant les épaules.

— La Norwood est une opération éprouvante.

— Tu as fait du bon boulot. J'ai eu très peur quand on l'a sevrée de l'assistance circulatoire, mais, quand son cœur a fonctionné de manière autonome, j'ai cru qu'on allait tous applaudir.

Lui aussi. Applaudir, pousser des cris de joie, taper dans la main de ses collègues… Le sevrage de la circulation extracorporelle était une étape délicate de l'intervention, elle devait durer le moins longtemps possible.

— Merci d'avoir fait appel à moi, dit-elle encore.

Il se contenta de hocher la tête.

Autant que possible, il se faisait seconder d'habitude par d'autres cardiologues. Non que McKenzie ne soit pas une excellente chirurgienne, là n'était pas le problème, mais il préférait limiter les interactions avec elle. Sa carrière n'en avait pas souffert puisque d'autres confrères tels que le Dr Rhea la réclamaient en priorité.

Il se surprit à la regarder plus attentivement.

Elle avait rassemblé ses cheveux auburn en queue-de-cheval, et quelques taches de rousseur lui parsemaient les joues et le nez. Comme il l'avait pensé maintes fois, son ex était vraiment un crétin.

— Tu rentres chez toi ?

— Non, je dois encore passer voir quelques patients, mettre à jour des dossiers, vérifier comment se porte Sawyer et, si j'ai le temps, trouver un truc à grignoter, ajouta-t-elle avec un sourire désabusé.

— Pas de repos pour les braves, hein ?

— Non… À ce propos, quelques heures de sommeil te feront du bien.

Il eut un petit rire.

— C'est une manière détournée de me dire que j'ai une sale mine ?

— Pas du tout, dit-elle en rougissant. Tu as l'air fatigué, voilà.

— Comme je te l'ai dit, je ne suis pas fan des Norwood.

— À cause du taux de mortalité élevé ?

Sans surprise, elle avait aussitôt deviné la raison.

Il hocha la tête.

— Le taux de survie n'est que de quatre-vingt-cinq pour cent. Aucun chirurgien n'a envie d'effectuer des procédures avec une mortalité aussi élevée.

— Ton taux personnel est de quatre-vingt-dix pour cent.

— Ce qui veut dire qu'un bébé sur dix ne fête pas son premier anniversaire.

Et cette réalité lui était insupportable, car ce bébé-là était la Chrissy d'une autre famille.

— Oui, mais neuf ont cette chance grâce à toi. Sawyer en fera partie, j'en suis sûre. C'est une battante.

— Oui, je l'espère, dit-il en soupirant.

Un court silence tomba.

— Je pensais manger sur le pouce avec un yaourt ou un truc du genre. Si tu sors par là, tu pourrais m'accompagner jusqu'à la cafétéria ?

Il hésita.

Il venait de passer l'essentiel de la journée avec McKenzie, il allait partir en week-end avec elle dans quelques jours… Bah, après tout, oui, il pouvait bien l'accompagner jusqu'à la salle de pause.

— OK.

— Ryder, je…

Elle prit une profonde inspiration.

— Je tenais à te remercier à nouveau de partir avec moi dans le Tennessee. Je sais à quel point tu es débordé, donc si tu as besoin de mon aide pour n'importe quoi, surtout, n'hésite pas.

C'était pour cela qu'elle l'avait cherché ? Pour lui exprimer une fois de plus sa reconnaissance ? Pour préserver sa tranquillité d'esprit, il aurait mieux valu qu'il refuse, mais il était toujours d'avis d'avoir agi comme il le devait.

— Avec toi, je n'aurai pas à craindre que tu te fasses des idées, s'empressa-t-elle d'ajouter. Mine de rien, c'est un grand soulagement.

La mise au point était utile, bien qu'il sache déjà tout cela. Mais ça tombait bien, puisqu'il ne voulait pas d'une relation avec une femme qui tentait d'oublier son ex. Après ce voyage, ils pourraient peut-être rester amis tous les deux. Ce serait sympa. Il aimait bien McKenzie. Un peu trop, sans doute. Et c'était d'ailleurs pour cela que, non, ils ne pourraient pas rester amis à leur retour.

C'était complètement fou, songea McKenzie pour la énième fois alors qu'elle embarquait dans l'avion avec Ryder. Elle était dingue de croire une seconde que cette idée stupide avait une chance de fonctionner. Il s'agissait ni plus ni moins de convaincre sa famille qu'elle était ravie d'avoir rompu avec Paul et qu'elle lui avait trouvé un remplaçant, et pas des moindres : le Dr Ryder Andrews, chirurgien cardiaque et accessoirement super beau gosse. Il allait lui falloir un sacré talent d'actrice pendant ce petit séjour. Mais ça marcherait, elle n'avait pas le choix de toute façon. Après tout, il s'agissait seulement de passer quelques jours à faire comme si Ryder était l'homme de ses rêves, qu'elle était raide amoureuse de lui et qu'elle avait complètement oublié Paul. Fastoche !

Malgré tout, elle aurait aimé comprendre ce qui clochait en elle pour que les hommes la laissent tomber sans ménagement au bout d'une longue relation. Elle avait consacré plusieurs années de sa vie à deux hommes qui avaient fini par la plaquer. Était-elle si peu digne d'être aimée ? De retour à Seattle, il faudrait qu'elle s'attelle sérieusement à la question.

Mais une chose à la fois. Pour l'heure, son principal souci était de ne pas céder à la panique devant Ryder.

Facile à dire. Elle avait une peur bleue des avions. Ils n'avaient pas encore décollé qu'elle étouffait déjà dans cette boîte de conserve qui devait les transporter à mille cinq cents kilomètres de là. Elle s'efforcerait de se maîtriser pour ne pas donner à Ryder de motif d'embarras. Le pauvre, aurait-il accepté de venir s'il avait su qu'elle risquait d'avoir plusieurs crises de panique d'ici leur arrivée ?

Elle prit une profonde inspiration.

Allons, ça allait marcher. Et le trajet, et le séjour. Elle n'en était pas à son premier vol et elle avait toujours atterri saine et sauve, non ?

La gorge serrée, elle hasarda un regard vers Ryder, occupé paisiblement à côté d'elle à lire un article scientifique.

Pourquoi avait-il accepté de l'accompagner ? En plus, cela l'avait obligé à réorganiser son emploi du temps blindé.

Franchement, avait-il besoin d'un tel prétexte pour grappiller quelques jours de congé ? Jusqu'à ce qu'ils embarquent, elle s'était attendue à ce qu'il revienne sur sa décision, mais non, il semblait bien disposé à la suivre jusqu'au bout de sa logique. Pourquoi ? Par ennui, pour pimenter un peu son existence ? À moins qu'il n'ait eu pitié d'elle et qu'il fasse une BA. Ou alors il avait connu une situation identique. Peut-être avait-il été obligé d'assister à une fête familiale lors d'une période creuse dans sa vie ?

Elle réprima un haussement d'épaules.

Ridicule. Ce type était l'image même de la réussite. Il n'avait jamais dû se faire plaquer, lui.

— Pourquoi fais-tu tout ça ?

Ryder leva les yeux de sa liseuse.

— Pourquoi je lis un article sur la polymérisation à deux photons ? Parce que je cherche à comprendre comment cette technique est utilisée pour imprimer en 3D des tissus humains.

Elle cligna les paupières, interdite.

Non, sérieusement ? Décidément, il avait tout pour plaire. Quand elle était en couple avec Paul, elle n'avait vu en Ryder qu'un collègue extrêmement talentueux. Assise à ses côtés, toutefois, elle ne pouvait pas ne pas remarquer qu'il avait aussi le physique d'un dieu grec. De même qu'elle avait vu les coups d'œil que plusieurs femmes lui avaient lancés lors de l'embarquement. Toutes l'avaient regardée avec envie.

Si elles savaient…

— Tu travailles là-dessus à ton labo ?

Avec un peu de chance, la conversation la distrairait de son angoisse. Elle était loin de connaître le détail des recherches en cours à l'institut Trevane, mais elle savait que plusieurs projets très prometteurs exploraient le domaine de l'impression 3D de tissus humains. Ryder supervisait l'aspect clinique de ces travaux en vue d'applications aux maladies cardiaques congénitales.

— Oui, en partie, répondit-il en tapotant sur l'écran de son téléphone. L'article explique les recherches en cours dans un autre institut de science des matériaux et ce qu'ils ont obtenu avec un procédé similaire à la bio-impression. Même si Trevane garde une bonne longueur d'avance à maints égards, ils arrivent à déposer des couches tissulaires à des vitesses bien supérieures aux nôtres.

— Plus vite, ça ne veut pas dire forcément mieux.

Elle regarda par le hublot et le regretta aussitôt.

Les derniers bagages venaient d'être chargés. Ce n'était plus qu'une question de minutes avant qu'ils décollent.

— Dans ce cas, si. Pour créer du tissu humain exploitable, le plus grand défi consiste à garder en vie les cellules imprimées. En augmentant les vitesses d'impression, on espère créer des couches plus épaisses sans les désoxygéner. À terme, le but serait d'être capable d'imprimer en 3D des vaisseaux sanguins, des valves, des ventricules, voire des cœurs entiers. Tu imagines les implications ? Les patients ne seraient plus obligés d'attendre un donneur.

Elle hocha la tête.

Récemment encore, cette perspective aurait relevé de la science-fiction, mais elle devenait de plus en plus réaliste. Il s'agissait d'une véritable révolution médicale… Malgré tout, il en faudrait plus pour soulager la sensation de panique qui lui serrait la gorge comme un étau.

— Je suis les travaux du professeur Ovikov, poursuivit Ryder. Ça fait des années qu'on se connaît : la bio-impression n'en était qu'à ses balbutiements lorsqu'on s'est rencontrés. C'est un esprit brillant, un génie.

Quelque chose dans sa façon de dire ces mots attira l'attention de McKenzie. Elle arracha son regard du hublot et s'efforça de ne pas relever le fait que les hôtesses venaient de fermer la porte et qu'elles se dirigeaient vers la cabine en vérifiant au passage que les compartiments des bagages à main étaient bien fermés. Ensuite, ils pourraient décoller.

Parler à Ryder. Continuer de discuter comme si de rien n'était.

— Le Dr Ovikov doit en dire autant de toi, fit-elle, la bouche sèche comme du carton.

— Peut-être, mais j'en doute…

Ryder la dévisagea comme s'il commençait à s'apercevoir qu'elle n'était pas dans son état normal, et ils n'avaient pas encore décollé. Ça promettait.

Continuer de parler… Penser à autre chose. C'était la meilleure manière de ne pas perdre les pédales. Quand ils seraient dans les airs, elle se calmerait un peu. Elle n'était jamais tranquille en vol, mais l'atterrissage et le décollage étaient les moments les plus critiques, toujours.

Elle s'aperçut que Ryder étudiait son visage d'un air bizarre. Il devait regretter d'avoir accepté de l'accompagner, et pour cause : elle était au bord d'une crise de panique alors qu'ils n'avaient même pas quitté le tarmac.

Elle inspira profondément et se contraignit à sourire.

— Tu veux dire que vous êtes en concurrence pour les mêmes subventions, lui et toi ?

— *Elle*. C'est une femme : le Dr Anna Ovikov.

À nouveau, un je-ne-sais-quoi dans sa voix intrigua McKenzie. Quels avaient été ses rapports avec cette Anna Ovikov ? Professionnels ou plus ? Enfin, de quoi se mêlait-elle ? Voilà qu'elle se piquait de curiosité pour la vie sentimentale de son pseudo-petit ami !

— OK, pas de souci. Lis son article. Seulement, n'oublie pas pourquoi tu es ici.

Un mince sourire dansa sur les lèvres de Ryder, mais ses yeux continuaient de la fixer d'un air préoccupé.

— Comment pourrais-je l'oublier ? Ce n'est pas tous les jours que je fais semblant d'être le petit copain d'une collègue.

Elle promena un regard autour d'elle pour s'assurer que personne ne venait d'entendre.

De l'autre côté de l'allée, un adolescent était étalé sur son siège, les yeux fermés et des écouteurs aux oreilles. Sa mère était plongée dans la lecture d'un livre. Ni l'un ni l'autre ne leur prêtaient la moindre attention

— Chut ! Ne dis pas ça, malheureux ! N'importe qui peut

nous entendre. Pendant quelques jours, tu as un rôle à tenir, et il ne faut surtout pas que tu te relâches.

— Il ne serait pas plus simple de dire la vérité à ta famille ?

— Non. Tu ne connais pas ma mère.

— Pas encore, mais ce sera bientôt le cas.

En effet, et cette perspective angoissait McKenzie presque autant que le vol.

— Oui, c'est vrai.

La gorge serrée, elle planta ses ongles dans son siège tout en s'adressant à Ryder.

— S'il te plaît, prends ton rôle au sérieux, OK ? Il faut qu'ils s'imaginent que tu es fou de moi. C'est important.

Du moment qu'ils la croyaient heureuse, ils lui lâcheraient les baskets et s'abstiendraient de fourrer leur nez dans sa vie.

— Ça ne devrait pas poser de problème, affirma-t-il d'un air dégagé.

À présent, elle haletait. Elle manquait d'air. Y avait-il un problème d'aération dans cet avion ?

— Pourquoi ? Parce que tu es complètement dingue de m'avoir dit oui ?

— Plus ou moins, oui, répliqua-t-il avec un grand sourire.

Il était beau, remarqua-t-elle à nouveau. Ce n'était pas une découverte, bien sûr, mais dans son esprit elle l'avait rangé dans une case et n'avait plus cherché à voir en lui autre chose qu'un mec super avec qui elle travaillait et qui semblait ne pas l'apprécier outre mesure. Après ce week-end, elle aurait du mal à garder de lui cette image simpliste.

Elle se contraignit à prendre une profonde inspiration, puis une deuxième.

— Mesdames et messieurs, nous sommes prêts pour le décollage.

— Oooh…

Les yeux fermés, le cœur battant à cent à l'heure, elle agrippa le bras de Ryder.

— Eh, ça va ? dit-il.

— À ton avis ? lâcha-t-elle, acerbe.

Dans quelques secondes, l'avion allait accélérer sur la piste, s'arracher au sol. À l'aide ! Elle voulait sortir. Tout de suite, vite. Au diable ce voyage, au diable ce mariage. Elle ne voulait pas y aller, elle ne pouvait pas. C'était au-dessus de ses forces. Pourquoi ne leur avait-elle pas raconté tout simplement qu'elle n'avait pas pu se libérer de son travail ? Reva aurait trouvé une autre demoiselle d'honneur…

— McKenzie ?

— Hum ?

— Ouvre les yeux.

Dans le brouillard de sa conscience, elle remarqua qu'il s'était approché d'elle.

— McKenzie, dit-il d'une voix plus douce, presque câline. Ouvre les yeux.

Cette fois-ci, elle obtempéra et se contraignit à le regarder.

— Tu as peur de l'avion ?

— Quelle perspicacité…

Il sourit sans se formaliser du sarcasme et libéra son bras de l'étau de sa main. Puis, à sa grande surprise, il enlaça ses doigts des siens.

— Tu avais oublié de me le dire.

Non, elle n'avait pas oublié. Simplement, elle avait imaginé pouvoir lui dissimuler sa phobie. Cela faisait deux ans qu'elle n'avait pas pris l'avion, et elle avait espéré que sa peur se serait émoussée suffisamment pour qu'elle arrive à la contrôler. En plus, elle avait pris un calmant avant de monter.

— En revanche, je n'ai pas oublié de prendre mon vol. Dommage.

Ryder eut l'audace d'éclater de rire.

— Allons, allons. Tu n'allais quand même pas rater le mariage de ta cousine.

Au même instant, l'avion se mit à rouler sur la piste.

— Oh ! mon Dieu ! gémit-elle.

— Ça fait du bien de prier, parfois.

Voilà qu'il se moquait d'elle, maintenant. Heureusement pour lui, elle n'était pas en état de lui décocher la pique qu'il méritait. Son cœur battait à en exploser, elle avait des bourdonnements dans les oreilles.

Cinq heures. Elle allait devoir rester cinq heures dans cette coquille d'acier, à trente mille pieds dans les airs, défiant la gravité… Cela dans le meilleur des cas.

Elle prit une inspiration, ou plutôt *tenta* de faire entrer de l'air dans ses poumons. En vain. Elle n'arrivait plus à respirer, et la tête lui tournait, de plus en plus légère.

Elle allait mourir. Mourir d'asphyxie dans un Boeing 747.

— Au secours, Ryder, parvint-elle à glapir.

Mais qu'aurait-il pu faire ? L'avion fonçait sur la piste dans un rugissement de moteurs, et elle sentait son siège trembloter dangereusement avec de drôles de grincements.

Bon sang, il avait été révisé quand, ce coucou ?

Sans réfléchir, elle batailla avec la fermeture de sa ceinture de sécurité. En la relâchant d'un cran, peut-être pourrait-elle respirer plus facilement ? Cependant, en quoi une sangle autour de sa taille empêcherait-elle l'air d'entrer dans ses poumons ?

Peu importe, elle avait besoin de se libérer…

La main de Ryder couvrit la sienne avant qu'elle n'ait eu le temps de dégrafer sa ceinture.

Elle leva vers lui un regard paniqué, implorant, et croisa ses yeux couleur de miel.

Ils étaient tout près, plus près qu'ils ne l'avaient jamais été et ils la contemplaient avec fixité.

Mille émotions se mirent à tourbillonner en elle, déclenchées par ce regard qui fouillait jusqu'aux tréfonds de son âme. À coup sûr, Ryder voyait tout en elle. Il devait même savoir qu'elle était en train de se demander ce que cela ferait de se perdre dans ses yeux de miel quand il l'embrasserait.

Ses lèvres s'approchaient, s'approchaient…

Elle aurait dû reculer, le gifler, faire quelque chose, n'importe quoi. N'était-elle pas censée réclamer qu'on la libère, qu'on lui donne de l'oxygène ?

Mais elle se fichait bien de recevoir de l'oxygène à présent que la bouche de Ryder couvrait la sienne. Elle n'avait jamais songé à l'embrasser, mais c'était pourtant ce qu'elle faisait. Comment aurait-elle pu repousser un homme aussi irrésistible ? Bon sang, elle embrassait son vrai faux petit ami ! Elle l'embrassait, et la sensation de ses lèvres fermes sur les siennes lui tournait la tête sous l'effet d'un autre vertige, bien différent de celui qui lui avait mis le cœur au bord des lèvres.

Si elle s'était jamais posé la question, ce qu'elle n'avait jamais fait même dans ses rêves les plus fous, elle avait désormais la réponse : le bouche-à-bouche du Dr Andrews était tout simplement fabuleux.

5.

Ryder comptait sur les doigts d'une seule main les crises de panique dont il avait été témoin au cours de sa vie, mais il avait bien vu que McKenzie n'allait pas bien. Il aurait fallu être aveugle pour ne pas remarquer son regard alarmé avant qu'elle ne ferme complètement les yeux, ses paupières crispées, sans parler de ses gestes saccadés, de son souffle haché. Et, une fois de plus, il avait été incapable de ne pas réagir. En revanche, ce baiser était vraiment venu de nulle part. Il avait songé à lui prendre la main pour lui offrir du réconfort, mais lorsqu'elle lui avait tendu ses lèvres l'instinct avait pris le dessus. Il avait sans doute eu tort de s'autoriser une telle liberté, mais, à la vérité, la terreur avait presque aussitôt disparu des traits de McKenzie, remplacée par la surprise. À chaque instant, il s'attendait à voir son regard se charger à nouveau de panique lorsqu'elle aurait assimilé le fait qu'ils s'embrassaient. Ce baiser impulsif risquait de mettre à mal leurs plans pour ce week-end. Mais non : par bonheur, ses magnifiques yeux verts n'exprimaient aucune crainte. Au contraire, ils s'assombrirent sous l'effet de l'excitation tandis que ses lèvres répondaient aux siennes avec une douceur hardie.

En revanche, lui, il paniquait. Qu'est-ce qu'il lui prenait d'embrasser McKenzie ? Elle se servait de lui le temps d'un week-end. Pour elle, il n'était qu'un moyen pour une fin. Il ne devait pas céder à ses impulsions, d'autant plus que McKenzie ne calmait pas le jeu, loin de là. Elle lui rendait son baiser avec ardeur, et le pincement qu'il éprouvait au creux de l'estomac n'avait rien à voir avec le fait que l'avion prenait de l'altitude. Il planait, au sens propre comme au figuré. Sans la quitter des yeux, il lui lâcha la main et prit son visage en coupe dans sa paume, ravi qu'elle continue de l'embrasser.

Lorsqu'il s'écarta enfin, il chercha son regard, suspendu à ce qu'elle allait dire. Allait-elle l'accuser d'avoir profité de ce moment de vulnérabilité ?

Elle prit une profonde inspiration.

— Formidable, ton calmant ! Tu devrais penser à le breveter.

Puis elle se tourna vers le hublot avant de hasarder un coup d'œil nerveux vers lui.

— Je n'ai même pas remarqué quand l'avion a quitté le sol. Vraiment, merci !

Il cligna les paupières, incertain de la façon dont il devait interpréter sa gratitude.

— Euh… Il n'y a pas de quoi.

Ce baiser l'avait mis K-O debout et plongé dans une confusion paniquée. C'était dangereux, très dangereux de l'embrasser alors qu'il n'avait aucune intention de s'engager avec elle.

— Je suis désolé. Je n'aurais pas dû.

Elle balaya son excuse d'un geste de la main, comme s'il n'y avait vraiment pas de quoi.

— Tu plaisantes ? Tu m'as empêchée de paniquer lors du décollage ! Une fois de plus, je te dois une fière chandelle.

À l'entendre, on aurait dit que ce baiser ne lui avait fait ni chaud ni froid ! Il ne savait pas s'il devait s'en réjouir ou en être blessé. Blessé, plutôt. Carrément, même. Ce baiser avait libéré en lui une électricité qui continuait de le faire vibrer. McKenzie, en revanche, faisait comme s'il n'y avait pas de quoi en faire un plat… Mais tant mieux. Elle sortait d'une longue relation, il ne devait pas prendre de risques avec elle.

— Tu veux bien continuer pendant les cinq heures de vol ?

Il ouvrit des yeux ronds.

Avait-il bien entendu ce qu'il venait d'entendre ? Mais avant qu'il ne réponde, McKenzie éclata de rire.

— Je plaisantais, va ! Tout est bon pour m'empêcher de penser au fait que je n'ai plus les pieds sur terre. Je déteste l'avion.

Dans d'autres circonstances, il n'aurait demandé rien de mieux que de l'embrasser des heures durant. Mais, et c'était un grand « mais », McKenzie cherchait surtout à se consoler d'une histoire d'amour. De toute façon, elle avait l'air de ne plus y penser. Calée dans son siège, les yeux fermés, elle inspira plusieurs fois pour se tranquilliser, preuve que son angoisse n'était pas complètement dissipée. Ou alors, ce baiser l'aurait affectée plus qu'elle ne voulait l'admettre ?

Mais il penchait davantage pour la première explication.

— Tu as toujours eu peur de l'avion ?

Elle pâlit légèrement.

— Depuis l'âge de six ans, répondit-elle sans ouvrir les yeux.

Six ans… Outre la précision du détail, c'était surtout sa réaction qui attisa la curiosité de Ryder.

— Pourquoi ? Qu'est-il arrivé quand tu avais six ans ?

McKenzie respira profondément pour contenir les larmes qui lui brûlaient les paupières.

Ce qu'il lui était arrivé à l'âge de six ans ? Rien de moins qu'un drame personnel et familial dont jamais, au grand jamais, elle ne parlait à personne. Aussi fut-elle stupéfiée de s'entendre dire :

— Mon père est mort dans un accident d'avion.

Pourquoi disait-elle cela à Ryder alors qu'elle n'en avait jamais touché mot à son ex en deux ans de vie commune ? Elle avait eu l'intention d'épouser Paul. Ryder n'était qu'un collègue qui avait accepté de jouer les petits amis énamourés le temps d'un week-end pour lui sauver la mise devant sa famille. Il ne comptait pas pour elle, même s'il embrassait divinement bien…

Elle n'avait pas ouvert les yeux, mais à côté d'elle Ryder bougea sur son siège comme pour lui faire face, et elle ne fut pas surprise de sentir sa main sur la sienne.

— Oh non ! C'est terrible.

— Que s'est-il passé ?

Elle émit un long soupir.

La curiosité de Ryder était légitime, mais elle aurait préféré y répondre ailleurs que dans un avion qui montait vers son altitude de croisière.

— C'est le pire moment pour te demander ça, hein ? dit-il comme en écho à ses pensées. Je suis vraiment désolé, McKenzie.

— Ça remonte à loin, tout ça.

Ce jour était pourtant gravé avec netteté dans sa mémoire. Un quart de siècle plus tard, elle aurait put revivre cette tragédie dans ses moindres détails. Mais justement elle s'y refusait, et ce ne serait pas en plein vol qu'elle s'autoriserait à convoquer ces souvenirs.

— Il était pilote.

Elle ouvrit les yeux et, dans ceux de Ryder, elle vit un intérêt mêlé d'empathie.

— Papa possédait un petit avion et était instructeur de vol. Il se croyait invincible. Mais il avait tort.

Du pouce, Ryder lui caressait doucement le dos de la main.

— Tu avais six ans quand ça s'est passé ?

Elle hocha la tête.

— Mon frère en avait dix.

Ryder haussa les sourcils.

— Tu as un frère ?

Malgré les larmes qui menaçaient de jaillir, elle ne put s'empêcher de rire.

— D'après l'état civil, oui, même si j'aimerais parfois l'oublier.

— Tu n'en parles jamais.

— Comme de tant d'autres choses. Nous sommes collègues, toi et moi. Je n'avais aucune raison de te raconter ma vie privée.

Ryder lui répondit par un silence pesant.

— C'était peut-être vrai avant, dit-il enfin. Mais à présent je suis ton petit ami. Enfin, je suis censé l'être. Donc, pour rendre cette comédie un tantinet crédible, je t'invite à utiliser ces cinq heures de vol pour me briefer à ton sujet.

— Oui, j'y ai réfléchi, moi aussi. Écoute, je crois qu'on devrait s'en tenir à la vérité.

— Quoi ? Tout avouer ? Tu as changé d'avis ?

On aurait dit que l'idée lui faisait plaisir, comme s'il regrettait déjà de s'être fourré dans cette histoire.

— Non, pas du tout, dit-elle en secouant la tête. Ma famille sait que je sortais avec Paul depuis longtemps. Ils vont avoir un choc en apprenant qu'on a rompu. Si je leur explique qu'on se fréquente depuis peu, toi et moi, ils ne s'étonneront pas de tes lacunes.

— OK, mais je devrais tout de même connaître certaines choses.

— Ah bon ? Comme quoi, par exemple ?

— Eh bien, ta couleur préférée.

— Pas très original, comme question. C'est le bleu, répondit-elle sans hésitation.

— Pourquoi le bleu ? dit-il en ignorant la pique.

— Parce que c'est la couleur du ciel.

— Dit par une fille qui a peur en avion.

— Une *femme* qui a peur en avion. Je suis loin d'être la seule, au demeurant. Il n'y a pas de quoi avoir honte.

— Pas faux. Moi, c'est le vert. C'est la couleur des nouveaux départs, ajouta-t-il en guise d'explication.

Comme ce week-end ? Mais non. Ce voyage n'avait rien d'un nouveau départ. Ni pour lui ni pour elle.

— Et aussi parce que c'est la couleur de tes yeux.

La couleur de ses…

Elle sentit son ventre se serrer comme lorsqu'il l'avait embrassée.

Elle retira sa main, vexée d'y avoir cru un instant.

— Ça va, inutile d'en faire trop. Évite de tomber dans le sirupeux, OK ? Mieux vaut rester crédible.

— Je ne vois pas ce qu'il y a de sirupeux dans le fait que j'aime la couleur de tes yeux.

Ryder se cala à nouveau dans son siège pour reprendre la

lecture de son article, et elle le considéra fixement sans savoir quoi penser au juste, surtout lorsqu'il ajouta :

— Tu as des yeux magnifiques, McKenzie.

McKenzie sentait quelque chose lui chatouiller le nez. Les yeux fermés, elle fouetta l'air de la main. Ce faisant, des bruits pénétrèrent le brouillard ensommeillé qui l'enveloppait encore. Elle ouvrit les yeux et s'aperçut que sa joue reposait sur l'épaule de Ryder. Et qu'une tache humide ornait sa chemise. Une tache de…

Bon sang, mais c'était une tache de salive. *Sa* propre salive ! Il ne manquait plus que ça.

Elle se redressa et rectifia sa posture en affectant la désinvolture tout en s'essuyant la bouche.

Par le hublot, elle vit qu'il faisait nuit. Des lumières électriques et les phares d'autres avions trouaient l'obscurité.

Ils avaient atterri !

Un coup d'œil à sa montre lui confirma la bonne nouvelle. Elle avait dormi pendant l'essentiel du voyage et pendant l'atterrissage. C'était bien la première fois que cela lui arrivait.

Elle grimaça à la vue de la petite tache humide sur la manche de Ryder.

— Ne me dis pas que j'ai ronflé.

— Oh ! si peu ! répondit-il avec un demi-sourire.

Disait-il cela pour se moquer d'elle ?

Mais quelle importance, puisqu'ils n'étaient pas ensemble pour de vrai et qu'elle se fichait de lui faire bonne impression. Ryder Andrews n'était qu'un collègue. Enfin, un collègue plutôt beau gosse qui trouvait qu'elle avait des yeux magnifiques, mais inutile de se laisser aller.

— Merci.

— Merci pour quoi ?

— Eh bien, pour avoir fait en sorte que ce vol soit le meilleur que j'aie jamais eu.

— C'est vrai ? Je croyais que je t'avais fait dormir d'ennui.

— Non. Tu m'as calmée, et j'ai pu m'endormir : grosse différence.

Il hocha la tête comme si cette réponse lui faisait plaisir.

— Tu as l'air plus calme, en effet.

Une manière détournée de lui dire que son maquillage était à revoir et qu'elle avait les cheveux en pétard ?

Elle s'étira pour attraper son sac sous le siège devant elle et en sortit un petit miroir.

Par miracle, son mascara n'avait pas coulé à part quelques petites traces qu'elle eut tôt fait d'essuyer. Elle fouilla dans le sac et trouva un tube de rouge à lèvres.

— C'est inutile, assura Ryder. Tu es bien comme ça.

— Merci.

Le compliment lui faisait chaud au cœur, mais elle rectifia quand même son maquillage. Elle allait avoir besoin de son armure pour faire face à sa mère et aux autres.

Ryder n'aurait jamais cru que McKenzie, d'ordinaire si maîtresse d'elle-même, aurait la phobie des avions ou que la perspective de retrouver sa famille la rendrait si nerveuse. À moins que ce ne soit le fait de le présenter à sa mère ?

— Quelqu'un nous attend ? demanda-t-il tandis que l'avion s'arrêtait.

McKenzie secoua la tête.

— Mon frère m'a proposé de nous récupérer à l'aéroport, mais j'ai préféré qu'on soit autonomes dans nos déplacements. J'ai loué une voiture.

— Au cas où nous aurions besoin de filer à l'anglaise ?

Par cette petite blague sans prétention, il espérait la faire sourire. Au lieu de cela, elle hocha la tête d'un air pincé.

— Tout à fait.

Bon sang, quels rapports entretenait-elle au juste avec sa famille ? Elle avait été jusqu'à envisager de faire appel à un escort pour ne pas les affronter seule. Quel type de pression sa famille avait-elle fait peser sur elle par le passé ?

— Allons, ils ne sont sûrement pas si terribles que ça.

Elle soupira en secouant la tête.

— Ce n'est pas ça. Simplement, ils trouvent tout à fait normal de fourrer leur nez dans mes affaires. Ils ont toujours été comme ça, et je les vois mal changer.

— C'est pour ça que tu as déménagé à l'autre bout du pays ? Pour leur échapper ?

— Quoi ? Mais bien sûr que non…

McKenzie se tut un instant avant d'ajouter :

— Quoique ma mère m'ait inscrite une fois à une soirée de *speed dating*. Sans parler de la fois où elle a contacté les églises de mon quartier pour savoir si elles organisaient des rencontres entre célibataires.

— Sans blague ?

— Oh ! non ! Maman n'a aucun problème à s'immiscer dans ma vie, même à des milliers de kilomètres.

— C'est pour ça que tu as atterri à Seattle ? s'interrogea-t-il à haute voix.

— Plus ou moins, oui. J'avais visité Seattle avec des amies de la fac de médecine et je suis tombée amoureuse du marché de Pike Place et de la ville en général. J'ai postulé pour effectuer mon internat là-bas et j'ai été acceptée. Ensuite, on m'a proposé un poste permanent à la clinique cardiaque pédiatrique, et je suis restée. Et toi ?

— J'ai suivi à peu près le même parcours. Je suis originaire d'Atlanta et j'ai étudié la médecine à Birmingham. Je me suis spécialisé en cardiologie et j'ai fait un stage à Pittsburgh, après quoi j'ai décroché une place à l'Institut Trevane et à la clinique cardiaque pédiatrique.

Il s'étira autant qu'il put dans l'allée centrale de l'avion avant d'attraper leurs sacs dans les compartiments de cabine. McKenzie se leva à son tour et vérifia qu'ils n'avaient rien oublié sur les sièges avant de prendre la valise qu'il lui tendait.

— Merci.

Une fois récupéré le reste de leurs bagages, ils descendirent au sous-sol de l'aéroport où se trouvait l'agence de location de voitures. Les formalités ne prirent pas longtemps. Arrivés au véhicule, il chargea les sacs dans le coffre tandis qu'elle s'installait au volant. Le trajet dura une vingtaine de minutes. À mesure qu'ils approchaient, la nervosité de McKenzie devenait de plus en plus palpable.

Ils se garèrent devant un ranch de taille modeste et d'allure surannée.

— Prépare-toi à tout, dit-elle tandis qu'ils sortaient les bagages. Ça ne m'étonnerait pas qu'ils soient tous là et qu'ils nous sautent dessus dès notre arrivée. Auquel cas, je ne garantis pas que tata Myrtle soit habillée.

De mieux en mieux…

La curiosité de Ryder était piquée au vif, mais la seule personne qui les accueillit fut la mère de McKenzie. Ils n'avaient pas atteint le porche que la porte d'entrée s'ouvrit précipitamment pour livrer passage à une petite femme qui les rejoignit à toute allure et jeta les bras autour de McKenzie.

— Salut, m'man. Tu m'as manqué à moi aussi.

— Laisse-moi te regarder un peu !

Elle recula pour observer McKenzie sous la lampe du porche. Celle-ci sourit, les yeux humides.

— Je t'en prie, ne me dis pas que j'ai encore grossi.

— Grossi ? Tu n'as rien sur les os, ma petite fille ! Je vais te remplumer un peu pendant ces quelques jours.

Ryder se retint de sourire.

La mère de McKenzie pouvait parler : elle non plus n'était pas d'un gabarit énorme. C'était une toute petite bonne femme brune aux yeux sombres. McKenzie aussi était mince, mais elle devait avoir hérité ses cheveux de feu et son teint clair de son père.

Elle lui jeta un coup d'œil critique avant de se tourner vers sa fille.

— Tu me présentes ton nouveau petit ami ?

6.

— Maman, voici Ryder, un collègue cardiologue de la clinique. On sort ensemble depuis quelques semaines seulement. Ryder, tu l'auras compris, voici ma mère : Roberta Wilkes.

Ryder salua Roberta d'un sourire.

— Ravi de vous rencontrer.

Roberta coinça entre les siennes la main qu'il lui tendait, puis elle la lâcha pour le serrer contre elle à l'étouffer.

— Nous sommes si contents de vous rencontrer enfin !

McKenzie émit un léger soupir.

— Maman, à t'entendre, on croirait que je l'ai tenu caché au fond d'un placard. Je viens de te dire qu'on sort ensemble depuis très peu de temps.

— Depuis suffisamment longtemps pour que tu l'amènes au mariage de Reva, remarqua Roberta, malicieuse.

— Comme tu voudras. Bon, maman, il se fait tard. Le week-end va être chargé, et nous sommes claqués. Tu pourrais nous indiquer où on va dormir ?

— Jeffrey et sa smala couchent dans l'ancienne chambre de ton frère. Mark n'arrive que demain et il a d'ores et déjà annoncé qu'il prendrait le canapé.

— Pour ce soir, je peux dormir là, proposa Ryder.

Il y avait peu de chances qu'il arrive à loger son mètre quatre-vingts sur un canapé, mais devant la mine paniquée de McKenzie il se sentait obligé d'intervenir.

— Mais pas du tout, jeune homme ! se récria Roberta. Je suis une femme moderne.

— Tu étais déjà moderne avant que les femmes ne le soient, souffla McKenzie.

La remarque avait été lâchée *sotto voce*, mais il l'entendit, et Roberta aussi, sans doute, car elle regarda sa fille avec sévérité.

— Je vous prie d'excuser ma fille, dit-elle en souriant à Ryder. Les voyages en avion la mettent toujours un peu sur les nerfs.

McKenzie poussa un autre soupir de lassitude.

— Désolée, maman. Comme je te l'ai dit, je suis épuisée, et le week-end s'annonce chargé. J'aimerais me reposer un peu, si c'est possible.

Roberta la prit à nouveau dans ses bras pour une nouvelle étreinte remplie d'effusion.

— Pas de souci, ma chérie. Je suis si heureuse de te revoir enfin !

— Moi aussi.

— Quant à vous, jeune homme, je vous interdis de dormir sur mon canapé.

— C'est bon, maman, dit McKenzie avec un haussement d'épaules. Je prends le canapé, OK ?

Roberta et Ryder firent assaut d'arguments pour lui prouver qu'il n'en était pas question. Fatiguée, McKenzie ne prit même pas la peine de leur répondre. Roberta pointa le doigt vers la chambre de McKenzie.

— Allons, puisque je vous le dis ! Je suis une femme moderne.

Comme Ryder consultait McKenzie du regard, celle-ci haussa à nouveau les épaules.

— D'accord, suis-moi.

Après une dernière accolade, Roberta leur souhaita une bonne nuit. McKenzie referma la porte de sa chambre derrière eux et se laissa choir sur le lit. Les épaules courbées, elle considéra Ryder planté sur le seuil.

À quoi pensait-il ? À fuir tant qu'il en était encore temps ? Auquel cas elle ne lui en voudrait pas.

— Je suis désolée.

— Désolée de quoi ?

— Eh bien, tout ça, répondit-elle en promenant le bras autour d'elle. Je vais dormir par terre. Toi, tu prends le lit.

— Arrête de voler mes répliques.

— Pas du tout. Tu me rends un énorme service, Ryder. C'est moi qui vais dormir par terre.

— Hors de question.

Elle eut un sourire fatigué.

— Merci, Ryder. Je suis contente que tu sois là.

— Je t'en prie. Jusqu'à maintenant, j'ai trouvé ce voyage très intéressant.

Sans blague. Elle avait failli céder à la panique devant lui, avait bavé sur sa chemise et lui avait fait rencontrer sa mère : le tiercé gagnant. Et cela n'allait pas s'arrêter en si bon chemin… Ryder ne lui avait toutefois pas donné l'impression de s'ennuyer ou de s'énerver. Au contraire, il avait fait preuve d'une patience et d'une gentillesse surprenantes. D'ailleurs, il agissait de même avec ses patients. C'était sans doute l'une de ses marques de fabrique.

De la main, elle lui indiqua la porte de la salle de bains.

— Tu veux passer le premier ? Cela communique avec l'autre chambre, donc fais attention à ne pas faire trop de bruit. J'espère qu'ils n'ont pas mis trop de bazar. Ils ont un petit garçon de quatre ans.

— Ça me rappelle le bon vieux temps de l'internat, répondit-il avec un petit rire amusé. Tu me laisses vraiment la douche en premier ?

Elle hocha la tête et l'observa sortir de sa valise une trousse de toilette, un pantalon de pyjama et un T-shirt.

Une fois seule dans la chambre, elle se renversa en arrière sur le lit et regarda fixement le plafond.

Ryder avait été un compagnon de voyage bien plus agréable que prévu. Bien plus que Paul ne l'aurait été, en tout cas. Paul n'aurait pas du tout apprécié qu'elle bave sur ses vêtements de marque ou qu'elle dorme tout du long, l'abandonnant à lui-même. Ryder avait vraiment été… gentil. Oui, gentil. Sauf que son baiser avait été de la dynamite. Pas étonnant qu'elle ait à peine remarqué le décollage : son esprit planait déjà à trente mille pieds.

C'était d'ailleurs perturbant. À peine un mois plus tôt, elle avait espéré épouser un autre homme et passer sa vie avec lui. Comment se pouvait-il que le baiser de Ryder l'ait électrisée à ce point ? Plusieurs heures plus tard, elle en éprouvait encore les effets et elle regrettait de ne pas pouvoir aller plus loin. Ce baiser ne voulait pourtant rien dire. Il avait juste servi à la distraire de sa crise de panique, et c'était tout. Elle n'aurait pas dû y accorder une pensée de plus.

Sentant le sommeil la gagner, elle se contraignit à se lever et entreprit de ranger ses affaires dans l'armoire. Elle se figea, attendrie, avant de toucher avec émotion le tissu usé d'une veste de basket arborant un emblème sur la manche. Oh là là, il y avait même la robe qu'elle avait portée lors du bal de fin de lycée ! Aujourd'hui, elle serait incapable d'y caser ses hanches ou de boucler la fermeture Éclair.

Elle calait sa valise vide dans un coin quand Ryder revint de la douche. Alors qu'elle se tournait vers lui, son regard s'arrêta sur ses pieds nus.

Elle n'était pas fétichiste, mais Ryder avait de beaux pieds. Il portait un pantalon de pyjama en flanelle ainsi qu'un T-shirt orné de l'insigne d'une équipe sportive de Seattle et dont le tissu adouci par le temps soulignait sa taille et ses épaules. Elle aurait dû en rester là et détourner les yeux, mais ceux-ci se posèrent au contraire sur ses lèvres avec une insistance déplacée. Aussitôt, elle repensa au baiser dans l'avion, et un délicieux picotement lui parcourut le corps.

Croisant son regard couleur de miel, elle se sentit devenir écarlate. Il avait bien remarqué qu'elle l'admirait !

Il fallait qu'elle se sorte ce baiser de la tête, se morigéna-t-elle. Elle ne devait pas songer à embrasser Ryder alors qu'il se trouvait en pyjama dans sa chambre. Entre eux, rien n'était réel. Qu'est-ce qu'il lui prenait de le regarder comme s'il était vraiment son petit ami ? Il n'y avait rien entre eux, rien du tout. Ryder l'accompagnait pour lui rendre service. Certes, sa beauté virile dépassait tous les fantasmes qu'elle avait nourris dans cette chambre étant gamine, mais ils n'étaient pas ensemble. Pas pour de vrai.

Elle était fatiguée, sur les nerfs. Inutile de chercher d'autre explication à sa réaction. Il fallait qu'elle se ressaisisse tout de suite.

Elle se mit debout, plaqua un sourire sur son visage encore enflammé et affecta de ne pas l'avoir contemplé comme s'il était enrobé de chocolat.

Ryder laissa tomber sa trousse de toilette sur sa valise avant de demander à McKenzie.

— Tu as terminé de ranger tes bagages ?

Les joues rouges, elle détourna le regard.

— Oui, oui. N'hésite pas à utiliser l'armoire pour tes affaires.

Jamais elle ne l'avait dévisagé de la sorte : comme si elle voyait en lui un homme désirable. Enfin, si, elle l'avait regardé ainsi de manière fugace lorsqu'ils s'étaient embrassés, mais il n'en était pas totalement sûr : elle avait été trop obnubilée par sa peur de l'avion, et tout de suite après, elle avait réagi comme si ce baiser n'avait pas compté. En revanche, à l'instant, lorsque leurs yeux s'étaient croisés, ceux de McKenzie brillaient d'une certaine lueur…

Il s'obligea à brider ses pensées.

Rien de physique ne pouvait arriver entre eux, ni ce soir, ni durant le reste du week-end. McKenzie était vulnérable. Cette rupture l'avait affectée, et il refusait de jouer les lots de consolation.

— Je… Euh…

Elle s'interrompit et lui lança un sourire timide qui le mit sur ses gardes.

— Je vais me brosser les dents et enfiler un pyjama. Prends mon lit, d'accord ?

Machinalement, McKenzie se lava le visage et se prépara pour aller se coucher.

« Prends mon lit, d'accord ? »

Et elle, où allait-elle dormir ? Avec Ryder dans son lit. Elle n'allait tout de même pas faire ça. Les choses allaient trop loin, trop vite. La situation prenait une tournure surréaliste, elle échappait à son contrôle à la vitesse grand V. Ryder était un bel homme, certes, mais encore très récemment elle ne voyait en lui qu'un collègue, et qui la mettait même mal à l'aise. Pour cette raison, elle n'avait jamais vraiment pris la peine de remarquer à quel point il était sexy. Et puis, comment aurait-elle pu fantasmer sur un autre alors qu'elle était en couple avec Paul ?

Elle jeta un dernier coup d'œil dans le miroir et grimaça.

Seigneur, quelle tête de déterrée… Ryder, en revanche, était toujours aussi beau et fringant après plus de cinq heures de vol. On ne pouvait en dire autant d'elle. Mais quelle importance, au fond, puisqu'ils n'étaient pas ensemble pour de vrai. Au contraire, ses yeux cernés et son teint blême lui offraient un précieux ancrage dans la réalité, ce dont elle avait le plus grand besoin en ce moment.

Tout doucement, elle entra dans la chambre, referma la porte derrière elle et se figea.

— Tu n'es pas dans mon lit, dit-elle d'un ton accusateur.

Au lieu de cela, Ryder s'était confectionné un couchage de fortune avec un coussin et une couverture polaire prise au pied du lit.

— Ça ira. Prends-le, toi.

— Ryder…

— Rien du tout. Il est hors de question que je dorme dans ton lit et toi par terre.

Elle considéra le lit puis la grande silhouette étalée sur le sol.

— Très bien. Dans ce cas, dormons dans le même lit.

Elle trouverait bien le moyen de remiser ses fantasmes au fond de son esprit… En revanche, elle n'aimait pas du tout la lueur amusée qui dansait dans les yeux de Ryder.

— Ce baiser t'a plu davantage que je ne pensais, on dirait.

Les joues brûlantes, elle lui balança un oreiller.

— Continue comme ça si tu veux dormir par terre.

Avec un petit rire, Ryder se redressa sur son séant et ramassa le coussin.

— Pas de problème… Je ne suis pas sûr de pouvoir me contrôler si je me retrouve dans ce lit avec toi, ajouta-t-il.

Quelque chose dans le ton de sa voix, dans sa façon de la regarder, la fit trembler tout entière. Elle sentit sa gorge se serrer à l'étouffer.

— Tu ne me ferais pas de mal.

— Non, jamais. Mais je suis un homme avec des besoins sexuels normaux, et tu es une très jolie femme.

Il avait dit cela avec un sourire malicieux, puis son expression se teinta de gravité.

— Je t'assure, il vaut mieux que je reste ici.

Elle sentit son cœur taper à grands coups dans sa poitrine.

Elle n'était pas du genre à collectionner les hommes, mais tout son être réagissait au quart de tour aux propos de Ryder.

S'ils couchaient tous les deux dans ce lit, ils risquaient de faire l'amour.

— Ce n'est pas comme si je te laissais faire si tu tentais quelque chose contre mon gré, murmura-t-elle.

Sitôt cette phrase prononcée, elle rougit.

De manière alambiquée, elle venait pratiquement de lui dire qu'elle n'était pas opposée à l'idée de coucher avec lui. Malgré elle, elle se demanda ce que cela ferait de faire l'amour avec Ryder. De l'embrasser avec abandon, d'être embrassée par lui sur les lèvres, le cou, les seins, de presser son corps contre le sien, peau contre peau, sans aucune barrière à leur plaisir…

À cette pensée, un picotement lui dévala le dos. Si elle s'écoutait, elle allait sans tarder rejeter les couvertures et l'inviter à la rejoindre.

— C'est vrai, mais je préfère ne pas me laisser tenter.

— Pourquoi ? Tu n'aurais pas la force de résister ?

Il n'hésita qu'un bref instant à répondre.

— Je ne vais pas dire non. Mais ça n'arrivera pas ce week-end, McKenzie. Tu sors d'une longue relation, je ne suis pas ton petit ami, et ni toi ni moi n'avons envie que je le devienne.

Non, il se trompait, songea-t-elle. Au contraire, elle aurait voulu vivre cette histoire pour de vrai. Suffisamment du moins pour le faire monter dans son lit et…

Les joues en feu, elle préféra en rester là.

D'ordinaire, elle ne pensait jamais ce genre de choses. Ou alors, c'était à cause des images qui s'agitaient dans sa tête quand Ryder lui parlait de ses « besoins sexuels normaux ». En tout cas, elle ne détesterait pas qu'il cède à ces « besoins normaux » avec elle, même si elle le connaissait à peine. Même s'il était un collègue qui, il y a peu encore, la mettait mal à l'aise. Sans doute parce qu'il était sexy. Oui, elle s'en apercevait à présent, c'était cela qui la rendait nerveuse en sa présence : cette aura sensuelle qu'il dégageait. Elle n'était pas bégueule, mais elle n'accordait pas au sexe plus d'importance que cela. À la flamme qui brûlait dans le regard de Ryder, elle devinait qu'il n'en allait pas de même pour lui. C'était un homme de chair et de sang, et pour l'accompagner ici, il avait sans doute sacrifié un week-end en bonne compagnie. À leur retour à Seattle, il faudrait qu'elle lui offre une bouteille de son vin préféré. En attendant, il avait raison de protester qu'ils ne devaient pas faire l'amour. Et pourtant, Dieu sait qu'elle en avait envie.

Elle s'efforça de s'éclaircir l'esprit et le regarda.

— Oui, tu as raison. Nous ne voulons pas d'une vraie relation, et rien n'arrivera entre nous ce week-end.

Sur ces mots, elle grimpa dans le lit, dégagea l'édredon matelassé et le laissa tomber par terre, ne gardant sur elle que le drap. De toute façon, elle avait trop chaud.

— Tiens, quelque chose pour te dorloter.

Ryder répondit par un petit rire, qui lui réchauffa les entrailles tel un alcool fort.

Décidément, ça n'allait pas, mais pas du tout ! Un petit ami pour de faux ne devrait pas lui donner ces sensations.

— Dors bien, McKenzie.

— Toi aussi, murmura-t-elle.

Elle ferma les yeux et s'ingénia à contenir ses pensées.

C'était tellement bizarre de dormir dans sa chambre d'adolescente avec Ryder par terre à côté d'elle ! Mais somme toute pas plus bizarre que d'avoir échangé avec lui un baiser dans l'avion ou de s'imaginer avec netteté faisant l'amour avec lui. Si jamais elle parvenait à s'endormir, elle risquait de le retrouver dans ses rêves.

— Fais de beaux rêves.

— Tais-toi. J'essaye de dormir.

Ryder rit doucement.

Un léger sourire aux lèvres, elle ne tarda pas à sombrer dans le sommeil.

McKenzie fut réveillée par des bruits d'eau : quelqu'un chantait sous la douche. Dans un demi-sommeil, elle se retourna dans son lit et laissa tomber son bras hors du lit.

Sa main heurta soudain quelque chose de tiède.

Elle se redressa dans un sursaut. En un éclair, elle retrouva tout : où elle était, avec qui et pourquoi.

Un petit rire lui parvint.

— Bonjour à toi aussi.

Elle se pencha hors du lit et plissa le nez.

— 'Jour.

Un bras replié sous sa nuque, Ryder tira sur son T-shirt pour couvrir son ventre.

Elle serra les paupières et se laissa retomber sur le lit.

Aujourd'hui était un autre jour, il était hors de question qu'elle laisse ses pensées dériver vers les territoires qui avaient occupé ses rêves.

— Je ne sais pas qui se lave, mais il s'est réveillé de bonne humeur, on dirait.

— C'est Jeff, mon cousin.

— Tu as une grande famille ?

— Plutôt, oui. J'ai une tante du côté de mon père et une du côté de ma mère, et donc quelques cousins. La plupart vivent dans la région, mais certains ont pris le large comme moi.

— Pourtant, tu avais l'air heureuse de retrouver ta mère.

— Je l'étais. Je le suis. Ça fait longtemps que je ne suis pas revenue à la maison. Tu as dû le deviner hier soir.

— C'est parce que tu as peur en avion ?

— Entre autres, oui.

— J'aimerais te demander…, commença Ryder.

— Mais tu ne le feras pas, parce que je ne vais pas te répondre, dit-elle en s'asseyant au bord du lit. C'est déjà le matin ? Il me manque quelques heures de sommeil.

— Normal, c'est le décalage horaire.

— Arrête d'être logique.

— Pas de problème, affirma-t-il avec un grand sourire. Je vais être illogique, alors.

— C'est déjà fait, puisque tu m'as accompagnée dans ce voyage de dingues.

Il haussa les épaules.

— Jusqu'à présent, ça n'a pas été si terrible.

— Oui, bien sûr. Abstraction faite de la crise de panique que j'ai failli avoir dans l'avion et du fait que tu as dormi par terre.

— Mis à part tout ça, oui.

Sans cesser de sourire, il parcourait sa silhouette d'un regard appréciateur.

— Eh bien, quoi ? dit-elle en fronçant les sourcils.

— Rien. Je fais connaissance avec la vraie McKenzie.

— Comment ça, « la vraie » ? Et celle que tu vois d'habitude, elle est artificielle ?

— Non, je ne dirais pas ça. Elle est juste toujours impeccable, maîtresse d'elle-même.

Tout le contraire de ce qu'elle devait être à présent, en somme : pas maquillée, les traits tirés et les yeux cernés par le voyage, les cheveux en pétard.

— Est-ce une façon détournée de me dire que j'ai l'air horrible ?

— Si tu cherches les compliments, en voici un : tu es ravissante.

Elle n'avait sollicité aucun compliment, mais elle l'accepta quand même avec plaisir.

— Merci.

Ne sachant quoi dire pour combler le silence, elle se leva.

— Jeff risque d'utiliser toute l'eau chaude avant d'avoir épuisé son répertoire de tubes des années 1980. Je vais me préparer du café. Tu en veux ?

Ryder secoua la tête.

— Non merci. Je ne touche jamais à ce truc.

Sur le seuil de la pièce, elle se tourna vers lui avec un regard horrifié qui le fit éclater de rire.

— Pardon ?

— Ce breuvage infect dont tu avales des litres à longueur de journée. Tu ne m'en feras jamais boire une gorgée.

Il avait remarqué qu'elle aimait le café ?

— Je savais bien que tu avais un truc qui cloche.

— Si c'est le seul vice que tu me découvres pendant ce week-end, je devrais m'en tirer à bon compte.

— Ah bon ? Il y a des vices pires que de ne pas aimer le café ?

Au même instant, ils entendirent s'ouvrir et se refermer la porte qui menait à l'autre chambre.

— Ça y est, il est sorti ! Je file me laver avant de me faire griller la place.

Sur ces mots, elle ramassa ses affaires à la va-vite et s'enfuit dans la salle de bains.

Ryder contempla avec fixité la tasse de café que Roberta venait de poser devant lui.

Fallait-il vraiment qu'il ingurgite cette horreur pour ne pas vexer son hôtesse ? Dans cette famille, tout le monde ou presque semblait drogué à la caféine. Assise entre McKenzie et lui, indifférente à son hésitation, Roberta se renversa sur sa chaise et sirota sa tasse.

— Donc, parlez-moi un peu de votre relation avec ma fille.

Décidément, elle ne tournait pas autour du pot.

— J'imagine que McKenzie vous a dit l'essentiel. Elle et moi sommes collègues, nous sortons ensemble depuis quelques semaines, et elle m'a invité à passer ce week-end en famille avec elle.

— Elle n'a jamais ramené personne à la maison.

— Cela ne veut rien dire. Elle m'a dit qu'elle était restée plusieurs années sans vous voir, faute de pouvoir faire le voyage.

Roberta leva les yeux au ciel.

— Dites plutôt qu'elle ne voulait pas.

— Non, ce n'était pas de la mauvaise volonté de sa part. Je le sais pour avoir pris l'avion avec elle, et elle m'a parlé de son père.

Roberta ouvrit des yeux ronds.

— Elle vous a parlé de Philip ?

Il hocha la tête et souleva sa tasse pour s'occuper les mains tandis qu'elle l'examinait.

— Alors, ça, c'est fort, dit-elle. McKenzie n'évoque jamais le sujet. Je lui ai même fait consulter plusieurs thérapeutes, sans succès. Pourquoi vous en a-t-elle parlé à vous ?

Tout simplement parce qu'elle était en train d'hyperventiler et qu'il se trouvait assis à côté d'elle, eut-il envie de répondre.

— Maman, veux-tu laisser Ryder tranquille ?

— Pourquoi ? Tu as peur qu'il ne tienne pas le coup ?

McKenzie se leva brusquement tandis qu'un homme à la calvitie naissante entrait dans la pièce, deux jeunes enfants accrochés à ses jambes.

— Jeff !

Elle lui jeta les bras autour du cou, et il la fit virevolter. Lorsqu'il la reposa, elle riait.

— Ça fait plaisir de te revoir, cousine ! Tu en as mis, du temps pour revenir nous faire une petite visite.

— Juste pour le week-end. Je ne vais pas te laisser le temps de me faire suer. Tu en as eu suffisamment l'occasion quand j'étais gamine.

— Qui aime bien châtie bien. Sérieusement, tu ne veux pas revenir ? Des bébés avec des cœurs à réparer, il y en a aussi à Nashville, tu sais.

— Oui, je sais bien, répondit-elle d'une voix sourde.

Elle s'accroupit à la hauteur de la petite fille qui se cramponnait à la jambe de Jeff.

— En parlant de bébés, j'en connais une qui a bien poussé. Bonjour, Casey ! Quel âge as-tu ? Dix ans ?

Avec un sourire timide, la fillette secoua la tête et leva trois doigts. McKenzie affecta un air impressionné.

— Trois ans ? Oh là là, mais tu grandis bien trop vite, si tu veux mon avis.

— Et moi, j'ai quatre ans, renchérit son frère.

— À défaut de petits-enfants, je me console avec ces deux-là, murmura Roberta suffisamment fort pour que tout le monde l'entende. Je commence à perdre espoir. Mais ça pourrait changer, ajouta-t-elle avec un regard appuyé sur Ryder.

McKenzie secoua la tête en rougissant.

— Je ne suis pas pressée d'avoir des enfants. Tes espoirs seraient mieux placés avec Mark.

— Ton frère ? Ma foi, il devrait profiter un peu de sa vie de garçon. Pas vrai ? ajouta Jeff en gratifiant Ryder d'une tape sur l'épaule.

Que répondre ? Vu la façon dont McKenzie et sa mère l'observaient, mieux valait ne pas être d'accord avec Jeff, mais ce dernier risquait de le prendre pour une lavette s'il bottait en touche.

Par bonheur, McKenzie vint à sa rescousse.

— Je croyais que tu n'aimais pas le café ?

Les regards se braquèrent sur son mug rempli à ras bord.

— Non, en effet. Mais je n'ai encore jamais bu de café du Tennessee, donc qui sait ?

Apparemment, la maison de Roberta servait de point de ralliement à toute la famille le temps du mariage. Au fur et à mesure de la matinée, Ryder fit la connaissance de parents plus ou moins éloignés conviés pour l'occasion.

— Il est super craquant, dit Julianna, la femme de Jeff, dans un murmure qu'il entendit. Pas étonnant que tu l'aies préféré à l'autre, l'informaticien.

— Paul était très bien.

— Alors, pourquoi n'est-il pas ici avec toi ?

— Parce que…

McKenzie jeta un coup d'œil à Ryder. Constatant qu'il écoutait l'échange avec intérêt, rougissante, elle se tourna à nouveau vers Julianna.

— Ça n'a pas marché entre nous, voilà.

— Donc, tu l'as remplacé par un collègue super mignon que tu tiens à nous présenter ?

— Tout juste. C'est fou les idées que j'ai parfois, non ?

Julianna éclata de rire.

— Si tu veux mon avis, dit-elle en remuant les sourcils, celui-là est le bon.

McKenzie jeta un regard d'excuse à Ryder.

— Oui, peut-être… Je ne sais pas. Il est encore trop tôt pour le savoir puisque nous sortons ensemble depuis quelques semaines seulement. Pas vrai, Ryder ?

Il fit semblant de débarquer dans la conversation.

— Oh ! je ne sais pas, répondit-il, faisant fi du froncement de sourcils qu'elle lui lança en avertissement. J'ai toujours cru que lorsqu'on rencontre la bonne personne, le temps n'a pas vraiment d'importance.

Plusieurs paires d'yeux se braquèrent aussitôt sur lui.

— Et McKenzie est la bonne personne pour toi ?

Que dire ? Oui, il y avait une alchimie incontestable entre

eux deux. Cependant, était-elle la femme qu'il lui fallait ? Pas sûr. Mais il lui avait promis de faire bonne figure auprès de sa famille et il tiendrait parole.

— La seule chose que je pourrais lui reprocher, c'est son faible pour le café. À part ça, McKenzie est une femme formidable.

7.

— Excuse-les, s'il te plaît, dit McKenzie dès qu'elle fut seule avec Ryder.

Elle n'aurait jamais cru être autant horripilée par le sans-gêne de sa famille lorsqu'ils avaient mis Ryder au pied du mur, et elle aussi par la même occasion.

— Ils n'arrivent pas à comprendre que je puisse être heureuse sans être mariée.

— Mais ton frère est célibataire, si je ne m'abuse ?

— Ce n'est pourtant pas faute d'essayer de se caser. Il s'est marié deux fois, mais son travail est difficilement compatible avec une vie de couple.

— Connaissant votre histoire, c'est assez incroyable qu'il soit devenu pilote.

Elle hocha la tête.

— Je déteste l'imaginer dans tous ces avions, mais que veux-tu ? C'est sa vie. Il adore ça autant que papa, si ce n'est plus. Maman n'en parle jamais, mais je sais bien qu'elle en est affectée.

— Mais pas autant que toi ?

— Pourquoi dis-tu cela ?

— Parce que c'est pour cela que tu ne vis pas ici. Tu ne supportes pas de savoir quand ton frère est en vol.

Interpellée, elle ne répondit pas. Elle n'avait jamais rangé le travail de Mark parmi les raisons qui l'avaient poussée à partir, mais…

Ryder lui prit la main et la pressa affectueusement.

— Excuse-moi, je n'aurais pas dû dire ça. Je ne connais pas ton frère, après tout.

— Non, tu ne le connais pas.

Et pourtant, mine de rien, Ryder avait raison au moins en partie. En effet, elle ne supportait pas de savoir Mark dans un avion. Mais elle les avait quittés surtout parce que Clay venait de la plaquer et qu'elle était tombée sur cette opportunité à Seattle. Ensuite, elle avait rencontré Paul et avait été plaquée une nouvelle fois.

Elle dégagea sa main pour aller contempler d'un regard absent les babioles qui ornaient la commode.

— Sa première femme disait que s'il l'avait aimée à moitié autant que son métier, elle n'aurait pas divorcé.

— C'est intéressant de voir à quel point vous avez réagi différemment à la mort de votre père.

— N'est-ce pas ? Cela dit, Mark était plus grand, il avait passé plus de temps en vol avec papa. Alors que moi, j'ai fait pendant des années des cauchemars où je me trouvais à bord avec lui au moment où l'appareil allait s'écraser.

Une sueur froide lui glaça le dos à cette évocation, et elle se contraignit à évacuer ces souvenirs.

— Écoute, je déteste avoir à t'abandonner quelques heures avec Jeff et les gosses, mais je dois rejoindre les filles à la boutique de mariage pour choisir ma robe.

— Tu ne veux pas que je t'accompagne ?

— À une boutique de mariage ?

— Ce serait sans doute mieux que de traîner ici avec Jeff.

— Sans doute… Je me répète, Ryder, mais je te suis vraiment reconnaissante d'avoir accepté de venir.

— Je t'en prie. Au fait, McKenzie ?

Son sac à l'épaule, elle se tourna vers lui.

— Je suis désolé pour ton père.

— Merci. Ça remonte à loin, tout ça.

Ryder hocha la tête en silence.

Mais ça ne remontait pas assez loin pour que ce drame n'ait plus aucun impact sur le présent.

— Je vais t'accompagner à la voiture, dit-il.

— Mais non, c'est inutile.

— Si. Autrement, ta mère va se poser des questions.

— Ah… Oui, tu as raison.

En les voyant arriver tous les deux, Roberta s'installa au volant. Julianna était déjà assise à l'arrière à côté de sa fille dans le siège enfant.

Il ouvrit la portière du passager.

— À tout à l'heure, ma chérie. Amuse-toi bien.

McKenzie lui noua ses bras autour du cou et approcha la bouche de son oreille.

— Pas de petit nom, pas de « ma chérie », entendu ? Je t'ai déjà dit que je préfère être appelée par mon prénom.

— Je tâcherai de m'en souvenir… ma chérie.

Il fit un effort pour ne pas rire tandis qu'il se penchait vers elle pour effleurer de ses lèvres la commissure de sa bouche.

Il n'y avait rien de langoureux ou de passionné dans ce baiser, mais il n'était pas assez bref non plus pour être qualifié de simple bise.

Désarçonnée, McKenzie lui jeta un regard hésitant en grimpant dans la voiture.

Il n'aurait pas dû se réjouir de l'avoir décontenancée aussi facilement, mais c'était plus fort que lui.

— Je… Euh, merci. Je vais faire de mon mieux. Ça ne t'embête vraiment pas de rester avec Jeff ?

— Pas du tout. Tout ira bien. Allez, à tout à l'heure.

— Donc, parle-moi un peu de ton nouveau fiancé super mignon dont personne n'avait jamais entendu parler.

Prise de court, McKenzie cligna des paupières.

Comme d'habitude, Reva n'y allait pas par quatre chemins. Cela faisait à peine dix minutes qu'elles s'étaient retrouvées à la boutique, et sa cousine attaquait déjà le sujet. Néanmoins, elle pouvait s'estimer heureuse : Reva aurait pu lui poser cette question d'entrée de jeu.

Avant de répondre, McKenzie se tourna vers un miroir et fit mine de prêter la plus grande attention à son reflet.

Sa robe de demoiselle d'honneur lui allait à merveille, même si elle la serrait un peu à la poitrine.

— Ce week-end est consacré à ta vie sentimentale, pas à la mienne.

— C'est vrai, répliqua Reva en riant. D'ailleurs, je ne me plains pas d'être au centre de l'attention.

Elle en avait pourtant l'habitude. Déjà au lycée, la belle Reva n'avait pas son pareil pour attirer les regards. La gent masculine s'était toujours jetée à ses pieds. Toujours.

— Mais ici, tout le monde sait tout de ma vie amoureuse, ajouta-t-elle en s'éventant avec la main tandis que la couturière ajustait sa robe. Parle-nous un peu de la tienne, pour changer.

— Il n'y a pas grand-chose à dire. Ryder et moi sommes collègues et nous sortons ensemble depuis quelques semaines.

— Et pourtant, tu l'as fait venir ici ?

— Eh bien, oui, évidemment. Si tu sortais avec un chirurgien cardio-thoracique super craquant, tu ne le cacherais pas à ta famille, non ?

— S'il a accepté de traverser tout le pays pour assister à un mariage, c'est qu'il ressent forcément quelque chose pour toi, insista Reva, les bras tendus pour faciliter le travail de la couturière. La plupart des hommes détestent ce genre de cérémonie.

— Ryder n'est pas comme la plupart des hommes, justement.

Et pour cause : elle lui avait fait endurer maintes situations gênantes, et il ne s'était pas plaint une seule fois. Au contraire, il avait été formidable. Oui, absolument formidable.

— C'est sérieux, du coup, cette fois-ci ?

Si seulement…

Eh ! d'où lui venait cette pensée ? Elle n'allait pas s'engager pour de vrai avec Ryder. N'avait-elle pas retenu les leçons du passé ? Voulait-elle s'exposer à être plaquée encore une fois ? Car, après tout, jamais deux sans trois.

Elle s'aperçut alors que tous les regards étaient braqués sur elle, même celui de la petite Casey.

Que répondre ? Si elle disait oui, sa famille allait aussitôt publier les bans de ses noces. Mais si elle avait le malheur de dire non, ils la prendraient pour une folle. Ou alors, ils penseraient que Ryder n'était pas si intéressé que ça. Le mieux était de botter en touche.

— Il est encore trop tôt pour le dire, affirma-t-elle en se tournant à nouveau vers le miroir. Dites, on ne devrait pas dégager un peu le buste ?

La couturière fronça les sourcils d'un air scandalisé.

— Absolument pas. Au contraire, elle vous va comme un gant. La coupe est un peu serrée, mais c'est normal pour ce modèle.

Aussitôt, la conversation se reporta vers le mariage.

McKenzie était ravie de s'en tirer à si bon compte. Toutefois, une fois les essayages terminés, Reva revint à la charge.

— Je suis si contente que tu sois là, déclara-t-elle en la serrant contre elle. Tu m'as manqué, tu sais. J'ai l'impression qu'on a un siècle de conversations à rattraper, toi et moi. Pour commencer, il va falloir que tu m'en dises un peu plus sur ton fiancé. J'ai hâte de le rencontrer.

McKenzie sourit.

— À moi aussi, tu m'as manqué.

C'était vrai. Autrefois, elles avaient été très proches l'une de l'autre, et si elles ne l'étaient plus, c'était largement par sa faute à elle, McKenzie. Elle aurait dû leur rendre visite plus souvent. Certes, elle détestait l'avion, mais n'était-ce pas un prétexte, en un sens ? N'y avait-il pas d'autres raisons peut-être plus importantes pour expliquer son absence ? Par exemple qu'elle était un tantinet jalouse de Reva ? Oui, elle était surtout partie pour ne plus être sans cesse dans l'ombre de sa cousine et pour ne plus être prise en pitié par sa famille.

— Dépêchez-vous, intervint l'une des demoiselles d'honneur. On va être en retard pour la manucure.

McKenzie jeta un coup d'œil à ses mains.

Reva adorait se faire faire les ongles. Sur les réseaux sociaux, elle ne manquait jamais de poster des photos de ses réalisations les plus récentes, toutes plus sophistiquées les unes que les autres. Afin de ne pas être en reste, McKenzie avait pris rendez-vous la semaine précédente dans un institut pour un soin, et elle avait été satisfaite du résultat. L'idée de refaire ses ongles à peine quelques jours plus tard ne lui disait rien, mais ce week-end était celui de Reva, pas le sien. Elle se résolut donc à sourire et suivit les autres.

Alors qu'elles se faisaient pomponner, les bavardages allaient bon train à propos du mariage et du lieu où Reva pensait passer sa lune de miel : Jeremy l'avait gardé secret pour lui en faire la surprise.

Soudain, un livreur débarqua dans l'institut et présenta un écrin à Reva. Celle-ci poussa un cri de ravissement en sortant de la boîte un fin bracelet de diamant et lut la carte à voix haute. Autour d'elle, tout le monde y alla de son commentaire.

— Oh là là, il est si romantique !

— Tu en as, de la chance !

Oui, Reva avait de la chance. En amour comme dans la vie. Il en avait toujours été ainsi. Elle n'avait jamais été plaquée, elle. Quel homme aurait été assez stupide pour lâcher une fille aussi belle, aussi formidable ?

McKenzie se mordilla la lèvre inférieure, se reprochant sa jalousie. Elle était contente pour sa cousine. Ravie, même. Seulement, elle aurait bien aimé avoir un tout petit peu de cette chance, surtout avec les hommes.

Sur ces entrefaites, on leur servit des fraises et du champagne. McKenzie buvait rarement, mais elle vida vaillamment sa coupe, et même une deuxième. Lorsqu'il fut temps de rejoindre les hommes pour déjeuner chez Roberta, elle n'aurait su dire si elle avait faim ou si elle était pompette. Les deux, sans doute.

— Ta mère n'a pas dû chômer à préparer la cuisine pour tout le monde la veille de ton mariage.

Reva éclata de rire tandis qu'elles s'entassaient dans la limousine louée pour l'occasion.

— Elle adore ça, tu le sais bien. Et puis, elle attend ce jour depuis que je suis toute petite.

— Comme toi. Je ne compte plus les fois où nous avons joué au marié et à la mariée avec les voilages de ta mère.

— Oui ! On s'amusait bien, hein ?

Oui et non. C'était toujours à Reva que revenait le rôle de la mariée, jamais à McKenzie. Fallait-il y voir un signe prémonitoire ?

— J'aurais dû emprunter les vieux rideaux de maman pour demain, non ? ajouta Reva en pouffant de rire.

— Ça m'étonnerait. Ta robe te va beaucoup mieux.

— Pas de problème, elle les mettra de côté pour ton mariage.

— Je n'en ai pas besoin. Pas plus que d'un voile de mariée.

— Qui sait ? Ton beau chirurgien se chargera sans doute de te faire changer d'avis.

— Mon beau chirurgien ? Tu ne l'as même pas vu.

— Pardon, c'est tata Roberta qui l'appelle comme ça.

McKenzie ouvrit des yeux ronds.

— Non, c'est vrai ?

— Oui, et Julianna aussi. Elle m'a dit qu'elle avait failli s'évanouir en tombant sur lui ce matin dans la salle de bains.

— Inutile d'en faire tout un plat, va. Ryder était habillé et il venait se brosser les dents. À t'entendre, on croirait qu'elle l'a vu en sous-vêtements.

— Peu importe, il l'a impressionnée suffisamment pour qu'elle m'envoie un texto dans la foulée. Elle m'a dit que ses abdos sont parfaits.

— Comparés à ceux de ton frère, c'est facile. Mais c'est vrai, Ryder est un bel homme.

Elle l'aurait déjà dit un mois plus tôt, mais elle ne s'était pas rendu compte à quel point il était séduisant. Ou alors, elle n'y avait pas fait attention puisqu'elle pensait que son avenir était lié à celui de Paul.

Comme elle avait eu tort…

Quand la limousine se gara devant chez la mère de Reva, Ryder, Jeff et les enfants interrompirent la partie de foot à laquelle ils se livraient sur la pelouse et regardèrent les femmes descendre du véhicule.

McKenzie se dirigea droit vers Ryder.

— Salut, mon beau chirurgien, dit-elle avec un grand sourire.

Il haussa les sourcils, et sa surprise augmenta encore lorsqu'elle noua les bras autour de son cou pour l'embrasser longuement, langoureusement.

Le baiser était pour la galerie, bien sûr. D'ailleurs, leur public n'en perdit pas une miette, et un sifflement jaillit. Mais il s'en fichait. McKenzie tenait à ce que tout le monde la croie en couple avec lui, soit. Elle lui avait demandé de faire semblant d'être fou d'elle, pas de problème. Il l'embrassa comme s'il en avait eu envie depuis toujours.

Lorsqu'elle s'écarta, elle lui sourit, les yeux légèrement voilés.

— Je t'ai manqué, on dirait ? remarqua-t-il, amusé.

— Énormément. Tu en doutes ?

Il se pencha pour murmurer à son oreille :

— Tu as bu, ou quoi ?

— Oui, du champagne. Mais pas assez à mon goût.

Elle avait une façon de le regarder, comme s'il était le plus bel homme du monde…

Il savait bien que tout cela, c'était du vent, une illusion, mais le spectacle était convaincant. Même lui, il était à deux doigts de s'y laisser prendre. McKenzie se rendait-elle compte de ce qu'elle faisait ? Avait-elle oublié qu'elle sortait d'une histoire d'amour ratée et que ses émotions étaient en désordre ? En un mot, qu'elle était vulnérable ?

— Mais, oui, j'ai bu deux coupes pendant la manucure.

Pour illustrer ses propos, elle lui montra ses ongles.

Il était conscient des regards braqués sur eux. Les autres femmes, en chemin vers la maison, s'étaient même arrêtées pour les observer. Il lui prit la main et la porta à ses lèvres pour embrasser le bout de chaque doigt.

— Quel bon acteur, dit-elle d'une voix légèrement essoufflée.

— Et encore, ce n'est que le début.

Il était sincère. Jusqu'à présent, il s'était faufilé avec plaisir dans le rôle qu'elle lui avait confié, mais lorsqu'il l'embrassait, lorsqu'il la regardait dans les yeux, il avait de plus en plus de mal à séparer la fiction de la réalité. À force, il se sentait perdre les pédales. Il s'amusait à un jeu dangereux, qui risquait de faire voler en éclats toutes ses velléités d'autoprotection.

— J'ai hâte d'assister au grand final, dans ce cas.

Il sentit son cœur faire un bond.

— Serais-tu en train de flirter avec moi, à tout hasard ?

Une brusque rougeur monta aux joues de McKenzie.

— Pourquoi ? Ce n'est pas bien ?

Cette question trahissait une fragilité qui lui fit de la peine. Il aurait voulu la bercer dans ses bras, lui redonner confiance en elle. S'il tenait Paul et les autres hommes qui lui avaient fait du mal, il leur ferait passer un mauvais quart d'heure.

— Trêve de roucoulades, dit une belle femme. Présente-moi ton homme, Kenz.

Il devina tout de suite qu'il avait devant lui la fameuse Reva. Manifestement, celle-ci détestait qu'on lui vole la vedette, a fortiori le week-end de ses noces.

Il jeta un coup d'œil à McKenzie et s'aperçut qu'elle observait la façon dont il se comportait avec sa cousine.

— On m'a beaucoup parlé de vous aujourd'hui, docteur Andrews, poursuivit Reva. Nous sommes tous ravis de faire votre connaissance.

Il contempla de nouveau McKenzie.

Celle-ci ne souriait plus, ne semblait même plus prêter attention à lui. Au contraire, elle avait l'air de trouver cette conversation terriblement ennuyeuse. Elle marmonna un mot d'excuse au sujet du repas et s'éclipsa.

La cérémonie devait se dérouler dans une ancienne demeure coloniale qui servait à présent de cadre pour des réceptions de mariage. Un porche monumental pourvu de colonnes en façade ornait la maison blanche, et une grange avait été transformée en salle de réception. Mais, si impressionnant soit-il, l'ensemble n'aurait pas eu autant de cachet sans le cadre dans lequel il se situait. Des collines verdoyantes plantées de chênes immenses ondulaient sous le ciel d'un bleu limpide, des parterres de fleurs multicolores parsemaient le domaine bordé d'un frais ruisseau et clos par de grandes rangées d'arbres. C'était un petit paradis à l'écart du monde extérieur.

À l'ombre d'un chêne, Ryder observait les répétitions du mariage. Le futur marié et ses garçons d'honneur se rangeaient en file le long d'une arcade en bois décorée d'arrangements floraux en prévision du mariage. Les femmes étaient regroupées au fond des jardins. Une coordinatrice de mariage munie d'une écritoire formulait des ordres et mettait tout le monde en place pour les répétitions.

— OK, mesdames, votre attention, s'il vous plaît ! Demain, vous irez toutes vous cacher derrière ces terrasses jusqu'au départ de la musique.

Elle assigna une place à chaque demoiselle d'honneur et leur demanda de faire semblant de porter un bouquet. Une chanson démarra alors, et à des moments bien précis de la mélodie, l'organisatrice envoya chaque femme l'une après l'autre en direction du podium où les attendaient les hommes. Les demoiselles d'honneur étaient au nombre de six, et McKenzie était l'avant-dernière à prendre sa place avant Reva.

Tout au long des manœuvres, elle ne le gratifia pas d'un seul regard. Les mains jointes autour d'un bouquet imaginaire, elle se dirigea là où l'organisatrice lui disait d'aller et attendit la grande entrée de Reva. Telle une vedette, la cousine de McKenzie focalisait l'attention générale, et son futur mari la contemplait avec une adoration manifeste.

McKenzie aussi souriait, mais ce sourire avait quelque chose de factice. Ryder ignorait si d'autres que lui s'en rendaient compte, mais la façon dont elle se tenait, ses sourires vides qui n'atteignaient pas ses yeux, tout cela lui pinçait le cœur. Il aurait voulu la serrer dans ses bras et lui promettre de régler ce qui la perturbait à ce point.

Une première répétition se déroula par à-coups, interrompue à tout bout de champ par les corrections de la coordinatrice. À la fin, celle-ci tapa dans ses mains, et les quelques spectateurs sur les bancs disposés dans le jardin en firent autant.

— Bon, cette fois-ci, on recommence, mais sans interruption. Si vous vous trompez, ce n'est pas grave, vous continuez comme si c'était le grand jour. On ne s'arrête pas, OK ? Allez, vite, vite ! On se dépêche !

Cette toute petite bonne femme avait dû être caporal dans une vie antérieure ! Tandis que tout le monde reprenait sa place, il s'assit sur un banc dans les premiers rangs. Plusieurs amis et parents des mariés avaient déjà pris place et discutaient en attendant la reprise des répétitions.

— Vous devez être le Dr Andrews, l'ami de McKenzie ?

Ryder se tourna vers l'homme qui s'était glissé sur le siège voisin du sien. Il hocha la tête, et l'autre lui tendit la main.

— Je suis Mark, son grand frère.

— Ryder, répondit-il en échangeant une poignée de main.

— Au téléphone, je lui ai demandé de me rencarder à votre sujet, mais elle n'avait pas grand-chose à me dire, si ce n'est que vous êtes quelqu'un de bien et qu'on devrait s'entendre, vous et moi. Mais elle avait déjà dit ça à propos du précédent.

— Vous voulez savoir si vous avez davantage de chances avec moi ?

Mark le cloua d'un regard acéré.

— Je ne serais pas son frère aîné si je ne m'inquiétais pas pour elle. D'ailleurs, pour votre gouverne, elle s'était trompée. Je n'ai jamais aimé ce type.

— Pas de problème. En toute franchise, je ne raffolais pas de lui non plus.

Cette remarque arracha un petit rire à Mark.

— Sinon, que voulez-vous savoir ? demanda encore Ryder.

— Vous sortez avec elle depuis quand ?

— Quelques semaines.

— Et malgré tout elle vous a amené chez sa famille dans le Tennessee ? Elle va vite en besogne.

— Je crois qu'elle sort avec moi en partie pour ne pas se retrouver seule parmi vous.

Mark étudia son visage avec attention.

— Oui, vous n'avez pas tort. Ma mère se fait du souci pour elle.

— Comme son frère, je suppose ?

— Oui, lui aussi. Mais elle avait l'air heureuse la dernière fois que je l'ai vue à Seattle.

— Vous venez souvent ?

— Plusieurs fois par an. Assez pour m'être forgé une opinion sur le gars que vous avez remplacé. Bon débarras… Je suis content qu'elle ait fini par y voir clair à son sujet.

— Moi aussi, dit Ryder. Après tout, si elle était restée avec lui, je ne serais pas là à vous parler.

— Pas faux.

Tous deux suivirent du regard McKenzie qui remontait lentement l'allée en direction de l'avant-scène. Arrivée à leur hauteur, elle croisa le regard de Ryder, et ses yeux s'attardèrent sur lui. Puis elle aperçut Mark, et son visage s'illumina, au point que Ryder crut qu'elle allait interrompre la répétition pour se jeter au cou de son frère. Mais elle n'en fit rien, et la chorégraphie suivit son cours.

Toutefois, aussitôt libérée, elle se précipita vers eux et jeta ses bras autour de son frère.

— Je ne savais pas que tu étais arrivé.

— Coucou, Giclette. Je t'ai manqué ?

— L'affreux, il a osé, dit-elle en plissant le nez. *Ne. M'appelle. Jamais. Comme ça.* Compris ?

— Tu es devenue trop grande pour ce surnom ? demanda Mark en s'esclaffant.

— Ce surnom n'a jamais été le mien. Il n'y a que toi qui l'utilises, et tu sais très bien que je le trouve horrible.

Ryder les regarda interagir avec un mélange d'amusement

et de jalousie. Fils unique, il n'avait pas connu ce genre de complicité. Aurait-il eu cette chance si Chrissy avait survécu ?

McKenzie tourna vers lui ses grands yeux verts, souriante. Et cette fois-ci son sourire était sincère.

— Ryder, laisse-moi te présenter le fléau de mon enfance. Au fait, si jamais il te prenait l'envie de m'appeler Giclette, gare à tes abattis.

La coordinatrice tapa alors dans ses mains et ordonna à tout le monde de rejoindre la salle de réception pour le repas de répétition.

McKenzie émit un gros soupir.

— De même que cette femme est le fléau de mon présent. Elle est tellement dirigiste !

— C'est son boulot qui l'exige, dit Mark. À force d'avoir affaire à des futures mariées hystériques, elle est obligée.

— Reva n'est pas hystérique…

Au même instant, leur cousine se laissa tomber sur un siège et fondit en larmes.

— Tu es sûre ? insista Mark en souriant.

— Absolument. Mais je vais voir ce qu'il lui arrive.

Elle pressa son frère affectueusement dans ses bras et se détourna. Puis, comme si l'idée lui en venait après coup, elle fit volte-face, se dressa sur ses orteils et déposa un baiser sur le coin de la bouche de Ryder.

C'était la deuxième fois qu'elle l'embrassait aujourd'hui. La première fois, elle l'avait fait pour satisfaire la curiosité de ses cousines. Nul doute que ce second baiser s'adressait à Mark. Mais il ne s'en plaignait pas, bien au contraire.

Leurs regards se croisèrent, se lièrent.

— Désolée. Je ne cesse de t'abandonner.

— Pas grave, tu te rattraperas plus tard, dit-il, taquin.

Elle ouvrit de grands yeux et jeta un coup d'œil nerveux à son frère, avant d'esquisser un lent sourire.

— On verra.

Ils l'observèrent s'éloigner tandis qu'elle se hâtait vers Reva, autour de qui se pressaient déjà son fiancé et deux demoiselles d'honneur.

— Très intéressant, dit Mark d'un air songeur.

— Quoi donc ? La crise de nerfs de Reva ?

— Non, je parlais de ma sœur. Je sais que ma mère vous a imposé de partager la même chambre, mais vous n'avez pas encore couché ensemble, si je ne m'abuse ?

— Avec tout le respect que je vous dois, ça ne vous regarde vraiment pas.

Mark éclata de rire et lui donna petit coup de poing sur l'épaule, quoique avec plus de force que pour une simple plaisanterie. Presque comme un signe d'avertissement.

— Pour votre gouverne, tout ce qui concerne McKenzie me concerne. Je ne supporterais pas qu'on lui fasse du mal.

Ryder hocha la tête.

— C'est noté. Mais ça n'arrivera pas.

Étant donné que, après ce week-end de faux-semblants, ils reprendraient leur vie chacun de leur côté.

— Autre chose, ajouta Mark, le regard brillant. Ce n'était pas de l'ennui que j'ai vu dans les yeux de ma sœur, à l'instant.

Ryder sentit son cœur battre plus vite.

Se pouvait-il que Mark ait vu juste ? Mais non, McKenzie tenait bien son rôle, voilà tout. Tellement bien que même son frère était dupe… La prochaine fois qu'il serait seul avec elle, il veillerait tout de même à tenir ses distances.

Il la vit essuyer une larme sur la joue de sa cousine, qui souriait à présent. Les futurs mariés s'étreignirent, et McKenzie fit signe aux personnes présentes de s'en aller avant de revenir vers Mark et lui. Lorsqu'elle les rejoignit, elle les regarda avec curiosité, se demandant visiblement de quoi ils avaient parlé en son absence.

— Allez, dit Mark en se levant. Voyons si ce traiteur hors de prix vaut vraiment le détour.

Ryder se mit debout lui aussi et posa une main possessive au creux des reins de McKenzie.

— Avec plaisir. Je meurs de faim.

Il ne parlait pas de McKenzie, bien sûr. Mais le sourire qu'elle lui lança lui fit se demander s'il ne se leurrait pas depuis le début. S'il était vraiment possible de passer ce week-end avec elle et d'en rester aux faux-semblants.

8.

McKenzie n'avait pas mesuré à quel point ses obligations familiales l'obligeraient à abandonner Ryder. Pour le repas de répétition, par exemple, elle était assise à la table des mariés. Par bonheur ou par malheur, Mark s'était mis en tête de tenir compagnie à Ryder. Que pouvaient-ils se raconter ?

Elle leur jeta un regard inquiet.

Les deux hommes semblaient parfaitement détendus. Accaparés par leur conversation, ils avaient l'air de passer un bon moment. À l'instant, Mark rejetait la tête en arrière pour rire de quelque chose que lui disait Ryder.

Intéressant… Quand son frère était venu à Seattle, Paul et lui avaient paru s'entendre, mais, à y repenser, elle ne se rappelait pas les avoir vus échanger des plaisanteries ou des rires. Se seraient-ils tolérés l'un l'autre par égard pour elle ?

— Reva n'est pas la seule à avoir de la chance aujourd'hui, fit observer Callie, sa voisine de table.

Prise de court, McKenzie sourit à celle-ci.

Oui, elle avait de la chance que Ryder ait accepté de se prêter à cette comédie. Elle avait mauvaise conscience de l'avoir embringué dans cette histoire et jeté en pâture à l'indiscrétion de sa famille. Tout ça pour qu'elle évite leur pitié et soit moins envieuse du bonheur de sa cousine.

— Est-ce qu'il est aussi bon au lit qu'il en a l'air ? ajouta son ancienne camarade de lycée, qui contemplait Ryder avec une avidité non dissimulée.

McKenzie se retint de pouffer.

Elle avait dû avoir la même tête que Callie ce matin quand Ryder était revenu dans la chambre tout frais de sa douche. Elle l'avait trouvé si sexy, si incroyablement beau. Et que dire de ce baiser devant chez tante Jane ? Pourquoi avait-elle éprouvé le besoin de l'embrasser ? Pour s'afficher devant sa cousine et les autres et leur dire « Eh, Reva n'est pas la seule à avoir de la chance » ? Si tel était le cas, c'était vraiment minable de sa part. Mais Ryder avait eu raison d'incriminer le champagne. L'alcool aidant, elle l'avait aussi embrassé tout simplement parce qu'elle en avait envie. Auquel cas, la présence de sa cousine et des autres lui avait fourni une excuse.

La gorge serrée, elle chercha quoi répondre à Callie.

— Je ne sais pas. On ne sort ensemble que depuis quelques semaines.

Callie haussa ses sourcils parfaitement dessinés.

— Tu es folle ! Qu'attends-tu ? Votre baiser, tout à l'heure, c'était de la dynamite. Je te le dis, si cet homme était mon petit ami, je connaîtrais tout de lui et lui de moi.

Merci, Callie, pour les images indésirables qu'elle venait de lui mettre dans la tête ! Ryder n'était pas son petit ami, même si elle prenait de plus en plus cette comédie au sérieux…

Par bonheur, Reva vint à sa rescousse.

— Laisse-la tranquille, dit-elle à Callie. McKenzie sort tout juste d'une longue relation. C'est normal qu'elle ne veuille pas brusquer les choses, même avec un homme aussi formidable que Ryder semble l'être.

McKenzie sentit sa mauvaise conscience monter d'un cran.

Quand elles étaient gamines, Reva l'avait toujours traînée avec elle dans des endroits cool. Elle l'avait toujours défendue contre quiconque osait la critiquer. Sa cousine était quelqu'un de bien, de bien meilleur qu'elle, en tout cas…

Mais, elle aussi, elle avait droit à un peu de bonheur, se dit McKenzie, le regard irrésistiblement attiré par Ryder.

Pouvait-elle espérer que celui-ci tombe amoureux d'elle pour de vrai ? Il faudrait qu'elle soit de marbre pour ne pas être sensible à sa virilité. C'était pour cela qu'elle l'avait embrassé tout à l'heure : elle avait eu besoin d'un sursaut d'énergie que lui seul pouvait lui apporter.

Callie avait suivi son regard.

— Non, vraiment, dit-elle avec un soupir mélancolique, tu as de la chance. Cet homme-là est l'antidote parfait à tous les chagrins d'amour.

Ryder dut sentir qu'elles parlaient de lui, car il se tourna vers leur table et fixa McKenzie d'un air interrogatif, avant de lui lancer un clin d'œil.

— Oh là là ! dit Callie en s'éventant le visage de la main. Si tu ne veux pas de lui, passe-lui mon numéro. Je ne sors pas d'une longue relation, moi, et je le verrais bien pimenter mon petit univers.

McKenzie lutta contre l'envie de s'éventer aussi. Ce clin d'œil lui faisait naître de drôles de choses au creux des reins.

— Ton frère n'est pas mal non plus, poursuivit Callie, mais il est toujours absent avec son boulot. À force, n'importe quelle femme finirait par se sentir délaissée.

Était-ce ce qu'il s'était passé avec ses parents ?

McKenzie n'avait jamais réfléchi à la manière dont ceux-ci avaient vécu avant que la tragédie ne les sépare à jamais. Après, sa mère avait enchaîné les relations pour atténuer sa solitude. Mais peut-être s'était-elle sentie seule bien avant, le père de ses enfants étant toujours aux abonnés absents.

— Ryder nous accompagne après le dîner ? demanda Reva. J'aimerais avoir l'occasion de le connaître un peu mieux, et demain je risque de ne pas en avoir le temps.

— Je ne sais pas. Je n'ai pas encore trouvé l'occasion de lui en parler.

— C'est ma faute, dit Reva avec une légère moue. Je t'ai monopolisée. Cela dit, je ne t'ai pas vue depuis deux ans. C'est un peu normal qu'il partage.

McKenzie culpabilisa à nouveau d'avoir autant tardé à revenir. À l'avenir, elle essayerait de le faire au moins une fois par an, si sa peur de l'avion était moins virulente.

— Mais, sérieusement, tu en as fait assez pour aujourd'hui. Je te libère de tes obligations de demoiselle d'honneur. Va prendre ton dessert avec ton homme et Mark.

— Tu en es sûre ?

— Absolument. Après le repas, on trouvera bien un moment pour discuter ensemble.

Sans se le faire dire deux fois, elle rejoignit l'autre table.

— Ça ne vous embête pas que je vous rejoigne pour le dessert ?

Ryder tira une chaise pour qu'elle s'asseye à côté de lui.

— Pourquoi ? Tu t'es fait virer de la table des mariés ?

— Non. Reva s'inquiétait de vous laisser seuls trop longtemps, alors j'ai accepté d'aller voir ce qui vous amusait autant.

Les yeux de Mark pétillèrent.

— Je lui racontais la fois où tu as couru toute nue dans la maison à Noël.

Elle haussa les épaules.

— Ah oui, la fameuse anecdote. Tu t'en souviens mieux que moi : j'avais trois ans.

— Oui, j'ai dû omettre ce petit détail.

— Ignore quatre-vingt-dix-neuf pour cent de ce qu'il te raconte, dit-elle à l'adresse de Ryder. Est-ce que tu veux nous accompagner au Wild Horse Saloon ? Reva souhaiterait rassembler toute la bande pour une nuit de folie en ville. Sauf qu'on reviendrait dans deux heures.

Une lueur de surprise traversa le regard de Ryder, mais il hocha la tête.

— Pourquoi pas ? À quoi ressemblerait un voyage à Nashville sans une visite dans un *honky tonk* ?

— Tu sais danser la country ?

— Si je dis non, est-ce que la soirée tombe à l'eau ?

Elle éclata de rire.

— Non, bien sûr !

— Callie est célibataire ? demanda Mark. Je l'ai vue zyeuter plusieurs fois dans notre direction.

— Oui, mais ce n'était pas toi qu'elle admirait.

Mark sourit.

— N'y aurait-il pas un peu de jalousie dans ta voix ? As-tu peur qu'elle lance les grandes manœuvres sur ton homme ?

McKenzie dressa le menton avec dédain.

— Moi ? Pas du tout. Pourquoi voudrais-tu que je sois jalouse ?

Pourquoi ? Parce que son frère la connaissait bien et qu'elle ne pouvait rien lui cacher : à tort ou à raison, elle ne supportait pas l'idée que Callie fasse des avances à Ryder.

— Je ne m'intéresse à personne d'autre qu'à toi, tu sais, dit ce dernier.

Comme pour illustrer ses paroles, il lui prit la main et lui déposa un baiser sur le bout des doigts.

Elle n'était pas dupe, c'était pour la galerie. Malgré tout, un frisson courut le long de son bras. Elle se perdit dans ses yeux d'un brun doré, en proie à un désir dévastateur.

Elle aurait tellement voulu y croire ! Ryder était tellement mieux que tous les hommes qu'elle avait fréquentés. Si seulement il était son petit ami, si seulement il avait *vraiment* voulu dire ce qu'il avait dit ! En tout cas, elle lui était reconnaissante d'être ici. Sans lui, cet événement familial aurait été un calvaire.

Elle le gratifia d'un sourire puis, cédant à une impulsion, se pencha pour l'embrasser.

— McKenzie !

Elle se figea avant de se tourner vers la voix qui venait de la héler.

Au milieu de la salle, un homme corpulent – Daniel Carter, l'oncle de Jeremy – était étalé par terre.

Ryder et elle se précipitèrent.

— Que s'est-il passé ?

— On ne sait pas. Tout allait bien, et puis au beau milieu d'une phrase il est devenu pâle et s'est effondré.

D'un geste, Ryder écarta l'attroupement et se pencha.

— Il respire, mais de manière superficielle.

Il déboutonna le haut de la chemise et écouta le cœur.

— La fréquence cardiaque est faible.

— Et son pouls filant, ajouta-t-elle, avant de poser les pieds de l'homme sur une chaise pour faciliter l'afflux de sang au cœur.

— A-t-il déjà eu des évanouissements de ce genre ? Des problèmes de santé avérés ? demanda Ryder.

— Diabète, hypertension, cholestérol élevé, énuméra la tante de Jeremy d'une voix tremblante.

La pauvre femme était elle-même sur le point de défaillir.

— On lui a posé un stent sur la coronaire droite il y a quelques années. Depuis, il allait bien. Et je n'ai pas souvenir de l'avoir vu s'évanouir, même avant son opération.

McKenzie hocha la tête.

— Vite, mon sac, dit-elle à Callie, la première personne dont elle croisa le regard en se redressant.

Elle gardait toujours avec elle un masque de bouche-à-bouche, au cas où. Tout en composant le numéro des secours, elle fit signe à son frère d'aider la tante de Jeremy à s'asseoir.

— Quelqu'un a un glucomètre ?

Il était improbable que la glycémie de Daniel ait chuté juste après le repas, mais il ne fallait écarter aucun scénario.

— Oui, moi, dit aussitôt une dame dans l'assistance.

Joignant le geste à la parole, celle-ci renversa son sac sur la table pour mettre plus vite la main sur une trousse contenant un glucomètre, un stylo auto-piqueur, un tube de bandelettes et quelques gants jetables.

McKenzie se pencha vers l'homme pour lui expliquer la situation : quoique inconscient, il entendait peut-être tout ce qui se passait autour de lui.

— Daniel, je vais vérifier votre glycémie. Dans un petit instant, vous allez ressentir une piqûre au doigt.

Son portable coincé entre l'épaule et l'oreille, elle dressa un compte rendu à l'urgentiste tout en enfilant un gant. Puis elle inséra une lancette et une bandelette réactive dans l'auto-piqueur, qu'elle planta dans l'index de Daniel. Elle appliqua ensuite la bandelette sur la gouttelette de sang qui perlait au bout du doigt.

Quelques secondes plus tard, l'appareil affichait le résultat : 261.

C'était beaucoup trop élevé, mais ils avaient la preuve que

la syncope de Daniel ne venait pas de là. Le plus inquiétant, c'était son absence de réaction à la piqûre.

McKenzie croisa le regard de Ryder et devina qu'il pensait la même chose.

L'urgentiste au bout du fil l'informa qu'une ambulance partait, et elle tendit son portable à la personne à côté d'elle pour se concentrer sur le patient.

Ryder secoua légèrement celui-ci pour tenter de le faire réagir.

— Monsieur Carter ? Vous m'entendez ?

Rien.

Ryder frotta vigoureusement son poing contre le sternum de la victime. Ce geste énergique aurait normalement dû susciter un réflexe de douleur, mais Daniel ne réagit pas davantage. McKenzie lui tâta à nouveau le poignet, mais le pouls était à présent indécelable.

— Ryder, dit-elle d'une voix ferme pour attirer son attention.

Elle commençait à s'inquiéter pour de bon, mais il ne fallait surtout pas alarmer les autres. Elle pressa deux doigts sur la carotide sans réussir à localiser le pouls. Ryder posa une fois de plus l'oreille contre la poitrine de Daniel pour vérifier que la victime respirait. Puis il lâcha un juron en sourdine et commença aussitôt les compressions thoraciques.

McKenzie attrapa le masque de bouche-à-bouche dans son sac, déchira l'emballage en plastique et appliqua l'écran facial sur le visage de Daniel. Ryder comptait ses compressions à haute voix, et conformément au protocole, elle pratiqua deux insufflations au bout de trente poussées. Les doigts sur la carotide, elle tentait de localiser un pouls. Au bout du quatrième bouche-à-bouche, elle sentit son propre cœur faire un bond.

— J'ai un pouls ! Très léger, mais il est là.

— Dieu merci, dit quelqu'un dans l'assistance.

Elle se rappela alors qu'ils avaient un public : tandis qu'elle s'efforçait avec Ryder de sauver la vie de leur patient, elle avait complètement fait abstraction du reste du monde.

Pour autant, Daniel n'était toujours pas tiré d'affaire, tant s'en faut. Ryder poursuivit ses compressions, et lorsqu'elle se pencha pour souffler dans la bouche de l'homme, elle s'aperçut qu'il respirait de manière autonome. Elle attendit de voir s'il inspirait à nouveau, mais, comme le temps passait, elle pratiqua deux insufflations supplémentaires.

— L'ambulance arrive, dit quelqu'un.

La précision était inutile, tout le monde avait entendu les sirènes au loin, mais elle accueillit la nouvelle avec soulagement. Daniel devait être pris en charge au plus vite car il faisait un infarctus, elle en était sûre.

Comme la capacité respiratoire et le pouls étaient au mieux sporadiques, ils poursuivirent le bouche-à-bouche jusqu'à l'arrivée des secours. Au bout d'une ou deux minutes interminables, les sirènes s'arrêtèrent tout près et, au même instant, Daniel ouvrit les yeux.

Son regard était vague et confus, mais il bougea et prit une profonde respiration, puis une autre.

Ils avaient réussi !

— Daniel, vous êtes au dîner de répétition du mariage de votre neveu Jeremy. Je suis McKenzie Wilkes, la cousine de Reva. Je suis médecin, vous vous souvenez ? Vous vous êtes évanoui, mais tout va bien se passer. Les secours arrivent, ils vont vous conduire à l'hôpital pour qu'on vous examine.

— Oh ! chéri…

Incapable de rester plus longtemps assise, l'épouse de Daniel tomba à genoux et se pencha sur lui en pleurant.

— Je t'aime… Si peur… S'il te plaît…

McKenzie ne comprenait pas la moitié de ses paroles étouffées par les larmes, mais l'amour de cette femme pour son mari se passait de mots. Les yeux mouillés, elle n'en continua pas moins de surveiller les constantes du malade tandis que Ryder mettait les urgentistes au courant.

— Je vais bien, marmonna faiblement l'homme, qui tenta de se redresser pour s'asseoir. Simplement, j'ai une lourdeur à la poitrine. Une douleur vive.

En disant cela, il porta les mains à son cœur.

— N'essayez pas de parler, ordonna un urgentiste en lui posant un masque à oxygène.

Mis sous perfusion, Daniel fut bientôt chargé sur un brancard. La tante de Jeremy et deux autres membres de sa famille l'accompagnèrent jusqu'à l'ambulance.

McKenzie et Ryder suivirent le groupe à une certaine distance, prêts à intervenir dans le cas improbable où on le leur demanderait. Une partie des convives se joignirent à la procession et regardèrent les secours charger la civière à l'arrière de la camionnette. Celle-ci démarra bruyamment, puis les proches de Daniel qui avaient suivi montèrent dans deux voitures pour se rendre à l'hôpital.

Lentement, tout le monde retourna dans la salle de réception avant de se regarder avec indécision, sans savoir quoi faire. Comment poursuivre la soirée comme si de rien n'était ?

Reva frappa des mains pour attirer l'attention.

— Si certains d'entre vous désirent aller à l'hôpital, pas de problème. L'essentiel est que Daniel se porte mieux. Nous, ajouta-t-elle en souriant, nous allons terminer le repas, emballer les restes et les emporter chez tante Roberta pour que tout le monde en profite au cours du week-end. Ensuite, nous prendrons des nouvelles de Daniel et déciderons si nous devons ou non annuler nos projets.

— Pas nos projets de mariage, je m'empresse de le préciser, dit Jeremy. Quoi qu'il arrive, ceux-là sont fermes et définitifs : demain, je t'épouse !

Il scella ces paroles d'un baisemain, tout le monde poussa un soupir de soulagement, et McKenzie sentit de nouveau la jalousie l'aiguillonner.

Paul l'avait-il jamais regardée avec une telle adoration ?

Pas depuis longtemps, en tout cas. D'ailleurs, elle était trop accaparée par son travail pour y faire attention. Ou alors, elle n'avait pas voulu se rendre compte qu'ils n'étaient plus raides dingues l'un de l'autre. Elle éprouvait beaucoup d'affection pour lui et était satisfaite de la vie qu'elle envisageait de partager avec lui, mais elle se demandait de plus en plus si elle ne s'était pas mise avec lui pour apaiser les inquiétudes de sa famille et si leur relation n'était pas fondée surtout sur l'habitude.

Ryder lui prit la main pour l'entraîner hors de la foule qui s'attardait à commenter les événements et le sang-froid avec lequel Reva avait réagi.

— Ça va ?

Elle le regarda en clignant les paupières, et son cœur cogna dans sa poitrine. Ce mec lui coupait le souffle. Littéralement.

— Oui, merci. Je me demandais juste pourquoi j'ai mis si longtemps à me rendre compte que tu es quelqu'un de bien.

— C'est une bonne question, et je me la pose souvent moi-même. Mais l'essentiel, c'est que tu aies fini par t'en apercevoir, n'est-ce pas ?

Ces paroles étaient bien sûr destinées à leur public, de même que ce qu'il fit ensuite – se pencher et lui effleurer les lèvres d'un baiser rapide –, mais cela la plongea dans un état de confusion totale.

Aurait-elle sciemment ignoré son attirance pour Ryder quand elle était en couple avec Paul ? Parce que cette gêne qu'elle avait éprouvée en sa présence, c'était ni plus ni moins de la tension sexuelle ! Elle se sentait tout électrisée et déçue que ce baiser ait été aussi bref. Elle aurait voulu embrasser Ryder pour de vrai, de même qu'elle voudrait faire avec lui beaucoup d'autres choses pour de vrai !

9.

Après avoir longuement hésité, les futurs mariés et leur suite avaient quand même décidé de descendre en ville.

Aux alentours de 20 heures, l'emblématique *honky tonk* de la Seconde Avenue de Nashville était déjà rempli à craquer. Par chance, ils arrivèrent au moment où une table se libérait près du bar. Une partie de la petite bande, tous des hommes, s'installa autour d'une bière, soi-disant pour garder la table. Ryder, Jeremy et un troisième volontaire accompagnèrent toutefois les femmes sur la piste de danse.

Ryder serait volontiers resté avec les autres hommes, mais il devait admettre qu'il prenait plaisir à écouter McKenzie chanter la chanson sur laquelle ils dansaient. Elle se débrouillait bien et suivait parfaitement le rythme, contrairement à lui. Sur une piste de danse, il pouvait faire illusion avec des musiques lentes, mais la country était un style nouveau pour lui. Mais McKenzie avait insisté pour qu'il la rejoigne au début de la session de danse, et il n'avait pas eu le cœur de la décevoir. Par bonheur, les pas n'étaient pas si difficiles, et il commettait relativement peu d'erreurs. Sauf à présent : il venait de tourner à gauche alors qu'il aurait dû aller à droite, et McKenzie lui était rentrée dedans.

— Oups !

En riant, elle se rattrapa à son bras.

Sa paume était tiède contre sa peau. Tiède et brûlante à la fois, et ce contact électrisant fit battre son cœur plus vite, plus que ne le faisait l'effort physique. D'habitude, il parvenait à étouffer son attirance pour elle, mais ils se trouvaient dans un lieu public, sous le regard de tous, et il était censé être son petit ami. Un peu de sensualité rendrait l'illusion plus crédible.

— Désolé, dit-il avec un grand sourire.

— Pas de souci.

Au lieu de le lâcher, elle fit glisser le bout de ses doigts sur sa peau en une caresse légère, grisante, et il se prit à songer à ce que cela ferait si elle le touchait de la sorte sur la poitrine, le ventre… Et si, tout en le caressant, elle le contemplait avec cette flamme dans ses grands yeux verts. Oh oui, il n'imaginait que trop bien tout cela ! Il faudrait être aveugle pour ne pas remarquer la tension sexuelle qui animait son regard. D'ailleurs, s'il voulait bien l'admettre, cette tension avait toujours existé entre deux, sous-jacente et d'autant plus obsédante que McKenzie appartenait à un autre. Mais, justement, elle n'était plus en couple avec Paul et elle le dévisageait avec une passion indéniable.

Seulement, il était bien placé pour savoir qu'une femme sortant d'une relation est fragile, et qu'une amourette est souvent le meilleur pansement à un amour-propre blessé. Si quelque chose arrivait entre McKenzie et lui, elle finirait par se servir de lui, c'était obligé. Il en avait fait l'expérience et avait mis du temps à s'en remettre, alors prudence !

Pourtant, alors qu'ils dansaient, il se laissait gagner par l'énergie qui se dégageait d'elle, de son rire, et il ne se souvenait plus de rien, sinon qu'il avait envie d'elle.

— Tu t'en tires très bien, dit-elle.

Oui, il ne se débrouillait pas mal, du moins jusqu'à ce qu'elle lui lance ce beau sourire. Dès lors, il ne contrôla plus ses pieds et buta à nouveau contre elle.

Elle ouvrit de grands yeux, sa bouche forma un O, mais elle rit sans cesser de danser. Lorsqu'il la heurta une troisième fois, elle fronça les sourcils d'un air soupçonneux atténué par l'éclat amusé de son regard.

— Dis donc, je vais finir par croire que tu le fais exprès.

Il feignit l'innocence.

— Qui, moi ? Franchement, tu m'en crois capable ?

— Je ne sais pas. Il y a trois semaines, j'aurais dit non. Tu aurais tout fait pour m'éviter. Maintenant, en revanche…

En effet, il l'avait évitée. Parce qu'elle était en couple avec un autre et que, dès qu'il était avec elle, il avait envie de jeter tout bon sens aux orties pour la faire sienne…

À présent, McKenzie le dévisageait comme si elle avait envie de lui arracher ses vêtements. Était-ce vraiment ce qu'elle ressentait, ou était-ce une comédie destinée à sa famille et à ses amis ?

— Oui ? insista-t-il comme elle se taisait.

Un sourire fit pétiller les yeux de McKenzie.

— Eh bien, maintenant, je suis sûre que tu l'as fait exprès.

— Tu n'as sans doute pas tort, répliqua-t-il avec un grand éclat de rire.

L'animatrice interrompit leur conversation par de nouvelles instructions.

— OK, tout le monde ? Allez, on reprend depuis le début. C'est parti.

Cette fois-ci, il se concentra sur ses mouvements même s'il mourait d'envie de toucher McKenzie. Lorsque la chanson se termina, il fut récompensé de ses efforts car elle jeta les bras autour de lui avec un grand sourire.

— C'était formidable. Tu es formidable !

Oui, mais pas autant que de la tenir ainsi serrée contre lui. Ça, c'était vraiment formidable ! Tellement même qu'il sentait sa prudence vaciller et céder le pas au bonheur d'être ici en congé, détendu, en compagnie d'une belle femme qui flirtait ouvertement avec lui comme si elle songeait à d'autres types de danses autrement primitives.

— Ne dis plus jamais que tu ne sais pas danser la country, je ne te croirais pas.

— Être capable de suivre les instructions d'un animateur ne fait pas de moi un grand danseur.

Que dirait-elle s'il la gardait dans ses bras ? C'était si bon de la tenir tout contre lui. Oui, si bon qu'il devait s'efforcer d'empêcher les régions inférieures de son abdomen de réagir de manière indésirable.

Autour d'eux, tout le monde s'était mis à applaudir pour remercier l'animatrice. Les yeux dans les yeux, ils s'écartèrent l'un de l'autre et imitèrent les autres. Puis les musiciens se mirent à jouer une chanson lente. À côté d'eux, Jeremy attira Reva à lui. McKenzie baissa les yeux et se détourna pour partir, mais, sans réfléchir, Ryder lui attrapa la main.

— Eh là ! Pas si vite. Je viens de suivre un cours avec toi, ce n'est pas pour que tu files dès que j'ai l'occasion de te prouver que je n'ai pas deux pieds gauches.

— Tu en es sûr ?

Elle le dévisagea comme si elle avait envie de rester mais qu'elle n'osait pas de peur de lui imposer une danse qu'il lui proposerait par gentillesse. Auquel cas, ses craintes étaient mal fondées : il mourait d'envie de la tenir contre lui, et pour ce faire n'importe quel prétexte était bon.

— Absolument sûr.

Il l'attira contre lui et noua les mains au creux de son dos.

McKenzie lui arrivait juste sous le menton. Unis par le même rythme, leurs corps bougeaient en parfaite harmonie. Il avait déjà entendu cette chanson, mais il était sûr qu'il ne pourrait jamais plus l'entendre sans penser à McKenzie et à ce moment magique, sans se souvenir de son léger parfum fleuri qui lui chatouillait les narines.

Elle le rendait fou lorsqu'elle lui caressait la nuque de la sorte. Que serait-il arrivé si elle avait été célibataire lorsqu'ils s'étaient rencontrés ? S'il n'avait pas été obligé de noyer le feu qu'elle déclenchait en lui et avait au contraire laissé libre cours à ce brasier ?

— Merci, Ryder.

— Pour ne t'avoir pas marché sur les pieds ?

— Oui, et pour tout le reste. Pour avoir accepté de venir, pour avoir été parfait pendant le repas de répétition, pour avoir sauvé la vie de Daniel…

— On était deux sur le coup. Tu as joué un rôle largement aussi important que le mien.

— C'est gentil, mais je ne crois pas. Tu as été formidable. La famille de Jeremy te prend pour un héros, la mienne aussi. Vraiment, c'est génial. Seulement…

— Seulement quoi ?

Elle redressa la tête et scruta son regard.

— Tout ceci n'est qu'une comédie.

Une comédie, se répéta McKenzie pour la dixième fois en cinq minutes. Ce qu'il se passait entre elle et Ryder n'était qu'une illusion. Lorsque Ryder lui souriait de la sorte, ça aurait été simple et tentant d'oublier qu'ils faisaient semblant, mais il n'était pas son petit ami. Elle venait de le rappeler autant à elle-même qu'à lui.

Malgré cela, Ryder continuait de sourire, preuve qu'il se fichait pas mal de ne pas être avec elle pour de vrai. Pour lui, cette tension sensuelle devait être la conséquence de la promiscuité entre deux corps jeunes et vigoureux, voilà tout. Cela dit, de quoi se plaignait-elle ? Jusqu'à présent, sa famille était dupe, n'était-ce pas l'essentiel ? Son plan marchait comme sur des roulettes, et elle, au lieu de s'en réjouir, la tête contre l'épaule de Ryder et les yeux fermés, elle résistait contre les larmes !

Oui, son plan était une réussite. Trop, même, puisqu'elle se laissait convaincre par l'illusion qu'elle avait contribué à créer. Elle adorait sa façon de la tenir contre lui, fermement mais pas trop fort non plus. Jamais elle n'avait vécu rien de tel. Elle ne se rappelait pas avoir appuyé la tête contre la poitrine de Paul, écouté les battements de son cœur en contrepoint à la pulsation d'une chanson d'amour. Ni avoir été aussi sensible aux notes épicées d'un parfum viril, ce qui la ramenait au moment où Ryder était revenu de la salle de bains fraîchement douché et rasé.

La chanson s'arrêta, et le groupe enchaîna sur une autre plus rapide.

Sans s'écarter l'un de l'autre, Ryder et elle gardèrent leur tempo. Elle ferma les yeux pour mieux savourer l'instant. Elle se sentait si bien en sa compagnie, tellement à sa place contre lui… Mais, pour parfaite qu'elle soit, cette alchimie n'était qu'une illusion. Le menton de Ryder lui effleura le sommet de la tête en une caresse légère qui la fit frissonner. Elle ouvrit les yeux et s'aperçut que Reva et Jeremy les observaient. Sa cousine dressa un pouce approbateur avec un grand sourire.

Dans quelques années, quand tout cela se serait tassé, elle dirait la vérité à Reva. Celle-ci comprendrait certainement. Qui voudrait se rendre à une réunion de famille seule, abandonnée et objet de pitié ? Peut-être aurait-elle la franchise de lui avouer qu'elle avait envié sa vie formidable et qu'elle s'était reproché sa jalousie. En attendant, c'était plus fort qu'elle. Chaque fois qu'elle hasardait un regard vers Reva et Jeremy et qu'elle les voyait aussi heureux l'un avec l'autre, elle sentait son cœur se serrer douloureusement.

Elle désirait connaître le bonheur d'être aimée. C'était ce à quoi elle aspirait : avoir quelqu'un avec qui rire, parler, partager les bons et les mauvais moments. Demandait-elle l'impossible ?

— À quoi penses-tu ?

Elle écarta la tête de l'épaule de Ryder et le regarda.

— À rien, pourquoi ?

— Tu es tendue, soudain. Tu es sûre que tout va bien ?

Décidément, aucun détail ne lui échappait.

— Oui. Je me disais juste que c'était agréable de passer du bon temps en famille, d'apprendre à te connaître, de danser avec toi.

— C'est vrai, mais ne confonds pas les apparences avec la réalité.

— Non, mais il est permis de rêver, non ?

Elle sentit qu'il se crispait. Ils avaient cessé de danser, même s'ils demeuraient proches l'un de l'autre, et pour un observateur extérieur ils devaient avoir l'air de discuter. De toute évidence, sa dernière remarque lui avait hérissé le poil. Elle aurait mieux fait de se taire.

Embarrassée, elle se contraignit à sourire.

— Bon, ça suffit les conversations sérieuses. Amusons-nous un peu.

Il était tout juste 11 heures lorsque Ryder et McKenzie regagnèrent la maison de Roberta. Celle-ci dormait déjà, de même que Jeff et sa famille. Toutes les lumières étaient éteintes à l'exception de celles du porche et de deux veilleuses. Mark n'était pas rentré avec eux. Il avait préféré poursuivre la fête, certain de trouver chez des amis un couchage plus confortable que le canapé de sa mère.

Ryder laissa McKenzie passer la première dans la salle de bains. Tandis qu'elle faisait sa toilette, il observa les posters de boys band sur les murs.

Il se l'imaginait bien avec Reva, chantant à tue-tête les derniers tubes du moment, la musique à fond. Sur la commode, une photo encadrée les représentait toutes les deux bras dessus bras dessous, McKenzie avec un ballon de volley et Reva en tenue de pom-pom girl.

Pourquoi McKenzie avait-elle décidé de vivre loin des siens ? La question se posait étant donné les liens très forts qui les unissaient. Par comparaison, sa famille à lui semblait tout à fait banale. Enfant unique de parents eux-mêmes enfants uniques, il n'avait jamais connu de grandes réunions familiales, jamais eu à partager sa chambre.

La porte de la salle de bains s'ouvrit, et McKenzie apparut sur le seuil vêtue d'un petit short de nuit qui disparaissait presque entièrement sous un grand T-shirt.

Il sentit son souffle se figer dans sa poitrine à la vue de ses jolies jambes et de son visage encadré de cheveux longs. Elle était belle, tout simplement. Et brillante. Et sexy.

Inconsciente de l'effet qu'elle produisait sur lui, elle se dirigea vers l'armoire pour y ranger sa robe.

— La place est libre.

Elle se tourna vers lui et se rendit compte qu'il observait la photo. Son regard fut alors traversé d'un éclat indéchiffrable qui lui parut bizarre.

Soudain, il comprit. Quel idiot de ne pas y avoir pensé plus tôt ! Pourquoi lui avait-il fallu autant de temps pour se rendre à l'évidence ? Paul avait été un petit ami de transition.

Il reposa la photo sur la commode.

— En général, je me pique d'être plutôt malin, mais là j'étais complètement à côté de la plaque.

— Ah bon ?

Le regard de McKenzie était celui d'un petit animal dans la lumière des phares.

— Oui. Au début, je me disais que tu étais partie à Seattle à cause d'un problème qui t'opposait à ta famille, mais à vous voir tous si proches les uns des autres je me suis rendu compte que je faisais fausse route.

— Comment ça ?

— Eh bien, tu t'es disputée avec ta cousine.

— Pas du tout, dit-elle d'un ton dédaigneux en s'affairant à ranger ses vêtements. Arrête de dire des bêtises.

— Tu crois ? Je savais que ce week-end te stressait, mais je le mettais sur le compte de ta situation sentimentale. À présent, je comprends. Que s'est-il passé entre toi et Reva ?

— Mais rien ! Rien n'est arrivé.

— Si, c'est forcé. Autrement, tu ne serais pas allée vivre à l'autre bout du pays.

Elle leva les yeux d'un air excédé.

— Tu me connais à peine, Ryder. Tu n'as pas passé vingt-quatre heures dans cette maison, alors épargne-moi ta psychologie de comptoir, veux-tu ?

— Il n'y a jamais rien eu entre Jeremy et toi ? Parce que j'ai l'impression qu'un homme s'est dressé entre toi et ta cousine.

McKenzie pouffa de rire.

— Moi, avec Jeremy ? Et puis quoi, encore ? On était à

l'école ensemble, mais, comme les autres garçons, il n'avait d'yeux que pour Reva.

— Du coup, qu'est-ce qui vous a séparées toutes les deux ?

— Personne. Je suis sortie avec un homme quand j'étais à la fac, mais Reva ne s'est jamais intéressée à lui.

— Elle aurait voulu ?

— Non, pas à ma connaissance. Clay n'a pas rompu avec moi à cause de Reva, Ryder. Il a trouvé une formation à Boston et moi une à Seattle. C'est tout.

— Vous êtes sortis ensemble pendant combien de temps ?

— Quelle importance…

Elle s'interrompit pour prendre une profonde inspiration :

— Sept ans.

Sept ans ! Dire que, pendant des semaines, il avait pensé que son principal rival était Paul. En fait, il s'agissait d'un homme dont il n'avait jamais entendu parler jusqu'à présent.

— Ce ne sont pas tes affaires, mais je suis sortie pendant sept ans avec un étudiant de médecine. On envisageait de s'installer ensemble à Seattle, ajouta-t-elle avec un haussement d'épaules. Sauf que, en définitive, il est parti à Boston. Il m'a prévenue au dernier moment. Ma famille s'est inquiétée de me voir partir si loin dans un endroit où je ne connaissais personne. Ils ne comprenaient pas que je voulais repartir de zéro et surtout échapper à leur pitié.

— Ils t'aiment. Ils voulaient t'aider après ta rupture. Ce n'est pas pareil.

— Qu'en sais-tu, Ryder ? Je doute sérieusement que qui que ce soit t'ait jamais pris en pitié. Tu sais quel est mon plus gros problème depuis que je suis rentrée ? Je suis jalouse comme ce n'est pas permis du bonheur de ma cousine. Enfin, entends-moi bien : je suis contente qu'elle épouse Jeremy. Seulement, qu'est-ce qui cloche chez moi pour que je n'arrive pas à garder un homme ?

Elle le fixait d'un regard brillant de colère blessée.

Il se tut, cherchant les mots justes en réponse à ses questions. Des questions qui faisaient écho à ses propres préoccupations.

Mais, en pleine lancée, McKenzie continua de lui jeter des mots à la figure.

— Félicitations. Tu as découvert que j'ai été larguée non seulement par Paul, mais par un autre homme à qui j'ai consacré sept ans de ma vie en pensant que j'allais l'épouser. Comme quoi, je suis facile à plaquer, ajouta-t-elle avec un soupir.

— Pas du tout, McKenzie. Tu te trompes.

— Oui, bon…

L'air soudain très fatigué, elle agita le bras vers la porte de la salle de bains.

— Va donc te changer avant de prendre le lit.

— Le tapis, tu veux dire ?

Elle le considéra, les yeux étrécis.

— Je dormirai *très bien* sur le tapis.

— Mais non, voyons, dit-il, regrettant sa blague idiote. C'est inutile, va.

McKenzie ne répondit pas. Le menton dressé, elle attendit qu'il parte dans la salle de bains.

Il était désolé de la tournure prise par cette conversation. Il aurait plus que jamais voulu la serrer dans ses bras, la consoler, lui ôter cette expression épuisée et malheureuse.

— Excuse-moi. Je suis désolé.

— Je n'ai ni besoin ni envie de ta pitié. Je vais très bien comme ça, merci.

Il prit son pantalon de pyjama et s'arrêta devant la porte de la salle de bains, cherchant les mots susceptibles d'apaiser la tension qui les opposait. Il ne voulait pas la mettre en colère, mais tout ce qu'il disait, tout ce qu'il faisait n'aboutissait qu'à ce résultat.

— Vraiment, je regrette d'avoir tiré des conclusions hâtives, McKenzie. Tu aurais dû me dire tout ça avant. Ça nous aurait évité des malentendus.

— Ben voyons ! Ça m'étonnerait qu'on t'ait plaqué, toi. Donc, comment pourrais-tu comprendre que je n'aie pas envie d'avouer que je n'arrive pas à garder un mec ?

Si, justement. Il la comprenait mieux qu'elle ne le pensait.

Lui aussi avait été plaqué. Lui aussi avait eu le cœur brisé et avait été la cible de cette pitié qu'elle redoutait tant.

— Tes ex ne te méritaient pas.

Elle se détourna avec un haussement d'épaules.

— Dépêche-toi de faire ta toilette. La journée de demain va être longue.

Lorsqu'il revint de la salle de bains, il ne fut pas surpris de la trouver recroquevillée sur le tapis, faisant semblant d'être endormie.

Il s'approcha du lit, rabattit les couvertures comme s'il s'apprêtait à se coucher puis se pencha et la souleva dans ses bras.

— Eh, qu'est-ce que tu fais ? piailla-t-elle.

— Je te mets au lit.

— Pose-moi tout de suite. Tout de suite !

— À vos ordres.

Il l'installa sur le lit et ramena les couvertures sur elle tandis qu'elle le dévisageait bouche bée.

— Bonne nuit, McKenzie. Dors bien.

Elle lui répondit par un regard noir comme s'il représentait tout ce qui n'allait pas dans sa vie.

Lorsqu'il la voyait comme ça, les lèvres pincées, ses yeux verts brillants de colère, il n'avait qu'une envie : l'embrasser. L'embrasser à lui couper le souffle jusqu'à ce que le désir efface sa colère. L'embrasser pour lui faire oublier Paul, Clay et tous les hommes qui avaient compté pour elle. Jusqu'à ce qu'elle ne pense plus à aucun autre que lui. Mais il ne devait pas céder à cette envie, justement. Ni lui ni elle n'avaient besoin d'une relation de consolation vouée à un échec immanquable. Il fallait qu'il éteigne la lumière.

Il prit une profonde inspiration et tendit le bras vers l'interrupteur.

Allongé sur le tapis, il écouta la respiration de McKenzie.

D'abord sonore et saccadée, celle-ci se calma peu à peu. Pour autant, il savait qu'elle ne dormait pas. Comment réagirait-elle s'il lui prenait la main ? Est-ce qu'elle le rejetterait ?

— Moi aussi, j'ai été plaqué, dit-il soudain.

Son aveu tomba dans le silence.

— Je t'ai parlé d'elle dans l'avion. On s'est rencontrés à Pittsburgh. Je savais qu'elle sortait tout juste d'une relation difficile, mais je me suis retrouvé embringué avec elle dans une histoire passablement tumultueuse. J'étais fou d'elle. Lorsque je me suis rendu compte qu'elle s'éloignait de moi, j'étais prêt à tout pour la faire changer d'avis, ajouta-t-il non sans amertume. J'ai fini par apprendre qu'elle avait renoué avec son ex et même qu'ils avaient couché ensemble. Mais elle hésitait à rompre avec moi parce qu'elle redoutait les conséquences sur nos travaux de recherche.

Il s'interrompit pour prendre une profonde inspiration.

— Elle avait l'impression de se retrouver coincée avec moi et elle le supportait de moins en moins. Tant et si bien qu'elle a fini par craquer et qu'elle a lâché le morceau : elle sortait avec moi uniquement pour rendre son ex jaloux.

Il serra les poings si fort qu'il s'enfonça les ongles dans les paumes.

— Évidemment, j'étais furieux. Contre elle d'avoir manqué de franchise, mais aussi contre moi d'avoir été aussi stupide. Je me suis juré de ne plus jamais retomber dans le piège. De ne jamais laisser personne se servir de moi.

McKenzie n'avait pas bougé, mais il savait qu'elle avait entendu chacune de ses paroles.

Il détendit les doigts et relâcha lentement son souffle.

— Donc, quand tu prétends que je ne sais pas ce que ça fait d'être plaqué, désolé, mais tu te trompes. Je ne le sais que trop bien au contraire. Et je maintiens ce que je t'ai dit : tes ex sont des idiots qui ne te méritaient pas.

Le silence tomba à nouveau dans la chambre, et il se demanda si McKenzie allait lui répondre.

— Comme quoi, le monde est rempli d'imbéciles, finit-elle par commenter d'une voix douce.

— Tu es bien mieux sans eux, crois-moi.

Seigneur, n'avait-il rien d'autre que ces mots terriblement banals, même à ses propres oreilles ? Et pourtant c'était la vérité. Si ces types ne l'avaient pas chérie à sa juste valeur, oui, elle était mille fois mieux sans eux.

— Tu t'en rends compte, n'est-ce pas ?

— Et toi, est-ce que tu es mieux sans Anna ?

Elle avait retenu le prénom d'Anna ? Il ne se rappelait même plus l'avoir mentionné. Mais l'une des choses qu'il admirait chez McKenzie était son attention aux détails.

— Oui.

Et c'était vrai. Même s'il ne l'avait pas compris à l'époque, Anna n'était pas celle qu'il lui fallait.

McKenzie ne bougeait pas, sa respiration était régulière, mais il savait qu'elle ne dormait pas. Il attendit qu'elle réagisse, mais elle ne dit rien de plus.

Que devait-il en conclure ? Il n'avait rien fait de mal. McKenzie l'avait entraîné dans ce voyage, et il avait voulu se renseigner sur sa famille, voilà tout. Ses questions avaient été légitimes. De même, il ne regrettait pas de lui avoir raconté ses propres mésaventures sentimentales. Ainsi comprendrait-elle qu'il était plus vulnérable qu'il n'y paraissait. Il ne voulait pas qu'une femme se serve à nouveau de lui pour se consoler d'une relation malheureuse. Finalement, ça allait mieux en le disant.

10.

McKenzie mit longtemps à s'endormir, mais, quand elle trouva enfin le sommeil, elle sombra comme une masse dans un néant sans rêves. Quand elle en émergea au matin, elle se redressa en sursaut.

Elle était seule dans la chambre. Par terre, au pied du lit, les couvertures étaient repliées proprement.

Elle fut soudain saisie d'un vertige de panique.

Ryder était déjà levé ? Depuis quand ? Où était-il ? Et s'il en avait eu assez de cette mascarade complètement dingue et était parti, vraiment parti ? Seigneur, non ! Tout mais pas ça. Elle voulait qu'il reste avec elle, pour tant de raisons ! D'abord, elle se sentait bien avec lui. Ensuite, il avait un succès fou auprès de sa famille. Ils étaient tous tombés dans le panneau de manière inespérée. Comment réagiraient-ils quand ils apprendraient la vérité ?

Elle n'avait pas non plus été franche envers Ryder. Elle ne lui avait pas tout raconté d'elle quand elle lui avait demandé de l'accompagner dans le Tennessee. Il avait accepté de lui rendre service sans connaître tous les tenants et les aboutissants de la situation. Il était en droit de lui poser des questions sur sa vie puisqu'elle l'avait plongé en plein dedans. D'ailleurs, ce n'était pas contre lui qu'elle s'était mise en colère, mais contre elle-même. Preuve que son passé lui restait encore en travers de la gorge. Au lieu d'en parler avec détachement, elle s'était apitoyée sur elle-même. Que pensait-il d'elle à présent ? Elle lui devait des excuses, et ce d'autant plus qu'elle l'avait plongé dans une situation de déjà-vu qui devait lui être hautement désagréable. Lui aussi avait été plaqué, et si cette Anna s'était servie de lui, elle-même faisait peu ou prou la même chose.

Elle s'habilla en vitesse afin de se mettre en quête de Ryder. Dans la cuisine, elle trouva sa mère, sa tante Myrtle, Julianna et quelques cousins, mais pas de Ryder.

Son cœur s'affola.

Ça y était, il était parti ! Elle allait prendre le premier vol pour Seattle pour le forcer à l'écouter…

Occupée à faire la vaisselle, sa mère se retourna en souriant.

— Bonjour.

— 'Jour…

L'esprit ailleurs, elle se dirigea droit vers la cafetière.

— Ton homme est dans le garage avec Mark et Jeff, dit Myrtle sans lever les yeux de ses mots croisés. Ils essayent de comprendre ce qui cloche avec ma voiture.

Submergée par le soulagement, McKenzie dut se retenir au plan de travail pour ne pas s'affaisser.

— Je me demandais où il pouvait être, dit-elle à personne en particulier.

— Myrtle se plaignait que son moteur faisait des bruits bizarres, alors ils sont descendus tous les trois pour y jeter un coup d'œil.

Ryder s'y connaissait en voitures ? Pourquoi pas, après tout. Il devait en savoir largement autant que Mark et Jeff. En tout cas, il n'était pas parti, c'était l'essentiel.

— Qu'est-ce qu'elle a, ta voiture, tata ? demanda-t-elle en ajoutant de la crème et du sucre à son café.

— Si je le savais, je n'aurais pas besoin d'eux.

Elle croisa le regard de Julianna, et toutes deux réprimèrent un sourire.

Le franc-parler de Myrtle était légendaire.

Elle s'adossa au plan de travail pour siroter son café et observa l'animation ambiante.

Mine de rien, les gens, les odeurs, le sentiment d'être ici chez elle, tout cela lui avait manqué.

— Je peux t'aider avec la vaisselle, maman ?

— Merci, ma chérie. J'ai presque fini.

Ryder, Mark et Jeff entrèrent sur ces entrefaites en parlant et en riant, les mains noires de cambouis.

McKenzie sentit sa gorge se serrer. Dieu merci, elle n'avait pas de café dans la bouche, autrement elle aurait fait une fausse route.

Oh ! Ryder, excuse-moi pour hier.

Elle aurait tellement voulu qu'il lui pardonne, qu'il sache qu'elle était désolée.

— Mark ! piailla Roberta alors que celui-ci s'approchait d'elle comme pour la serrer dans ses bras.

— Surtout, ne touchez à rien ! renchérit Julianna.

Myrtle fronça les sourcils par-dessus son journal.

— Vous avez l'air fin prêts pour vous rendre à un mariage, observa-t-elle d'un ton neutre.

— Je file me doucher, annonça Jeff depuis le couloir.

Mark se dirigea vers l'évier et se versa du liquide vaisselle dans le creux d'une main.

— Maman, je vais me débarbouiller ici avant d'emprunter ta salle de bains.

— Je t'interdis d'y mettre du bazar !

McKenzie gardait les mains serrées autour de sa tasse pour les empêcher de trembler. Ryder évitait de la regarder, comme s'il ne savait pas à quoi s'attendre avec elle. Lorsque leurs yeux se croisèrent, elle sentit son cœur palpiter et lui lança un sourire timide en guise d'offre de paix.

— Désolée, souffla-t-elle.

Il la gratifia d'un demi-sourire.

Oh ! Seigneur… Il n'était pas parti, il lui avait même rendu son sourire. Tout allait bien se passer. Au cours de la journée, elle trouverait bien un moment pour lui expliquer toutes ces choses auxquelles elle avait pensé la nuit dernière. Lui dire par exemple que chacun de ses sourires illuminait son univers et la réchauffait comme si elle offrait son visage au soleil. Qu'il faisait battre son cœur plus vite, que sa libido s'enflammait chaque fois qu'elle le voyait. Que rien de tout cela n'était artificiel.

Elle posa sa tasse et lui fit signe d'approcher.

— Viens, je vais t'aider à te nettoyer avant l'arrivée des filles.

Sans la quitter des yeux, il tendit les bras par-dessus l'évier.

Elle lui versa une giclée de liquide vaisselle sur les mains, ouvrit le robinet et vérifia la température du jet. Après s'être frotté et rincé les mains, il les lui présenta à nouveau pour un deuxième lavage. Cette fois-ci, au lieu de se contenter de le regarder, elle lui prit une main et entreprit d'ôter les taches brunes récalcitrantes avec un torchon. Ryder la dévisagea avec surprise mais la laissa faire sans rien dire.

Elle n'osait pas lever les yeux vers lui de peur que son regard ne trahisse ses sentiments.

Pourquoi son cœur s'affolait-il ? Elle lui nettoyait les mains, il n'y avait pas de quoi fouetter un chat.

Elle laissa tomber le chiffon dans l'évier, ouvrit à nouveau le robinet et s'attarda un instant pour savourer la tiédeur de l'eau sur leurs mains. Sans réfléchir, elle lui enlaça les doigts et les pressa doucement entre les siens. Lorsqu'elle referma le robinet à contrecœur, le rinçage avait duré bien plus longtemps que nécessaire. Elle se détourna pour saisir un torchon avec lequel elle lui tapota les mains.

— Merci.

— Je t'en prie.

Mue par une impulsion irrésistible, elle porta les mains de Ryder à ses lèvres.

Il ouvrit des yeux ronds, mais ne tarda pas à se ressaisir.

— Tu as bien dormi ?

— J'ai eu du mal à trouver le sommeil. J'avais trop de choses en tête.

Il hésita une brève seconde avant de sourire.

— Tu ne m'avais jamais dit que tu ronflais.

Elle fronça les sourcils, ravie malgré tout qu'il plaisante avec elle.

— Je ne ronfle pas !

— Si ! Et c'est adorable.

Il l'attira à lui en riant.

— Nous avons un public attentif, lui murmura-t-il à l'oreille.

Ah oui… Focalisée sur Ryder et sur le plaisir de l'avoir ici, dans la cuisine de sa mère, elle avait oublié ce détail.

Elle se contraignit à sourire.

— Tu joues la comédie à merveille. Continue comme ça.

McKenzie passa le reste de la matinée avec les autres demoiselles d'honneur à se faire maquiller, coiffer, poudrer, boucler, à tel point qu'elle en avait les yeux qui se croisaient. Mais le résultat était au rendez-vous : elles étaient toutes magnifiques avec leurs chignons et leurs robes d'un bleu suave. Toutefois, la véritable vedette, c'était Reva. Pour l'occasion, elle avait choisi une robe de dentelle à la taille ajustée soulignée par un joli ruban de couleur crème. Le décolleté mettait en valeur sa poitrine sans trop en révéler non plus. Bref, c'était une belle mariée qui n'aurait pas déparé une couverture de magazine.

Étonnamment, de toute la matinée, McKenzie n'avait pas éprouvé la moindre pointe de jalousie. Était-ce parce qu'elle pensait trop à Ryder ? Pourquoi n'avait-il pas pris au sérieux la tendresse avec laquelle elle avait tenu ses mains ? Une fois de plus, il avait cru tout bonnement qu'elle simulait. Bon sang, elle l'aurait étranglé ! Lorsqu'elle lui avait lavé les mains, elle avait réagi de manière sincère. Pourquoi ne s'en apercevait-il pas ?

— Merci d'être ici, lui dit Reva juste avant le début de la cérémonie.

McKenzie la serra dans ses bras en souriant.

— Il n'y a pas de quoi, ma chérie. Je n'aurais raté ton mariage pour rien au monde.

C'était la vérité. Elle était heureuse du mariage de sa cousine, heureuse de revoir sa famille et de faire le point sur sa vie. Heureuse surtout de passer ces quelques jours en compagnie de Ryder. Quoi qu'il arrive par la suite, elle se félicitait d'avoir eu l'occasion de le connaître, de l'embrasser. Et si ses baisers n'avaient pas été sincères, qu'est-ce que ce devait être lorsqu'il y mettait tout son cœur !

— Arrête, tu vas me faire pleurer, dit Reva.

Elles en restèrent là, car c'était au tour de McKenzie de faire son entrée.

La tête haute, avec un grand sourire pour le photographe, elle pénétra dans la chapelle et remonta l'allée en cherchant Ryder du regard. Lorsqu'elle le repéra dans l'assistance, un autre sourire jaillit sur ses lèvres, que Ryder lui rendit.

Sincère ou pas, sa réaction lui fit chaud au cœur. Il s'acquittait de son rôle à la perfection. Depuis le début, tout le monde n'y voyait que du feu. Dommage qu'il n'ait jamais été question d'autre chose pour lui…

À cette pensée, elle sentit son cœur se figer.

Et si, contrairement à elle, Ryder n'avait jamais éprouvé de vrais sentiments, de vrais désirs ?

Elle n'eut pas le loisir de s'attarder sur ces considérations. Déjà, la musique avait changé, et tous les invités s'étaient tournés vers l'entrée de la chapelle. Enfin, Reva fit son apparition et remonta l'allée jusqu'à l'autel où l'attendait son promis. La cérémonie se déroula sans incident, et les mariés échangèrent un baiser au milieu d'un tonnerre d'applaudissements. Puis McKenzie donna le bras à un garçon d'honneur avec qui elle sortit de la chapelle. Dehors, tout le monde prit la pose pour des photos de groupe, puis le photographe entraîna les mariés à part.

Libérée de ses obligations, McKenzie se mit en quête de Ryder dans le hall de réception.

— Tu cherches quelqu'un ?

— Oh !

Elle virevolta si vite sur elle-même qu'elle faillit perdre l'équilibre.

Ryder lui saisit le coude pour l'empêcher de tomber.

— Désolé, je ne voulais pas te surprendre.

— Tu m'attendais ?

— Plus ou moins, oui.

Saisie de trac, elle respira profondément. Il fallait qu'elle lui parle, tout de suite, et seul à seul.

— Je... Je ne veux pas rester ici, Ryder. J'ai besoin d'air frais.

— Mais tu arrives tout juste de dehors.

— Viens, s'il te plaît, dit-elle en lui attrapant la main.

Avisant les mariés avec le photographe, elle prit la direction opposée et marcha jusqu'à un petit kiosque abritant un banc et entièrement recouvert d'un rosier grimpant aux fleurs d'un rouge profond.

— C'est magnifique, dit-elle.

— Oui, dit Ryder.

Elle se tourna vers lui et vit que c'était elle qu'il contemplait. Elle, et pas cet endroit de carte postale.

— Je suis désolée, Ryder. J'aurais voulu te parler ce matin, mais je me suis réveillée trop tard, et tu étais déjà levé. Ensuite, nous n'étions jamais seuls, et... Bref, j'aurais dû te parler de Clay. Seulement...

— Seulement ? insista-t-il comme elle hésitait.

— Eh bien, tu es un homme formidable. Aucune femme nantie d'un gramme de jugeote n'irait t'avouer qu'elle s'est fait plaquer par tous les hommes avec qui elle est sortie parce qu'elle ne valait pas le coup.

— Sérieusement, c'est ce que tu crois ?

— Je ne sais pas, dit-elle en haussant les épaules.

— Le problème est sans doute là. As-tu jamais envisagé que tes relations aient pu achopper pour d'autres raisons ?

Elle se mordilla la lèvre et regarda autour d'eux.

— Il est joli, ce coin, non ?

— C'est comme ça que tu règles tes problèmes ? En les éludant ?

— Bon, qu'est-ce que tu préfères ? Que j'évoque en détail ma rupture avec Clay ou celle avec Paul ?

Pourquoi s'énervait-elle contre Ryder ? Toute la journée, elle avait attendu le moment de lui faire savoir à quel point elle regrettait leur dispute de la veille, et voilà qu'elle s'emportait à nouveau.

Elle prit une profonde inspiration.

— Je ne veux parler de personne d'autre que toi, Ryder. Et de nous, de ce qu'il se passe entre nous.

— Ne va pas te faire des idées, McKenzie, répliqua-t-il en fronçant les sourcils. Il n'y a rien entre nous deux. Ta rupture est récente, alors tu ressens les choses avec plus d'intensité, voilà tout.

Elle ouvrit la bouche pour le contredire, mais il la fit taire en la prenant dans ses bras.

Elle entendit alors quelqu'un s'approcher.

— Tout va bien, ici ?

Bon sang, Reva ! Elle aurait dû se douter que le photographe choisirait cet endroit.

Plutôt que de répondre à sa cousine par des mots, car les mots lui manquaient à cet instant, elle prit dans ses mains le visage de Ryder et se haussa sur la pointe des pieds pour l'embrasser. Puisqu'elle ne pouvait pas s'exprimer par des paroles, au moins pouvait-elle le faire avec des gestes.

Ryder aurait dû repousser McKenzie. Il aurait dû se préoccuper du fait qu'il permettait une fois de plus à une femme de l'utiliser. Et, d'ailleurs, il s'en souciait vraiment. Mais il lui avait donné son accord pour qu'elle se serve de lui à toutes fins utiles. Donc, il lui rendit son baiser comme si elle l'avait embrassé avec sincérité, et non parce qu'ils avaient un public.

Le photographe toussota pour signaler sa présence.

Lentement, McKenzie s'écarta, les yeux vagues et les lèvres gonflées, puis elle se tourna vers sa cousine.

— Désolée, nous avions besoin de quelques minutes rien qu'à nous. Vous savez ce que c'est. Bon, ajouta-t-elle en prenant la main de Ryder, sur ce, on vous laisse la place.

11.

— Ce baiser, dis donc ! J'ai bien cru que de la vapeur allait s'échapper de tes oreilles.

McKenzie afficha un sourire contraint. Reva n'avait pas voulu la mettre mal à l'aise en disant cela, mais le résultat était là. Le pire, c'était qu'elle ne pouvait pas se défiler. Assise avec les autres demoiselles d'honneur devant le hall de réception, elle était obligée de faire bonne figure malgré le rouge qui lui montait aux joues.

— Je dois convenir que Ryder embrasse très bien.

— Tu as couché avec lui, dis ? demanda Callie.

McKenzie fit celle qui n'avait rien entendu.

— Mais qu'attends-tu ? Vous dormez dans la même pièce. Ne me dis quand même pas que tu l'obliges à dormir par terre. Ce mec est chaud comme la braise, ajouta Callie en s'éventant le visage avec la main.

Justement. McKenzie n'avait jamais été du genre à papillonner et elle n'avait pas connu d'autre homme que Paul et Clay. Elle n'allait pas coucher avec Ryder simplement parce qu'ils partageaient la même chambre.

— Je ne pense pas que Ryder Andrews soit du genre à se laisser imposer quoi que ce soit.

Tout en parlant, elle jeta un coup d'œil dans sa direction, mais heureusement, en pleine conversation avec Mark, il ne faisait pas attention à elles.

— Il a l'air d'être quelqu'un de formidable, Kenz, renchérit Reva. J'espère qu'on ne va pas attendre trop longtemps avant de célébrer ton grand jour.

McKenzie faillit s'étrangler.

— Commençons déjà par terminer le tien avant de planifier le mien, veux-tu ?

Les yeux de Reva se mirent à pétiller.

— Je le savais !

Par bonheur, la réception ne tarda pas à se terminer. Libérée de ses obligations, McKenzie put enfin se mêler aux autres invités comme elle l'entendait, mais la coordinatrice de mariage tapa soudain des mains.

— Votre attention, s'il vous plaît. Je demande à toutes les célibataires de bien vouloir approcher pour le jeté de bouquet.

De mauvaise grâce, McKenzie se joignit aux autres. Reva lui adressa un clin d'œil avant de se tourner pour lancer son bouquet des deux mains derrière elle. Plutôt que de se joindre à la mêlée, McKenzie recula et laissa Callie remporter le trophée. Lorsqu'elle retrouva Mark et Ryder, les deux hommes secouaient la tête d'un air désapprobateur.

— C'est dommage. Tu n'avais qu'à tendre le bras pour l'attraper.

— Je n'en voulais pas.

— OK, messieurs, à vous de jouer, annonça la coordinatrice. Veuillez vous approcher, s'il vous plaît.

— Franchement, Ryder, tu n'es pas obligé, dit McKenzie, embarrassée.

— Bien sûr que si.

Il se leva et se pencha vers elle pour un bref baiser de rigueur.

— Souhaite-moi bonne chance.

Consciente d'être sous le regard de multiples témoins, à commencer par son frère, elle lui sourit.

— Allez, vas-y.

Lorsque Ryder attrapa la jarretière, il se tourna vers McKenzie en la brandissant tel un précieux trophée sous les sifflets et les applaudissements. Souriant jusqu'aux oreilles, il fit rouler ses sourcils d'un air suggestif qui la fit rougir encore davantage.

— Regarde ce que je t'apporte, dit-il en faisant tournoyer la jarretière autour de son index.

— Tu es gentil, mais au cas où tu ne l'aurais pas remarqué, je n'en veux pas, pas plus que du bouquet.

Avec un grand sourire, il se pencha à son oreille.

— Bien sûr que si. Tout le monde va parler de cette jarretière au lieu du bouquet que tu n'as pas rattrapé alors qu'il est pratiquement tombé à tes pieds. Tu me remercieras plus tard.

C'était pour cela qu'il avait ramassé cette jarretière ? Pour lui sauver la face une nouvelle fois ? Elle n'avait jamais rencontré personne comme lui. Il ne cessait de la tirer d'embarras alors qu'il n'avait aucune raison de le faire. Du fond du cœur, elle aurait voulu le serrer dans ses bras.

— Maintenant, félicite ton homme.

Elle haussa les sourcils, avant de se rappeler qu'ils étaient le couple le plus surveillé à part évidemment les mariés.

— Félicitations, Ryder.

Avec un sourire béat, elle s'approcha de son oreille et murmura :

— Tu comptes la porter pour moi plus tard dans la soirée ?

Si MacKenzie avait voulu lui clouer le bec, c'était réussi. Ryder avait une dizaine de réponses dans la tête, mais il n'arrivait à en formuler aucune. Son cerveau s'était figé sur le fait qu'elle venait de flirter avec lui. Pour de vrai. Son instinct de préservation lui ordonnait de ne pas baisser la garde. C'était vraiment trop risqué.

Par bonheur, la valse des mariés fut annoncée, après quoi Reva dansa avec son père et Jeremy avec sa mère. Puis les convives furent invités à rallier la piste.

Fidèle à sa promesse de servir d'homme de compagnie à McKenzie, et sûr et certain qu'il n'avait pas d'autre motivation, Ryder se leva et lui tendit la main.

— Qu'en dis-tu ? Tu es prête à te faire écraser les pieds deux soirs de suite ?

Après une brève hésitation, elle posa sa main dans la sienne.

— Pourquoi pas ? Si on danse de la country, je veillerai simplement à ne pas t'avoir comme voisin de ligne.

McKenzie se disait qu'elle avait sans doute bu trop de champagne. Ou alors, Ryder était si bon acteur qu'elle finissait par se convaincre qu'il était vraiment amoureux d'elle. Peut-être encore était-ce la façon dont il la tenait contre lui lors des slows ou dont leurs regards s'accrochaient lors des danses plus rapides. Ou alors, cette attirance était tout simplement une réaction normale, inévitable en présence d'un homme beau et intelligent. Après tout, qu'en savait-elle ? Elle s'était plantée dans les grandes largeurs avec ses précédentes relations. Pourquoi ferait-elle mieux avec celle-ci qui n'était qu'un simulacre ?

Son corps réagissait à Ryder, à ses regards, ses caresses, ses rires. Chaque danse était comme un nouveau préliminaire qui aiguisait en elle une tension sensuelle et émoussait les raisons de ne pas coucher avec lui. Elle n'avait pas fait l'amour depuis quelque temps et elle ne se rappelait pas en avoir eu autant envie. S'il ne tenait qu'à elle, elle aurait reconduit sur-le-champ Ryder à la maison pour faire ce que tout le monde estimait qu'ils auraient déjà dû faire.

— À quoi penses-tu ?

Devait-elle lui avouer qu'elle s'imaginait en train de lui enlever ses vêtements ? Qu'elle voulait voir s'il était aussi bon au lit qu'elle le pensait ? Si elle le faisait, l'accuserait-il encore de ne pas savoir où elle en était ? Lui dirait-il qu'elle n'avait pas digéré sa rupture et qu'elle n'était pas capable d'analyser ses émotions avec discernement ?

Elle leva les yeux vers lui.

— À rien. Je me disais que le mariage de Reva se déroule à merveille.

Ryder haussa les sourcils comme s'il n'était pas dupe.

— Tu regrettes d'être venue ?

— Non, pas du tout.

Du moins, jusqu'à présent. En dirait-elle autant si elle ne cédait pas à son attirance pour Ryder ? Passerait-elle le reste de sa vie à regretter ce qu'il aurait pu arriver ?

Beaucoup plus tard, au moment de se coucher, McKenzie tournait encore ces questions dans sa tête lorsqu'elle sortit de la salle de bains et vit Ryder allongé par terre comme les autres soirs. Elle hésita un instant sur le seuil, ne sachant ce qu'elle regretterait le plus : se coucher et s'endormir seule, ou l'inviter à la rejoindre quitte à ne pas fermer l'œil ? Il l'avait entendue entrer et devait se demander pourquoi elle demeurait plantée là, car il ouvrit les yeux, ses beaux yeux couleur de miel qui brillaient à la lueur de la lampe de chevet.

Elle sentit sa gorge se serrer.

Elle voulait faire l'amour avec lui. C'était dingue, d'accord. Ils ne formaient pas vraiment un couple, et de retour à Seattle la réalité reprendrait ses droits. Elle était prête à parier que Ryder se remettrait à l'éviter. Mais demain était un autre jour. Pour l'heure, Ryder était là, dans sa chambre, et il la regardait de ses yeux magnifiques. Même si cet éclat de désir était dû à la promiscuité, quelle importance, au fond ? Elle avait envie de lui.

Il ne disait rien, ne bougeait pas, il se contentait de la regarder s'approcher. Quoi qu'elle fasse, il la laisserait faire. Si elle se couchait, il n'aurait pas le moindre commentaire ou geste déplacé. Il la laisserait passer la nuit avec ses regrets.

Non, impossible ! Ce soir, une brûlure sensuelle se répandait en elle comme de la lave. Elle le désirait à mourir.

Plutôt que de l'inviter à la rejoindre au lit – il dirait sûrement non –, elle se pencha sur lui pour joindre ses lèvres aux siennes puis l'enfourcha.

Ryder saisit impulsivement les hanches de McKenzie.

Entre eux, la tension sexuelle s'était accumulée tout au long de la soirée, du week-end, et même davantage s'il y songeait, mais il ne s'était pas attendu à ce qu'elle y donne suite ce soir. Il avait pensé que, du moment qu'il ne disait rien, elle se contenterait de se coucher et de s'endormir. Demain, ils repartiraient à Seattle, après quoi il veillerait à ne pas trop croiser son chemin, le temps de parvenir à maîtriser son attirance pour elle.

Car son désir échappait à sa volonté. Ou alors, il était en train de rêver, et ces longs cheveux qui le caressaient, ce baiser avide, n'existaient pas ailleurs que dans sa tête.

Quelle importance, au fond ?

Il enfouit les doigts dans l'épaisseur de sa chevelure soyeuse et l'attira à lui pour l'embrasser plus profondément. Elle ondoyait contre lui avec une insistance endiablée, et il se retenait de lever les hanches à sa rencontre. Il aurait voulu se débarrasser de ses vêtements et de la couverture, être nu contre elle, plonger en elle. En d'autres circonstances, il l'aurait coincée sous lui et aurait pris le contrôle des événements, mais un reste de bon sens lui interdisait de profiter de la situation. Au contraire, il devrait l'arrêter, lui rappeler son état émotionnel vulnérable.

— McKenzie ! On ne devrait pas. Avec le mariage, tu as les nerfs à vif. Demain, tu le regretterais.

— Non. Le mariage n'a rien à voir là-dedans. J'en ai envie. J'ai envie de toi.

— McKenzie…

À quoi bon lutter ? C'était comme si cet instant était l'aboutissement inéluctable de ce week-end, voire de tout ce qu'il s'était passé entre eux depuis leur rencontre. Quoi qu'il en soit, il était de toute façon bien incapable de l'arrêter. Au contraire, il utilisa ce qu'il lui restait de volonté pour s'empêcher d'agir à la place de McKenzie.

C'était à elle de dicter chaque étape, peu importe lesquelles. Ce qu'il arriverait serait uniquement de son initiative à elle, rien qu'à elle.

Incapable de résister davantage, il lui effleura le dos et prit ses fesses en coupe.

— Touche-moi, murmura-t-elle. S'il te plaît, Ryder, touche-moi.

Il ne demandait que cela.

Tremblant d'impatience, il lui passa son T-shirt par-dessus la tête, révélant une poitrine ronde parfaitement galbée. Il se haussa pour prendre entre ses lèvres un mamelon rose, qu'il aspira doucement. Gémissante, McKenzie resserra les cuisses et posa les mains de part et d'autre de la tête de Ryder pour lui faciliter l'accès aux trésors qu'il avait découverts. Il caressa, titilla ses seins jusqu'à ce que, n'y tenant plus, elle s'arque sur lui, en appui sur ses genoux, et empoigne son T-shirt. Il redressa le torse afin qu'elle le déshabille plus facilement, puis McKenzie s'écarta pour ôter son short de nuit tandis qu'il jouait à nouveau avec ses seins. Mais, lorsqu'il posa la main sur la ceinture de son pantalon de pyjama, elle la couvrit de la sienne.

Oh non…

— Je n'ai pas de protection, dit-elle avec déception.

Il sourit, soulagé.

— Moi, si. Dans mon portefeuille.

Un mélange d'émotions traversa le visage de McKenzie.

— Ah… Oui, bien sûr.

Le bras déjà tendu vers la chaise où il avait posé ses affaires, il interrompit son geste.

— Pourquoi ? Tu aurais préféré que je réponde par la négative ? On n'est pas obligés de le faire si tu n'en as pas envie.

— Si, j'en ai envie. Beaucoup, même. Seulement…

Elle ferma les yeux.

— C'est normal que tu aies pensé à ça. Je suis contente que tu aies une protection… Mais enfin, ça me rappelle que tu as beaucoup plus d'expérience que moi en la matière.

Il ne put réprimer un soupir d'autodérision.

— Tu serais surprise de savoir à quand remonte la dernière fois que j'ai été intime avec une femme.

Prise d'une pudeur soudaine, McKenzie hocha la tête faute de mots.

Elle se sentait bête d'avoir de tels scrupules. Quelle importance qu'il ait fait l'amour récemment ou non ? Ce soir, il était question d'eux, seulement d'eux. Elle avait envie de lui et il avait envie d'elle, du moins pour l'instant. C'était bien suffisant, non ?

Forte de cette pensée, elle tira sur son pantalon de pyjama.

Le souffle coupé, elle contempla ses larges épaules, ses pectoraux bien dessinés, son ventre plat et ferme marqué d'un sillon de poils sombres.

— Tu es sûr d'être un chirurgien cardiaque et pas un athlète professionnel ?

Ryder haussa les sourcils.

— Quand on est au fait des bénéfices d'un peu d'exercice et d'une nourriture saine, on est bien placé pour prendre soin de son corps, non ?

— Peut-être, mais tu es le seul collègue qui me donne envie de faire ça, dit-elle en faisant courir l'index le long de son torse, de son abdomen, jusqu'à la ligne sombre qui partait du nombril.

Ryder eut une inspiration saccadée et les muscles de son ventre se contractèrent, pour le plus grand plaisir de McKenzie. Mais, lorsqu'elle tendit les doigts vers la partie de son corps qu'elle convoitait le plus, il lui saisit la main pour arrêter son geste.

— Pas encore. Si tu me touches à cet endroit, je ne vais pas pouvoir me retenir.

À ces mots, elle se sentit parcourue d'un délicieux frisson.

— Et alors ? Ce n'est pas le but ?

Il secoua la tête.

— Mon but est de commencer par t'embrasser et caresser chaque recoin de ton corps.

Ces paroles allumèrent un feu d'artifice dans le creux de son ventre.

— Oh…

Il lui sourit, mi-ironique, mi-sérieux, les yeux brillant comme jamais.

Aucun homme ne l'avait encore regardée de la sorte, avec une telle expression de virilité possessive. Elle était sienne, et il s'apprêtait à revendiquer son trophée : elle.

Allongée sur le dos aux côtés de Ryder, McKenzie haletait, le souffle court. Tout doucement, elle émergeait d'une volupté comme elle n'en avait jamais connu. Ça avait été un éblouissement, jamais elle n'avait rien vécu de tel. Et pourtant ils s'étaient retenus pour éviter de réveiller toute la maisonnée. À plusieurs reprises, elle aurait voulu crier de plaisir. Et elle l'aurait sûrement fait lors de son dernier orgasme si Ryder n'avait étouffé son gémissement d'un baiser avant de basculer avec elle dans l'extase.

Quelle ironie, ce faux petit ami dépassait de cent coudées les hommes avec qui elle était sortie pour de vrai ! Cet homme était incroyable. Purement et simplement incroyable. Beau, intelligent, adorable, et en plus merveilleux au lit : il savait exactement comment la faire réagir au quart de tour. Elle avait l'impression que son corps avait un mode d'emploi que Ryder maîtrisait sur le bout des doigts.

— C'était bien mieux que je ne l'aurais cru, murmura-t-il.

Elle sentit son sourire béat se dissiper. Encore haletante, elle tourna la tête vers lui, le cœur battant à tout rompre.

— Pourquoi ? Tu t'attendais à être déçu ?

— Pas du tout, dit-il avec un petit rire. Au contraire, j'étais sûr que tu serais merveilleuse, et tu l'as été. Encore plus que je ne le pensais.

— Tu te rattrapes bien.

— Non, c'est la vérité. Il n'y avait rien de médiocre dans ce qu'on a partagé.

Elle lui sourit avec émotion.

— Merci.

Non, décidément, elle n'avait jamais rencontré un tel homme.

Personne avant lui ne lui avait donné l'impression d'être une amante accomplie, sexy. Même si elle n'était pas encore redescendue sur terre des hauteurs où il l'avait emmenée, elle posa une main sur la poitrine de Ryder et sentit son cœur, qui battait sur un rythme aussi désordonné que le sien. Elle se pencha pour l'embrasser.

— McKenzie, je ne pense pas qu'il faille…

— Chut ! murmura-t-elle. Je sais que c'est trop tôt, mais je veux juste te toucher. En prenant mon temps, cette fois-ci.

Elle voulait engranger le plus de souvenirs possible avant que le soleil ne se lève et qu'il ne soit l'heure de repartir.

Le lendemain, McKenzie se réveilla seule. Comme les jours précédents, Ryder avait été plus matinal qu'elle.

Elle avait eu une panne d'oreiller, ce qui était normal après cette nuit agitée, mais c'était largement l'heure de se lever. Dommage. Elle aurait bien aimé sommeiller contre Ryder, blottie entre ses bras.

Elle avait adoré faire l'amour avec lui. Tellement même que ça l'effrayait. À peine un mois plus tôt, elle était en couple avec un autre homme dont elle envisageait de partager la vie. Elle avait demandé à Ryder de l'accompagner au mariage de Reva justement parce qu'elle ne voulait pas se remettre avec quelqu'un d'autre. Elle n'aurait jamais rêvé d'entamer quoi que ce soit avec lui, et encore moins de faire les choses qu'ils avaient faites cette nuit !

Toutefois, inutile de s'emballer. Ryder était quelqu'un de formidable, un amant merveilleux, mais de là à croire qu'il veuille davantage que ce week-end avec elle… Et elle, d'ailleurs ? Elle n'avait pas besoin d'un homme dans sa vie. Elle s'était dit que, de retour à Seattle, elle prendrait du temps pour profiter de sa vie, de son métier.

Oui, mais ça, c'était avant qu'elle ne couche avec Ryder. Maintenant, où en était-elle ?

Hum, il lui fallait un café, et vite ! Et d'abord une douche.

Lavée et maquillée, elle se rendit dans la cuisine où se trouvaient déjà sa mère, Mark, Jeff et sa famille. Et Ryder.

Aussitôt, elle ne vit que lui.

Comme les autres, il lui dit bonjour à son entrée, mais il daigna à peine la gratifier d'un regard.

Pourquoi ? Regrettait-il déjà cette nuit ? À moins qu'il ne sache pas quelle suite donner aux événements ?

Oui, c'était sans doute ça. Il était aussi désorienté qu'elle et ne savait pas quelle conduite adopter. C'était réciproque, d'ailleurs. Elle venait de vivre une nuit de sexe époustouflante, la meilleure de sa vie, mais avec un homme qui avait accepté de sortir avec elle uniquement pour lui rendre service. Comment se comporter avec lui, à présent ? D'autant plus que sa famille guettait leurs moindres gestes et paroles.

— Tu t'es couchée tard la nuit dernière.

Elle pouvait faire confiance à son frère pour relever ce genre de détails.

— Je suis encore réglée sur l'heure de Seattle.

— Je n'arrive pas à me faire à l'idée que tu t'en ailles déjà, dit Roberta avec un soupir. Je n'ai pas envie que tu partes.

— Moi non plus. Mais j'adore vivre à Seattle. Vous devriez me rendre visite.

— Avec plaisir, dit Mark.

Son frère fut le seul à relever l'invitation, ce qui ne l'étonna pas. Roberta n'avait pas été capable de monter dans un avion depuis la mort de son mari, et il était peu probable qu'elle y arrive jamais.

McKenzie serra sa mère contre elle et l'embrassa.

— Je reviendrai bientôt, promis. Sans doute à Noël, si j'arrive à m'arranger avec mes collègues pour obtenir quelques jours.

— Ce serait formidable, dit Roberta en lui tapotant le bras.

Puis elle se tourna vers Ryder qui n'avait rien perdu de la scène.

— Vous êtes invité, bien entendu.

— Merci, dit-il avec un demi-sourire. J'ai apprécié cette première visite.

« *Première* visite » ? Fallait-il en conclure qu'il y en aurait d'autres ? Était-ce juste une parole en l'air, ou avait-il vraiment envie de revenir ?

Oh là là, elle avait mal à la tête. Tout ça, c'était sa faute. Elle ne pouvait s'en prendre qu'à elle-même de s'être fourrée dans cette situation. Et pourtant elle ne regrettait rien. Venir seule, ça aurait été bien pire.

Elle se versa une tasse et s'attabla en faisant comme si elle n'accordait pas plus d'importance que ça à la présence de Ryder à ses côtés.

Elle n'avait jamais éprouvé pareille gêne avec Clay ou avec Paul, ou du moins elle ne s'en souvenait pas. Cela dit, elle n'avait jamais vécu avec eux une nuit comme la précédente. Elle hasarda un coup d'œil vers Ryder dans l'espoir qu'il lève les yeux et lui accorde un sourire, n'importe quoi, en signe que tout allait bien entre eux et qu'ils pourraient rester amis. Mais en vain.

La matinée avait passé rapidement, ponctuée de visites de proches et d'amis venant dire au revoir. En route vers l'aéroport, McKenzie était en plein désordre émotionnel entre la perspective de devoir à nouveau monter en avion et son incertitude au sujet de ce que Ryder éprouvait pour elle.

Les mains crispées sur le volant, elle lui jeta un coup d'œil.

— Merci d'être venu, Ryder.

— Il n'y a pas de quoi.

— Ma famille t'a adoré. Grâce à toi, ce week-end a été formidable. Je te suis vraiment redevable.

— Oui, je suis content que tout se soit bien passé.

La conversation aurait sans doute dépassé le stade des banalités polies si le téléphone de Ryder n'avait pas sonné.

Elle devina que c'était un appel de l'hôpital. Lorsque Ryder eut raccroché, il passa un autre coup de fil pour prendre des nouvelles d'un patient.

Le faisait-il pour éviter de lui adresser la parole ? Redoutait-il qu'elle se fasse des idées, qu'elle attende trop de lui ? Ne savait-il pas qu'elle avait presque autant peur d'entamer une autre relation que de monter dans un avion ?

Un soupir lui échappa.

Il avait amplement rempli sa part du contrat, que demander de plus ? Qu'il sorte avec elle quelque temps et la laisse tomber comme les autres ? Non, mieux valait en rester à cette nuit merveilleuse. Mais reprendre sa vie comme si rien ne s'était passé entre eux, ça ne lui disait rien non plus. Elle aurait voulu… Elle ne savait pas trop quoi, mais sûrement pas que Ryder recommence à la snober.

Arrivés à l'aéroport avec une heure à tuer, ils trouvèrent des places à proximité de leur terminal, mais la présence d'autres personnes près d'eux leur interdisait la moindre conversation un peu sérieuse. Ryder s'éloigna un instant, revint avec un livre et se mit à lire.

D'accord, il n'avait pas envie de lui parler. Sans doute pensait-il qu'ils n'avaient plus rien à faire ensemble ?

Elle n'aurait demandé qu'à penser à des choses positives, mais ses pensées positives tournaient toutes autour de Ryder.

Le vol s'annonçait joyeux…

Le cœur serré, elle fouilla dans son sac et avala un anxiolytique. Dormirait-elle sur son épaule cette fois-ci ?

Eh bien, si c'était le cas, elle s'épargnerait cinq heures de silence gênant.

Une fois installés dans l'avion, il se tourna vers elle avec un air de sollicitude inquiète.

— Ça ira ?

Elle hocha la tête, émue qu'il la regarde pour de bon.

— Oui, je crois.

Mais elle changea d'avis lorsque l'avion commença à se mettre en place sur la piste. Les symptômes familiers revinrent à la charge : palpitations, difficultés respiratoires, tremblements et sueurs froides, la totale.

Allons, tout allait bien. C'était ridicule, à la fin !

Malgré cela, elle avait de plus en plus de mal à tenir immobile sur son siège.

— Ça va aller, dit Ryder en lui saisissant la main. Prends une grande inspiration et relâche-la lentement. Vas-y…

C'était la première fois qu'il la touchait depuis la nuit dernière, et la brûlure de sa peau sur la sienne faillit la faire gémir. Son pauvre système nerveux en surcharge s'affolait à son contact. Bêtement, elle contempla leurs doigts enlacés, s'efforçant de former les mots pour lui demander à quoi ce week-end allait les mener. Cette conversation lui permettrait de se distraire du décollage imminent. Cela dit, les réponses de Ryder risquaient de la plonger dans un désarroi d'un autre ordre. Elle avait le cœur gros à la perspective de ne plus le voir, de ne plus passer du temps avec lui…

— Tu as une famille formidable, McKenzie. Je les aime beaucoup.

Elle s'efforça de sourire, touchée qu'il prenne la peine de lui faire la conversation pour la distraire.

— Eux aussi, ils t'aiment bien. Ma mère serait ravie de t'avoir comme gendre.

Ryder lui jeta un bref regard sombre.

Bon sang, qu'avait-elle dit ? Il fallait qu'elle se taise, ou elle lui lâcherait des folies du même genre. Par exemple qu'elle n'avait jamais connu une telle intimité physique et qu'ils avaient placé la barre si haut qu'elle désespérait déjà de l'atteindre à nouveau. Ou alors qu'elle ne demanderait qu'à vivre avec lui si elle n'était pas sûre de la manière dont cela se terminerait.

Le pilote annonça le décollage, et elle enfonça les doigts dans son siège.

Elle serait vraiment étonnée que Ryder l'embrasse cette fois. Il devait avoir hâte de rentrer à Seattle, loin d'elle et de toute cette mascarade. Seulement, cette nuit avec lui n'avait rien eu d'une mascarade. C'était même tout le contraire…

Allons, pas d'enfantillage. La nuit dernière, ça avait été du sexe. Du sexe incroyable, certes, mais sans plus.

Tandis que l'avion accélérait sur la piste, elle sentit son ventre se serrer et agrippa son siège à s'en blanchir les phalanges. Elle dut faire pitié à Ryder, car il lui prit la main et la pressa dans la sienne. Elle se concentra sur leurs deux mains serrées, et comme par magie, son angoisse s'apaisa assez pour qu'elle s'affaisse sur son siège, ferme les yeux et fasse défiler dans sa tête les événements des derniers jours.

Quoi qu'il arrive, elle était heureuse d'avoir assisté au mariage de Reva, d'avoir rendu visite à sa famille et d'avoir fait ce voyage avec Ryder. Son seul regret était d'avoir attendu la dernière nuit pour coucher avec lui.

À cette pensée, elle serra la mâchoire, puis inspira et expira profondément tandis que l'avion prenait son envol.

Cette fois, Ryder ne l'avait pas embrassée. Comme quoi, elle serait sotte de penser qu'il y avait quoi que ce soit entre eux. Au fond, mieux valait ne pas se bercer de faux espoirs. « Jamais deux sans trois », disait la sagesse populaire.

12.

Ryder enfila à son épaule la bride du sac de McKenzie en plus du sien.

— C'est bon ?

Elle dégagea la poignée de la valise qu'il venait de récupérer du carrousel, hochant la tête.

— Oui, merci. Donne-moi ça, je peux le porter. Tu n'es pas obligé de t'en charger.

— Pas de souci, je le tiens.

Lui servir de bagagiste avait un avantage : il pouvait la raccompagner à sa voiture, à défaut de la ramener chez lui pour lui faire l'amour à n'en plus finir. Ce qui aurait été la dernière chose à faire. Au fond, qu'importe qu'elle ait couché avec lui dans l'excitation générale du mariage ou tout simplement parce qu'il avait été au bon endroit au bon moment : à peine un mois plus tôt, elle avait eu l'intention de faire sa vie avec un autre homme. Faire office de petit ami le temps d'un week-end, passe encore, mais entamer une relation de transition pour lui faire oublier son ex, alors là, jamais de la vie ! Il avait retenu la leçon avec Anna.

D'ailleurs, la veille, il avait flirté dangereusement avec la ligne jaune. Désormais, comment pourrait-il la regarder sans la voir accroupie au-dessus de lui dans une danse sensuelle qui faisait chavirer son univers ? Il avait toujours désiré McKenzie. La différence, à présent, c'était qu'il allait le faire en connaissance de cause. Il lui en coûtait d'en rester là, mais il le fallait. Tous deux avaient passé un excellent week-end, bien meilleur même que ce à quoi il s'était attendu, mais les meilleures choses ont une fin.

Il l'aida à charger ses bagages dans le coffre, puis il lui fit face.

Elle demeura plantée devant lui, jouant avec son trousseau de clés d'un air indécis.

— Encore merci d'être venu. Merci pour tout, en fait.

— Je t'en prie.

— Je, euh… Bon, je vais y aller.

Elle se haussa sur la pointe des pieds et lui planta une bise rapide au coin des lèvres.

— Je ne sais pas pourquoi tu as accepté de venir, mais tu m'as vraiment sauvé la mise. Merci.

— Je t'en prie, répéta-t-il.

Elle le considéra avec une légère nervosité.

— Donc, ça nous mène où, tout ça ?

Il fouilla ses yeux verts. Quelle réponse désirait-elle, au juste ?

— Mieux vaut ne pas tenter le coup. Ça ne marcherait pas entre nous.

Les statistiques le prouvaient : la plupart des relations de transition ne durent pas six mois.

McKenzie eut un sourire désabusé, comme si elle avait su ce qu'il allait dire et qu'elle était au fond d'accord.

— Mais cette fausse relation n'était pas mal du tout, j'avoue. Plutôt fantastique, même.

En effet. Tellement fantastique qu'il lui semblait au-dessus de ses forces de ne plus jamais la tenir dans ses bras.

— Donc…

Elle s'interrompit pour respirer un bon coup.

— C'est maintenant qu'on se quitte pour reprendre notre vie telle qu'elle était ?

— Oui.

— Franchement, tu crois que c'est possible après… Enfin, tu sais, dit-elle en tripotant ses clés de plus belle.

— Non, sans doute que non.

Elle parut soulagée par cette réponse.

— Moi non plus. Mais j'espère qu'on restera amis. En tout cas, je te suis reconnaissante du fond du cœur…

Elle se tut comme si elle hésitait à ajouter quelque chose.

Quoi ? Merci encore ? Il ne voulait pas de sa gratitude. Non, il voulait… Il voulait quoi, au juste ? Au fond, il n'en savait rien. Il devait s'estimer heureux d'avoir eu ce week-end pour mieux connaître McKenzie, approcher au plus près cette femme qui avait capturé son imaginaire. Ce serait toujours mieux que rien.

— Au revoir, McKenzie.

Elle le dévisagea d'un air choqué puis hocha la tête et marmonna des paroles d'adieu. Alors qu'il se penchait pour déposer un baiser sur le coin de sa bouche, elle lui tendit la main avec brusquerie.

Il considéra fixement cette main tendue vers lui.

Cette fois-ci, fini les faux-semblants : ils étaient de retour dans la dure réalité. Mais, entre eux, il n'avait été question de rien d'autre, non ? C'était ce qu'elle désirait, et il avait été assez fou pour accepter.

Il lui serra donc la main en se demandant si ce n'était pas la dernière fois qu'ils se touchaient.

Elle s'écarta tout de suite, scruta ses yeux un bref instant puis s'engouffra dans sa voiture.

Plutôt que de rejoindre la sienne, il la regarda s'éloigner.

Comment pouvait-elle lui manquer déjà alors que ce qu'ils avaient vécu ensemble ne reposait sur rien de réel ?

McKenzie ne pouvait l'ignorer, Ryder s'était remis à l'éviter. Depuis leur retour, trois semaines plus tôt, il ne lui avait pour ainsi dire pas adressé la parole.

Elle n'aurait pas dû s'en soucier le moins du monde. Au contraire, elle devrait lui être reconnaissante de déployer autant d'efforts pour s'assurer que leurs chemins ne se croisent pas. De la sorte, il leur épargnait les regrets et les rencontres gênantes. Malgré tout, elle ne pouvait s'empêcher d'éprouver un pincement au cœur à le voir s'éloigner ainsi. Non, la situation actuelle n'était ni simple ni satisfaisante.

Tout à l'heure, par exemple, alors qu'on venait de la biper au sujet d'un nouveau-né en soins intensifs, elle était tombée sur lui. Comme d'habitude, il n'en avait pas fallu plus pour que son cœur bondisse. Elle lui avait souri, mais il s'était contenté de la saluer d'un léger hochement de tête avant de s'en aller sans un mot.

Mine de rien, son comportement la faisait souffrir. Comment pouvait-il l'ignorer à ce point alors qu'ils avaient fait l'amour et qu'ils avaient terminé la nuit enlacés dans son lit ? Qu'ils avaient échangé des regards et des baisers tout au long du week-end, que… Ah, zut, mieux valait s'arrêter là. Ryder lui avait rendu service, point final. Il ne lui avait jamais rien promis, jamais laissé entendre qu'il désirait quoi que ce soit d'autre…

Le bip de son portable interrompit ses pensées, et lorsqu'elle consulta le message, son cœur se serra pour une tout autre raison.

Qu'elle le veuille ou non, Ryder et elle allaient être contraints de se retrouver. La petite Sawyer Little était hospitalisée d'urgence pour détresse respiratoire.

McKenzie alla à la rencontre des ambulanciers qui transportaient le bébé aux urgences. Ryder la rejoignit en chemin, et sa présence à côté d'elle augmenta l'intensité de l'instant. La prise en charge commença aussitôt.

— Seigneur, pas d'arrêt cardiaque, chuchota McKenzie en réalisant l'échographie du cœur de Sawyer.

Par bonheur, les sites chirurgicaux avaient bonne allure. L'aorte reconstruite recevait un flux normal par l'artère pulmonaire proximale. En revanche, les veines pulmonaires étaient soumises à une pression exagérée : défaut parfois observé en pareil cas, mais ce ne devait pas être la cause de cette détresse respiratoire. Beaucoup plus préoccupant était l'œdème pulmonaire. Était-il signe que la pompe cardiaque fonctionnait mal et que du liquide s'était accumulé dans les poumons du bébé ? Quoi qu'il en soit, il fallait placer cette petite en réanimation le plus vite possible.

Elle ordonna plusieurs tests et prises de sang en vue d'une mise en culture afin de cibler au plus vite la nature du problème, soit infectieuse dans le cas d'une pneumonie, soit fonctionnelle si la pompe cardiaque était inefficace. Dans un cas comme dans l'autre, la vie de Sawyer était en jeu.

— Je vais aspirer le fluide, dit Ryder.

La ponction effectuée, l'examen continua, tant et si bien que tout le corps du pauvre bébé paraissait relié à des fils et des tubes.

— Je ne vois toujours pas de caillot, mais son rythme cardiaque est saccadé.

— OK, je vais lui prescrire un inotrope, répondit-elle.

Dans le même temps, Ryder demanda des médicaments supplémentaires.

— Ryder !

Le rythme cardiaque de Sawyer venait de chuter brutalement.

Soucieuse d'agir vite, McKenzie prépara la perfusion de médicaments et l'intubation. Pendant deux bonnes heures, ils travaillèrent quasiment non-stop pour que le petit cœur ne lâche pas. Son état enfin stabilisé, Sawyer fut placée en soins intensifs néonatals.

— Je peux rester avec elle, proposa Ryder.

Elle le regarda comme pour dire : « Ça ne va pas la tête ? »

— Je ne pars pas, si c'est ce à quoi tu veux en venir.

— Ne sois pas ridicule. Tu es fatiguée, et moi, je serai là de toute façon.

— Non, je reste, répliqua-t-elle, obstinée.

Les yeux étrécis, Ryder la considéra un instant avant de se résigner à l'idée qu'elle ne changerait pas d'avis.

— Comme tu voudras. Mais ça m'embête que tu te mettes sur le dos des responsabilités inutiles.

— Sawyer est ma patiente, point final. Ce qui t'embête, c'est surtout de devoir travailler avec moi.

Ryder pinça les lèvres mais ne chercha pas à la contredire. Pourquoi l'aurait-il fait, d'ailleurs, puisque c'était la vérité ?

Ryder ne comprenait pas l'entêtement de McKenzie. Qu'essayait-elle de prouver ? Sa garde était terminée, elle aurait dû rentrer chez elle. Au lieu de cela, elle n'avait pas quitté le chevet du bébé, résolue à être disponible jusqu'à l'arrivée des résultats.

Il les abandonna toutes les deux pour s'occuper de ses autres patients. À son retour, sans surprise, McKenzie était encore là, assoupie dans un fauteuil, mais prête à réagir à la moindre alarme sonore signalant une anomalie dans les constantes vitales du bébé. Elle n'ouvrit pas les yeux à son entrée, mais le rythme de sa respiration changea, preuve qu'elle ne dormait pas vraiment et qu'elle faisait exprès de l'ignorer. Eh bien, tant pis. Manifestement, elle aussi était d'accord pour qu'ils s'évitent, sinon pourquoi aurait-elle fait semblant d'être endormie ?

Il vérifia les constantes de Sawyer et passa en revue la douzaine de moniteurs qui surveillaient l'état du bébé. Alors qu'il se détournait pour s'en aller, le téléphone de McKenzie sonna. Devinant qu'elle avait le laboratoire au bout du fil, il s'attarda pour connaître les résultats des tests.

Elle raccrocha et leva vers lui ses beaux yeux verts.

— La numération leucocytaire de Sawyer s'élève à 27 000.

Il fit la grimace.

Normalement, ce taux n'aurait pas dû dépasser 10 000.

— C'est une pneumonie, donc.

McKenzie hocha la tête.

— Le laboratoire va faire tester l'échantillon que tu as prélevé, mais nous n'aurons pas les résultats avant quelques jours. Je vais aussi demander un dépistage de l'ARN viral de l'échantillon. Ensuite, je m'entretiendrai avec les parents de Sawyer.

Elle jeta un coup d'œil au bébé branché à une multitude presque irréelle de fils et de tubes.

— Les pauvres, ils doivent être terrifiés, murmura-t-elle si bas qu'il faillit ne pas l'entendre.

Il n'était pas surpris de cette réaction. McKenzie était quelqu'un de bien, soucieuse de son métier, de ses patients. Sans réfléchir, il lui prit la main et le regretta aussitôt.

C'était étonnant comme sa peau si fraîche pouvait incendier son être tout entier.

Elle le regarda, interloquée, et retira sa main.

— Ryder, je… Je dois parler aux parents de Sawyer.

Sur ces mots, elle le quitta, pour revenir avec les Little.

Toute la sympathie de Ryder allait vers le jeune couple. Ils avaient vu pire lors de la première opération de Sawyer, mais ils devaient quand même être impressionnés de la voir ainsi connectée à tant d'appareils.

— Viens, dit-il à McKenzie. Laissons-les un instant avec leur fille.

Ce disant, il la prit par le coude pour la faire sortir. Plusieurs infirmières étaient présentes à l'accueil des soins intensifs, mais il n'en avait cure. À tort, sans doute. En tout cas, c'était assez révélateur qu'il ne puisse pas marcher à côté de McKenzie sans lui toucher le bras.

Devant l'ascenseur, elle se dégagea.

— Où allons-nous ?

— À la cafétéria. Depuis quand n'as-tu pas mangé ?

Elle lui répondit par un regard vide.

— C'est ce que je pensais. Allez, viens te mettre quelque chose sous la dent, ou tu vas finir par dormir debout.

Il crut d'abord qu'elle allait lui dire de se mêler de ses affaires, mais elle soupira.

— Je ne dirais pas non à une tasse de café, en effet.

Malgré la tension qui les opposait, il ne put s'empêcher de sourire.

— Eh bien, quoi ?

— Rien… Toi et ton café.

Elle haussa les épaules et le suivit en silence jusqu'à la

cafétéria, où ils firent la queue pour quelques petites choses à grignoter autour d'une table.

— Comment va ta famille ?

— Bien. Ils m'ont demandé de tes nouvelles.

Il la dévisagea, stupéfait. Ce qui l'étonnait, ce n'était pas tant le fait qu'ils aient posé la question, mais qu'elle l'en informe.

— J'ai dit la vérité à Mark. Au début, il était furieux, mais il a fini par comprendre. Il a même trouvé l'idée géniale.

— Ton frère est un brave type.

— La plupart du temps, oui. Il a dit la même chose de toi.

— Quoi ? Que je suis un brave type ?

Elle hocha la tête en ôtant l'opercule de son yaourt.

— Il a dit que tu devais être quelqu'un de bien pour avoir accepté de faire semblant d'être mon petit ami.

— Bah, ce n'était pas si terrible que ça.

— Mais pas si bien que ça non plus ?

Parlait-elle de sexe ? Parce que ce qu'il avait vécu avec elle avait été mieux que bien : inoubliable.

Il soutint le regard de McKenzie, qui baissa les yeux.

— Désolée. Je n'aurais pas dû te poser la question.

— Pourquoi ?

Elle prit une profonde inspiration avant de se lancer.

— Parce que, malgré tout ce qui est arrivé entre nous, tu m'évites à nouveau.

Il accusa le coup. Il ne supportait pas de lui faire de la peine, mais continuer à la fréquenter, c'était la porte ouverte à de gros ennuis.

— C'est compliqué, dit-il en désespoir de cause.

— Si on n'avait pas couché ensemble, tu penserais autrement ?

Il regarda fixement son propre yaourt.

Certes, il la désirait toujours autant, mais ce qui lui manquait le plus, c'était son intelligence, son rire communicatif, ses beaux yeux verts qui révélaient si facilement ses pensées. Dire qu'il avait cru suffisante la leçon avec Anna… Quel idiot d'avoir imaginé pouvoir sortir avec elle sans craindre les répercussions.

— Non, McKenzie. Mon avis serait le même.

Et ce n'était que la triste vérité.

13.

McKenzie passa la nuit à l'hôpital. Au petit matin, quand elle se décida enfin à rentrer chez elle, l'état de Sawyer demeurait stable, mais sans signe d'amélioration. Celle-ci avait été placée sous sédation légère de manière à réduire ses besoins en oxygène et faciliter ainsi la ventilation artificielle, mais pour cette raison elle n'avait pas repris connaissance. D'ailleurs, l'aurait-elle fait même sans sédation ?

Alors que McKenzie se rendait au parking, son téléphone sonna.

L'espace d'un instant, elle fut saisie de l'espoir fou que c'était Ryder. Mais non, pourquoi l'aurait-il appelée ? Dans sa voiture, elle sortit son portable, s'attendant à un message de l'hôpital ou de Reva.

Quelle ne fut pas sa surprise en lisant sur l'écran le nom de Paul.

— Tu m'as manqué.

Prise de court par l'aveu de Paul, McKenzie ouvrit de grands yeux et but une gorgée de vin faute de savoir quoi répondre.

Une chose était sûre, elle ne pouvait pas dire qu'il lui avait manqué. Ryder, en revanche…

Stop ! Elle ne devait pas s'aventurer dans cette direction.

Devant son silence, Paul eut un rire nerveux.

— J'espérais t'avoir manqué au moins un peu ?

Sauvée par l'arrivée du serveur, elle se jeta sur son repas comme une affamée. Tout en enfournant une fourchette garnie de patate douce, elle observa son ex.

Paul était un bel homme, et quelqu'un de bien, là n'était pas la question. Seulement, son cœur ne faisait pas de soubresauts lorsqu'elle le voyait. Pas comme avec…

Voilà qu'elle recommençait.

— J'ai commis une erreur, McKenzie. Je ne sais pas à quoi je pensais lorsque j'ai rompu. J'espérais sans doute qu'une courte séparation nous permettrait de nous préparer à la prochaine phase de notre relation.

Elle le dévisagea, intriguée.

— Quelle phase ?

— Eh bien, le mariage, les enfants…

— Nous avions déjà débattu de tout ça.

— Oui, mais toujours comme d'une éventualité abstraite, pour un avenir plus ou moins lointain. Pendant des mois, j'ai essayé de te faire cerner la question, mais à chaque fois tu te dérobais.

Pendant des mois, vraiment ? Elle n'avait pas le souvenir de telles discussions. Tout au plus se rappelait-elle de vagues plans sur la comète. Comme elle n'envisageait pas de diminuer sa charge de travail, cette indécision lui convenait.

— Rien ne pressait.

— Pourquoi ? Tu n'étais pas plus impatiente que ça qu'on se marie ?

Elle ouvrit la bouche pour le contredire mais la referma sans rien dire.

Son histoire avec Paul avait commencé lorsque sa mère l'avait inscrite à cette soirée de *speed dating*. Avec le recul, ne s'était-elle pas réfugiée dans cette relation pour avoir la paix ?

— Tu ne t'es jamais vraiment impliquée dans notre couple, dit-il encore. Je me suis souvent demandé si c'était à cause de moi ou de ton ex. Maintenant, je me dis qu'il a dû se retrouver devant le même mur que moi. Tu refuses de te laisser aimer.

Elle leva les yeux au ciel.

N'importe quoi, vraiment… Elle les avait aimés, au contraire. Et Clay, et Paul. Et Ryder. C'étaient eux qui l'avaient quittée.

Pétrifiée par une pensée soudaine, elle fixa Paul.

Ce qu'elle avait éprouvé pour Clay et pour l'homme attablé en face d'elle, c'était de la tendresse, de l'affection. Pas de l'amour. Elle avait été aussi inaccessible émotionnellement pour ses ex que l'homme dont elle était amoureuse l'était pour elle.

— Je suis désolée, Paul, dit-elle en repliant sa serviette. Tu es quelqu'un de bien, mais si tu comptais que nous nous remettions ensemble ce soir, je suis obligée de te décevoir.

Il n'était plus question pour elle de se contenter d'une relation ronronnante avec Paul ou avec quiconque. Elle méritait mieux et elle était décidée à s'en donner les moyens.

McKenzie ne se lassait pas du marché de Pike Place. C'était un plaisir de flâner entre les étals par ce temps magnifique. Sans se presser, elle se rendit à son café préféré, puis elle s'arrêta chez un fleuriste pour s'acheter un énorme bouquet. Un petit vent vif lui fouettait le visage et charriait un air marin qu'elle respirait à pleins poumons. Avant de rentrer, elle décida de faire un crochet par la jetée.

Elle adorait cette ville. Peut-être retournerait-elle un jour à Nashville puisque les siens vivaient tous là-bas, mais Seattle resterait toujours sa ville de cœur, celle où elle avait choisi de faire sa vie. Au bout de la jetée, elle s'arrêta et scruta la houle à la recherche de phoques. Appuyée contre la rambarde, elle discerna au loin un bateau de pêcheur, écouta les mouettes et la rumeur de la ville et du port.

Elle appréciait d'avoir un jour de repos, même si ses chances de rencontrer Ryder étaient quasiment nulles en dehors du travail.

Elle ferma les yeux et aspira une grande goulée d'air iodé.

Il fallait qu'elle lui parle, qu'elle lui dise ce qu'elle avait sur le cœur. Ryder valait bien le risque d'une rebuffade et, s'il acceptait de sortir avec elle, il valait le risque de finir plaquée, le cœur brisé. Il méritait qu'elle se confronte à ses peurs et à ses incertitudes.

Était-il à l'hôpital aujourd'hui ? Ou chez lui ? Ailleurs ? Il habitait tout près, mais cette discussion était trop importante pour qu'elle tente sa chance au hasard.

Le regard perdu sur les flots, elle serra son bouquet contre elle et, le cœur tambourinant dans sa poitrine, elle sortit son portable de sa poche et composa son numéro.

Lorsqu'il répondit, elle sentit sa poitrine se gonfler de joie.

— Tu connais la bonne nouvelle ? annonça-t-il d'entrée de jeu.

Non… Enfin, si : la bonne nouvelle, c'était qu'il avait décroché. À présent qu'elle entendait sa voix dans l'appareil, elle souriait comme une idiote.

— La numération leucocytaire de Sawyer est tombée à 9 000. Je lui ai retiré son respirateur, et elle tient le coup.

— C'est génial ! Tu es à l'hôpital ?

— Non, je viens de rentrer chez moi pour me doucher et manger quelque chose. Mais j'y retourne peut-être ce soir.

Il était chez lui…

Elle se mit aussitôt en route dans cette direction.

— C'est formidable pour Sawyer. Ses parents doivent se sentir revivre !

— En effet. Si tout va bien, elle pourra sortir de l'hôpital dans quelques jours.

— Je passerai la voir demain et j'en profiterai pour dire bonjour à ses parents, si je les vois.

— Oui, ça leur fera plaisir. Et sinon toi, ça va ? demanda-t-il après un bref silence.

— Oui. Je reviens d'une balade au marché de Pike Place. Il fait un temps magnifique, et c'est un plaisir de marcher par ce beau soleil. Donc, oui, tout va très bien.

Désarçonné par l'appel inopiné de McKenzie, Ryder posa son portable sur le placard de la salle de bains.

Le téléphone avait sonné alors qu'il sortait de la douche, et lorsqu'il l'avait entendue au bout du fil, il s'était senti pousser des ailes. Mais sa réaction était sans doute à mettre sur le compte de la bonne nouvelle qu'il lui avait annoncée.

Une petite course à pied lui éclaircirait les idées, et Dieu savait qu'il en avait besoin. Cette brève discussion avait exacerbé le fait qu'elle lui manquait.

Dans sa chambre, il enfila un pantalon de survêtement. Il passa un T-shirt et, sans même prendre le temps de se sécher les cheveux, enfila des chaussettes et une paire de baskets. Alors qu'il nouait ses lacets, la sonnerie de l'Interphone retentit.

— C'est moi, McKenzie.

Elle était en bas de l'immeuble !

Il sentit sa main trembler.

— Non, ce n'est pas une bonne idée.

— Ryder, je ne pars pas sans avoir discuté avec toi. Laisse-moi entrer.

Malgré lui, il s'entendit dire :

— C'est bon… Le code est sept, sept, six, sept.

Il regretta aussitôt de lui avoir donné accès. Ils n'avaient pas besoin de se trouver seuls entre quatre murs. Cette conversation pouvait tout aussi bien se dérouler dehors.

Lorsqu'elle frappa, il lui ouvrit avec l'intention de lui proposer une promenade, mais devant son sourire éblouissant il oublia tout, même de respirer.

— Ça va ? dit-elle en entrant. C'est joli, chez toi.

Il referma la porte et se tourna vers elle en clignant des yeux tandis qu'elle regardait autour d'elle.

— Qu'est-ce que tu fais ici ?

— Je te l'ai dit : je suis venue te parler.

— On vient de se parler au téléphone.

Il remarqua alors ce qu'elle tenait à la main et plissa le front.

— Jolies fleurs. Elles sont pour moi ?

McKenzie baissa les yeux vers le bouquet multicolore et éclata de rire.

— Pourquoi pas ? Elles conviennent aux circonstances. Tiens.

Elle lui tendit les fleurs, mais il ne les saisit pas.

— Quelles circonstances ? Je ne te comprends pas.

— Tu ne me facilites pas la tâche, dis donc.

Elle prit une profonde inspiration.

— Mon cher Ryder, je suis folle de toi, tu me manques, et je suis là pour te poser une question importante : veux-tu être mon petit ami ce week-end, mais pour de vrai cette fois ?

Seigneur ! Elle était devenue carrément folle !

McKenzie n'avait pas du tout tablé sur ce scénario. Elle avait cru que son discours était clair et net dans sa tête, mais, lorsqu'elle avait vu Ryder, elle n'avait pensé qu'à lui jeter les bras autour du cou et lui dire combien il lui avait manqué.

— McKenzie, tu sais ce que je ressens.

— Justement, non, l'interrompit-elle en agitant les fleurs devant lui. Je sais seulement que ton ex t'a fait souffrir et que, du coup, tu n'as pas envie de hasarder quoi que ce soit avec moi.

Il tendit la main pour lui prendre le bouquet.

— Donne-moi ça. Tu me mets mal à l'aise.

— Bien.

— Quoi ? Me mettre mal à l'aise, c'est bien ?

Devant la mine perplexe de Ryder, elle eut du mal à garder son sérieux.

— Tout à fait.

— Désolé, mais j'ai du mal à te suivre.

Elle le regarda en souriant.

Oui, elle le mettait mal à l'aise, et de la façon la plus merveilleuse qui soit.

— Tu ne vois donc pas ? Si tu étais à l'aise avec moi, tu ne serais pas déchiré au sujet de tes sentiments pour moi, tu ne ressentirais pas le besoin de m'éviter sans cesse.

— Mais non ! Tu dis n'importe quoi. Je n'ai pas envie de sortir avec toi, un point, c'est tout.

— Ah bon ? Tu n'éprouves rien pour moi ? Et ce qu'il s'est passé pendant le mariage de ma cousine, alors ?

— Il ne s'est rien passé, justement. Je faisais semblant.

— Semblant de quoi ? Rien de ce qui est arrivé durant ce

week-end n'était factice, hormis dans notre tête. D'ailleurs, tout le monde a vu la vérité à part nous.

— Quelle vérité ?

— Eh bien, que nous sommes faits l'un pour l'autre.

Ryder ferma les yeux en soupirant.

— Tu es venue pour me tourmenter, c'est ça ?

Ses paroles jetèrent le doute dans l'esprit de McKenzie, mais elle se rappela qu'il utilisait son précédent avec Anna pour la tenir à distance.

— Oui, peut-être bien. Hier soir, Paul m'a invitée au restaurant. Il voulait qu'on se remette ensemble.

L'expression de Ryder s'assombrit.

— Alors, que viens-tu faire ici avec ces fleurs ?

Elle fit un pas vers lui.

— Je ne veux pas retourner avec Paul.

Ryder accueillit cette déclaration par un long silence.

Comment lui expliquer ce qu'il avait dans la tête, dans le cœur ? La dernière fois qu'il avait ouvert son cœur à une femme, mal lui en avait pris. Amoureuse d'un autre, elle s'était servie de lui pour se rapprocher de son ex.

Devant son hésitation, McKenzie fronça les sourcils.

— Crois-tu que c'est facile pour moi ? Tu n'es pas le seul à abriter ton cœur derrière des remparts, Ryder. Tu n'imagines pas à quel point j'ai le trac de te raconter ça. Avec toi, je joue gros : si je te perds, j'aurai du mal à m'en remettre. Mais je suis prête à prendre le risque.

Le cœur battant à tout rompre, il la dévisagea.

— Je suis fou de toi depuis le début, lâcha-t-il. Sais-tu ce que ça fait d'être raide dingue de quelqu'un d'inaccessible ? C'est ce que j'éprouvais, jusqu'au jour où tu m'as proposé d'être ton petit ami. Enfin, ton petit ami pour de faux.

McKenzie pâlit d'un seul coup.

— Je ne savais pas. Tu m'évitais sans cesse, je croyais que j'avais fait quelque chose qui t'avait contrarié.

— Tu étais avec un autre.

— Tu ne m'as jamais laissé entendre que tu ressentais quoi que ce soit pour moi.

— Je t'ai parlé d'Anna. J'avais peur de retomber dans la même erreur avec toi. Ça n'a pas été facile, mais je suis arrivé à garder mes distances, à brider mes sentiments. Je ne voulais pas tomber amoureux de toi.

— Et pourtant, c'est ce qu'il s'est passé, dit-elle en souriant.

— Oui. Avec le recul, c'était évident.

— Non, ça n'avait rien d'évident. Pas pour moi, en tout cas. Je n'en ai pas cru mes oreilles quand tu m'as annoncé que tu m'accompagnerais à Nashville.

— Je n'allais pas te laisser partir avec un escort qui aurait pu profiter de ta vulnérabilité.

— Eh bien, tu me vois en ce moment dans un état vulnérable. Mon petit ami pour de faux m'a pris mon cœur pour de vrai. Je le lui donne, s'il le veut, il n'a qu'à dire oui.

Le souffle court, McKenzie attendit la réaction de Ryder. À son regard, elle avait l'impression qu'il l'aimait, mais comment en être sûre s'il ne le lui disait pas de vive voix ?

— Je t'aime, McKenzie.

— Dis-le-moi encore, insista-t-elle en nouant les bras autour de son cou. Encore et encore et encore.

— J'en ai bien l'intention. Je suis fou de toi.

Ryder prit ses lèvres pour un long baiser fougueux et possessif qui la laissa pantelante. Jamais personne ne l'avait aimée comme Ryder, elle en était sûre à présent. Elle ferait tout pour le garder, mais elle savait sans l'ombre d'un doute qu'il ne la laisserait pas tomber.

— Je te le dirai chaque jour pour le restant de nos vies, ma chérie. Et même, je vais faire mieux ! Je vais te le montrer séance tenante.

Et il se mit aussitôt en devoir de le faire.

BECKY WICKS

Le mystérieux Dr Becker

Traduction française de
CHARLINE McGREGOR

BLANCHE

HARLEQUIN

Titre original :
ENTICED BY HER ISLAND BILLIONAIRE

1.

Mila Ricci écarta les cheveux qui lui fouettaient le visage alors que les vagues claquaient autour du bateau qui prenait de la vitesse. Le transfert dans le yacht privé du Dr Becker de Bali à l'île de Gili Indah n'aurait pas été aussi folklorique, songea-t-elle alors qu'une touriste poussait un hurlement strident derrière elle. Seulement voilà, elle l'avait raté.

Les trois collines au loin constituaient trois touches de diverses nuances de vert, enveloppées par un fin voile de brume dans la lumière matinale. L'île ressemblait à une peinture, exactement comme Annabel l'avait jadis décrite.

Remontant un peu sa robe, Mila imita les voyageurs sac au dos à côté d'elle sur le toit du bateau et balança les jambes par-dessus le rebord. Une posture qui n'aurait sans doute pas été jugée des plus prudentes selon les standards de son pays, la Grande-Bretagne, mais elle n'était pas inquiète.

Les dangers potentiels, c'était la norme pendant les déplacements quand elle était à l'armée. Surtout en Afghanistan. Quelques vagues, même agitées, ce n'était rien pour elle qui avait dû prendre un convoi au milieu de la nuit pour aller au-delà de la zone où les insurgés avaient brûlé les corps des soldats qu'ils avaient abattus sur un pont. La route la plus directe vers l'héliport le plus proche n'était qu'à une dizaine de kilomètres, mais ils avaient effectué un détour de plus de cent kilomètres pour s'échapper. Deux des camions avaient rendu l'âme au cours de la première heure, et ils s'étaient cachés dans les dunes de sable, à l'affût des tirs de mortier tombant sur le véhicule qu'ils venaient de quitter.

Mila se frotta le visage. Elle était fatiguée à force de repenser au passé. D'autant que, maintenant, elle n'aurait pas pu être plus éloignée d'une zone de guerre. Il n'y avait rien à craindre sur une île paradisiaque… Sauf peut-être un tsunami.

Pourquoi fallait-il toujours qu'elle envisage le pire ?

Sur le pont, un Indonésien jouait avec un bébé singe. Mark aurait adoré, se surprit-elle à songer avec une pointe de culpabilité au souvenir de la façon dont elle avait rompu avec lui.

Elle avait été tellement occupée à tout boucler avant de quitter l'hôpital londonien où elle s'était impliquée avec ferveur depuis son départ de l'armée, qu'elle avait eu à peine le temps de penser à lui depuis. C'était un homme bien, mais peut-être un peu trop mou pour elle. Il ne savait pas la gérer.

« Tu n'as pas besoin d'un homme, de toute façon, Mila. Tu as besoin de découvrir qui tu es », lui avait-il dit. Sans doute avait-il raison. En rentrant d'Afghanistan, elle n'était plus la même femme. Là-bas, elle était sans cesse sur le qui-vive, en attente du pire.

Elle entendait encore les rotors des hélicoptères dans l'air chaud et poisseux de la nuit. Elle se rappelait aussi l'odeur de poussière et celle, âcre et horrible, du sang des blessures invraisemblables. Les gémissements de douleur des soldats s'insinuaient encore dans ses cauchemars la nuit.

Cela avait été plus qu'elle ne pouvait en supporter pour elle, alors âgée de vingt-quatre ans à l'époque de cette mission. Même si elle ne l'avait jamais avoué à personne. Ce fut seulement à la mort d'Annabel, huit ans plus tard, qu'elle s'était véritablement effondrée.

Mila regardait deux gamins australiens faire des grimaces au singe sans vraiment leur prêter attention, songeant à sa sœur, dont elle redoutait la date anniversaire de la mort. Pourtant, l'accident remontait presque à trois ans maintenant.

Elle était rentrée en permission pour quelques semaines quand cela s'était produit. Annabel s'était efforcée de lui remonter le moral, de lui éviter de sombrer dans la dépression après sa dernière mission en Afghanistan, mais en dépit de son entraînement militaire, de tout ce qu'elle avait enduré sur le terrain, Mila n'en était pas moins restée pétrifiée en découvrant la voiture de sa mère, méconnaissable tas de ferraille, à l'instar de la moto qu'Annabel avait heurtée avant d'aller s'encastrer dans un arbre.

Ces précieuses secondes qu'ils avaient perdues à tenter de tordre l'acier auraient pu faire la différence. Au bout du compte, le pire était arrivé et Mila n'y était pas préparée. Elle avait échoué à sortir Annabel de la carcasse en vie.

Aujourd'hui encore, elle avait beau essayer de ne plus repenser à tout cela, elle savait que, même sur ces îles, Annabel serait là. D'ailleurs, elle était venue à Gili Indah sans Mila des années plus tôt. Elle et sa jumelle avaient préparé le voyage ensemble, seulement Mila avait eu une laryngite juste avant le vol. Était-ce une coïncidence si cette opportunité de passer à peu près deux mois dans le prestigieux Medical Arts Center, le MAC comme on l'appelait, était apparue sur ses moteurs de recherche justement le mois dernier ?

Le MAC n'existait pas encore six ans plus tôt lors de la venue d'Annabel. Son fondateur, le milliardaire Sebastian Becker avait depuis renoncé à sa vie de chirurgien star à Chicago pour créer ce complexe hyper sélect.

À quoi pouvait-il bien ressembler, ce Dr Becker ? Son amie Anna, à l'hôpital de Londres, lui avait un peu parlé de lui, mais Mila n'en savait que ce qu'on en disait à la télé.

Le Becker Institute – le Dr Becker pratiquait la chirurgie plastique à Chicago – servait de toile de fond à une téléréalité très populaire qui tournait autour de la vie de ses patients et de leurs diverses chirurgies cosmétiques.

Le Dr Becker n'était apparu que dans une saison, avec son frère Jared Becker, avant de quitter l'émission pour se concentrer sur la construction du MAC. Selon Anna, il était parti pour fuir le cirque médiatique fait autour d'un scandale, d'une ex-petite amie, de menaces… Mila s'était arrêtée d'écouter à ce moment-là, peu intéressée par les ragots. Et elle ne voulait pas s'empoisonner l'esprit à propos d'un homme qu'elle ne connaissait pas. Surtout quand cet homme effectuait un travail aussi remarquable.

Le Dr Sebastian Becker avait été un pionnier de ce qui était désormais la méthode qui faisait mondialement autorité dans la chirurgie cicatricielle, en mélangeant les derniers traitements au laser, les plus novateurs, et une opération simplifiée mais hautement efficace. C'était la première fois qu'il offrait une opportunité à un autre chirurgien expérimenté de venir à la clinique pour un poste de quelques semaines qui lui permettrait d'observer ses techniques.

Elle ne se rappelait même pas à quoi ce Dr Becker ressemblait, ni le nom de l'émission de télévision dans laquelle il était brièvement apparu. Quant aux réseaux sociaux, très peu pour elle. Avec un peu de chance, il serait agréable – car ils allaient travailler en assez grande proximité.

Tout à coup, elle regrettait de n'avoir pas questionné Annabel sur l'endroit – outre l'homme superbe que sa sœur avait rencontré durant son séjour. Comment s'appelait-il, déjà ? Bas… quelque chose ?

Sebastian Becker sortit les dernières bouteilles de l'eau et observa le *speed boat* qui arrivait. Il aida les derniers membres de son groupe de plongée à remonter sur le bateau : il était impératif que tous soient à bord avant les premiers afflux de touristes.

— Donnez-moi votre main.

— Tout ce que vous voulez…, répondit Gabby, la jeune Anglaise qui avait tenté de flirter avec lui toute la matinée. Oh ! pardon !

Elle s'affala contre lui, son visage si proche du sien qu'il sentit son souffle. Évidemment, c'était fait exprès.

Il aida ses autres apprenants, attendit que tous soient bien assis et cria au pilote :

— Ketut, démarre le moteur !

Puis il monta les trois marches de métal jusqu'au toit. Une

fois seul, il baissa la fermeture Éclair de sa combinaison de plongée et laissa retomber l'épais tissu mouillé jusqu'à sa taille. Le soleil lui chauffa aussitôt la peau.

Ce soir, peut-être qu'il emmènerait Gabby boire un verre, dans un endroit éclairé par des chandelles. D'ici un jour ou deux, elle serait repartie, alors pourquoi ne pas lui offrir un souvenir à raconter à ses copines en rentrant, puisqu'elle-même lui avait avoué que sa vie était ennuyeuse ?

Il ne l'avait pourtant pas encouragée. Il ne lui avait même pas dit – et pourquoi l'aurait-il fait ? – qu'il n'était pas ici comme moniteur de plongée, mais parce qu'il avait mis en place une technique opératoire pionnière dans le domaine de la reconstruction faciale.

Il repensa à la semaine écoulée avec satisfaction : les lasers étaient vraiment des outils incroyables. Trevor Nolan, quarante-deux ans, du Dakota, avait essayé de protéger son fils de l'explosion d'une fusée de feu d'artifice, et le pauvre homme avait été touché. Au bout de six mois d'opérations et grâce à un financement participatif lancé par ses amis, il était venu le consulter au MAC pour ce que les médias qualifiaient déjà de « traitement révolutionnaire ». Trevor était reparti avec le menton presque de la même teinte que le reste du visage au lieu des marques rouges et boursouflées qui le striaient auparavant.

Sur Gili Indah, en revanche, il n'était pas le fameux précurseur qu'il était devenu à Chicago. Ici, la plupart des gens ignoraient sa véritable identité. L'avantage, c'était qu'il n'était plus suivi partout, contrairement à l'Institut avec toutes ses caméras.

Cela dit, il devait quand même se montrer discret sur l'île principale de Bali. Il avait laissé l'émission à succès *Visages de Chicago* à la maison. De même que Klara. À présent, tout ce qui comptait, c'était son équipe et que ses patients repartent satisfaits et plus heureux de leur apparence physique qu'en arrivant.

Le *speed boat* n'était plus très loin. Quelques visages connus : des locaux, des amis. Et de nombreux nouveaux venus. Mais personne pour le MAC, car son personnel venait sur son bateau. Tous à l'exception du Dr Ricci, se rappela-t-il tout à coup. Elle avait raté son transfert, ce qui n'était pas inhabituel tant la circulation sur l'île principale était cauchemardesque.

Il se leva, passant en revue les autres bateaux dans la baie. Il avait été trop immergé dans le travail pour effectuer une recherche en ligne et mettre un visage sur le nom de sa nouvelle employée, mais il savait qu'elle avait travaillé en traumatologie durant une mission de l'armée en Afghanistan. Sans doute cherchait-elle à ajouter un nouveau traitement cicatriciel aux autres cordes de son arc. En tout cas, cette femme devait avoir une sacrée trempe. De quoi se demander ce qu'elle venait faire sur une île aussi isolée. Fuyait-elle les horreurs de la guerre, cherchait-elle la paix comme lui ? Sauf que lui, il fuyait le cirque médiatique et la culpabilité qui le taraudait depuis ce qui était arrivé avec Klara. Rien à voir.

Et, une fois de plus, il se retrouva à repenser à Klara. Il n'aurait pas pu deviner ce qui allait se produire après le début du tournage. Personne n'aurait pu prévoir autant de photographes, de caméras, d'attention sur le moindre de ses gestes, dans et hors de l'Institut. Toutes ces unes, ces titres… Les histoires folles que les gens avaient vendues ou inventées sur eux à la seule fin de récolter une audience.

Laisser entrer les caméras dans sa clinique avait lancé ce fichu cirque médiatique… et effacé les dernières lueurs de joie dans sa relation avec Klara. Elle, ce à quoi elle aspirait, c'était vivre une vie simple en s'occupant des enfants de son école maternelle. Elle avait été si choquée par cette invasion de son intimité et par tout ce que les gens avaient raconté sur eux en tant que couple qu'à la fin elle était partie sans même un au revoir.

Baissant la main pour recueillir les embruns, il laissa ses pensées filer loin d'elle, comme il le faisait chaque fois qu'il allait plonger. L'océan l'aidait à se vider le cerveau de toute autre pensée. Hélas, elles revenaient toujours.

Il savait que Klara ne vivait plus à Chicago. Elle s'était

mariée avec quelqu'un qu'elle avait rencontré au Népal. Alors, même s'il ignorait où elle était maintenant, il était heureux pour elle. Parfois.

Pour sa part, il préférait de loin vivre ici, dans un cadre magnifique, à réparer le visage de gens tels que Trevor Nolan ou des gamins défigurés par des brûlures de la taille de ballons de basket sur les joues, plutôt que de retourner aux flashs des appareils photo et au crissement des pneus des paparazzis dans son sillage, à pratiquer des augmentations mammaires à tour de bras à Chicago. Même s'il regrettait de ne pas voir sa famille plus souvent, notamment son frère Jared et Charlie. La pensée de son neveu lui arracha un sourire.

Le bateau de tourisme ralentit. Une rangée de passagers surexcités tendait le cou vers les eaux turquoise. Tout le monde était en admiration devant la couleur extraordinaire de l'eau ici.

Une femme mince en robe rouge vif tentait de retenir ses cheveux… et un souvenir passa dans la tête de Sebastian. Soulevant ses lunettes de soleil, il plissa les paupières pour mieux voir.

Elle était penchée par-dessus la rampe, maintenant. Bon sang, comme elle lui ressemblait… Cela remontait à environ six ou sept ans, une Anglaise qui dansait, éméchée, sur le sable, à l'époque où il était venu ici la première fois. Bien avant que lui vienne l'idée du MAC.

Qu'est-ce qu'elle faisait ici ?

Mila suivit des yeux le plongeur jusqu'à ce que son bateau soit hors de vue. Il avait des abdominaux dignes d'une publicité retouchée pour une école de plongée. Elle avait vu des hommes comme lui, dans les hôpitaux militaires, surentraînés au combat. Mais aucun n'avait la peau de cette chaude teinte caramel, à croire qu'il avait passé beaucoup de temps dehors.

Son propre bateau approchant des eaux peu profondes, les gens commençaient à sauter sur les côtés. Mila se hissa sur l'échelle, remontant sa robe pour ne pas trébucher, quand un petit Indonésien qui ne devait pas avoir plus de huit ou neuf ans lui saisit la main pour l'aider à atteindre le sable.

— *Terima kasih !* lui dit-elle, fière de maîtriser quelques bases.

La chaleur du sable enveloppa ses orteils chaussés de tongs, et elle inhala l'odeur de l'air. Des fleurs… Du jasmin, peut-être… Ou était-ce de l'encens ? Le marché local, sur un sentier poussiéreux, lui indiquait qu'elle n'était pas sur l'île de Robinson Crusoé.

— Vous cherchez chambre, miss ?

Cette fois, le gamin devait avoir dans les dix-sept ans et il agitait une liasse de photos colorées de choix d'hôtels.

— Oh non, merci. J'ai un hôtel pour ce soir.

— J'ai meilleur hôtel ! répliqua-t-il en feuilletant son catalogue.

— Demain, j'emménage au MAC, dit-elle, espérant doucher son insistance.

Elle ne traîna pas pour récupérer sa valise sur le sable où de minuscules morceaux de corail lui chatouillaient les pieds. Elle regrettait un peu d'avoir divulgué cette information car il n'était jamais conseillé de faire confiance aux inconnus, surtout dans un pays étranger où l'on pouvait passer pour un portefeuille sur pattes. Sans compter que le Dr Sebastian Becker préférait rester discret et encourageait son personnel à en faire autant.

Par prudence, en lien avec l'anonymat de nos clients.

Voilà ce qu'il avait précisé dans un mail d'accueil.

— Taxi ? lança-t-elle, mais en vain à une carriole tirée par un cheval dans la rue sablonneuse.

— Attention !

L'adolescent était là à nouveau, qui l'attrapait par le coude et la tirait vivement sur le côté.

Un autre véhicule passa à toute vitesse et faillit la renverser.

— Merci. Ça va.

Elle ramassa ses lunettes de soleil tombées dans la poussière.

Épuisée par la chaleur et le long voyage, elle tira sa valise à roulettes sur le sol caillouteux et le béton percé de nids-de-poule qui servait de rue. Des vendeurs touillaient des nouilles et enfonçaient des pailles dans des noix de coco. Les filles en bikini buvaient de la bière et pédalaient sur leur vélo. L'air salé collait déjà au front de Mila. Plus personne ne lui proposa son aide, mais c'était mieux ainsi. Elle avait vécu pire, seulement elle ne s'était pas attendue à ce que l'île soit aussi envahie de monde. Malgré le décalage horaire, elle se rappela qu'elle était arrivée sur un bateau de tourisme, sur la rive touristique de Gili Indah. Le MAC se trouvait côté ouest, une partie de l'île beaucoup plus sélecte, réservée aux patients et au personnel. Elle avait déjà hâte de plonger dans une piscine. Seulement pour cela il lui faudrait attendre demain…

Elle s'apprêtait à héler la charrette qui approchait, quand un bruit l'immobilisa. Un cri en provenance du rivage. Plissant les paupières à travers la foule, elle aperçut une jeune femme à quelques mètres derrière le *speed boat*, battant des bras dans les vagues. Et elle revit le bateau de plongée jaune. Quelque chose avait dû se produire.

— Serpent ! cria Gabby. Il m'a mordue ! Aïe, ça fait mal ! Sebastian, à l'aide !

— C'est bon, ça va. Venez, on retourne sur le rivage.

Sebastian lui passa un bras autour de la taille et regarda un peu partout dans l'eau peu profonde. Où était-il, ce serpent ?

Il prit le masque et les palmes de Gabby et les lança à un autre gars de leur groupe.

— Il est là ! cria Gabby, horrifiée.Ses yeux suivirent le doigt tendu vers le corps mince, jaune strié de noir, du serpent marin, qui ondula près d'eux et s'éloigna dans les profondeurs au-delà du corail. Sebastian s'efforça d'accélérer le pas car Gabby était soudain très pâle : de toute évidence, elle ne faisait pas semblant.

— Où vous a-t-il mordue ? demanda-t-il d'une voix calme pour ne pas l'inquiéter plus encore.

— Au pied… Au pied !

Elle sanglotait à présent, la tête contre son épaule, et semblait avoir du mal à respirer.

— Ketut ! hurla-t-il.

Arrivés sur le sable, les jambes de la jeune femme se dérobèrent et il dut l'allonger délicatement. Blême, elle gémissait en s'accrochant à son bras. Affolés, les gens s'agglutinèrent, certains filmant même la scène.

— Reculez ! ordonna-t-il sans ménagement, exaspéré par cette intrusion. Ketut !

Mais c'était quelqu'un d'autre qui arrivait en courant.

— Je suis médecin. Comment puis-je vous aider ?

La femme en rouge du bateau. La touriste anglaise. Oui, c'était elle, il en était sûr, à présent, celle qu'il avait rencontrée quelques années auparavant. Incapable de parler, il la regarda tomber à genoux.

— Morsure de serpent…, dit-elle avant qu'il puisse lui expliquer quoi que ce soit.

Elle posa une main sur la cheville de Gabby.

— Aïe !

Desserrant l'étau de la main de Gabby autour de son poignet à lui en réaction à la douleur, il aida sa partenaire providentielle à poser la jambe blessée sur une grosse pierre.

— Il faut faire un point de pression, dit-elle, comme s'il ne le savait pas.

Puis elle entreprit de sortir des objets de son sac. Ses lunettes de soleil remontées sur le haut du crâne retenaient ses épais cheveux châtain doré. Dont il se prit à imaginer qu'ils sentaient bon juste après la douche… Il se secoua, cherchant plutôt à se rappeler son nom.

Il n'y avait eu qu'une seule danse, à l'époque. Si sa mémoire ne le trompait pas, il n'y avait eu aucun atome crochu entre eux. Elle buvait, lui pas, elle cherchait juste à faire la fête toute la nuit jusqu'à tomber.

Cependant, il n'oubliait jamais un visage. Mais elle, avait-elle vraiment oublié le sien ?

— Vous savez quoi faire ? lui demanda-t-elle.

Ses grands yeux étaient d'un bleu myosotis, ses pommettes hautes et constellées de taches de rousseur.

— Il y a de l'anti-venin à la clinique, dit-il.

— Au MAC ?

Il perdit sa voix l'espace d'une seconde, respirant, de près, l'arôme de noix de coco de sa crème solaire.

— Non, l'autre. La Blue Ray Medical Clinic.

— Qu'est-ce que vous allez me faire ? geignit Gabby.

— Restez aussi immobile que possible, lui dit-il. De façon à arrêter la circulation de venin.

Zut… Quel était le nom de cette Anglaise ? Son regard bleu passa rapidement sur le corps de Sebastian encore ceint de la combinaison de plongée. Un regard apparemment approbateur.

— Vous êtes médecin ?

— On peut dire ça, répliqua-t-il alors qu'elle sortait un bandage élastique de son sac. À la clinique près de l'hôtel Villa Sunset, un établissement récent.

Elle travaillait vite, enveloppant le bandage autour de la jambe de Gabby avec efficacité, en partant des orteils pour remonter vers la cuisse.

Sebastian courut jusqu'au restaurant du port. Leur clôture était faite de morceaux de bois flotté de la bonne taille pour confectionner une attelle.

— Prenez ça, dit-il en revenant s'agenouiller près d'elle.

— Parfait. Merci.

Si elle ressemblait trait pour trait à la fille qu'il avait rencontrée jadis, elle ne se comportait absolument pas comme elle. Sa robe rouge traînait dans la poussière, mais elle semblait s'en moquer. Grâce à sa rapidité d'action, ils ne tardèrent pas à charger Gabby à l'arrière d'une carriole.

Le regard de Sebastian tomba malgré lui sur la bretelle de la robe rouge qui avait glissé de son épaule. Surprenant son coup d'œil, elle la remonta vivement.

— S'il vous plaît…, gémit Gabby. Venez avec moi.

Ce fut l'Anglaise qui lui répondit.

— Je viens. Il faut soulager autant que possible la pression sanguine dans votre jambe, cela dit. Vous pouvez m'aider ?

— Je vais essayer, dit Gabby.

Elle s'y prenait bien avec la patiente, songea Sebastian qui l'aida à bien poser la jambe, attendant un signe qui montrerait qu'elle se souvenait de lui.

— Le chauffeur sait où aller, dit-il. Je vous suis sur ma moto. Dites-leur que c'est moi qui vous envoie.

— Et votre nom, c'est… ?

— Sebastian Becker, répliqua-t-il en refermant la porte arrière de la carriole.

Les yeux bleus s'écarquillèrent.

— Docteur… Becker ?

Ah, enfin. Il allait commenter la coïncidence de se rencontrer à nouveau ici après toutes ces années, mais se ravisa, honteux de lui avouer qu'il avait oublié son nom.

Ce fut seulement après qu'elle eut disparu dans un nuage de poussière qu'il finit par lui revenir.

2.

— Il lui faut de l'anti-venin ! cria Mila en franchissant au pas de charge les portes de la Blue Ray Clinic.

Elle montra sa carte d'accès à un homme dans le petit hall encombré. L'Indonésien barbu, Agung d'après ce qu'indiquait son badge, la cinquantaine bien sonnée, se mit aussitôt en mouvement et la guida vers une salle toute blanche, ses tongs crissant sur le sol carrelé.

— Serpent marin, dit-elle à Agung qui examinait déjà le bandage. Le Dr Becker, que j'ai rencontré au port, sera là d'une minute à l'autre. Je suis le Dr Mila Ricci, nouvelle au MAC.

Eh oui, le mannequin en tenue de plongeur était donc le chirurgien avec qui elle travaillerait bientôt. Elle était encore sous le choc.

Elle referma la porte derrière elle, notant l'odeur de peinture fraîche sur les murs crème et les œuvres indonésiennes accrochées près de la fenêtre. Les feuilles d'un palmier tapaient à la vitre depuis l'extérieur.

Ils aidèrent la patiente à s'allonger sur un lit. Sa respiration était difficile, sans doute à cause de son agitation, non au venin qui se répandait de trop. Car, malgré l'assistance de Mila, il avait été compliqué de la maintenir immobile dans la carriole. Un afflux d'air frais de la climatisation lui balaya le visage alors que la porte s'ouvrait sur le Dr Sebastian Becker.

— Agung, comment va-t-elle ? demanda-t-il.

Il était en train d'enfiler une blouse blanche sur ses bras musclés, tout en s'approchant du lit dans ses sandales de sport noires. Et il était tout aussi impressionnant dans cette blouse blanche qu'il l'avait été dans la combinaison de plongée.

— Merci pour ce que vous avez fait, dit-il en posant une main sur l'épaule de Mila.

— De rien.

Le regard dont il la toisait était suspicieux.

— Enfilez ceci, ordonna-t-il en lui jetant une blouse blanche accrochée à une patère. Comme l'infirmière Viv est occupée avec un autre patient, j'espère que ça ne vous dérange pas de rester un peu plus longtemps. J'ai besoin que vous coupiez sa combinaison, ajouta-t-il en désignant une paire de ciseaux sur le plateau, cette fois.

Mila obtempéra avec soin, suivant les ordres alors qu'elle aurait dû les donner. Mais pas de souci. Elle n'était pas à deux cents kilomètres de sa base à Ghazni. Personne n'avait été touché par un éclat de grenade. Il n'y avait pas de soldats blessés hurlant partout autour d'elle. Non, il n'y avait que cette jeune femme. Ici et maintenant.

Posant une main sur la jambe de Gabby, elle essaya de l'apaiser pendant que le Dr Becker lui administrait l'anti-venin. Le biper d'Agung tinta.

— Veuillez m'excuser, docteur Becker, docteur Mila, dit-il avant de quitter la pièce.

Aussitôt, l'air devint plus lourd. Sebastian la contemplait à nouveau.

— Mila ? répéta-t-il, surpris.

— Elle a l'air beaucoup mieux. Je pense qu'on a pris la morsure juste à temps. Maintenant, elle a surtout besoin de repos.

Les yeux plissés, il croisa les bras, planté devant elle. Au-dessus d'elle, la toisant, du haut de son mètre quatre-vingt-dix, comparé avec son mètre soixante.

— Pourquoi Mila ? Je croyais que votre nom était Annabel.

Les poumons de Mila se vidèrent de tout leur oxygène.

— Je ne m'en suis pas souvenu, au départ. C'était il y a au moins six ou sept ans, non ? Vous étiez en retard à votre fête et, si ma mémoire est bonne, vous aviez un peu trop bu.

Il souriait, se rappelant quelqu'un qui n'était pas elle. Les larmes piquèrent les yeux de Mila. Elle aurait pu le plaquer au sol quand il lui prit les poignets, mais ses longs doigts hâlés coururent délicatement sur ses cicatrices et elle ressentit comme un courant électrique.

Il tourna brusquement ses bras vers le néon cru pour scruter les légères lignes nacrées.

— Vous n'aviez pas ça, à l'époque, commenta-t-il avec un froncement de sourcils. Que vous est-il arrivé ?

Elle se mordit l'intérieur des joues alors que les larmes menaçaient de couler. Il avait rencontré Annabel. C'était donc lui, l'homme dont sa sœur lui avait parlé. Bas… Pour Sebastian. Tout prenait son sens. Le Dr Becker était Bas. Et elle devait travailler avec lui.

Il fallait absolument corriger l'erreur. C'était insupportable.

— Je ne suis pas… pas qui vous croyez, bredouilla-t-elle. Docteur Becker, je suis Mila Ricci, reprit-elle en reculant d'un pas dans cette pièce soudain trop petite. Je suis là pour travailler quelque temps au MAC et apprendre vos techniques. J'ai raté mon transfert, je vous prie de m'excuser.

Elle le regarda se passer une main dans les cheveux, l'air perplexe. Puis il se mit à arpenter la pièce avant de s'arrêter.

— Je deviens fou ou quoi ? Je vous ai bien rencontrée avant, n'est-ce pas ? Vous avez changé de nom ?

— Je ne suis pas Annabel, dit Mila malgré sa gorge serrée. Annabel était ma sœur jumelle. Elle est morte, il y a trois ans. C'est elle que vous avez rencontrée, pas moi.

Le chat longea tranquillement le bar dans leur direction, sa fourrure noire brillant sous les lumières rougeoyantes. Sebastian lui passa une main sur le dos.

— Je suis navré pour le malentendu de ce matin, dit-il à la femme assise face à lui, sa nouvelle employée – temporaire.

Il avait pensé à elle toute la journée. Après l'avoir envoyée à son hôtel se reposer, il s'était débrouillé pour tenir son planning au MAC, même si son esprit était ailleurs. Il était même passé prendre des nouvelles de Gabby, rapidement, qui allait bien, mais pendant tout ce temps il avait hâte d'éclaircir la situation avec Mila.

— Ce n'est pas votre faute. C'est à la fois une coïncidence et une surprise, voilà. Annabel m'avait raconté qu'elle avait rencontré un certain Bas… Je n'avais pas du tout fait le rapprochement.

Elle avait les jambes croisées, installée sur le siège à bascule à côté de lui.

— Elle s'appelle comment ? demanda-t-elle en désignant le chat qu'il caressait.

— Kucing. Je l'ai trouvée petite, quelqu'un l'avait jetée dans une poubelle. Sympa, non ? Elle était dans un sale état, autant vous dire. Pas vrai, ma belle ? Elle se plaît ici ; les gars lui donnent du thon, le mercredi, ajouta-t-il tandis que la chatte frottait son nez contre sa paume.

Mila tendit le bras pour caresser Kucing, et il revit les cicatrices qu'elle avait aux poignets.

— Pourquoi Kucing ? s'enquit-elle.

— Ça veut dire « chat » en indonésien. On aime faire simple, ici.

Une musique reggae émanait des haut-parleurs installés dehors dans les palmiers. La femme de Ketut, Wayan, fit glisser deux verres dans sa direction sur le bar, puis un pichet d'eau glacée. Le bar n'avait rien de chic, ressemblant plutôt à une cabane rustique, mais c'était généralement calme.

Il espérait que Mila se sentait bien, mais il avait du mal à jauger son état d'esprit.

— Ce fut bref. Ma rencontre avec votre sœur, je veux dire, reprit-il, histoire de tâter le terrain. Je peux vous demander comment elle est morte ?

C'était surréaliste à quel point elle ressemblait à Annabel. Il n'en revenait toujours pas.

— Elle partait à une fête, un soir, commença lentement Mila, les yeux toujours braqués sur le chat. Elle conduisait la voiture de notre mère…

— Mon Dieu, c'est terrible, elle est morte dans un accident ? Est-ce qu'elle était seule dans la voiture ?

Il la vit se raidir tout en prenant son verre.

— Je n'ai pas très envie d'en parler, si cela ne vous dérange pas. Je suis ici pour le travail, docteur Becker. Pour me focaliser sur le présent, pas sur le passé. Vous pouvez me parler de la Blue Ray Clinic ? Vous travaillez là-bas aussi ?

— J'y passe si besoin. C'était plus ou moins un taudis quand je suis arrivé ici, répondit-il en se morigénant d'avoir été trop curieux.

Elle avait troqué sa robe rouge pour une longue jupe plissée bleu pâle et un haut blanc décolleté. De toute façon, étant donné sa silhouette menue, tout devait lui aller. Y compris un uniforme de l'armée dont elle avait ce franc-parler. Typiquement britannique, à l'instar de son accent.

Sa jumelle, qu'il avait peu fréquentée, était très différente. Il se la rappelait dansant dans une robe moulante et avalant shot sur shot de tequila, avant de monopoliser le micro du karaoké toute la soirée. Bizarrement, il n'imaginait pas Mila agissant ainsi.

— Vous n'êtes pas obligée de m'appeler « Dr Becker », dit-il pour essayer de détendre l'atmosphère. Sebastian, c'est très bien.

— D'accord… Sebastian, dit-elle avec un sourire crispé, passant une mèche de cheveux derrière son oreille. Alors vous enseignez aussi la plongée ? Vous êtes très occupé, on dirait.

— C'est ce qui arrive sur une île, je crois. On se retrouve à faire un peu de tout.

Il n'envisageait pas ses efforts à la Blue Ray comme différents de son travail au MAC. Il vivait juste sa vie, faisait le nécessaire pour que les choses avancent. Il ne désespérait pas qu'un jour Jared quitte Chicago pour venir le rejoindre ici, mais cela impliquerait que sa famille abandonne l'émission et toute la célébrité qui allait avec. Or son frère était assez différent de lui dans ce domaine.

Jared et sa femme Laura n'avaient pas subi la moitié de

l'attention qu'ils avaient dû supporter, Klara et lui. Sans doute parce qu'ils étaient déjà mariés depuis un moment, ils étaient moins intéressants. Jamais leurs photos ne s'étaient retrouvées étalées en couverture des magazines ou ils étaient arrêtés dans la rue pour des selfies. Ou pris à partie par un homme se faisant passer pour un sans-abri afin qu'un second larron puisse les prendre en photo devant une bijouterie – une bague de fiançailles ! avaient titré les tabloïdes. Jusqu'alors, il n'avait pas envisagé de demander Klara en mariage, mais la pression était devenue énorme.

— D'après ce que je sais de votre expérience, c'est probablement moi qui aurais à apprendre de vous, docteur Ricci, dit-il en chassant les pensées du passé.

— S'il vous plaît, appelez-moi Mila, répliqua-t-elle, ses yeux bleus plongés dans les siens. Que savez-vous de mon expérience, exactement ?

— J'ai lu dans votre CV que vous avez risqué votre vie en Afghanistan, par exemple.

Elle eut l'air vaguement amusé.

— La plupart du temps, c'était sans danger.

— Et j'ai constaté que vous savez vous débrouiller dans une situation inattendue. Mais, dites-moi, qu'est-ce qui vous a poussée à vous engager dans l'armée ? ajouta-t-il en versant de l'eau glacée dans son verre. Vous avez toujours voulu aller sur le front ? En zone de guerre ?

Elle fit tournoyer les glaçons dans son verre, et il remarqua ses ongles : nets, sans vernis. Et ses boucles d'oreilles, de minuscules clous d'argent.

— J'ai intégré la réserve de l'armée pour l'argent, ce n'est pas plus compliqué que ça. Je pensais que cela m'aiderait à payer l'école de médecine. Je n'avais que vingt-quatre ans et mes projets étaient parfaitement établis… Vous savez comme on est quand on est jeune.

— Et une fois que vous avez compris où vous aviez fourré le nez, vous avez eu le choix de changer d'avis ? demanda-t-il, curieux.

Il n'avait pas rencontré beaucoup de femmes qui aient passé aussi longtemps en service pour l'armée.

— Je ne me suis pas posé la question. Je savais pourquoi je signais. Nous avons effectué quatre mois d'entraînement avant de partir en Afghanistan et j'ai été envoyée sur deux bases d'opérations en tant que membre d'une équipe médicale mobile.

— Seulement quatre mois d'entraînement…

— Oui. Quatre mois à lancer des grenades.

Sebastian sentit ses yeux s'écarquiller. Il trouvait l'idée vaguement excitante pour une raison qui lui échappait. Il s'éclaircit la gorge et but une gorgée du smoothie que Wayan lui avait préparé.

— Annabel était folle quand je lui ai appris qu'ils m'envoyaient près des lignes de front, poursuivit Mila. On pensait tous que je resterais à Bagram. Et dans l'avion, ça m'a frappée comme une bombe – sans mauvais jeu de mots… C'est la seule fois où j'ai pensé que je pourrais mourir là-bas.

— Comment peut-on se préparer à ça ? demanda-t-il en regardant ses lèvres se refermer autour de sa paille en bambou tandis qu'elle l'observait par-dessus le bord de son verre.

— On nous faisait défoncer des portes, on s'entraînait à l'évasion, aux manœuvres de combat urbain… Plein de choses sans doute nécessaires, avec le recul.

— Comme les grenades ?

Elle haussa les épaules.

— Je voulais juste devenir le soldat le plus fort et le meilleur chirurgien urgentiste possible. Et je n'avais pas l'impression que mener les deux de front soit trop pour moi. Je voulais être un exemple de résilience et de force, vous voyez ? Celle qui saurait garder son calme face à tout ça… Toute cette horreur, tous ces soldats avec des blessures terribles… Tout ça pour rien, Sebastian.

— Je n'imagine même pas.

Elle pinçait les lèvres, comme dans un effort pour ne pas laisser échapper plus d'émotions qu'à travers ses mots.

— Tous les patients qui nous arrivaient étaient dans un

état critique, reprit-elle. Ça me manque parfois, ce genre d'interventions. Et le travail d'équipe, là-bas… Je n'ai jamais rien connu de tel ailleurs.

Sebastian se surprit à l'écouter attentivement, à croire qu'elle l'emmenait en voyage. Il avait presque oublié où il était.

— Ces montées d'adrénaline… Mais à la fin de la journée, on reste humain. Moi, j'exorcisais ça par le sport. Je courais des kilomètres sur le tapis chaque jour pour éliminer tout ça. Et pourtant, je pleurais quand même le soir sous la douche. Je ne vais pas vous mentir, il m'a fallu longtemps pour m'en remettre. Mais moins que pour survivre à la mort de ma sœur… J'étais à la maison, en permission, quand c'est arrivé. Ensuite, j'ai quitté l'armée dès que j'ai pu.

Sebastian se tut. Que répondre à cela ?

Mila se passa une main dans les cheveux, révélant à nouveau ses cicatrices. Il n'osait pas lui demander comment elle se les était faites, étant donné la façon dont elle avait reculé, horrifiée, quand il les avait examinées plus tôt.

— Comme je l'ai dit, tout ça appartient au passé. Or je ne vois pas en quoi il affecterait ce que je fais ici, dans le présent, conclut-elle en se redressant. Mais vous, parlez-moi de votre vie, docteur Becker. Pourquoi avoir délocalisé vos talents aussi loin de Chicago et des États-Unis en général ?

Sebastian se cala contre le dossier de son siège. Il ne s'était pas attendu à une question aussi directe.

— Vous ne lisez pas les nouvelles ?

— Les nouvelles finissent par me parvenir si c'est important.

— C'est une perspective intéressante sur la communication, commenta-t-il sèchement. Non, mais sérieusement, vous n'avez même pas effectué de recherche sur moi sur Internet après votre embauche ? Vous ne connaissez rien de l'infâme, du célèbre, du tant prisé – surévalué, je dirais pour ma part – médecin de *Visages de Chicago* ? Ou comment le « frère Becker méprisé » a quitté la ville au bout d'une seule saison, tout seul ?

Lentement, elle faisait tourner son verre sur le bar, un doigt sur le bord.

— Je ne regarde pas les magazines people ou les réseaux sociaux.

— Je n'ai plus aucun compte sur les réseaux, maintenant, dit-il.

Qu'est-ce qui le poussait à essayer de se justifier auprès d'elle ? À vouloir gagner son respect avant la fin de la soirée ?

— Je connais votre travail. Que vous avez passé trois ans à révolutionner votre procédure de réduction cicatricielle ici, pratiquement seul. Je sais que vos talents avaient fait gagner une fortune sans précédent au Becker Institute de Chicago, avant même que cette émission de téléréalité vous apporte la gloire. Votre père pratique quelle spécialité ?

— Pratiquait, corrigea-t-il. Il est mort.

— Désolée.

Elle ne demanda pas comment ou quand, même si, l'espace d'un instant, elle sembla sur le point de le faire.

— Pour être honnête, reprit-elle avec un soupir, une amie m'a appris quelques détails de votre vie personnelle qui peuvent être véridiques ou pas, d'ailleurs… Je préfère demander ces choses-là aux gens eux-mêmes, si besoin. Je ne regardais pas la télévision quand votre émission passait.

— Oui, je suis sûr que vous aviez mieux à faire que de nous regarder, mon frère et moi, pratiquer des liposuccions sur des pop stars trop gâtées.

Kucing sauta sur le bar à cet instant et faillit renverser le verre de Mila qui le rattrapa habilement, évitant le pire.

— Oh ! ça aurait été plaisant de déconnecter par moments, de voir ce qui se passait ailleurs dans le monde, dit-elle. Certaines nuits, le silence était pire que le bruit des tirs.

Encore une fois, Sebastian se retrouva sans voix.

— Pardon, ajouta-t-elle en secouant la tête. Reparler de cette époque, c'est comme ouvrir la boîte de Pandore. Je ne veux pas que vous pensiez que je suis toujours comme ça. Je suis juste fatiguée. Revenons-en à vous.

Il était déconcerté. Il y avait tant de choses qu'il aurait voulu dire sans savoir par où commencer.

— Je suis très impatient de travailler avec vous, Mila, dit-il seulement. J'espère que l'île et le MAC seront à la hauteur de vos attentes.

— Je m'efforce de ne pas avoir d'a priori, répondit-elle. Je déduis de vos propos que vous n'avez pas aimé participer à cette émission ?

Sebastian fit rouler les glaçons dans son verre, songeant qu'elle posait beaucoup de questions.

— Ce n'était pas tant l'émission que la manière dont les médias nous ont assassinés. Ils sont terribles, capables de se cacher, tels des chacals prêts à bondir.

— Oui, je connais des gens comme ça. Et vous continuez de prendre en charge les clients fortunés, les célébrités, s'ils viennent vous chercher ici ?

— Oui. Ils apprécient le luxe de l'île. Mais j'ai aussi le projet de créer à Bali un centre de bien-être pour les patients en rétablissement d'un trauma. Quelque chose d'un peu moins… cher. On doit commencer à s'ouvrir à plus de gens.

— Vous semblez avoir tout prévu, commenta-t-elle. Votre frère Jared… Il est impliqué ici aussi ?

— Il est encore trop occupé à jouer les stars de la télé, répliqua-t-il avec ironie en espérant ne pas laisser entendre sa colère envers son frère pour la vie sous les feux de la rampe qu'il avait choisie. On devrait grignoter quelque chose. J'ai faim.

Ayant commandé des chips, il changea de sujet pour aborder celui d'un patient inscrit pour une opération de routine… Un agrandissement du pénis.

N'importe quoi pour lui éviter d'aborder des thèmes plus personnels comme la famille. Mais, au fond, ce qu'il pouvait raconter, c'était du menu fretin comparé à ce que cette femme avait vécu.

Alors elle parla et il écouta, ne se rappelant même pas avoir jamais rencontré une femme telle que Mila.

Oui, décidément, elle était fascinante.

3.

— Je suis ouverte aux suggestions, docteur Becker. Que pensez-vous pouvoir améliorer… Ça ?

Les doigts de la femme dans le fauteuil en cuir face à eux tiraient sur la peau de ses joues. Mila vit Sebastian remonter ses lunettes sur l'arête de son nez.

— Pivotez sur la gauche, s'il vous plaît. Parfait… Maintenant à droite.

Un bâton d'encens brûlait sur le rebord de la fenêtre de la salle de consultation confortable et élégante aux murs plaqués de bambou. Son odeur flottait dans l'air tandis que Sebastian étudiait le visage de la patiente, et Mila s'efforçait de ne pas contempler trop longuement le beau profil du médecin dans le rayon du soleil.

Cela faisait déjà une semaine qu'elle avait pour la première fois poussé les hautes portes en forme d'arches sculptées à la main du Medical Arts Center, et depuis, tout ce qu'elle y avait découvert la captivait.

Ce complexe était à des années-lumière de la Blue Ray Clinic, même si certains endroits étaient encore un peu dans leur jus – Rachel, la technicienne en radiologie, lui avait expliqué que tout n'avait pas encore été refait car c'était Sebastian qui finançait. Ici, des sols de marbre aux plantes en pots et aux vases dorés, tout respirait le calme et la paix. C'était l'endroit le moins traumatisant qu'elle ait vu pour accueillir des victimes de commotions.

Au sujet de la Blue Ray Clinic, la bavarde Rachel avait même ajouté :

— La rumeur court qu'il y a des problèmes au sein de

la famille Becker, et que tout a commencé par l'émission. Son frère Jared n'est jamais venu ici, sur l'île. Il paraît que le Dr Becker était tellement dévasté, après que son ex-petite amie l'a quitté, qu'il prenait l'avion jusqu'ici tous les week-ends pour essayer de la retrouver.

Voilà qui était bien intrigant, même pour Mila qui n'aimait guère les ragots. Jusqu'à présent, elle avait apprécié leurs discussions, elle le trouvait intéressé et intéressant… Rien à voir en tout cas avec l'ancienne star de la télé qu'elle s'était imaginée.

— Avez-vous envisagé un lifting général, plutôt que d'affronter encore le bistouri ? interrogea-t-il.

Leur patiente était une Californienne de cinquante-sept ans, avocate criminelle. Tilda Holt avait perdu plus de cinquante kilos, et sa peau avait souffert en conséquence.

— Vous pensez qu'il va pouvoir me donner un visage qui reflète ma jeune âme, docteur Ricci ? Ou est-ce que ça fait trop de travail ? s'enquit la patiente, s'adressant à Mila cette fois.

— Le Dr Becker est l'un des meilleurs dans son domaine, affirma-t-elle avec tact. Je pense que vous pouvez vous estimer chanceuse d'avoir obtenu un rendez-vous ici. Puis-je vous demander comment vous avez entendu parler du travail du Dr Becker ?

— Je l'ai découvert à la télévision, répondit Tilda qui le dévisageait avec admiration. Et j'ai dit à mon mari : « C'est le type qu'il me faut, il pourra m'aider. » Vous avez toujours eu une façon de voir vraiment les gens, docteur, c'est pour ça que les gens vous adoraient dans cette émission.

Mila perçut une lueur embarrassée dans le regard de Sebastian, par-dessus ses lunettes. Elle lui sourit, incapable de réprimer une bouffée d'affection.

Elle trouvait admirable qu'il donne ses consultations lui-même, en personne ou par vidéo. Il allait souvent sur l'île principale aussi, pour voir les gens qui ne pouvaient pas voyager aussi loin. Bref, il tenait à connaître chaque patient qui franchissait sa porte. Et si sa célébrité attirait nombre de riches patients, il les accueillait aussi parce que leur argent profitait à l'île justement.

Il feuilletait une brochure avec Tilda.

— Plus besoin de filtres sur vos photos après cette procédure. Voici comment ça fonctionne : on envoie des ultrasons dans les muscles que l'on tendrait lors d'un lifting… ici, ici, ici… Donc ni bistouri ni aiguilles.

Il avait le don de raconter l'histoire comme un scénario, de capter l'attention des patients. Peut-être avait-il appris cela à la télévision ? En tout cas, il était loin de l'homme un peu capricieux, voire arrogant, qu'elle avait imaginé.

Elle songea à Annabel : avait-elle ressenti cette même attirance vers lui lors de leur brève rencontre ? Au bar, Mila n'avait pas osé le questionner sur ce qui s'était passé entre sa sœur et lui parce que cela lui aurait trop rappelé Annabel et l'accident. Et depuis ils n'avaient pas eu une minute pour parler en privé, entre les réunions, les présentations, les introductions aux procédures chirurgicales, et les quelques pauses apaisantes à siroter du thé vert au soleil avec le reste du personnel.

— Alors, ces muscles, là, remontent ici et le front comme ça. Et le traitement complet, visage et cou, prend à peu près trente minutes. Ça vous coûtera moins qu'une chirurgie plastique… Beaucoup moins.

Sebastian était de retour dans son fauteuil à roulettes, jean sous sa blouse blanche et baskets bleues, typiques d'un habitant de Chicago.

— Qu'est-ce que vous feriez, à ma place ? demanda Mme Holt tout à trac.

— Vous êtes seule à décider, mais je peux vous assurer que vous serez entre de bonnes mains ici, répondit Mila.

— Qu'est-il arrivé à vos bras, docteur Ricci ?

La question de Tilda prit tout le monde de court, y compris Sebastian qui toussota. Mila se sentit obligée de poser ses poignets de manière à ce que ses cicatrices soient bien visibles.

— Un accident, répondit-elle. Je n'y fais plus attention, maintenant.

— Et vous ne pourriez pas les effacer ? Docteur Becker, vous ne pourriez pas le faire, vous ?

Il répondit avant même que Mila puisse s'en charger.

— Je crains que notre rendez-vous ne touche à sa fin, Tilda. Je souhaitais juste ajouter qu'avec le traitement aux ultrasons, contrairement à une opération, il n'y a pas d'hospitalisation. Vous aurez juste l'air un peu hâlée pendant une heure ou deux, mais ici, ça ne choquera personne. Nous vous laissons réfléchir.

Puis il se leva et la guida poliment vers la porte tout en lui donnant rendez-vous sur la plage privée du MAC dans quelques jours, pour la soirée de levée de fonds destinés au sanctuaire des tortues de mer.

Mila se surprit à être un peu agacée qu'il se soit senti obligé d'intervenir. Avec ce qu'elle avait subi, les hommes avaient trop tendance à la protéger. Mais elle était forte, bon sang ! En le voyant revenir, elle sentit néanmoins son irritation détournée par une pensée : elles lui allaient vraiment bien, ces lunettes.

L'espace d'une seconde, elle crut qu'il allait en profiter pour l'interroger à propos de ses cicatrices. Sans doute songeait-il, comme la plupart des gens, qu'elle se les était faites en mission à l'armée. Qui pourrait imaginer qu'elle s'était blessée en essayant de tirer sa sœur à travers un pare-brise cassé ? Elle avait la nausée à cette seule pensée. Pas question qu'il aille croire cela, elle refusait de gâcher l'image qu'il s'était faite d'Annabel.

— Et vous, Mila, aura-t-on le plaisir de vous voir à cette soirée caritative ? On a prévu de la bonne musique et puis… les tortues seraient ravies de bénéficier de votre aide.

— Vendredi ?

— Oui. Vous n'aviez pas oublié, j'imagine ?

Elle n'allait pas l'avouer, mais si, elle avait complètement oublié. Heureusement, le téléphone de Sebastian sonna sur le bureau, et le nom de son frère apparut sur l'écran avant qu'il s'en saisisse.

— Vous voulez bien m'excuser ?

— Jared ? Votre frère ? demanda-t-elle malgré elle.

— Plus probablement Charlie, mon neveu, qui appelle depuis le portable de son père. Il faut vraiment que je le prenne, ajouta-t-il en lui effleurant l'épaule. C'est son anniversaire et il doit absolument me faire la liste des cadeaux qu'il souhaite. Vous savez ce que c'est.

Puis il quitta la pièce en discutant avec son neveu sur un ton enthousiaste qu'elle ne lui avait jamais entendu, et elle sentit son petit faible pour son employeur se renforcer encore un peu.

— Quand il vous fait ce regard, vous voyez exactement ce qu'ont aimé des millions de téléspectateurs en suivant le Dr Sebastian Becker, commenta Rachel avec un soupir. Vous comprenez de quoi je parle ? Vous l'avez repéré aussi, n'est-ce pas ?

Sebastian s'immobilisa en entendant son nom. Il ne se rendait pas compte que les deux femmes ne le voyaient pas. Mais, si Rachel se pâmait, Mila restait silencieuse.

— Méfiez-vous, docteur Ricci ! Les frères Becker peuvent transformer votre visage et vous voler votre cœur, continua Rachel, enthousiaste.

C'était la soirée caritative pour les tortues, et les deux femmes buvaient un verre sur la plage du MAC, à la lueur d'une torche enflammée plantée dans le sable.

— Qu'est-ce que j'ai volé ? intervint-il, sachant que sa voix allait les faire se retourner aussitôt.

— Oh ! là, là ! lança Rachel en se couvrant le visage. Je suis désolée.

Mila réprima un sourire.

— Pas de souci, je vous promets de ne pas vous voler votre cœur, Rachel, répliqua-t-il, malicieux, ses yeux s'attardant sur Mila alors qu'il s'adressait à la radiologue.

Elle portait une robe bleue avec un décolleté en V profond dans le dos qui mettait parfaitement ses courbes en valeur.

— Je file me chercher une part de gâteau, marmonna Rachel en s'éloignant.

Soudain, il ne resta plus que Mila dans cette robe, et lui, avec le bourdonnement de la fête en fond sonore.

— On se met à jour sur les ragots de l'île ? Je croyais que ça ne vous intéressait pas.

— Je pense que Rachel aime bien parler, répondit Mila avec un regard de côté. Je me suis donc retrouvée dans la position de l'auditrice involontaire.

Un coup d'œil par-dessus son épaule lui confirma ce qu'il soupçonnait : Rachel les observait depuis le buffet.

— Elle m'a raconté qu'elle avait visionné tous les épisodes de *Visages de Chicago* avant de postuler au MAC, dit-il. Au nom de la recherche, bien sûr.

— Bien sûr…, répéta-t-elle.

Un sourire dansant sur ses lèvres, elle s'éloigna vers le bord de l'eau, relevant le bas de sa robe. Il contempla la brise jouer avec ses cheveux et le tissu bleu soyeux alors qu'elle inspirait profondément, le visage tourné vers le ciel. Comme si elle aspirait la vie de l'eau.

— J'ai entendu votre discours, reprit-elle au bout d'un moment. Vous élevez des petites tortues jusqu'à ce qu'elles soient assez grandes pour s'aventurer toutes seules autour du corail que vous régénérez grâce à une technologie électromagnétique, c'est exact ?

Il adorait son accent britannique. Annabel avait le même, et, pourtant, il fut à nouveau frappé par leur différence alors qu'elles étaient jumelles.

— C'est exact, oui. Nous visons soixante-dix pour cent de régénération dans les zones où nous avons investi. C'est encore le début, mais on va surveiller l'évolution.

— Y a-t-il quelque chose sur cette île dont vous n'êtes pas partie prenante ? demanda-t-elle pour le taquiner, marchant avec lui vers une balançoire en bois.

— Peut-être une ou deux… Il y a toujours quelque chose à faire.

Il lui tint la balançoire afin qu'elle puisse s'asseoir sur le bois flotté poli… et ainsi admirer la courbe de ses épaules et le dos nu de sa robe tandis qu'il la poussait. C'était lui qui avait fait installer cette balançoire, il l'avait même fabriquée avec l'aide de Ketut. Il n'avouerait pas à Mila le nombre de nuits qu'il avait passées là, avant la construction du MAC, à essayer de lister les raisons de ne pas sauter dans un avion pour aller chercher Klara.

— Dans un endroit tel que celui-ci, tout est question de travail d'équipe, dit-il en la poussant. Et ça doit commencer par la conservation de l'océan.

Il laissa l'eau lui lécher les mollets alors qu'elle effleurait parfois le sable, parfois l'eau du bout des orteils. Le vent soulevait des mèches de ses cheveux qui lui chatouillaient le visage. Sebastian se surprit à resserrer les mains autour de la corde de la balançoire.

— Vous pratiquez la plongée, docteur Ricci ?

Ses cheveux sentaient bon, une odeur semblable à celle de l'encens qui brûlait dans le bureau d'accueil du MAC.

— Non. Pas dans l'océan. Décrivez-moi… la sensation, pas la technique.

Il réfléchit.

— En bas, on peut tout oublier, dit-il, décrispant un peu les doigts sur les cordes. Pas de discussions internes, du moins rien qui fasse pression. Il n'y a que vous et le son de votre souffle dans vos oreilles.

— Ça a l'air magique. Comme une forme de méditation.

— C'est ça. Fermez les yeux…

Une bretelle de sa robe lui tomba sur le bras, mais elle ne la remonta pas alors qu'elle lui obéissait.

— Vous dérivez avec le courant, commença-t-il. Vous respirez avec la terre elle-même. Inspirez, expirez… Encore… Vous n'avez pas vraiment besoin de vos mains, que de vos yeux, il s'agit juste de contrôler votre respiration.

— Vous me donnez grande envie, dit-elle au bout d'un moment.

Elle avait encore les yeux fermés et la tête légèrement

renversée en arrière, presque contre lui, sans toutefois le toucher vraiment.

— J'essayerai peut-être…

— Je vous emmènerai, dit-il.

Et il fut surpris par l'envie qu'il avait déjà de montrer à Mila toutes les choses qu'il adorait dans l'océan.

— Je n'en reviens pas qu'au cours de tous vos entraînements à l'armée, vous n'ayez jamais pratiqué la plongée.

— Je l'ai fait une fois ou deux dans un lac, mais j'étais trop occupée à jeter des grenades à la surface pour m'y essayer dans l'océan.

Elle souriait quand elle pivota sur la balançoire pour être face à lui, entortillant les cordes au-dessus de sa tête. Ses jambes nues se trouvèrent prises entre les siennes une seconde. Ou bien ce fut lui qui l'attira vers lui. Il ne savait pas trop.

— Docteur Becker ? Docteur Becker ?

Un homme aux cheveux bleus agitait une noix de coco dans leur direction depuis le rivage.

Sebastian lâcha les cordes de la balançoire, et Mila en fut presque soulagée. Il lui avait jeté un sort, et l'espace d'un instant elle avait été comme hypnotisée par ses paroles et sa présence plus généralement. Elle n'était pas censée craquer pour lui, ils devaient travailler ensemble. Sans parler de cette… Quoi qu'il se soit passé… Cette histoire avec Annabel. Pourtant, c'était difficile de lutter contre ce… cette… chose dont avait parlé Rachel. Une attirance magnétique.

L'homme aux cheveux bleus fit la révérence – oui, oui, une révérence – à Sebastian, sans paraître ne serait-ce que remarquer Mila. Elle le reconnut pour l'avoir vu dans le dossier « patients ». Hugo O'Shea. Il venait sans doute d'arriver pour son traitement – un agrandissement du pénis, si sa mémoire était bonne. Selon Rachel, l'homme était un blogueur renommé pour ses ragots « people ».

— Quelle belle soirée ! s'exclama Hugo. Je suis sûr que les tortues vous sont aussi reconnaissantes que moi, docteur Becker.

— Pardon, Hugo, je vous présente le Dr Ricci, répondit Sebastian. C'est elle qui sera à vos côtés pendant votre opération.

Hugo pivota vers elle et lui tendit une main dans un geste théâtral.

— Je n'ai rien contre les mains d'une femme, dit-il en serrant la sienne. Mais je pense que nous préférons tous les deux celles du Dr Becker, n'est-ce pas ?

Il lui adressa un clin d'œil et fit mine de s'éventer. À quoi Mila répondit par un sourire poli.

— Je peux faire une photo de vous deux ? La lune derrière vous, c'est trop beau.

— Non, pas ce soir, répliqua Sebastian un peu sèchement, avant de tourner les talons. Bonne fin de soirée, Hugo.

Mila envisagea de le laisser partir seul, mais elle s'aperçut qu'elle n'en avait pas terminé avec leur conversation. Alors elle le suivit loin de la foule, sur les rochers jusqu'au point de vue.

Ce côté de l'île était plus calme. Les vagues clapotaient contre les rochers, et la mer, telle une couverture, se déroulait sous le ciel nocturne jusqu'au pied des montagnes au loin.

— Vous n'aimez vraiment pas qu'on vous prenne en photo, dit-elle en s'asseyant sur le rocher à côté de lui.

— O'Shea a signé un accord de non-divulgation. Il sait qu'on n'accepte pas les caméras et les appareils photo au MAC.

Mila replia les genoux contre sa poitrine.

— Ça a un rapport avec ce qui s'est passé à Chicago ? demanda-t-elle doucement. Je sais que vous étiez harcelé par les paparazzis. Mais je ne connais pas les détails…

Sa mâchoire était serrée, ses épaules raides, signe que le souvenir était pénible.

— Ils nous suivaient partout, Klara et moi. Sans relâche… Une fois, ils l'ont surprise sortant de voiture. Il faisait du vent et sa robe a malheureusement été soulevée très haut. Les paparazzis s'en sont donné à cœur joie, zoomant et pointant le doigt sur tous les détails que personne ne souhaite montrer. Vous n'en avez jamais entendu parler, vraiment ?

Mila porta une main à sa bouche et secoua la tête. L'humiliation. Elle ne supportait pas cela. Pauvre Klara…

— C'était ce qu'il pouvait y avoir de pire pour une enseignante en maternelle, continua-t-il. On était différents. Très différents… Sans doute que j'aimais le fait qu'elle n'appartienne pas à mon univers. Je l'avais rencontrée via mon neveu Charlie, que j'étais allé récupérer à l'école un jour. Klara était là, qui empilait des petites chaises en plastique…

Il s'interrompit, comme s'il venait de comprendre qu'il lui en dévoilait trop.

— Bref, certains parents d'élèves ont fait un scandale, arguant qu'elle n'était pas apte à s'occuper de leurs enfants. Mais elle les adorait, ces gosses, alors autant dire qu'elle était dévastée. Et puis une publication a « révélé » qu'on l'avait vue avec un autre gars, reprit-il en mimant les guillemets avec ses doigts. Ça a encore empiré. En fait, c'était le directeur de l'école, et le journaliste les avait pris en train de discuter devant l'école. Sa femme a commencé à avoir des soupçons…

— Mais c'est affreux !

Il opina lentement de la tête, les yeux fixés sur un bateau de plongée nocturne qui ballottait dans la pénombre.

— Le principal lui a proposé un congé sabbatique, histoire de s'éloigner de tout ça. Quant à moi, j'ai quitté l'émission. J'envisageais de partir avec elle, mais elle préférait être seule. Elle a décroché un poste de bénévole dans une école en Thaïlande, supprimé tous ses réseaux sociaux, changé de numéro… Elle n'a même pas voulu me voir avant son départ.

Mila détacha les yeux de ses biceps alors qu'il s'appuyait sur les coudes, le visage tourné vers le ciel.

— Donc vous n'avez pas pu vous dire « au revoir ».

La conversation entrait dans une zone sans doute trop intime, pourtant, elle voulait savoir, c'était plus fort qu'elle. Autant apprendre la vérité par lui plutôt que par le téléphone arabe délivrant une version remâchée de l'histoire. En tout cas, au vu de son expression, il avait dû l'aimer très fort, cette femme.

— Je pense que j'ai trouvé la paix, ici, dit-il. J'ai emmené une petite équipe avec moi et, peu à peu, nous avons travaillé aux rénovations de la Blue Ray en même temps que le MAC sortait de terre. Je me suis aussi mis à enseigner la plongée, j'ai créé la fondation pour la protection des tortues avec Neesha et son mari – vous les rencontrerez plus tard – et passé beaucoup de temps à apprendre à connaître les gens d'ici. C'est important. Il fallait qu'on s'adapte lentement à l'île et pas le contraire. Ensuite, on a ouvert les portes du MAC et, depuis, c'est du non-stop.

— Et l'émission de téléréalité ? Qu'est-il arrivé quand vous l'avez quittée ?

Il se crispa, reportant son regard sur les bateaux au loin.

— Je m'attendais à ce que Jared claque la porte aussi et me suive ici. Ayant vu ce qui s'était passé avec Klara et moi, il aurait pu redouter que ça se reproduise pour Laura, sa femme, et lui.

— Mais non ?

Il haussa les épaules.

— Ils étaient mariés, heureux, l'image même de la famille parfaite. Laura tient maintenant un blog de cuisine et elle enregistre des *podcasts* pour les jeunes mamans. Peut-être est-ce moins vendeur pour les lecteurs de tabloïdes ? Je l'ignore. On ne sait jamais quelle sera leur prochaine cible ou ce qui sous-tend leurs choix de publications, mais j'imagine qu'ils ont jeté leur dévolu sur Klara et moi parce qu'on leur offrait plus de possibilités d'histoires aguicheuses.

Mila se demandait quel effet cela avait dû leur faire, de vivre dans l'œil du cyclone, avec les médias sans cesse à leurs trousses. D'une certaine façon, cela devait se rapprocher de sa vie en Afghanistan : la peur constante, se préparer au pire qui peut-être n'arriverait jamais.

— La chaîne voulait tourner une autre saison, poursuivit-il. Ils ont trouvé un chirurgien pour me remplacer et offert plein d'argent. En gros, il ne pouvait pas partir. Bref, l'émission a repris sans moi, les médias de Chicago ont trouvé d'autres proies. La vie a continué.

Il jeta un galet au-dessus des rochers, se passa une main dans les cheveux puis lui adressa un regard penaud.

— Je ne sais pas pourquoi je vous ennuie avec tout ça, Mila.

— Vous ne m'ennuyez pas. C'est agréable d'apprendre à vous connaître, répondit-elle franchement. De voir qui est l'homme derrière le masque chirurgical…

Elle vit ses épaules se détendre brusquement, comme sous l'effet du soulagement.

— Et quel est votre avenir ? s'enquit-elle. Vous voulez rester ici ? Vous ne voulez pas fonder une famille ?

Il se tourna face à elle.

— Pourquoi ne pourrais-je pas le faire ici ?

Mila fut prise de court. Bizarrement, elle ne s'était pas attendue à cette réponse.

— Oh ! je suppose qu'il y a de quoi ravir et inspirer des enfants qui grandiraient ici, en effet !

En prononçant ces mots, elle se rendit compte qu'à présent elle s'imaginait bien la chose. Un avenir ici, à apprendre à ses enfants à aimer l'océan. À les voir courir pieds nus, apprendre à lire sur le sable. Pas mal du tout… Même si, pour sa part, elle avait décidé depuis bien longtemps qu'elle n'aurait pas d'enfants.

— Il y a des endroits pires pour élever une famille, non ?

— Je ne sais pas, dit-elle. Je n'envisage pas de fonder une famille, en fait.

Il l'observait avec intérêt. Elle avait honte de l'admettre, mais elle avait peur d'avoir un enfant à elle. Peur de le perdre, qu'il lui arrive malheur… Ou qu'il arrive quelque chose au père. Elle ne supportait pas l'idée de subir ce genre de perte une seconde fois.

— En tout cas, moi, je préfère le faire ici qu'à Chicago, conclut-il enfin. Je ne dis pas que je n'y retournerai jamais en visite, d'ailleurs j'y vais bientôt pour l'anniversaire de ma mère. Mais, entre vous et moi, cette émission, je ne voulais pas la faire au départ. Alors, plus je reste éloigné du cirque médiatique maintenant, mieux c'est.

Sa chemise était ouverte sur trois boutons, laissant apparaître son épaisse toison brune que la brise taquinait, et elle se surprit à se demander quel effet cela ferait de la toucher.

— Si vous n'aviez pas envie, pourquoi avoir tourné dans cette émission alors ? lança-t-elle, étonnée.

— Ma mère a insisté. Elle pensait que notre père aurait fait un truc comme ça s'il avait été encore là. Jared y voyait le moyen de nous attirer plus de clients. Hélas, pendant que cette émission dévorait tout mon temps, mon vrai projet, ici, restait en suspens. Du coup, dès qu'ils ont commencé à tout monter en épingle pour les torchons à scandale, j'ai voulu partir. Nous savions tous que mon père n'aurait pas voulu ce genre d'attention sur l'institut, ces caméras qui ne s'arrêtaient jamais de tourner, celles qui nous suivaient jusqu'à la maison… Mais il a fallu cette fameuse photo pour que je franchisse le pas. Klara a peut-être trouvé que j'avais attendu trop longtemps pour claquer la porte. De toute façon, elle était trop citadine pour vouloir vivre ici, et puis mes activités m'auraient occupé trop de temps, tôt ou tard.

Peu à peu, la conversation évolua vers des sujets plus légers et ils perdirent tous les deux la notion du temps à discuter de plongée, de raies manta, des projets scolaires de Charlie, de leurs années de collège, de leurs goûts vestimentaires très différents dans les années 1990… et du fait qu'aucun des deux n'avait jamais vu *Star Wars*.

Par moments, Mila avait Annabel dans un coin de la tête, pourtant elle n'osait pas le questionner sur ce qui s'était passé entre eux.

Pourquoi ?

Si dur que ce soit de l'admettre, quelque chose l'avait chagrinée quand il avait évoqué son passé avec Klara.

Elle commençait à vraiment apprécier cet homme. Et cela lui faisait peur.

4.

— Fillette, huit ans, annonça le Dr Fatema Halabi, l'air stressé. On lui fait le vaccin antirabique, mais elle semble avoir besoin de plus que de quelques points de suture. On l'a amenée ici directement depuis la Blue Ray.

Le Dr Halabi était une nouvelle recrue du programme d'internat du MAC. Elle avait exercé trois ans la chirurgie générale dans une clinique de Charlotte, en Caroline du Nord, et se spécialisait dorénavant en chirurgie plastique sous le tutorat du Dr Becker.

Elle avait poussé la patiente sur un brancard jusque dans la salle de traitement aérée et embaumant le jasmin avant même que Mila ait enfilé ses gants. La malheureuse victime d'une morsure de chien était une touriste française, Françoise Marchand, que sa mère accompagnait.

Mila déroula l'énorme bandage qui peinait à absorber le sang et examina les dégâts. Elle vit immédiatement les lacérations sur le nez et les lèvres de l'enfant. C'était grave, mais pas aussi terrible qu'elle l'avait craint.

— Il était gros comment, ce chien qui t'a mordue ? demanda-t-elle à la petite.

— C'était comme un dalmatien, très gros, très énorme, intervint sa mère dans un anglais hésitant. Il a sauté sur elle ! ajouta-t-elle, les lèvres tremblantes. Ce n'est pas rassurant pour les enfants, ici…

— Madame Marchand, je peux vous assurer que l'île est très sûre, dit Mila en se demandant si son affirmation était bien correcte. Je suis d'accord avec vous que le chien aurait dû être enfermé ou attaché, mais nous sommes là maintenant. Et nous allons aider Françoise, OK ?

L'enfant renifla tandis que Fatema, l'image même du calme, appliquait des linges propres sur les plaies. Les longs cheveux blonds de Françoise étaient collés de sang, ainsi que son T-shirt à motifs de pastèques.

— Ma fille ne voulait pas embêter la chienne, reprit sa mère. Elle voulait juste caresser les petits. Mais la chienne lui a sauté dessus, et je n'ai rien pu faire.

Mila posa une main sur l'épaule de la femme et la guida jusqu'au fauteuil de cuir dans un angle de la salle spacieuse. Voilà qui commençait à faire sens : il n'était jamais prudent d'approcher une chienne avec des chiots sans le consentement du propriétaire. L'accident aurait pu arriver n'importe où.

— Ce n'est pas votre faute, d'accord ? dit-elle à la mère pour l'apaiser. Il faut garder votre calme, pour le bien de Françoise.

Dans le cas contraire, la petite ressentirait la panique de sa mère telle une éponge, en la décuplant.

— Vous préférez peut-être attendre dehors ? Nous viendrons vous chercher quand ce sera fini.

Puis Mila accompagna Mme Marchand à la porte. Elle avait besoin de se concentrer. L'œdème péri-orbital était visible autour de l'œil gauche de l'enfant, un hématome sévère sans doute provoqué quand elle s'était débattue. Elle avait aussi remarqué des entailles sur les tissus mous autour de la lèvre supérieure et sur la peau au-dessous de la pommette gauche. Pourvu qu'il n'y ait pas de nerf endommagé.

Fatema s'excusa, et Rachel s'occupa des radios.

Mila se surprit à attendre Sebastian. Son traitement signature serait nécessaire. Comme le nouveau fil révolutionnaire se dissolvait plus vite dans la peau, il n'y avait pas besoin de le retirer et les cicatrices sur les lèvres, le visage ou la bouche étaient moins visibles. Françoise et sa mère ignoraient probablement la chance qu'elles avaient que le drame se soit produit ici. Même si le mot « chance », en l'occurrence, était mal choisi.

— Tu es très courageuse, Françoise, dit-elle.

La petite esquissa un bref sourire avant de grimacer de douleur. Elle supportait bien les piqûres et le nettoyage, Dieu merci.

Mila observa les radios sur l'écran de l'ordinateur sans pour autant parvenir à retenir le flash-back qui vint s'imprimer devant ses yeux : la dernière fois qu'elle avait traité une morsure de chien, c'était bien pire. Le berger allemand avait été terrifié quand ils l'avaient trouvé, enchaîné à la clôture d'une minuscule base militaire. Ses pattes étaient couvertes de sang, déchirées par le fil de fer barbelé. Il avait sauté sur eux alors qu'ils approchaient du cadavre de son propriétaire, un officier afghan tué d'un coup de fusil dans le dos. Le pauvre devait être là depuis un moment, sous la pluie des éclats d'obus. Pas étonnant qu'il se soit jeté sur eux et ait failli arracher la joue de son collègue Neil.

— Tu vas bien ?

Mila releva les yeux dans un sursaut. Sebastian posait sur elle un drôle de regard. Elle ne l'avait pas entendu entrer. Il était rasé de frais, en T-shirt rouge et jean, baskets noires aux pieds.

— Oui, ça va, répondit-elle malgré les battements accélérés de son cœur.

Il enfila une blouse blanche, et elle perçut une bouffée de crème solaire et d'une nouvelle eau de toilette qu'elle n'avait jamais sentie sur lui auparavant. Elle lui fit un bref compte rendu de la situation, tout en notant que ses paumes étaient moites depuis qu'il était arrivé.

Puis elle se morigéna intérieurement de cet afflux de nervosité à la perspective de pratiquer le traitement révolutionnaire que le Dr Becker avait perfectionné. Ce serait la première fois qu'elle utiliserait les lasers, pourtant c'était lui plus que l'acte en soi qui la perturbait.

— J'ai tout sous contrôle, dit-elle en soutenant son regard.

Sebastian sembla en douter, cela dit. Et comme il l'observait, on aurait pu croire qu'il évaluait son humeur en même temps que ses capacités. Un médecin des urgences de la Blue Ray pouvait recoudre une blessure, peut-être même la camoufler assez habilement, mais il fallait l'intervention d'un chirurgien pour éviter à quelqu'un de vivre avec des cicatrices visibles pour le restant de ses jours.

Mila devait faire abstraction de lui. Ou au moins faire comme si elle n'était pas autant attirée par l'homme dont elle sentait le regard sur elle, attentif au moindre de ses mouvements.

Mila se réveilla en sursaut. *Non, non, non.* Elle attrapa son téléphone : il n'était que minuit. Elle avait encore fait ce rêve et, maintenant, elle ne réussirait pas à se rendormir.

Elle se rallongea sous le ventilateur, espérant que l'air frais parviendrait comme par magie à la calmer, mais les images se succédaient encore à mille à l'heure dans sa tête. Comme d'habitude. Elle serra les paupières. Non, elle ne pouvait plus le supporter.

De guerre lasse, elle rejeta les draps de coton et alla se baigner le visage à l'eau froide dans la salle de bains. Puis elle releva la tête vers le miroir et laissa échapper un long soupir. Mais pourquoi continuait-elle à faire ce rêve ?

Ayant enfilé une robe par-dessus ses sous-vêtements, elle sortit sur la terrasse. La lune et les étoiles brillaient au-dessus des palmiers. Elle envisagea de s'allonger dans le hamac, espérant parvenir à mieux dormir là-bas, entre les murs sécurisés de la propriété où s'élevait le MAC, où se trouvaient aussi les quartiers du personnel. Ou bien peut-être qu'une courte promenade lui éclaircirait les idées.

Elle glissa les pieds dans ses sandales et sortit dans la nuit tiède et humide, suivant le sentier. Mais elle avait beau faire, le rêve se poursuivait encore et encore. Pourtant, le paysage était féerique et elle ne s'en lassait pas : les montagnes illuminées par le clair de lune, les lumières scintillantes des bateaux, le doux clapotis des vagues sur le rivage. Hélas, le rêve, ou plutôt le cauchemar l'entraînait malgré elle dans le passé, la nuit de l'accident. Et Annabel était là, avachie sur le volant.

Mila s'arrêta près de la balançoire dans l'eau et s'installa sur le siège en forme de cœur. Même éveillée, elle n'arrivait pas à bloquer les images de ce fichu rêve.

En réalité, la nuit où cela s'était produit, Mila savait qu'elle arrivait trop tard pour secourir sa jumelle à la seconde où elle l'avait vue. Peut-être même avant. Elle l'avait senti, d'une façon ou d'une autre. La perte. L'absence. C'était peut-être aussi pour cette raison que ses années de pratique s'étaient évanouies et qu'elle était restée pétrifiée. Dans le rêve, en revanche, la voiture d'Annabel était en Afghanistan, pas dans la campagne anglaise. Mila tirait sa sœur à travers le pare-brise toute seule, comme dans la vraie vie. Des grenades explosaient autour, des flammes léchaient les vitres explosées d'un grand bâtiment. Des femmes hurlaient dans la poussière de l'éboulement, venaient vers elle en trébuchant avec leurs enfants blessés, la suppliant de les aider.

Le stress, le chagrin, la culpabilité. Tout cela entremêlé dans un rêve. Qu'elle faisait encore et encore depuis son arrivée ici sur l'île.

L'océan semblait l'apaiser, constata-t-elle alors que les vaguelettes recouvraient ses pieds. Peut-être qu'aller plonger avec Sebastian lui ferait du bien aussi, si, comme il le pensait, cela lui permettait de se vider l'esprit. Ce ne serait pas de refus, ne serait-ce qu'un moment. Pour l'instant, néanmoins, ils avaient été trop débordés pour réussir à s'accorder une sortie plongée.

Mila retournait à sa chambre quand elle fut tirée de ses pensées à propos de Sebastian par un jappement, non loin d'elle. Elle sursauta et, malgré son coup d'œil à la ronde, ne vit pas de chien. Jusqu'à ce qu'il surgisse sur le sentier sablonneux. Elle s'immobilisa. Le chien était grand et massif, tacheté de blanc et de noir. Il n'aboyait plus, mais la fixait d'un air inquisiteur. Ne voyant personne alentour, elle avança d'un pas précautionneux.

— Tu es perdu, mon grand ? demanda-t-elle d'une voix calme et douce.

Avec son immense queue, il avait tout de l'aspect d'un chien de Bali, mais impossible de deviner s'il était agressif ou pas.

— Bruno !

Mila fit volte-face en entendant cette voix. Sebastian courait vers eux. Le chien alla à sa rencontre et sauta joyeusement sur le beau médecin, posant ses pattes avant sur le maillot des *Chicago Clubs* qu'il portait. Avec un short de surf et des tongs. C'était la tenue la plus décontractée que Mila lui ait vue depuis leur rencontre. Et elle ne put s'empêcher de laisser glisser son regard de haut en bas sur son corps.

— Bonsoir, Mila… Désolé, il vous a fait peur ? Il s'est échappé par la clôture que quelqu'un a dû laisser ouverte par erreur.

— C'est votre chien ?

Elle lissa sa robe, soudain gênée par ses cheveux non coiffés, l'air de sortir du lit. Elle ne s'était même pas brossé les dents. Sebastian s'accroupit pour ébouriffer la fourrure de son chien avec affection. Celui-ci répondit par un coup de langue sur la joue, les bras, le cou…

— Il n'est avec moi que le temps de lui trouver un nouveau foyer, répondit-il en riant de l'enthousiasme du chien. Mila, je vous présente Bruno. C'est un gros garçon, mais il ne ferait pas de mal à une mouche au cas où cela vous inquiéterait.

— Non, non, dit-elle un peu trop vite. Que faites-vous debout si tard ?

Il se redressa et fixa sur elle un regard perçant. Dieu, qu'il était beau… Même au milieu de la nuit.

— Je pourrais vous poser la même question.

— Je n'arrivais pas à dormir, murmura-t-elle.

— Quelque chose vous préoccupe ?

Elle hocha la tête puis, ensemble, ils remontèrent le sentier entre les palmiers balancés par la brise, enveloppés par le clapotement de la mer derrière eux. La maison privative de Sebastian n'était qu'à quelques mètres, mais elle se rendit compte qu'elle n'avait encore jamais vu au-delà de la haute clôture de bois. Il gardait le portail fermé, à croire que sa maison était une sorte de tour d'ivoire. Connaissant désormais son passif avec les paparazzis, elle comprenait mieux pourquoi.

Quand ils arrivèrent devant le portail ouvert, Bruno se rua à l'intérieur et Mila aperçut la maison : modeste, petite, de plain-pied. Pas de piscine. Rien de ce qu'elle avait imaginé. Elle avait pensé que ce serait plus extravagant, plus en accord avec sa fortune peut-être.

Il lui posa délicatement la main sur le bras.

— Vous aviez l'air préoccupé, aujourd'hui, quand la petite mordue par un chien est arrivée. Tout va bien ? Vous n'êtes pas surmenée au moins ?

— Non, Sebastian. Je suis habituée à travailler dur.

— Oui, je sais.

Elle baissa les yeux sur la main posée sur son bras nu. Sa chaleur se répandait à travers elle, en même temps qu'un afflux d'émotions qui menaçaient de se changer en larmes. Elle les ravala et détourna les yeux.

— C'est juste… Parfois, je rêve d'elle, vous savez, Annabel. C'est l'anniversaire de sa mort bientôt. Disons qu'elle a dû occuper mon esprit plus souvent que d'habitude. Ne vous tracassez pas, ça n'affectera pas mon travail.

— Hé…

Il la prit par le menton, l'obligeant à croiser son regard. Sur son visage se lisait une inquiétude réelle. Mila sentit ses poumons se contracter et son souffle se couper.

— Mila, ce n'est pas votre travail qui me soucie.

Elle bataillait pour ne pas laisser les larmes remporter la bataille. Déjà, elle regrettait de lui avoir parlé de l'anniversaire… c'était bien trop personnel. Mais cela lui avait échappé. Sa gentillesse l'avait touchée.

— Je veux que vous soyez heureuse ici, reprit-il.

Il avait l'air si sincère que le cœur de Mila se gonfla un peu plus d'émotion.

— J'adore être ici, répondit-elle en toute honnêteté, mais détournant les yeux. C'est tout ce que m'avait décrit Annabel. En mieux, même.

Derrière lui, elle distinguait tout juste le salon de sa maison. La pièce, décidément toute simple mais confortable, était éclairée par une lumière douce et la porte était ouverte, comme s'il l'avait laissée ainsi dans sa hâte de partir en quête de son chien. L'immense fenêtre révélait des équipements de sport, un canapé noir et une table basse avec une bouteille de vin dessus. Et deux verres vides.

L'estomac de Mila se noua. Était-il en train de partager ce vin avec le fameux « quelqu'un » qui aurait laissé le portail ouvert ?

— Vous voulez entrer ? J'ai du thé…

Il s'interrompit, l'air penaud, comme s'il devinait que sa proposition n'était guère professionnelle. Seulement, maintenant, elle ne pouvait s'empêcher de se demander avec qui il buvait du vin à presque minuit. Elle sentit son regard rivé sur elle, et ses joues s'enflammèrent.

Qu'est—ce que ça peut bien te faire qu'il ait eu un – ou une – invité ?

— Je ferais mieux d'aller me coucher, répondit-elle en espérant qu'il ne percevrait pas son trouble. À demain au MAC. Bonne nuit, Sebastian.

5.

— On lui a déconseillé la taille XXL, du coup il opte pour XL, dit le Dr Halabi.

Sebastian adressa un clin d'œil à son interne en résidence.

— Extra-large, c'est suffisant pour lui, dit-il. Avec un XXL, il tomberait à plat ventre.

Fatema se mit à rire. Hugo O'Shea était presque endormi, et ses paupières papillonnaient déjà. Ses cheveux paraissaient encore plus bleus sous les néons de la salle d'opération. Le long morceau de silicone qu'ils allaient insérer dans la virilité pour l'instant insuffisante du patient flottait, chargé de promesses, dans un flacon de solution antibiotique.

Sebastian avait pratiqué cette procédure des centaines de fois, avec ou sans caméras. Tellement de fois, en fait, qu'il pourrait sans doute la faire les yeux fermés. Pourtant, il ne se lassait pas d'enseigner les techniques. Fatema, qui était une interne volontaire et enthousiaste, ne tarderait pas à opérer elle-même, et lui-même retournerait aux réparations de cicatrices avec Mila et au million d'autres choses qui requéraient son attention.

On frappa à la porte, et Mila entra.

— Désolée de vous interrompre, docteur. Est-ce que je peux emprunter cette lumière ? demanda-t-elle en désignant la lampe chirurgicale mobile dans un coin.

— Bien sûr, docteur Ricci.

Il laissa s'attarder son regard sur ses chevilles nues dans ses baskets blanches alors qu'elle traversait la salle. Elle portait ses cheveux bruns remontés dans un chignon au sommet du crâne et, l'espace d'une seconde, cela lui rappela Annabel.

Parfois, l'image lui revenait tel un flash et il se rappelait qu'il avait rencontré la jumelle de Mila en premier, mais, malgré leur ressemblance, il ne les confondait absolument pas.

Mila était tellement différente. Et mystérieuse.

Il ne l'avait pas vue en dehors du MAC depuis ces derniers jours. La dernière fois qu'ils avaient parlé seuls, c'était devant chez lui au milieu de la nuit. Il lui avait proposé d'entrer, mais elle avait filé, sans doute un peu mal à l'aise. Ils étaient collègues, après tout. Or il n'avait jamais invité chez lui aucun collègue du MAC, ni des patients d'ailleurs. Il s'était rendu compte en revenant à l'intérieur et en ramassant les verres à vin sur la table basse qu'elle avait dû les voir aussi. Peut-être s'était-elle imaginé qu'il avait reçu une femme.

Mais non. Ce n'était que Neesha et son mari Dan, ses amis du sanctuaire des tortues. Ils avaient fait les calculs des fonds levés lors de la soirée et essayé de répartir l'argent, en plus d'une donation de ses propres fonds privés, sur de nouveaux bassins pour les bébés tortues. Neesha avait servi du vin pour elle et son mari, Sebastian choisissant une infusion.

D'une certaine façon, cela ne lui déplaisait pas que la présence de ces deux verres de vin ait pu provoquer une pointe de jalousie chez Mila. De son côté, il admirait son travail… et ses yeux… et son corps… Mais, pour autant, il ne pouvait nier son inquiétude. Manifestement, elle pensait beaucoup plus à Annabel que lui-même. Sa venue ici lui rappelait sa jumelle, et le fait qu'il l'ait rencontrée ne faisait qu'accentuer la chose.

— Je vous vois plus tard ? lança-t-il alors qu'elle allait quitter la salle. Au centre de plongée cet après-midi ? ajouta-t-il, croisant le regard intrigué de Fatema.

Mila cilla, au moment où son téléphone sonnait dans sa poche. Distraite, elle le prit.

— Oui, docteur. Pardon de vous avoir dérangé. Veuillez m'excuser.

Puis elle referma la porte derrière elle.

— Bonjour, ma chérie. Comment ça se passe alors ? Ça fait un moment qu'on ne s'est pas parlé.

— Pardon, maman. Oui, j'ai été très occupée. J'ai quelques minutes, là, mais tu sais on travaille non-stop. Tu vas bien ? Qu'est-ce que tu fais de beau ?

— Oh ! ceci et cela ! J'ai regardé quelques épisodes de *Visages de Chicago*. Ton Dr Becker, il est marié ?

Mila secoua la tête. Elle reconnaissait bien sa mère.

— Non, maman, il n'est pas marié.

En repensant à leur rencontre l'autre nuit, elle se sentit rougir légèrement. Il avait dû la prendre pour une folle de s'être éclipsée aussi vite. Elle était si mortifiée depuis qu'elle essayait de l'éviter le plus possible. Elle n'était pas habituée à ce que les hommes éveillent ses émotions car cela la rendait bien trop vulnérable à son goût.

— Bref, j'appelle pour te prévenir que je t'ai posté une lettre, reprit sa mère.

— Une lettre ? Comme c'est gentil. Qu'est-ce qu'il y a dedans ?

— Juste quelques photos. Je les ai trouvées dans le tiroir d'Annabel et j'ai pensé que tu apprécierais de les avoir, là-bas.

La gorge de Mila se contracta.

— Tu regardais dans les tiroirs d'Annabel ?

— Oui, je… Elle me manquait. Et toi aussi. Enfin, j'en ai éprouvé le besoin.

— Oh ! maman…

Elle se sentait coupable d'être aussi loin. Elles avaient tant pleuré ensemble, après la mort d'Annabel.

— J'ai vu quelqu'un avec sa robe jaune à pois noirs, l'autre jour au marché et… Tu t'en souviens ?

— Oui, maman.

Quelques mois après l'accident, elles avaient commis l'erreur de donner certaines affaires d'Annabel à un magasin de seconde main caritatif. Une bonne action censée les aider à gérer leur chagrin, mais qui se retournait parfois contre elles d'une façon bien cruelle. Combien de fois sa mère était rentrée à la maison en larmes, après avoir cru voir Annabel dans la rue… Après cet épisode malheureux, elles n'avaient plus eu le courage de trier ses affaires personnelles.

— Fais-moi savoir quand la lettre te parviendra. J'ignore combien de temps cela va prendre, mais j'ai pensé que tu apprécierais d'avoir quelque chose le jour anniversaire de… Enfin, tu sais. Tu m'appelles, d'accord ?

Le cœur lourd, Mila fixa l'océan.

— Bien sûr, maman.

— Tu ne seras pas toute seule ce jour-là, n'est-ce pas ? demanda sa mère d'un ton inquiet.

— Non, maman, promis. Et toi ?

— Il se peut que j'aie de la compagnie. De toute façon, je me tiendrai occupée. Et ton fameux médecin, il pourrait peut-être te distraire ? Il est aussi bel homme qu'à la télévision ?

Mila leva les yeux au ciel. Sa mère avait réussi à la faire sourire.

— C'est un mentor, maman, une source d'inspiration. Il va même m'emmener faire de la plongée. Je dois raccrocher, maintenant. À très vite, maman. Je t'aime.

Les récifs de coraux entourant l'île abritaient les vies marines les plus diversifiées de la planète. Sebastian observait Mila qui admirait les rayures marron et blanc d'un poisson lion avec une expression émerveillée. Elle venait de suivre Big Al, l'une des tortues qu'ils avaient secourues, pendant dix bonnes minutes. Pour quelqu'un qui n'avait jamais plongé dans l'océan, elle s'en sortait étonnamment bien. Voir ses yeux s'illuminer devant la carapace constellée de bernaches de la vieille tortue, ses cicatrices et ses yeux intelligents, Sebastian avait senti son cœur gonfler.

Elle était si belle avec ses cheveux flottant en corolle autour de sa tête. En général, il ne se rappelait pas à quoi il avait pensé après une plongée, pourtant lorsqu'ils remontèrent enfin sur le bateau, il réalisa qu'il avait passé la majeure partie du temps à l'admirer et à se soucier de ce qu'elle pouvait penser.

— Alors, vous avez réussi à couper complètement avec le reste du monde ? demanda-t-il tandis qu'elle secouait ses cheveux.

Il avait réservé le bateau pour eux, mais son camarade et chauffeur Ketut les observait attentivement, à l'instar de Fatema dans la salle d'opération ce matin et de Rachel derrière son dos comme il l'avait senti.

— Je ne me rappelle pas, dit-elle, l'air songeur. Mais c'est vrai, ce que vous avez dit : c'est tellement paisible, en bas. J'en avais vraiment besoin. Merci, Sebastian.

Ayant fait signe à Ketut d'aller démarrer le moteur, il s'approcha de Mila et écarta une mèche de cheveux humides de son front.

— De rien, Mila.

Ketut se racla la gorge à la barre, et elle recula, mal à l'aise sans doute.

— Cette tortue… la grosse. Que lui est-il arrivé ?

— Big Al ? Ah, c'est une longue histoire. Nous pensons qu'il a eu maille à partir avec l'hélice d'un bateau.

— Il a un air triste, commenta-t-elle, et il la vit baisser les yeux vers son poignet scarifié. Mais il est si beau !

Sebastian jeta leurs palmes dans une boîte avec les masques et les tubas.

— Vous aussi, pour le cas où vous en douteriez. Tournez-vous.

Il souleva ses cheveux mouillés et descendit lentement la fermeture Éclair de sa combinaison, notant la forme de ses épaules, les contours de son corps. Elle était tendue, apparemment.

— Il faut que je vous dise que cette plongée était mille fois plus agréable que celles qu'on faisait à l'armée dans un lac pour s'entraîner à tirer des…

Avec une grimace, elle pivota entre ses bras.

— Des quoi ? demanda-t-il, curieux.

— Des faux cadavres. On devait aider les plongeurs

sauveteurs, histoire de nous apprendre à manipuler des corps en cas de besoin.

Il lui fit signe de le suivre sur le toit du bateau, son endroit préféré. Il ne put s'empêcher de remarquer son ventre dénudé qui était plat et musclé. D'ailleurs, il surprit le même regard appréciateur sur lui tandis qu'ils se tenaient sur le toit du bateau qui tanguait un peu. Les heures qu'il avait passées à la salle de sport avaient payé, il le savait, mais Mila avait probablement toujours été ainsi. À l'armée, elle avait modelé son corps autant que son cerveau – sans doute n'avait-il entendu qu'une fraction de ce qu'elle avait fait et vu. Un constat fascinant… Les cicatrices qu'elle portait, il les trouvait belles. Oui, Mila était belle au-dedans comme au-dehors.

— La prochaine fois, nous irons peut-être au Récif des Requins, dit-il en s'asseyant sur le sol de bois tout en roulant sa combinaison jusqu'à la taille. C'est un peu plus loin, au large de l'île que nous apercevons là-bas et il faut un certain courant.

— Je croyais vous avoir entendu dire qu'il n'y avait plus de requins.

Les jambes balançant par-dessus le rebord, il croisa les bras sur la rampe. Les cheveux mouillés de Mila attrapaient le soleil de l'après-midi alors qu'elle s'installait à côté de lui. Leurs bras nus s'effleurèrent sur le métal chaud.

— Pas beaucoup, j'en conviens. Et si on arrive à en apercevoir un, c'est un vrai cadeau. Nous effectuons des donations à la nurserie des requins de Lombok, donc les chiffres augmentent peu à peu.

— Les requins, les tortues, les chiens, les humains… Y a-t-il quelque chose que vous ne sauvez pas sur cette île, docteur Becker ?

Pour la première fois depuis des jours, elle lui offrit un vrai sourire, et il sentit un poids s'ôter de ses épaules.

— En parlant de chien, encore désolé pour Bruno, l'autre soir. Mes amis Neesha et Dan étaient venus boire un verre et ils avaient dû oublier de refermer le portail.

À l'instant où il lui faisait cet aveu, il aurait juré voir une légère rougeur sur les joues de Mila. Il n'avait pas à s'expliquer, pourtant, bizarrement, il en avait éprouvé le besoin. Car, aussi étonnant que ce soit, il souhaitait qu'elle sache qu'il ne papillonnait pas.

— Vous savez, c'est là que je vous ai vu la première fois, sur ce toit, dit-elle avec un soupir. Le jour de mon arrivée. Je mentirais si je prétendais que vous n'avez pas attiré mon attention, comme ça…

Avec une grimace, elle désigna son torse dénudé et ses cheveux humides. Sebastian se mit à rire.

— Ah bon, docteur Ricci ? Eh bien, puisqu'on en est aux aveux, je mentirais si je vous racontais que je ne vous avais pas vue aussi.

— Oui, mais vous m'avez prise pour Annabel. Je me demande ce qu'elle dirait en nous voyant tous les deux, qui travaillons ensemble, qui plongeons ensemble…

Il s'en voulait de cette erreur initiale sur son identité.

— Elle penserait probablement que c'est une sacrée coïncidence, dit-il. Elle trouverait ça drôle, non ?

— Je l'ignore, je ne peux pas parler pour elle. J'aimerais qu'elle soit là, mais ce n'est pas le cas.

— Quand est l'anniversaire de sa mort exactement ? demanda-t-il. Vous avez parlé de trois ans bientôt, c'est ça ?

Il l'avait sentie se crisper à l'instant où il avait parlé de drôle de hasard. Il n'aurait pas dû parler à sa place, manifestement cela avait ennuyé Mila.

Elle ferma les yeux.

— C'est dans quelques semaines. Il se peut que je prenne ma journée pour l'occasion, si ça ne vous dérange pas… Histoire de faire quelque chose de bien pour elle. Je n'ai pas eu le temps de réfléchir à quoi, hormis appeler ma mère. C'est aussi une rude journée pour elle.

— J'imagine, oui. Elle est seule ?

— Vous voulez savoir si elle a un homme dans sa vie ? Je ne pense pas. Il n'y a pas vraiment eu qui que ce soit depuis son divorce d'avec mon père. Cependant, elle a beaucoup d'amis.

— Je pourrais vous aider à trouver des idées de choses à faire, si vous voulez… pour vous changer les idées.

— Merci, mais je ne sais pas si je pourrai penser à autre chose, quoi que je fasse. Mais j'apprécie l'offre, Sebastian.

Collègues ou pas, le besoin de la toucher, de la rassurer était puissant. Il ne put s'en empêcher. Il posa une main dans sa nuque pour l'attirer délicatement contre son épaule puis ils restèrent ainsi, en silence, jusqu'à la plage. Heureusement que la plage n'était pas trop loin, car Mila avait presque senti les étincelles qui crépitaient entre eux sur le toit du bateau. Il devenait de plus en plus difficile de passer outre cette alchimie évidente. Le seul fait de poser la tête contre son épaule confortable avait suffi à susciter en elle des images beaucoup moins… innocentes.

Sebastian s'était occupé de reporter le matériel de plongée. Il était plus de 16 heures maintenant, et le soleil jetait une lueur flatteuse sur ses biceps tandis qu'il leur commandait des smoothies à emporter au bar du club de plongée.

Mila essayait en vain de trouver une excuse pour ne pas passer le reste de l'après-midi avec lui quand un enfant en short vint tirer sur son T-shirt par-derrière. C'était Françoise, la petite Française qui était venue à la clinique pour une morsure de chien.

— Tiens, bonjour, toi !

Sa mère, plantée à l'entrée du bar, attendait la petite fille. Elles échangèrent un signe de loin.

— Je venais te voir…, dit l'enfant en contemplant sa tenue et ses cheveux mouillés. Tu es allée regarder les poissons ?

— J'ai fait de la plongée avec le Dr Becker.

Sebastian apparut à cet instant avec leurs smoothies.

— Tiens, tiens, mais c'est notre courageuse super héroïne combattante de chiens, dit-il. Je vois que tu nous as trouvés.

— Bonjour, docteur Becker ! lança la petite, radieuse sous

son chapeau rouge. Ma *maman* vous a vus en passant. On rentre à Bordeaux aujourd'hui.

— Tes blessures ont l'air de bien guérir, commenta-t-il en s'agenouillant à sa hauteur pour inspecter le travail de Mila sur sa joue. Tu ne garderas qu'une petite cicatrice ici, et encore, on ne la verra peut-être même pas.

— Tu la porteras comme le souvenir de ton courage, ajouta Mila.

— Comme vous ? demanda Françoise en posant un doigt délicat sur le poignet de Mila.

— Un peu, oui…

Elle ne lui retira pas sa main. Elle n'avait pas honte que Sebastian la regarde non plus. De toute façon, il avait déjà souvent observé ses cicatrices. Et puis, tout à l'heure sur le bateau, il l'avait qualifiée de « belle ». Le souvenir de la manière dont elle s'était fait ces cicatrices continuait de lui serrer le cœur, mais elle n'était pas prête à le partager avec des quasi-inconnus.

Comment expliquer à Sebastian qu'elle avait échoué à sauver sa sœur ? Impossible, surtout sachant qu'il avait connu sa jumelle. Elle ne supportait pas de voir la pitié sur le visage des gens quand elle leur racontait comment elle avait voulu la sortir en vain de la voiture, alors que le véhicule partait en flammes. Elle s'était marquée à vie en échouant à en extraire sa sœur par le pare-brise. Dans les faits, Annabel était déjà morte à ce moment-là.

Françoise lui prit la main et déposa un petit chien en bois au creux de sa paume. Touchée, Mila l'observa puis le montra à Sebastian.

— Qu'est-ce que c'est ?

— Un porte-bonheur, répondit Sebastian. Des sculptures comme celle-ci, on en trouve plein en Indonésie. C'est très gentil de ta part, Françoise.

— Il est très beau, dit Mila. Merci, ma puce. Je le garderai toujours. Il me rappellera d'être courageuse à l'avenir, comme toi.

La petite souriait. Puis elle prit l'air intimidé des enfants qui n'osent pas poser une question avant de se lancer.

— Le Dr Becker est ton petit ami ?

— Non, répondit-elle un peu trop vite en s'efforçant de ne pas rire.

Sebastian mima un air choqué afin de faire rire la fillette.

— Moi, je trouve qu'il devrait, reprit cette dernière.Écartant ses petits bras, elle les enlaça tous les deux pour les attirer l'un près de l'autre.

— Vous pourriez aider les enfants, empêcher les méchants chiens de les mordre. Je vais parler de vous à tout le monde.

Puis elle s'éloigna en courant pour rejoindre sa mère.

— Waouh…, murmura Sebastian. Vous faites l'unanimité, on dirait.

— Parlez pour vous, vous avez été très doux avec elle.

— C'est vous, surtout. Vraiment, vous n'envisagez jamais de fonder une famille ?

Sa question la prit au dépourvu, et elle préféra éluder.

— Oh ! je pense que je préférerais prendre un chien !

Il haussa les sourcils.

— Un chien ? Eh bien, dans ce cas prenez Bruno.

— Il a besoin d'un foyer permanent. Moi, je ne suis pas là pour rester toujours.

— Dommage, commenta-t-il.

Elle vit ses yeux s'attarder un instant sur ses hanches, juste assez pour allumer une flamme au creux de son ventre. Heureusement, le téléphone de Sebastian sonna et lui évita de répondre à son flirt trop évident pour qu'elle fasse mine de ne pas l'avoir remarqué.

— C'est Ketut. Il doit y avoir un souci. Excusez-moi.

Il s'éloigna vers le bar, l'appareil à l'oreille. Deux vingtenaires en bikini le suivirent des yeux depuis la piscine, et Mila ne pouvait guère les blâmer. Cet homme était magnifique.

Mais très vite la posture de Sebastian indiqua qu'il y avait effectivement un problème. Pourvu que ce ne soit pas trop grave. Elle savait qu'il s'était lié d'amitié avec Ketut et sa femme Wayan.

— Mila, je dois filer, annonça-t-il en revenant, la mine sombre.

Il jeta son gobelet vide dans une poubelle d'un geste habile.

— À moins que vous ne souhaitiez m'accompagner ?

6.

Ketut apparut sur le seuil de la porte avant même qu'ils aient atteint l'allée. Wayan ouvrait déjà les bras à Sebastian, le ventre gonflé de leur bébé à naître, devant leur modeste cabane en bambou entourée de pots en terre cuite et de plantes de la jungle, avec, en bonne place, la statue couverte de mousse d'une déesse balinaise.

— Sebastian… Merci mille fois d'être venu ! s'écria Wayan d'une voix tremblotante qui serra le cœur de Mila.

Sebastian se précipita pour répondre à son étreinte avec ce geste tendre que l'on partage avec la famille. Un peu le même que celui qu'il lui avait offert quand elle avait parlé de l'anniversaire de la mort d'Annabel.

— Vous connaissez le Dr Ricci ? Mila ? Je lui ai expliqué un peu la situation en chemin, Wayan. Tu aurais dû m'appeler plus tôt, je serais venu.

Il laissa Mila entrer devant lui dans la modeste demeure.

— Wayan n'a pas voulu m'en parler avant non plus, intervint Ketut en refermant la porte derrière eux. Elle ne voulait pas gâcher votre plongée.

L'odeur d'encens flottait dans la petite pièce à vivre confortable. Trois chats endormis occupaient un vieux canapé rose dans un angle, des livres étaient posés çà et là sur des chaises, des étagères, même par terre. Déjà, Ketut leur servait une infusion d'une théière en argent et les installait sous un ventilateur. L'endroit était simple mais accueillant, seule l'ambiance était tendue.

Sur le bateau, Sebastian avait expliqué à Mila que ces deux personnes étaient presque comme un frère et une sœur pour lui désormais, et qu'il passait beaucoup de temps chez eux. Wayan, petite et l'air fatigué, devait avoir la trentaine et portait une jupe colorée assortie à un chemisier blanc qui révélait le bas de son ventre de femme enceinte alors qu'elle se laissait tomber dans un fauteuil usé par les ans. Instinctivement, Mila s'assit près d'elle tandis que Sebastian prenait le siège en rotin près de Ketut.

— Alors, racontez-moi ce qui se passe, demanda Sebastian en acceptant l'infusion de Ketut.

— On espère que tu sauras nous le dire, répondit Ketut en tendant une tasse à Mila. À la Blue Ray, on a donné ceci à Wayan, ajouta-t-il en posant des radios sur la table basse. Elle était trop bouleversée pour m'en parler au téléphone…

— Ils ont dit que le bébé aurait besoin… d'une opération, bredouilla Wayan qui se mit à renifler.

Elle ne tarda pas à sangloter, et Ketut fut à son côté dans la seconde, lui entourant les épaules d'un bras.

Il s'efforçait d'être fort pour elle, mais Mila voyait bien qu'il était tout aussi inquiet. Elle prit la main de Wayan. Sebastian, qui avait sorti ses lunettes de son sac à dos, étudiait les radiographies avec attention.

— Fente labiale et fente palatale, dit-il en tendant les documents à Mila avec un soupir. Je suis désolé, les amis, mais ils ont raison. Il va falloir régler le problème par une opération. En général, la procédure est effectuée vers les trois mois de l'enfant.

Le regard triste de Wayan fendit le cœur de Mila. Elle avait vu des centaines de femmes brisées par la blessure d'un enfant, ou l'accouchement d'un bébé mal formé, voire mort-né. À nouveau, elle essaya de se mettre à la place d'une mère. L'idée du moindre malheur infligé à son enfant lui glaçait les sangs.

— Sebastian va vous aider, dit-elle.

— Nous n'avons pas d'assurance santé.

Sebastian se leva et vint s'agenouiller devant son amie pour poser une main rassurante sur son genou.

— Je vous ai déjà dit que je vous aiderai.

— Nous vous aiderons, précisa Mila.

Car, s'il l'avait emmenée, c'était sans doute parce qu'il pensait qu'elle saurait rassurer ses amis. Il la croyait plus forte qu'elle n'était en réalité. Comment saurait-il d'ailleurs que les images et la culpabilité de la mort de sa sœur la consumaient encore ?

— Que peux-tu faire, Sebastian ? Notre bébé restera-t-il défiguré ? demanda Wayan, blême. Nous l'aimerons quoi qu'il en soit, ajouta-t-elle, et Ketut opina.

— Nous ferons tout pour éviter ça, répliqua Sebastian en retournant s'asseoir.

— C'est une opération assez simple, même si cela paraît complexe, enchaîna Mila. Une fois le bébé né, nous effectuerons de nouveaux examens et il risque d'y avoir plusieurs opérations, mais pour ce qui est des cicatrices…

— Elles seront minimales, acheva Sebastian en croisant son regard.

Ils étaient sur la même longueur d'onde. À cet instant, l'un des chats sauta par terre et vint se frotter contre la jambe de Mila en ronronnant doucement dans le silence que Ketut rompit :

— D'ici à ce que le bébé naisse, vous ne serez plus parmi nous. Sebastian dit que vous n'êtes pas ici pour très longtemps.

Tous les yeux étaient sur elle, désormais. Même ceux du chat. La gorge sèche malgré le thé, elle soupira.

— Oui, en effet, je ne sais que vous dire. Je n'ai pas fixé ma date de départ. Mais j'ai donné mon préavis à Londres, donc je peux m'adapter.

Une idée nouvelle, venue de nulle part : elle ne voulait plus quitter cette île. Du moins pas avant que ce bébé soit né, réparé et déclaré en pleine santé. Mais que faire ? Si elle avait accepté un poste à durée indéterminée au MAC, sa vie n'était pas ici. Ces gens, aussi fort qu'elle veuille les aider, n'étaient pas sa famille.

— Jared, salut ! Quoi de neuf ?

Sebastian referma la porte du réfrigérateur d'un coup de

pied, coinçant le téléphone entre son épaule et son oreille car il avait les mains occupées par un bol de flocons d'avoine et une brique de lait. Il posa le tout sur le plan de travail.

Il était presque en retard pour une consultation, suivie par la révision d'une cicatrice sur une victime d'accident de voiture actuellement en route pour l'île principale. Mais, d'abord, il lui fallait manger. Une opération le ventre vide n'était pas une bonne idée tant il avait besoin de toutes ses capacités.

— Désolé, frangin, répondit Jared, je sais qu'il est tôt là-bas, mais il me faut ta confirmation pour la fête d'anniversaire de maman. Que je compte les présents. Alors, le chirurgien le plus célèbre du monde viendra-t-il accompagné cette année, ou sera-t-il solo comme l'an dernier ?

— Je ne sais pas encore, répliqua Sebastian en sortant une cuillère du tiroir à couverts.

À cet instant, il remarqua une fleur de frangipanier par terre, cadeau de sa femme de ménage – elle en laissait un peu partout. Il la ramassa et la glissa dans sa poche pour la donner à son tour, comme il le faisait toujours, à l'une des femmes en cours de rétablissement au MAC.

— Bonjour, oncle Bas ! cria la voix de Charlie au bout du fil, comme s'il avait volé le combiné à son père.

Sebastian sourit.

— Salut, mon coquin. Pourquoi n'es-tu pas encore au lit ?

Comme le décalage horaire était de treize heures, entre Chicago et l'Indonésie, il avait rarement l'occasion de parler à l'enfant.

Il aperçut son reflet dans la fenêtre et se trouva l'air fatigué, sans doute parce qu'il n'avait guère dormi, inquiet pour Wayan et Ketut. Et le départ prochain de Mila. Bon, elle resterait peut-être un peu plus sur Gili Indah, mais depuis peu il avait pris conscience de la réticence qu'il éprouvait à la perspective de vivre ici sans elle.

— On a vu des dinosaures ! s'écria son neveu, enthousiaste, avant de rugir comme un T-Rex.

— Waouh, ça fait peur ! dit Sebastian avec un petit rire.

Jared reprit l'appareil.

— Il est surexcité, mais il va falloir le coucher.

— Comment ça va, tout le monde ? s'enquit Sebastian.

— Bien, bien. On termine la saison. Maman pense que ce sera la dernière, elle te l'a dit ? Je pense qu'elle se lasse de l'émission.

Jared l'avait déjà annoncé à la fin de la dernière saison et même aussi de la précédente. Mais chaque fois la chaîne lui faisait une meilleure offre. Inutile de lui répondre qu'il le croirait quand il le verrait… Mieux valait ne pas relancer cette discussion.

— Bon, la fête…, reprit Jared qui n'était jamais le dernier pour éviter le sujet. Je pense que maman serait ravie que tu viennes accompagné. Elle a loué l'*Opal Marquee* de Langford, celui avec le jardin aux orchidées, tu vois ? On a invité tous ses amis du club de badminton. Et… Bref, si tu n'as personne que tu aimerais emmener parmi tes admiratrices là-bas, je peux demander à Theresa. Tu te souviens d'elle ? La jolie dentiste blonde de Lincoln Park…

Sebastian avalait ses flocons d'avoine alors que son frère égrenait une liste de noms de femmes dont il n'avait rien à faire.

— Jared…, l'interrompit-il enfin. Je ne vais pas aller à la fête avec une femme que je ne reverrai jamais. Je ne pourrai pas rester plus de trois jours, de toute façon, je te rappelle. J'ai du pain sur la planche ici.

— Oui, oui, je sais, frérot. Ta vie est là-bas. Mais bon, tu ne connais pas quelqu'un à emmener ? Ça fait trois ans que tu viens seul.

— Tu es bien placé pour savoir pourquoi, marmonna Sebastian.

— Oui, oui. Tu es paralysé par la peur qu'un paparazzi te surprenne et ne transforme ton île paradisiaque en enfer. Mais je t'ai dit qu'on n'invitait pas les médias aux événements familiaux, Bas. Donc, si tu as une fille dans ta vie, elle sera loin des regards curieux. Personne n'a envie de réitérer ce qui s'est passé avec Klara.

Sebastian recula son tabouret bruyamment et, à dessein, laissa tomber brusquement son bol dans l'évier.

— Pardon de remettre ça sur la table…, continua Jared d'une voix radoucie. J'ai juste hâte de te voir heureux à nouveau. Tu travailles tellement dur là-bas… J'espère que tu t'amuses un peu aussi quand même ?

— En fait, il y a quelqu'un, répondit Sebastian avant de parvenir à s'en empêcher.

— Ah ouais ?

— Je ne suis pas sûr qu'elle puisse m'accompagner, cela dit. D'ailleurs, elle n'est ici que pour un remplacement provisoire. Au MAC…, précisa-t-il, imaginant la réaction de son frère.

Il attrapa son sac à dos et ses lunettes de soleil, ferma la porte derrière lui et tapota sur la tête de Bruno dans le jardin en partant.

— Waouh…, s'exclama Jared. Tu sais ce que je pense du mélange des genres, professionnel et personnel, mais c'est ton problème. Mais pourquoi ne pourrait-elle pas venir ?

— Pour commencer, on est collègues, même si c'est temporaire. Et puis, on est aussi amis. Je pense… On n'a pas eu de rencard à proprement parler, c'est juste…

— Tu as envie de coucher avec elle avant qu'elle s'en aille, c'est ça ?

— Non, Jared. C'est plus que ça. Elle est… différente. Bref, on a trop à faire ici, et on ne peut pas partir tous les deux.

— Arrête d'inventer des excuses, Bas. Tu mérites bien un congé, non ? Et tu mérites surtout une femme bien à tes côtés. Ça fait longtemps, frérot, depuis que vous avez rompu, Klara et toi.

— Je sais.

— Parle-moi d'elle. D'où est-ce qu'elle est ?

Encouragé par l'enthousiasme de son frère, chose rare, Sebastian lui raconta le peu qu'il savait sur Mila tout en cheminant vers le MAC.

Il repéra Tilda Holt allongée au soleil sur un transat, au bord de la piscine. Elle se remettait de son lifting non invasif, et

Sebastian lui rendit son signe de la main avant de se rappeler la fleur de frangipanier dans sa poche. Il retourna sur ses pas et la lui tendit dans un geste théâtral, le téléphone toujours collé à l'oreille. Le nouveau visage exempt de rides de la dame s'illumina de plaisir. Elle le remercia et planta fièrement la fleur blanche et jaune dans ses cheveux.

Hugo O'Shea leva les yeux de son ordinateur portable et agita la main avec enthousiasme depuis son siège à une table posée dans le sable. Il venait de subir son opération d'agrandissement et travaillait à distance le temps de sa cicatrisation. Du moins était-ce ce qu'il affirmait, mais il y avait chez cet homme quelque chose que Sebastian n'aimait pas et il ne lui faisait pas confiance.

— Propose-lui, frérot, conclut Jared quand Sebastian lui annonça qu'il devait raccrocher.

Sebastian entra dans le hall de réception climatisé. Mila leva les yeux du bureau où Rachel et elle examinaient des papiers.

— Bonjour, dirent-elles en chœur.

Mila avait mis du rouge à lèvres, ce qui lui allait très bien. Dieu comme il avait envie d'être seul avec elle… Ils avaient été si occupés qu'ils s'étaient à peine vus cette semaine. Mais ce soir ils allaient se trouver seuls un moment, peut-être devrait-il en profiter pour lui proposer de l'accompagner à Chicago.

Non. Mauvaise idée. Ils étaient collègues. Et puis, même si Jared pensait que les médias le laisseraient tranquille à Chicago et qu'il était paranoïaque, il n'était pas question qu'il fiche tout en l'air à nouveau. Et qu'il blesse une femme au point qu'elle s'enfuie et refuse de le revoir, ou même de lui reparler. Il y faisait rarement allusion et il se l'avouait tout juste à lui-même, mais ce qui était arrivé avec Klara l'avait profondément affecté. Jamais il ne ferait subir cela à Mila qui avait manifestement aussi son passé à protéger.

— Wayan est une excellente cuisinière, commenta Mila, repue, une main sur son ventre. Ce *rendang* végétarien était sans doute ce que j'ai mangé de meilleur de ma vie. Comment dites-vous « délicieux » encore ?

— En indonésien ? *Lezat*, répondit Sebastian en souriant.

Il tendit un bras pour l'aider à remonter sur le petit bateau, et Mila sentit aussitôt des frissons la parcourir. L'eau était tiède et attirante sur ses pieds et ses mollets, les étoiles scintillaient dans le ciel.

Ce soir, en plus d'un excellent repas, elle avait entendu d'innombrables histoires sur les entreprises de Ketut et Sebastian sur l'île, et avait été charmée par la façon dont il se comportait avec cette famille d'adoption. Plus elle le découvrait, plus elle l'admirait et le respectait. Ce qui ne faisait qu'attiser l'attirance grandissante qu'il lui inspirait.

Elle s'assit sur les lattes de bois du petit banc et regarda Sebastian bander ses muscles tandis qu'il tirait l'embarcation sur le sable pour la mettre à l'eau et sauter dedans. Les frissons revinrent la taquiner quand il s'assit et démarra le moteur. En effet, son genou, sortant d'un short kaki, effleura le sien, mais si légèrement qu'elle ne l'aurait pas senti si elle n'avait été aussi consciente de sa proximité.

— Quelle belle nuit…, commenta-t-il en désignant les étoiles.

Levant les yeux vers le ciel, elle murmura son approbation. Ce faisant, elle sentait son regard sur elle. Leur attraction était aussi indéniable que réciproque, et elle avait bien vu les regards entendus échangés entre Ketut et Wayan au cours du dîner. Elle savait bien qu'elle s'illuminait en sa présence, et, en tout cas, il avait le don de lui faire oublier ses soucis. Même si, trop souvent, ceux-ci revenaient sans s'annoncer.

Annabel était celle qu'il avait appréciée en premier, et Mila savait qu'elle n'avait pas le droit d'entretenir cette attirance. Les jumelles ne convoitaient jamais le même homme, et la règle n'avait pas changé au prétexte qu'Annabel était morte. Alors elle s'écarta imperceptiblement afin que leurs genoux ne se touchent plus. S'il remarqua sa tentative futile de mettre un peu de distance entre eux, il ne la commenta pas.

— Vous saviez que la plus ancienne carte du ciel a été

retrouvée gravée dans une défense de mammouth ? Elle représentait la constellation d'Orion, dit-elle pour remplir le silence.

— Une défense de mammouth ? répéta-t-il, étonné.

Et il posait sur elle un regard admiratif. Elle aimait bien lui apprendre des choses qu'il ignorait.

— Oui, on pense qu'elle remonte à trente-deux mille ans.

— Alors comme ça, vous vous intéressez aux étoiles, docteur ?

— Celles du ciel, oui. Beaucoup moins celle de la télévision.

Elle le taquinait et elle savait qu'il le savait. D'ailleurs, il sourit à l'horizon, une main sur la barre du bateau.

— C'est moi, l'étoile dont vous parlez ?

— Peut-être…

— Une étoile déchue ?

Elle ne put s'empêcher de sourire.

— Oh ! vous savez comment rallumer votre lumière, non ? Tilda Holt m'a montré la fleur que vous lui avez offerte. Elle a l'intention de la garder dans un herbier avant de l'encadrer.

Sebastian pouffa. La nuit était calme et la lune comme un croissant dans le ciel. Mila rassembla ses cheveux sur une épaule et les retint : le vent les soufflait dans tous les sens, à l'instar de sa robe blanche.

— Plus sérieusement, on étudiait les étoiles, avec Annabel. Bon, je l'ai moins fait à partir du moment où j'ai été envoyée au Moyen-Orient. Parfois, les nuits les plus calmes étaient les plus effrayantes, ajouta-t-elle. Oh ! regardez, c'est le Scorpion, là !

Tendant la main vers le ciel, elle lui désignait la longue queue d'étoiles incurvée. Sebastian ralentit le bateau pour suivre son indication, et le cœur de Mila accéléra, lui, ses battements.

— Oui, je la vois, dit-il en se tournant sur son siège. Et juste à l'est, c'est ce que les Balinais appellent Danau, un mot qui signifie lac. Si vous voulez en savoir plus, il existe une appli : il suffit de diriger votre téléphone vers la constellation, et elle vous indique de quoi il s'agit.

— Non ? Il existe une appli qui connaît toutes les constellations ? C'est possible, ça ?

Il éclata de rire. Un son tellement inattendu qu'elle se mit à rire aussi. Le cœur battant de plus belle.

— Vous êtes incroyable, vous savez ? dit-il, attendri.

La façon dont il la regardait… Ils étaient désormais face à face sur le siège, si proches qu'elle voyait les lumières des bateaux autour d'eux se refléter dans ses prunelles.

— Attendez un peu de voir la lumière du zodiaque, ajouta-t-il. C'est un spectacle gratuit offert par le ciel, il ne faut pas le rater. En gros, c'est la lumière du soleil qui se reflète dans les grains de poussière restés en suspension de ce qui a créé notre système solaire il y a plus de quatre millions et demi d'années. Ça tourbillonne, comme un cercle autour du soleil, couchant ou levant…

— Cela paraît stupéfiant…

L'air semblait crépiter, soudain. La chaleur étouffante.

Il s'approcha un peu plus. Tendant la main vers elle, il lui saisit le menton dans la paume de sa main et passa le pouce sur ses lèvres. On aurait cru que le temps s'était arrêté. Plus rien n'existait.

— Tu sais quoi ? dit-il, les yeux brillants de désir. Ce n'est pas seulement le fait que je ne puisse t'avoir qui me donne envie de toi.

Mila déglutit avec difficulté. Le tutoiement si intime, allié à la caresse sur sa lèvre, fit naître un frisson tout le long de son corps. Il émit un son étranglé qui provoqua une petite réaction au creux de son ventre.

— Je sais que cela pourrait être compliqué, mais… As-tu la moindre idée de comme c'est difficile de me tenir loin de toi, Mila ?

Il avait les doigts dans ses cheveux, à présent, enroulant une mèche sur l'un de ses doigts pour approcher peu à peu son visage du sien.

— Dis-moi d'arrêter et je le ferai, ajouta-t-il à mi-voix.

— Non, murmura-t-elle. N'arrête pas.

Puis ce fut elle qui pencha la tête juste ce qu'il fallait pour toucher ses lèvres des siennes. Il l'embrassa, sa langue ressemblant à ses mains : douce d'abord, puis plus possessive. Son début de barbe lui éraflait le menton alors qu'elle aussi plongeait les mains dans ses cheveux délicieusement doux. Il la plaqua contre lui sur le bateau qui tanguait tranquillement, moteur coupé. Ses baisers embrasaient certaines parties de son corps endormies depuis trop longtemps.

Mila se perdit dans l'excitation de cette connexion nouvelle, au point qu'elle en oublia presque qui elle était et où elle était.

Jusqu'à ce que le bruit d'un moteur de bateau à l'approche surgisse, accompagné de cris paniqués.

7.

Sebastian sentit la percussion de la barre de flèche de l'autre bateau avant de voir ce qui se passait.

— Oh ! mon Dieu ! s'écria Mila, projetée de l'autre côté de leur petite embarcation. Qu'est-ce qui se passe ?

Il y avait déjà du sang sur le pont de l'autre bateau, car Sebastian le voyait briller dans les lumières alors qu'il redémarrait le moteur pour se rapprocher. C'était un catamaran, trois fois plus gros que leur barque, pourtant il ne semblait pas y avoir grand monde dessus.

Les phalanges de Mila, accrochée au rebord du bateau, étaient aussi blanches que sa robe.

— Je ne vois pas de blessés…

— Il est au sol.

Sebastian manœuvra l'embarcation pour la rapprocher autant que possible. Une femme en longue robe rose hurlait de toutes ses forces, penchée sur le corps immobile de son ami ou son amant. Trois autres personnes s'efforçaient de remettre la barre de flèche en place.

— Ne le bougez pas ! leur cria Mila.

Sebastian la regarda soulever le banc de leur bateau pour en sortir deux kits de survie. Sans surprise, elle n'eut pas besoin d'aide pour grimper à bord du bateau et, en moins de trois secondes, elle était pieds nus sur le catamaran, accroupie au chevet de l'homme.

— Aidez-moi, s'il vous plaît ! Il est évanoui ! criait la femme en rose, totalement paniquée.

Sebastian jeta une corde sur le pont de l'autre embarcation, sauta à son tour et se hâta de lier les deux bateaux. La rapidité d'action de Mila était impressionnante : déjà la sacoche médicale était ouverte, et elle soutenait la tête de la victime sur ses genoux, tout en demandant qu'on lui apporte un coussin.

— Comment s'appelle-t-il ? dit Mila, tout en vérifiant les pupilles et le pouls de l'homme.

— John… John Griffiths, c'est mon mari. Je suis Janet. Quelque chose a dû casser au niveau de la barre de flèche. Oh ! mon Dieu, tout ce sang…

— Apportez-moi des serviettes propres, ordonna Mila aux autres personnes sur le pont.

Elle était passée en mode médecin si vite que Sebastian reconnaissait à peine la femme qu'il embrassait quelques minutes plus tôt seulement.

— D'où vient ce verre brisé ? demanda-t-elle en désignant les bris de verre autour d'eux.

— Nous buvions du champagne, expliqua la femme en passant une main dans ses cheveux blonds peroxydés.

Elle jeta un regard coupable à Sebastian, puis se pencha de nouveau vers son mari dont elle serrait la main inerte en pleurant.

Sebastian s'efforça de ne pas juger ces gens : ils étaient assez proches du rivage, et la vie nocturne sur l'île, du côté touristique, était animée. Il sentait les odeurs de barbecues en provenance des plages. Peut-être ces personnes avaient-elles pris la mer en étant éméchées… ou pas. Peu importait, au fond, il fallait les évacuer. Sortant son téléphone, il appela la Blue Ray et indiqua à Agung où ils étaient.

— Agung envoie de l'aide au port. Ramenons-le vite, dit-il à Mila en la rejoignant à la hâte.

Elle était en train de passer un masque à oxygène autour de la tête du patient, tout en prenant soin de ne pas le bouger plus que nécessaire, d'autant qu'il était toujours sans connaissance.

— Dis-leur qu'on a une possible contusion pulmonaire, un nez cassé et, selon moi, l'orbite gauche brisée, dit-elle.

Sebastian relaya le message et raccrocha, surpris de la voir aussi pâle. Sans doute à cause du tangage, et puis elle n'avait probablement jamais été confrontée à une urgence en mer. Après tout, elle était postée dans le désert. Lui-même avait assisté à plusieurs sauvetages en mer, dont des accidents causés par les mâts : s'ils ne jetaient pas les gens par-dessus bord, c'étaient les cordages qui provoquaient des chutes. Dans le cas présent, il était d'accord avec Mila : le poids de la barre de flèche, en tombant, avait, au minimum, cassé le nez de ce pauvre homme.

— La radio confirme le nez cassé, annonça Agung peu après leur arrivée à la Blue Ray.

Ils étaient tous en unité de soins intensifs, les yeux rivés à l'écran. M. Griffiths était sous respirateur.

— Il a aussi plusieurs os brisés dans la cavité orbitale gauche, ajouta Agung. Bien vu, docteur Ricci.

Mila intercepta le regard admiratif de Sebastian. Mais elle avait vu pire, bien pire, et n'était pas là pour recevoir l'admiration de ses pairs. Au contraire, elle en était gênée. Notamment envers Sebastian : il avait remarqué son teint de cendre quand elle avait vu tout ce sang, pourtant il ne lui avait pas demandé si tout allait bien. Sans doute pour ne pas le faire devant les gens. Mais il avait failli, elle l'avait deviné dans ses yeux. La pitié…

— Je le programme pour une opération juste après que le médecin en aura terminé avec le réalignement, déclara ce dernier, faisant irruption dans ses pensées. Reconstruction d'urgence. On le transférera au MAC sitôt qu'il sera stable. Je vais y aller tout de suite.

— Que puis-je faire ?

Sebastian la poussa vers le coin derrière la porte. Ses yeux marron exprimaient l'inquiétude.

— Reste avec Mme Griffiths jusqu'à l'arrivée de sa fille, si tu veux bien. Sinon, Viv prend bientôt son service…

— Non… Bien sûr, je vais rester ici en attendant.

Sebastian se pencha vers elle, et son souffle contre son

oreille lui donna envie de s'appuyer sur lui, mais elle croisa les bras à la place.

— Mila, je suis désolé…

— Non, Sebastian, ne dis rien.

— Tu as eu peur ?

— Sebastian, je t'ai embrassé aussi.

— Non, je parle de l'accident… Pas de notre baiser…

— C'est mon travail. Je suis habituée.

Il fronça les sourcils.

— Tu étais pâle comme un linge, Mila.

Elle baissa les yeux vers ses pieds encore couverts de sable dans ses chaussures. C'était comme si l'accident d'Annabel se reproduisait. Elle ne prêtait plus attention à son environnement, et quelque chose la prenait au dépourvu. Elle s'était pourtant promis que cela ne se reproduirait plus jamais. Tout comme elle s'était promis de ne pas laisser son attirance pour Sebastian supplanter sa détermination.

— Ce n'est pas pour moi qu'il faut s'inquiéter, répliqua-t-elle.

— John Griffiths va s'en sortir, Mila. Tu lui as probablement sauvé la vie.

Elle serra un peu plus les bras sur sa poitrine comme pour construire un mur. Même s'il était trop tard, à vrai dire. Elle avait voulu ce baiser. La culpabilité et la tension maintenant étaient insupportables, mais pas question d'avoir cette conversation ici.

— Nous parlerons plus tard, dit Sebastian quand Agung le rappela.

Pour la pauvre Janet Griffiths, Mila dut rassembler jusqu'à ses dernières forces pour continuer à agir normalement.

8.

Cinq jours s'étaient écoulés depuis leur baiser. Sebastian avait essayé de voir Mila seule en dehors du MAC, proposant dîner, verre, plongée… Mais elle était pour sa part, apparemment, déterminée à s'assurer qu'à tout instant ils soient entourés de gens. Bref, elle l'évitait. Il avait franchi la ligne rouge avec ce baiser – ils l'avaient franchie tous les deux —, et Mila jugeait probablement cela immoral, d'une certaine façon.

À moins que le problème ne vienne d'ailleurs ?

Il ne voyait pas ce qui la pousserait à agir de la sorte. Bon, d'accord, ce n'était pas très professionnel d'embrasser une employée après un dîner entre amis sur un bateau de pêche, mais… Et alors ? En tout cas, depuis, il n'arrivait plus à se la sortir de la tête.

Aujourd'hui, cependant, elle ne pourrait pas l'éviter.

— Bonjour…, lança-t-il alors qu'elle s'approchait sur la terrasse du MAC.

— Bonjour, docteur Becker.

Elle observa autour d'elle, ses lunettes de soleil sur ses yeux. Plusieurs patients regardaient dans leur direction depuis leur table de petit déjeuner, l'air de rien. Parmi eux, Hugo O'Shea.

— Prête à mettre les voiles pour l'île principale ? demanda Sebastian en descendant les premières marches.

Elle le suivit, légère dans sa robe rayée bleu et blanc et ses sandales marron.

— Ça ne va pas prendre toute la journée ?

— Non, non. Je pense que le personnel a déjà transporté John et Janet Griffiths au port, avec leurs bagages. Ils nous retrouveront sur le bateau.

Sebastian était à la réception la veille au soir quand Mila avait promis à Mme Griffiths qu'elle raccompagnerait le couple sur l'île principale. De manière compréhensible, ils avaient quelques appréhensions à l'idée de refaire la traversée après ce qui s'était passé sur le catamaran. Sans doute Mila, outre sa compassion pour eux, espérait-elle ainsi passer un peu de temps loin de lui, mais il avait proposé d'y aller aussi. Mieux, il avait suggéré de les transporter sur le bateau privé du MAC. Il avait deux nouveaux moniteurs à récupérer à Bali, outre quelques corvées qui lui incombaient.

Il ne laisserait pas Mila faire comme Klara – s'enfuir sans un mot, refuser de parler. Rien ne lui insupportait plus que cette perspective. Ils devaient absolument parler.

— Puis-je vous poser une petite question, docteur Becker ?

Hugo O'Shea apparut soudain devant eux, leur bloquant le passage au portail. Il s'était refait teindre les cheveux, et la barbe était d'un bleu encore plus vif qu'avant.

— Tout va bien ? s'enquit Sebastian.

— Pour ça ? demanda Hugo, tout sourire, en désignant son entrejambe nouvellement amélioré. Ça ne pourrait pas aller mieux. Non, c'est autre chose. Je suis commissionné pour écrire un papier exclusif sur vous et votre travail ici sur l'île, docteur. Qu'est-ce qui vous a fait quitter Chicago ? Qu'est-ce qui vous a amené ici ? Et qu'est-ce qui vous y retient ? ajouta-t-il en posant les yeux sur Mila.

Elle croisa les bras. Sebastian ne pouvait pas lire son regard derrière ses lunettes de soleil, mais tout dans son attitude suggérait qu'elle préférerait être n'importe où plutôt que face à ce fouineur.

— On peut effectuer l'interview où vous voudrez, poursuivit Hugo, ça fera une publicité du tonnerre pour le MAC. C'est pour *USÀ World*, un magazine important. Réfléchissez-y, docteur Becker, cela constituerait une opportunité pour vous de vous expliquer au sujet de votre ex, Klara…

— Je sais qui est Klara, merci, le coupa sèchement

Sebastian. Et ma réponse est non. Maintenant, si vous voulez bien nous excuser…

— Vous êtes sûr que vous ne souhaitez pas…

— Certain. Et, à toutes fins utiles, je vous rappelle que vous avez signé un accord de non-divulgation avant de venir ici, monsieur O'Shea.

Puis, une main dans le bas du dos de Mila, il la guida rapidement jusqu'à une carriole tirée par un cheval qui les attendait pour les emmener au port.

Après ces semaines passées dans le calme de Gili Indah, Bali provoqua un choc chez Mila. Elle n'était plus habituée à voir des motos, des hordes de touristes se massant sur la jetée ou sur la plage, à boire de la bière en attendant leur transfert. Les catamarans et les bateaux se touchaient, mais le yacht de Sebastian attirait particulièrement l'attention. D'un blanc scintillant, avec trois chambres et un salon intérieur plus grand que son propre appartement, il était clairement la propriété d'un homme très fortuné. Ce qui faisait un contraste étonnant avec la modestie dont Sebastian s'entourait sur l'île.

Pendant le trajet, elle avait surtout discuté avec Janet. Sebastian semblait distant, sans doute perturbé par Hugo O'Shea.

Alors qu'ils débarquaient John sur un brancard, le ciel changea de couleur, devenant menaçant. Heureusement, l'ambulance l'attendait déjà et un urgentiste discutait avec Sebastian.

— Je ne sais pas comment vous remercier pour tout ce que vous avez fait, Mila, dit Janet. Je sais que cela fait mille fois que je vous le répète, docteur Ricci, mais j'aurais pu le perdre sans votre intervention.

— Tout ira bien maintenant, vous êtes entre de bonnes mains. L'hôpital va organiser votre transfert à l'aéroport et votre chambre d'hôtel est déjà réservée. Dès qu'ils lui donnent le feu vert demain, vous pourrez rentrer chez vous.

Mila souriait, pourtant cet événement avait changé quelque chose en elle. Ses rêves étaient devenus différents. Désormais, Annabel apparaissait dans chacun, parfois vivante, parfois comme Mila l'avait trouvée dans la voiture accidentée. Parfois c'était elle-même qui était dans la voiture, et Sebastian et sa sœur essayaient de l'en sortir. Bref, elle était de plus en plus perturbée et avait espéré profiter d'une journée seule à Bali pour faire le point, réfléchir.

Mais Sebastian s'était immiscé dans ses projets. D'ailleurs, il se dirigeait vers elles à travers la foule, casquette de base-ball sur la tête et téléphone collé à l'oreille. Quelques personnes tentaient de le prendre en photo discrètement, et les femmes en particulier le dévisageaient. Mila réalisa qu'elle avait sans doute sous-estimé l'impact de sa présence dans cette émission télévisée, malgré le fait qu'il l'avait quittée depuis plus de trois ans.

— Voilà, tout est prêt, madame Griffiths, annonça-t-il en rangeant son portable. Nous allons vous laisser entre les mains expertes des ambulanciers car le Dr Ricci et moi-même avons un rendez-vous.

Après une étreinte, Janet alla rejoindre son mari et, soudain, le port animé sembla devenir flou. Il ne restait plus que Mila et Sebastian et le tonnerre qui commençait à gronder à l'horizon.

— Tu es prête ?

— Pour quoi ? On n'attend pas la livraison des moniteurs ?

— Ça vient de changer d'après les gens que j'ai eus au téléphone. Ils n'arriveront pas avant environ deux heures. La circulation est affreuse à Bali. J'ai quelque chose à faire, et si tu viens avec moi, ça te permettra de visiter un peu l'île avec un chauffeur en qui j'ai confiance. À moins que tu ne préfères partir de ton côté et qu'on se retrouve plus tard ? Comme tu veux.

Le ton était froid, mais après tout elle le méritait bien. Elle savait aussi qu'ils devraient parler de ce qui s'était passé. Et d'Annabel. Voilà un sujet qu'elle ne pourrait pas repousser éternellement.

Sebastian s'approchait déjà de la route où une voiture avec chauffeur et vitres teintées venait de se garer. Apparemment, il allait s'en aller sans un mot de plus, qu'elle le suive ou non.

9.

Sebastian enfila la chemise blanche, impeccablement amidonnée, et la boutonna devant le miroir. Il étudia sa mâchoire à la lumière, sourcils froncés face à son reflet. Il aurait dû se raser, mais cela devrait aller. Il aurait bien besoin d'une coupe de cheveux aussi.

— Comment je suis ? lança-t-il en écartant le rideau dans un geste théâtral, épaules carrées sous le costume taillé sur mesure. Tu penses qu'on pourrait deviner que je passe la moitié de ma vie en tunique de chirurgien et l'autre en combinaison de plongée ?

Mila se leva puis remit à sa place le magazine de décoration qu'elle compulsait en l'attendant et posa sur lui un regard attentif. Dans ce costume bleu marine, il savait qu'il était élégant, sa modestie dut-elle en souffrir, et pourtant il continuait à chercher son approbation.

— C'est pour quelle occasion ? s'enquit-elle sans rien laisser paraître quant à son avis.

— La fête des soixante-dix ans de ma mère. Je dois rentrer à Chicago.

Évidemment, il ne lui avait pas demandé de l'accompagner. Peut-être l'aurait-il fait si elle n'avait pas passé la semaine à l'éviter.

— Et c'est quand ? questionna-t-elle, un sourcil haussé. Avant ou après que je quitte l'île ?

— Je ne pense pas qu'on ait discuté de la date exacte de ton départ, si ?

Elle était fermée, presque distraite – était-ce par l'orage

qui fouettait les carreaux ? —, en tout cas ne semblait pas disposée à discuter, de toute évidence.

— C'est de pire en pire, commenta-t-elle au moment où le portable de Sebastian sonnait.

C'était le livreur qui retardait encore la remise des moniteurs.

— Il se peut qu'ils ne les reçoivent pas avant demain matin, maintenant, dit-il, agacé.

Elle avait l'air d'une biche prise dans des phares et ne voulant rien moins que leur échapper.

— Qu'est-ce qu'on fait alors ?

— Vous restez ici, intervint le tailleur. Moi, je fais quelque chose de joli pour vous : je pense que le bleu est votre couleur !

— Oh non, merci, mais je n'ai rien pour…

— Ça ne prendra pas longtemps.

Sebastian observait Mila dans le miroir tandis qu'Anya, sa couturière préférée, disparaissait dans leur remise. Elle en revint trois secondes plus tard les bras chargés de tissus. Avant que Mila ait pu la dissuader, elle sortait un mètre de couturière et entreprenait de la mesurer – bras, jambes, taille, buste, le tout avec rapidité, efficacité et enthousiasme.

— Regardez les motifs, je vous apporte des échantillons.

— Laisse-toi faire, dit Sebastian. On pourra se le faire livrer sur l'île plus tard.

Mais elle secoua la tête obstinément.

— Non, vraiment, Sebastian. Je n'ai besoin de rien.

Un sourcil arqué, il ôta sa chemise blanche pour en passer une autre. Rose pâle, cette fois. Et il l'enfila sans refermer le rideau de la cabine. Il croisa le regard de Mila dans le miroir. Elle se mordillait la lèvre inférieure en le contemplant.

— Je n'ai quand même pas rencontré la seule femme au monde qui n'a pas envie qu'on lui fasse une robe sur mesure ?

La couturière sembla remarquer la façon dont elle se couvrait les bras.

— Celle-là ? proposa-t-elle en désignant un modèle fluide à manches longues dans son magazine.

Mila poussa un soupir vaincu.

— OK, d'accord. Oui, j'aime bien celle aux manches longues.

— Faites-lui la robe qu'elle veut, Anya. Elle trouvera l'occasion pour la porter, intervint Sebastian.

— Pourquoi es-tu aussi gentil avec moi après…

— Aucune idée, marmonna-t-il. Peut-être parce que tu me rends fou.

Puis il tira le rideau sans lui laisser le temps de répliquer.

Il l'entendit s'approcher et soupirer.

— Sebastian, je suis désolée.

Son irritation s'évanouit lorsqu'il perçut l'angoisse dans sa voix.

— Pardon de t'avoir évité après ce qui s'est passé. Tu as le droit d'être agacé. Et je comprends, parce que tu n'as rien fait de mal. C'est moi qui t'ai embrassé la première. C'est juste… Il faut qu'on travaille ensemble, alors…

Il ne répondit pas tout de suite. Il avait encore besoin de réponses, mais le lieu n'était pas approprié pour avoir cette conversation. Déjà la couturière revenait.

— Allons chez moi. Ce n'est pas loin d'ici, dit-il. De toute façon, avec cette tempête, il ne serait pas prudent de reprendre le yacht.

— Tu as un chez-toi par ici ?

Elle se tenait juste derrière le rideau, sa silhouette visible à travers le tissu.

— Il a beaucoup de maisons, chuchota le tailleur. Le Dr Becker est très riche. Vous êtes une femme chanceuse. Vous voulez la robe ? Je l'envoie sur l'île quand elle est prête.

— Oui, elle veut la robe, merci, intervint Sebastian en sortant de la cabine, rhabillé, ses habits neufs à la main. Et gardez ses mensurations dans vos dossiers. Qui sait ? Il se peut qu'on revienne.

Il attrapa son portefeuille.

— Qu'est-ce que tu fais ? Sebastian, vraiment, je n'ai pas besoin…

— S'il te plaît, Mila. Permets-moi de faire ça pour toi. Tu

le mérites. Nous allons prendre tout ça, Anya. C'est superbe, comme toujours.

— Où est ta maison ? s'enquit Mila, encore sous le choc.

La pluie tombait fort et le vent balayait les palmiers autour d'eux. Malgré le parapluie de Sebastian, le bas de sa robe rayée commençait à être trempé.

— On doit prendre le funiculaire jusque là-haut, répondit-il en lui passant un bras autour de la taille.

Un geste qui provoqua une tension chez Mila, même s'il était agréable.

— Évidemment, tu as la villa tout en haut de la montagne, commenta-t-elle, moqueuse.

Souriant, il les entraîna vers le petit wagon sur les rails. On aurait dit un wagonnet de montagnes russes, et le voyage sur la pente abrupte à travers la verdure promettait d'être pittoresque.

— Ne t'inquiète pas, dit-il, rassurant. Contrairement aux apparences, c'est parfaitement sûr. Jamais je ne t'y embarquerais sinon.

Puis il resserra son étreinte protectrice avant de la laisser entrer la première. Refermant la portière derrière lui, il s'assit à son côté. Lorsqu'il se passa les mains dans les cheveux, des gouttes atterrirent sur elle.

Il actionna un bouton rouge qui mit le wagonnet en branle. Ils avaient déjà traversé des montagnes embrumées, des rizières verdoyantes et vu des temples mystiques pour venir ici. Enfin, avec la pluie, Mila n'en avait pas vu grand-chose. Là, avec la jungle autour d'eux, elle avait l'impression d'être loin de tout. Comme privilégiée, en quelque sorte.

Ils étaient assis si proches sur le petit siège qu'elle distinguait les petits poils noirs parsemés de gris sur sa mâchoire. Elle aimait bien quand il n'était pas rasé de frais. Son épaule effleura la sienne près de la bretelle de sa robe, un contact qui lui donna la chair de poule.

— Je pense qu'il faut qu'on parle, pas toi ?

— Si, si, dit-elle.

Il avait le bras gauche tendu sur le dossier du siège, derrière elle. Il dégageait une odeur mêlant l'encens, un savon musqué et la pluie. Une rafale de vent secoua le wagon, et elle se surprit à poser une main sur son genou. L'image de l'accident lui revint avec la pensée qu'ils pourraient dégringoler en bas de la colline. Et, soudain, Annabel fut là aussi. Comme elle avait été sur le bateau avant que Mila ne cède à l'alchimie irrésistible et ne l'embrasse.

— Je parie que Hugo O'Shea adorerait nous prendre en photo, là, ensemble, dit-elle pour combler le silence oppressant.

Sebastian secoua la tête et lui prit les doigts.

— C'est incroyable, le culot de ce type…

— Qu'est-ce qu'il fait encore sur l'île ? questionna-t-elle.

— Il prétend qu'il travaille à distance le temps de se remettre, mais, à présent, je sais qu'il cherche juste à fouiner. Il attendait juste le bon moment pour me demander mon accord.

— Pourquoi ne pas lui parler et lui indiquer ce que tu veux voir imprimé ? Tu peux sans doute avoir le dernier mot, non ?

— Je ne parle pas aux médias, rétorqua-t-il brusquement. Et tu devrais en faire autant.

— Je ne suis pas Klara, marmonna-t-elle.

Les mots étaient sortis avant qu'elle ait pu y réfléchir.

Le wagon s'était immobilisé au niveau le plus élevé. Sebastian ne disait plus rien.

— Pardon…, ajouta-t-elle. Je sais que tu méprises les médias à cause de ce qui est arrivé avec Klara. Mais la publicité, ça peut avoir du bon, non ? Tu fais plein de bonnes choses pour l'île, les gens devraient le savoir.

— Peut-être que ça ne les regarde pas.

Ouvrant la portière en grand, il descendit pour déployer le parapluie au-dessus d'elle tandis qu'elle le suivait. Apparemment, le sujet était clos.

À travers la pluie, elle distinguait la villa. Plus petite qu'elle l'avait imaginée, mais indéniablement sélecte. Une statue balinaise de lion gardait la porte de bois ouvragée. Une piscine à débordement semblait se fondre dans la jungle qui les entourait.

Elle s'apprêtait à dire que l'endroit devait être magnifique au soleil quand un chien se mit à japper très fort. Sursautant, Mila lâcha son sac qui tomba dans une flaque de boue, et l'enveloppe importante qu'elle y avait glissée le matin s'échappa, flottant droit jusqu'à la piscine.

10.

— Non, non ! marmonna Mila, tendant la main vers son enveloppe.

Elle semblait très perturbée.

— Ne bouge pas.

Sebastian passa devant elle pour former une sorte de bouclier entre elle et le chien noir qui continuait de gronder.

Rien à voir avec Bruno, son compagnon docile. Celui-ci ressemblait probablement plus à celui qui avait mordu la pauvre petite Françoise. L'animal se tenait à plat ventre maintenant, les babines retroussées sur des dents acérées, à quelques centimètres de la piscine. En pleine détresse, Mila secoua l'enveloppe.

— Va sur la terrasse, lui ordonna-t-il alors que le chien grognait de plus en plus fort.

Mila se figea.

— On ne te fera pas de mal, dit-il à l'animal en tendant prudemment une main.

C'était une chienne, en mauvais état, apparemment blessée au moins à l'oreille.

— Je sais que tu as peur, continua-t-il d'une voix douce, tout en se penchant pour ramasser le sac à main de Mila.

Dès qu'il posa la main dessus, il le jeta vers Mila sur le pas-de-porte. La chienne grondait toujours, mais ne bougea pas.

— Il se peut qu'elle ait été heurtée par une voiture sur la route ou attaquée par un autre chien, et qu'elle ait cherché à se cacher pour lécher ses plaies et protéger son petit. On devrait la faire entrer dans la maison pour l'examiner.

Mila avait sorti quelque chose de son sac qu'elle tenait dans sa paume, serrant et desserrant le poing dessus.

— Ouvre la porte, dit-il en lui lançant la clé. Il doit y avoir des choses à manger sur la table. Apporte-les-moi pour que je les lui donne.

Il la vit ôter ses chaussures et entrer pieds nus.

— On ne te fera pas de mal, répéta-t-il, approchant un peu plus la main de la chienne.

Mila reparut avec des biscuits au gingembre que la femme de ménage lui laissait toujours. Il en déballa un et le tendit dans sa paume à la chienne qui renifla prudemment avant de prendre le biscuit. Sa mauvaise humeur s'apaisa aussitôt. Par chance, elle semblait décidée à leur faire confiance.

— Tu as faim, ma fille ? Pas de collier…

Sebastian avait le cœur brisé de voir tant d'animaux abandonnés à leur triste sort. Il lui donna un autre biscuit et fut récompensé par un coup de langue.

— On va te nettoyer. Tu veux venir avec moi ?

— Elle va bien ? demanda Mila, le dos collé au mur quand il passa avec la chienne dans ses bras.

— Ce n'est pas aussi terrible que je croyais. Juste une blessure superficielle, je pense.

Dans la salle de bains, il sortit des serviettes et le kit d'urgence.

— Aide-moi à les étaler. On peut nettoyer la plaie et lui faire quelques points si besoin. Si ça ne va pas mieux demain matin, on l'emmènera chez un véto.

Elle disposa les serviettes et s'accroupit à côté de lui.

— Demain ? On sera encore là demain ?

— On ne peut pas rentrer avec le yacht par ce temps. Mais si tu préfères passer la nuit dans une autre villa, je te donne les clés.

— Non, je… Mais tu as combien de villas ?

— Elles sont toutes à moi, mais ici, c'est la seule qui soit meublée confortablement.

Elle eut l'air médusé.

— Qu'est-ce que tu as dans la main ? ajouta-t-il avec un mouvement de tête.

Elle ouvrit sa paume visiblement à contrecœur, et il découvrit avec surprise le porte-bonheur que lui avait donné Françoise au bar du club de plongée.

— Tu l'as gardé dans ton sac ? s'étonna-t-il.

— La petite a dit que c'était censé me protéger. Bon, ça n'a pas fonctionné pour mon sac.

La chienne devait avoir mal à sa patte, mais elle semblait calme. Sans doute avait-elle eu peur, dehors, en plus de la douleur. Il leur fallut une vingtaine de minutes pour lui recoudre et lui bander la patte. Puis ils allèrent se doucher chacun dans une salle de bains différente et se changèrent. Par chance, ils avaient apporté d'autres vêtements au cas où ils iraient se baigner. La pluie continuait de tomber à verse quand Mila le rejoignit dans la cuisine ouverte. Il sortit du soda frais et des verres.

— Cet endroit est magnifique, commenta-t-elle sur un ton sincèrement admiratif. J'adore les murs.

— Merci. C'est un designer indonésien qui m'a fait ça, dit-il en montrant les plaques de bois sculptées. Et ce tapis, là, c'est ce que j'ai touché de plus doux de ma vie. Essaye…

Elle alla sur le tapis crème moelleux et émit un soupir de plaisir. Sebastian se mit à rire, ravi. Comme son autre maison, il avait rempli celle-ci de babioles destinées à la rendre plus chaleureuse, plus accueillante : des bols et autres paniers en bois ou en bambou, des ustensiles en cuivre ou en or, des textiles aux couleurs fabuleuses, de superbes coussins…

— Qu'est-ce que tu fais des autres villas ? s'enquit Mila.

Il lui tendit un verre de liquide pétillant.

— J'espère qu'un jour ou l'autre Jared viendra ici. Et puis, comme je te l'ai expliqué, l'extension prévue à l'institut accueillera bientôt un centre de santé et de bien-être pour ceux qui n'ont pas les moyens de s'offrir le luxe du MAC. Il y a un immense bâtiment au pied de la montagne, avant le funiculaire, mais tu n'as pas dû le voir avec cette pluie. Bref, ces villas seront les quartiers des invités. Si c'est effectivement la dernière saison de leur émission, Jared aura bientôt plus de temps pour lui, donc…

— Ils arrêtent l'émission pour de bon ?

Il ne lui en avait pas parlé – à personne, en fait, étant donné qu'il n'y croyait pas vraiment lui-même.

— Oh ! il l'a déjà dit et, finalement, ça n'est jamais arrivé, expliqua-t-il. Disons que j'en saurai sans doute plus quand je vais rentrer et le voir en personne.

— Tu n'as pas dit quand tu retournais à Chicago ?

— Je pense que ça tombe à peu près au moment où ton contrat se termine officiellement au MAC, répondit-il, éludant la question à nouveau.

En vérité, il savait que cela tombait pile à la même date. Il lui en parlerait bientôt, mais il n'avait pas envie de penser à son départ… ni à son voyage à Chicago seul, d'ailleurs.

La chienne aboya dans la salle de bains.

— Elle va bien ? demanda Mila.

— Elle nous rappelle juste sa présence. Tu ne passes pas beaucoup de temps avec les chiens, je me trompe ?

— Pas autant que toi, dit-elle. Ils ne me dérangent pas, mais je ne leur fais pas tellement confiance. On a trouvé un chien fou, une fois sur une base militaire. Il a arraché la moitié du visage de mon collègue. Alors qu'on voulait juste l'aider. Annabel aussi a été mordue par un chien une fois, quand on était gamines, à Ibiza. J'ai ressenti sa douleur quand c'est arrivé, ajouta-t-elle après une pause.

— Physiquement ?

Mila le suivit sur le canapé et posa son enveloppe mouillée sur la table pour la faire sécher.

— Oui. À la cheville. Comme si j'avais été mordue moi-même. Très étrange… Enfin, on doit soigner tout le monde, n'est-ce pas ? C'est arrivé à l'armée. Une fois, on a trouvé un soldat britannique et un Afghan blessés. On les a traités côte à côte. Si les locaux, qu'ils soient insurgés ou pas, étaient blessés, ils avaient toujours droit au même traitement.

— Ça a dû être…

— Tout le monde n'était pas d'accord sur ce principe. Mais à mes yeux, si quelqu'un est blessé, il est de mon devoir de l'aider, qui que ce soit. Tu ne sauverais pas un mourant si tu en avais la possibilité ?

Il la dévisagea. Elle avait dû voir des horreurs.

— Si, si bien sûr.

— Je le sais, oui. Tu fais passer Ketut et Wayan en priorité, chaque fois qu'ils ont besoin de toi, même s'ils ne sont pas des patients payants. J'aurais aimé être là pour voir arriver leur bébé, ajouta-t-elle après une seconde de silence.

— On n'est pas certains que tu ne sois pas là. N'oublie pas que les bébés arrivent un peu quand ils le décident.

Elle changea de position sur les coussins à motif de fleurs de frangipanier, l'air mal à l'aise. C'était étrange de l'avoir là, alors qu'elle n'avait même pas mis les pieds dans sa maison principale sur l'île. Il se surprit soudain à regretter de ne pas l'y avoir invitée, trop inquiet qu'on les voie… Quelqu'un comme Hugo O'Shea… Mais, de toute façon, il n'empêcherait pas les gens de parler, quoi qu'il fasse. Et lui, il ne pouvait s'empêcher d'être un peu paranoïaque. Les séquelles de sa vie d'avant sous les feux de la rampe…

Il brûlait de demander si elle devait vraiment partir à la fin de son contrat, mais il savait que les gens tels que Mila ne restaient jamais bien longtemps au même endroit. Elle avait trop fait, trop vu du monde pour avoir envie d'être coincée sur une île *ad vitam aeternam*. Cachée ici avec lui.

— C'est un truc typique des jumeaux ? s'enquit-il. De ressentir la douleur de l'autre ?

Elle replia les jambes sur le canapé.

— C'était, oui. Du moins pour nous. Chaque fois qu'elle avait une migraine, j'en avais une aussi.

— Parle-moi d'elle.

— Je vais faire mieux. Je vais te la montrer, dit-elle. Si ça n'est pas fichu.

Elle prit l'enveloppe mouillée et en sortit une photo humide dans les coins qu'elle lui tendit.

— Annabel et toi, commenta-t-il.

Il se retrouva à batailler contre un soudain afflux d'émotions, incapable de les distinguer l'une de l'autre.

— C'était le Noël où on s'était offert l'une à l'autre exactement la même écharpe sans le savoir…, expliqua-t-elle.

Les jumelles posaient tout sourire devant un canapé orange dans un salon chaleureux, avec chacune une écharpe jaune tricotée et marquée « scène de crime ». Les voir ainsi rendait la douleur de Mila palpable, bien réelle.

— Tu as apporté ce cliché ?

— Non, ma mère m'en a envoyé quelques-uns, dont celui-ci. Entre autres… On a partagé la même chambre jusqu'à nos dix-huit ans, et il reste des tas de photos dans des boîtes. Ma mère n'arrête pas de sous-entendre que je devrais rentrer à la maison pour tout trier avec elle. Jeter des choses… Il faudra bien que je finisse par m'y résoudre.

— Je n'ose même pas imaginer comme ce doit être dur. Mais tu as songé que ça pourrait peut-être aussi t'aider ?

Elle avait les yeux baissés sur la photo.

— Peut-être. Je continue de la voir partout. De rêver d'elle sans cesse. Sebastian, reprit-elle après un profond soupir, que s'est-il passé quand Annabel est venue ici ? Entre vous deux ?

Sa question le prit complètement au dépourvu. Elle avait fermé les paupières, maintenant, comme si elle n'arrivait même pas à affronter ce qu'il risquait de répondre.

— Tu comprends, je t'apprécie, poursuivit-elle. Et j'aurais dû te poser la question depuis longtemps, mais je n'y arrivais pas. Est-ce que tu l'as embrassée, comme on… ? Est-ce que vous avez couché ensemble ?

— Non !

Il posa son verre et lui prit le sien aussi avant de se rapprocher pour lui poser une main sur le visage. Elle appuya la joue contre sa paume et laissa échapper un soupir.

— Mila, je croyais que tu savais déjà qu'il ne s'était rien passé entre Annabel et moi.

— Rien du tout ?

— Non ! Seulement un léger flirt, mais ça ne signifiait rien pour aucun de nous. Elle était juste une touriste parmi tant d'autres. Elle dansait, elle chantait lors des karaokés. Je n'avais jamais entendu *Total Eclipse of the Heart* chanté aussi adorablement faux. Un matin, elle a même raté une sortie plongée avec tuba parce qu'elle n'avait pas réussi à se lever.

Mila s'essuya les yeux et esquissa un sourire.

— C'est tout Annabel, ça.

— Mila, elle te ressemblait trait pour trait et, pourtant, elle n'avait rien à voir avec toi.

Il posa le front contre le sien, les deux mains sur son visage. Était-ce cela, la raison de sa distance depuis leur baiser ? Elle n'avait pas peur de mettre en péril leur relation de travail, mais elle croyait qu'il avait eu une relation intime avec sa sœur ?

Elle tendit les mains vers lui en même temps qu'il la prenait dans ses bras. Leurs bouches entrèrent en contact, et il ne pensa plus qu'à l'embrasser et l'embrasser encore, tout en l'entraînant maladroitement vers la chambre.

Mila le laissa vénérer son corps et se délecta de vénérer le sien. Comment ne pas vouloir être avec cet homme quand il la traitait comme si elle était la seule femme qu'il ait jamais désirée ? Il était facile de tout oublier, y compris les horreurs de la guerre qui la tenaient éveillée souvent la nuit, quand il était enfoui au plus profond d'elle-même.

Ils se trouvèrent si facilement, si parfaitement, encore et encore entre les draps de satin de son lit en bois sculpté… Et quand, enfin, le sommeil l'emporta, pour la première fois depuis longtemps Mila ne rêva pas d'Annabel, ni de l'accident ni de l'Afghanistan. Aucun cauchemar ne hanta son sommeil cette nuit-là.

11.

Mila accompagna la patiente venue pour une mastopexie et la positionna contre le mur.

— Nous avons besoin que vous soyez debout pour les marquages, madame Pilkington-Blythe, lui expliqua-t-elle. J'espère que vous n'êtes pas trop nerveuse.

La femme aisée de quarante-quatre ans, décoratrice d'intérieur du Royaume-Uni, ne paraissait pas stressée le moins du monde. Au contraire, en fait.

— Merci, docteur Ricci, mais retrouver ses seins d'avant les grossesses, c'est tout sauf stressant. Ils étaient dressés, avant, voyez-vous, comme ça, dit-elle en remontant ses seins avec les paumes de ses mains. Ça me manque.

Le visage de Sebastian restait parfaitement professionnel tandis qu'il tapait sur leur nouveau moniteur à écran tactile. Il y avait deux semaines qu'ils en avaient rapporté deux sur le yacht, un pour le MAC et un pour la Blue Ray Clinic. Le lendemain de la tempête, si occupés qu'ils étaient ailleurs, à faire l'amour toute la nuit dans les quatre coins de cette chambre à Bali, ils avaient failli oublier de passer les récupérer. Depuis, quelque chose avait changé entre eux. Une légèreté nouvelle émanait de Mila qui s'était laissé emporter par cette intimité profonde et passionnée.

Madison Pilkington-Blythe ne savait rien de tout cela, évidemment, leur patiente venant d'atterrir sur leur île en hélicoptère privé. Mila et Sebastian avaient fait l'amour ce matin même sous la douche à l'école de plongée, et encore une fois chez lui avant de venir pour cette opération.

— Sans parler de l'allaitement, continua Mme Pilkington-Blythe. Terrible épreuve pour une poitrine…

— Je ne saurais le dire, répondit Mila sans réfléchir.

— Vous n'avez pas d'enfants ?

— Non.

— Ce doit être compliqué de rencontrer quelqu'un quand on vit ici, aussi loin de tout… Mais vous avez le temps, docteur. Enfin, il ne faut pas trop attendre non plus : plus on s'y met tard, plus c'est difficile de retrouver sa ligne. Croyez-moi, je suis bien placée pour le savoir.

— Souhaitez-vous écouter un genre de musique en particulier ? intervint Sebastian, sans doute pour la sauver.

Ce dont elle lui fut reconnaissante car le sujet la mettait un peu mal à l'aise. Elle savait que Sebastian voulait des enfants, tandis qu'elle… elle n'imaginait rien de plus terrifiant. Comment envisager de devenir mère, responsable de la vie d'un être, quand elle n'avait pas été capable de sauver sa sœur ?

Ils œuvrèrent au son de Beethoven pour remonter les seins de leur patiente. Quand ce serait terminé, il ne subsisterait plus aucune trace des bébés qu'ils avaient nourris.

— Sebastian ? C'est moi.

— Je sais que c'est toi, Jared. Comment ça va ?

Ils étaient rentrés chez lui, tous deux prenant une rare pause de deux heures dans leur journée. Il était à l'intérieur, en train de mixer du thé au jasmin avec des glaçons dans un blender tandis que Mila était dehors, en bikini rouge sous un sarong transparent, jouant avec Bruno et Tempête, la chienne qu'ils avaient secourue à Bali. Il n'avait pas prévu d'être interrompu.

— J'appelle pour savoir comment tu réagis à cette photo.

— Une photo ? Quelle photo ?

— Les réseaux sociaux, frérot. Tu ne suis même pas tes propres hashtags ?

— Je m'y efforce.

— Eh bien, je suis navré d'être celui qui te l'apprend, mais un soi-disant journaliste du nom de Hugo O'Shea a posté une photo de toi et une dame. Intéressant, le cliché… Et tu as l'air carrément bien sur ton yacht avec cette… Mila Ricci. C'est elle, la femme dont tu m'as parlé ?

Sebastian sentit la colère l'envahir. S'il ne venait pas de donner à Hugo O'Shea un nouveau pénis, il aurait été bien tenté de le lui couper.

— Oui, c'est elle, dit-il entre ses dents serrées. Comment diable a-t-il eu des photos de nous sur le bateau ? Il était au MAC, il ne pouvait pas savoir où nous…

Il s'interrompit pour repasser dans sa tête le déroulé des événements. Hugo l'avait intercepté en chemin vers le port pour lui proposer son interview. Il avait pu poser des questions autour de lui, s'enquérir où ils allaient… et même tuyauter un photographe.

— Bon sang, je n'en reviens pas du culot de ce type !

— Hé, calme-toi… J'allais te dire que je vous trouvais mignons, tous les deux.

Sebastian ferma les yeux.

— Quelle est la légende du cliché ?

— « Le millionnaire rejoue une scène de *Titanic* avec une mystérieuse brunette. »

— Super…

Jared éclata de rire.

— Arrête, Jared, tu sais que je ne supporte pas ce genre de situation. Tu sais ce qui s'est passé…

— Oublie ça, ce n'est qu'une photo. De toute façon, Mila s'en va bientôt, non ?

— Ce n'est pas la question.

— Je suis désolé pour Klara, frérot, tu le sais. Mais ça fait plus de trois ans, et là, c'est une seule photo. Plus personne ne pense à ce qui est arrivé par le passé. Tu fais du super boulot, là-bas, et pourtant tu continues de refuser d'en parler, alors les médias se contentent des miettes qu'ils parviennent à ramasser. Tu t'attendais à quoi ? Tu es une icône.

Il se sentait incapable de réfléchir avec calme, son cœur cognant comme un fou contre ses côtes.

— Amène-la à la fête de maman, d'accord ? insista Jared.

En colère, Sebastian tapait des doigts sur le plan de travail. Il avait pourtant tout fait pour éviter ce genre de situations. Il avait même affiché des panneaux indiquant « Pas de photographies » un peu partout au MAC, histoire de dissuader d'éventuels petits malins.

Il revoyait Klara, assise par terre dans la cuisine après avoir lu les mails des parents de ses élèves, tous furieux contre elle. Qui l'accusaient d'être une mauvaise enseignante, alors qu'elle adorait ces enfants. Et maintenant Mila était sur le point de découvrir ce que c'était vraiment de sortir avec un chirurgien mondialement connu.

— Je ne lui ai pas encore posé la question, rétorqua-t-il. Comment veux-tu que je le fasse maintenant ? Les caméras nous attendront à l'aéroport.

— Je pense que tu es beaucoup trop paranoïaque. Quoi qu'il en soit, j'ai pris les devants et t'ai inscrit comme « accompagné ». Maman a hâte de te voir. Je t'ai envoyé des billets pour le jet, dont un qui est laissé en blanc, tu peux donc y inscrire son nom si tu décides de l'emmener. Moi aussi j'ai hâte de te voir, frérot, ça fait trop longtemps.

Sebastian fulminait tandis que, du comptoir de la cuisine, il observait Mila et Tempête par la fenêtre.

À partir de maintenant, il allait devoir se montrer encore plus prudent.

12.

— Déjà presque un million de *likes*. Impressionnant !

Mila se tourna vers le lavabo et tira sur les ficelles de son bikini.

— Ça n'a rien d'impressionnant, marmonna Sebastian.

Appuyé au cadre de la porte, il la regardait dans le miroir, tout en faisant défiler les commentaires sur son téléphone, l'air sombre. Au début, Mila avait été un peu gênée d'utiliser sa salle de bains extérieure, mais les quelques séances de plaisir qu'ils s'y étaient octroyées avaient réussi à modifier son point de vue.

— Les commentaires ne sont pas négatifs, insista-t-elle, déterminée à alléger l'atmosphère. Les gens sont juste intéressés par ce que tu as accompli ici.

— Leur intérêt, je peux m'en passer, Mila. Et toi aussi, crois-moi. Il ne faut pas qu'on nous voie ensemble.

Elle ôta complètement le haut de son maillot de bain. Aussitôt, il fut derrière elle pour l'enlacer. Son corps fut attiré vers lui comme un aimant.

— Sebastian, quoi que les gens disent ou pensent de moi, je sais me gérer, dit-elle.

Le picotement familier à son contact se propageait de ses orteils au reste de son corps. Plus elle se répétait que ce n'était qu'une aventure temporaire, qu'ils étaient incompatibles à bien des niveaux, plus elle brûlait d'être avec lui.

— Oh ça, je ne doute pas que tu le penses, soldat, murmura-t-il dans son oreille.

Elle fut parcourue d'un frisson, enivrée par sa proximité.

— Je n'ai pas besoin que tu me protèges.

— Et si c'était moi qui avais besoin que tu me protèges ?

Il tirait déjà sur le bas de son maillot de bain. Elle l'aida à l'en débarrasser puis trouva le bouton de son short avant de tendre la main vers la manette de la douche. L'eau tiède leur coula sur la tête alors qu'il l'asseyait sur le siège et s'agenouillait entre ses cuisses. Ces derniers temps, c'étaient pour de tels moments que Mila vivait. Elle n'avait jamais fait l'expérience d'une telle spontanéité sexuelle.

Un chien aboya.

Aussitôt, Sebastian s'écarta, coupa l'eau et attrapa la serviette dont il l'enveloppa. Mais elle le saisit par le poignet.

— Bruno ou Tempête ont dû voir quelqu'un passer devant le portail, c'est tout. Tout est fermé, personne ne peut entrer, dit-elle calmement avant de faire retomber la serviette.

Il était tellement à cran depuis ce post sur les réseaux sociaux. Elle ne pouvait pas lui laisser voir qu'elle était perturbée aussi au risque d'accentuer son stress.

Il finit par céder et, avec un petit gémissement, il se laissa embrasser.

— On est tout seuls… Faites-moi confiance, docteur Becker, je suis soldat…

La jeune fille était évanouie. Le sang avait formé des taches sombres sur son T-shirt en coton jaune et à la couture de son short blanc délavé.

— Patiente de douze ans. Zuri Lerato. Elle semble être tombée. Elle était inconsciente quand son père l'a trouvée dans la salle de bains de l'hôtel. Il y avait du sang sur le sol et les murs.

La machine à mesurer le taux de glucose bipa entre Mila et Viv, l'infirmière.

— 43, dit Viv. Tension artérielle 16/9. Pouls à 123. Oxygène saturé à 92.

Mila posa une main sur la poitrine de la jeune fille. Cette fois, elle bougea un peu et ouvrit les yeux. Elle cilla sous le ventilateur au plafond puis tenta de s'asseoir, mais Mila l'encouragea à se rallonger.

— Tout va bien, ma belle, tu es en sécurité, dit-elle d'une voix douce en lui caressant le bras. Nous sommes là pour t'aider. Tu te souviens de ce qui s'est passé ?

Zuri laissa échapper un grondement sourd et répondit « non » de la tête. Elle semblait confuse, ce qui était pour le moins inquiétant. De toute évidence elle était tombée, et Mila soupçonnait, au vu du compte rendu de son père, qu'elle s'était cogné la tête contre le lavabo. Sans doute était-elle en état de choc, mais il lui fallait un scanner du cerveau.

— Une autre prise de la tension, s'il vous plaît.

C'était le jour de l'anniversaire de la mort d'Annabel. Elle avait envisagé de prendre sa journée, comme prévu, mais il y avait trop à faire et elle ne savait où donner de la tête.

Sebastian avait une consultation pour une réparation faciale à Bali concernant un homme trop fragile pour être transporté sur l'île. Il avait passé la nuit précédente dans sa villa de Bali et, déjà, elle avait hâte de le retrouver. Ils avaient prévu d'aller sur le spot de plongée préféré de Sebastian, au large de l'île. Une plongée de nuit, rien que tous les deux. C'était lui-même qui l'avait suggéré.

Mila n'était pas sûre de réussir à ne pas penser à Annabel par un jour pareil, mais elle avait accepté, reconnaissante de la compassion de Sebastian.

Quand enfin elle put s'éclipser, Zuri stabilisée en salle de réveil et Viv pour veiller sur elle durant la nuit, Mila se rendit compte de la tension qui lui raidissait les épaules. En route vers sa jolie petite villa du MAC, elle était pressée de plonger pour se détendre. Mais, avant, elle devait appeler sa mère.

Installée dans le hamac de sa terrasse avec une tasse de thé, elle composa le numéro sous le regard de la lune entre les palmiers.

— Comment vas-tu, maman ?

— Oh ! ma chérie, j'espérais que tu m'appellerais. Je vais aussi bien que tu peux l'imaginer.

— Je sais que c'est dur et j'aimerais être avec toi.

Mila ferma les yeux, bridant ses émotions. Déjà les feuilles des arbres étaient floues, son estomac noué, sa gorge serrée. Toute la journée, elle avait réussi à garder son calme devant tout le monde, mais la voix de sa mère avait la capacité de lui couper le souffle en un clignement de paupière.

— J'étais sur le point de sortir, dit celle-ci.

— Pour aller où ?

— Oh ! juste avec… un ami. Il m'emmène voir une exposition sur l'Angleterre au temps des Tudors et sur le règne de Henry VIII, il sait que c'est une période qui me plaît.

« *Un* ami »… et sa mère avait marqué une hésitation. Interrompant le balancier du hamac, Mila s'essuya les yeux et posa son thé par terre. Sa mère n'avait jamais fait mention d'ami masculin, du moins pas du genre qui l'emmène à des expositions.

— « Il » ? Qui est-ce ?

— Je te l'ai dit, juste un ami. Il me fait du bien, Mila, surtout un jour comme aujourd'hui.

— Je suis contente que tu aies de la compagnie, maman.

— Et toi ? Tu es occupée ? Avec ton Dr Becker ?

— Nous sortons bientôt, oui.

— Est-il au courant de ce qui s'est passé ? Je veux dire, sait-il qu'aujourd'hui est un jour… particulier ?

La fin de la phrase fut étranglée, et Mila dut réprimer un nouvel accès de larmes aussi. Toutes les deux s'efforçaient de paraître fortes pour l'autre, comme toujours.

— Il sait que c'est le jour de la mort d'Annabel, oui, dit-elle avec quelque appréhension. Mais il ne sait toujours pas exactement ce qui s'est passé.

— Comment ça « exactement » ?

— Il ignore que je n'ai pas su l'aider… L'aider à sortir de la voiture à temps.

— Oh ! Mila…

En entendant la tristesse dans la voix de sa mère, elle se maudit de la mettre dans cet état en avouant avoir failli.

— On en a déjà parlé moult fois, ma chérie. Je refuse de t'entendre prendre la faute sur toi.

— Je sais, maman, mais je ne peux pas m'en empêcher.

Elle ravala ses larmes. Sebastian ne tarderait pas à arriver, et elle ne voulait pas avoir l'air d'avoir pleuré. Il était gentil et compréhensif, tolérant aussi, mais… il ne savait pas comment elle s'était fait ces cicatrices aux bras. Pas question qu'il ait une vision dégradée d'elle, surtout pas maintenant qu'elle commençait à tomber amoureuse de lui.

Le constat la frappa avec la force d'un coup en plein ventre. Oui, elle tombait amoureuse de lui. C'était bien plus qu'une brève aventure sans conséquence pour elle désormais. Il lui avait beaucoup manqué, toute la journée.

— Quand rentres-tu à la maison ? Je sais que tu repousses le moment de débarrasser la chambre de ta sœur, tout comme moi. Mais peut-être est-ce autre chose qui te retient à présent ?

— Maman… Tu me connais trop bien, dit-elle, levant les yeux vers la pendule à travers la fenêtre.

Il était 20 heures passées. Sebastian aurait dû être là depuis au moins vingt minutes…

Une petite tornade de poils l'accueillit sitôt qu'elle eut ouvert le portail. Sebastian lui ayant donné un double des clés, elle pouvait entrer sans avoir à sonner et elle commençait à s'inquiéter car il ne répondait pas au téléphone.

Elle caressa Bruno et Tempête puis se dirigea vers l'entrée de la maison pour poser sur la table de la terrasse la lanterne qu'ils étaient censés faire flotter sur l'eau depuis le bateau plus tard, en mémoire d'Annabel.

La maison était plongée dans le silence. Surprise, elle regarda par la fenêtre du salon. Les chiens se dressèrent sur leurs pattes arrière pour l'imiter.

— Où est-il ? demanda-t-elle. Il devrait être rentré de Bali, maintenant.

Tempête répondit par trois jappements successifs.

— Sebastian ! lança-t-elle, ayant déverrouillé la porte d'entrée. Sebastian, c'est moi !

Rien. Pas de bruit en provenance de la salle de bains non plus. Avait-il eu une urgence et pas le temps de la prévenir ?

Elle versa des croquettes dans les écuelles des chiens qui se mirent à dévorer avidement. Revenant dans le salon, elle s'assit sur le canapé et saisit machinalement la brochure du Becker Institute sur la table basse. Elle s'arrêta sur une photo de Jared Becker en blouse blanche. Bel homme, comme Sebastian, tout sourire. Après réflexion, il était bien moins séduisant que Sebastian.

Deux bouts de papier tombèrent d'entre les pages qu'elle se hâta de ramasser avant que cette gloutonne de Tempête ne les avale. Deux billets pour Chicago en jet privé, lut-elle. Envoyés par Jared – pour le soixante-dixième anniversaire de leur mère, supposa-t-elle. Un au nom de Sebastian Becker et l'autre… vierge.

Les mains tremblantes, elle remit les billets dans la brochure qu'elle posa sur la table. Si ce second billet était pour elle, pourquoi Sebastian ne lui en avait-il pas parlé ? À moins qu'il ne soit destiné à quelqu'un d'autre ?

Elle réessaya de l'appeler sur son portable, sans succès. Au club de plongée, on ne l'avait pas vu non plus.

La panique commençait à s'installer. Annabel était partie à une fête, ce même jour trois ans plus tôt, et n'était jamais revenue. Cherchant à combattre son accès de désespoir et de paranoïa, elle prit le chemin de la plage.

Comment Sebastian pouvait-il l'oublier, justement aujourd'hui ? Sa colère concernant le billet d'avion émoussée – elle lui faisait confiance, il était sans doute pour elle —, elle n'avait qu'une envie, le voir. Savoir qu'il allait bien.

Autour d'elle, la vie battait son plein, la musique au loin et les bruits de vaisselle se mêlaient aux odeurs de barbecues et d'encens dans l'air moite. Et toujours aucune trace de Sebastian.

Elle se laissa tomber à genoux dans le sable, saisie par l'angoisse. Les images de sa course effrénée à vélo pour rejoindre sa sœur, cette intuition que quelque chose n'allait pas pour sa jumelle, et son arrivée, trop tard, auprès de la voiture encastrée dans un arbre. Annabel qui ne ressemblait plus à Annabel, gisant à l'intérieur.

Elle rouvrit brutalement les yeux. Non, elle ne pouvait pas revivre ça. Pas encore. Jamais elle ne se pardonnerait d'être arrivée trop tard et d'avoir en plus perdu de précieuses secondes, sur place, figée et pétrifiée par la vue de sa sœur défigurée derrière le pare-brise cassé.

Elle sortit les allumettes de la poche de son short et alluma la petite lanterne.

— Je suis tellement désolée, Annabel, chuchota-t-elle alors que le petit vaisseau de papier s'éloignait, bercé par les vaguelettes. Tu me manques tant. S'il te plaît, envoie-moi un signe, montre-moi que tu me pardonnes.

13.

Mila s'enduisit de gel douche au jasmin, du bout des doigts à la pointe des orteils. Sous la douche de sa maison au MAC, elle se frotta le corps comme si elle pouvait se débarrasser aussi des souvenirs qui la hantaient.

Annabel ne quittait plus ses pensées, la nuit de l'accident, tout ce sang… Et ces images se mêlaient à sa confusion et sa frustration concernant Sebastian. Comme si l'un de ses cauchemars s'était changé en réalité.

Pourquoi n'avait-il pas appelé ?

Elle se shampouinait quand la lumière se mit à vaciller au-dessus de sa tête.

— Super… Comme si la soirée n'avait pas déjà été assez pénible, maintenant il faut que je me douche dans le noir ?

Elle se laissa glisser le long du carrelage et jusqu'au sol. L'épuisement la gagnait à cause des nuits exquises à faire l'amour au lieu de dormir. Elle laissa l'eau couler sur elle, dans l'espoir qu'elle parviendrait à lui laver le cerveau.

Jamais ils ne passaient de moments intimes ensemble dehors, où l'on risquait de les voir. Sebastian était si inquiet qu'on la prenne en photo avec lui qu'ils se limitaient aux endroits entre quatre murs.

Au début, cela avait été assez excitant, même si elle était consciente que ce n'était pas vraiment soutenable sur le plus long terme. Et maintenant elle se demandait s'il ne l'avait pas « oubliée » ce soir pour les mêmes raisons : peut-être ne souhaitait-il pas qu'on les voie ensemble sur un bateau.

Rouvrant les paupières, ses yeux furent attirés par quelque chose de bizarre. De minuscules points rouges apparus sur ses bras nus. Très étranges, ils se mêlaient au gel douche. Mais… non, ils bougeaient !

Dans un hurlement d'effroi, elle se redressa si brusquement qu'elle faillit glisser sur le carrelage mouillé. D'autres créatures minuscules lui tombaient sur les épaules, dégoulinaient sur son ventre. Sortant affolée de la douche, elle attrapa une serviette et éclata en sanglots incontrôlables.

Un coup bruyant porté à la porte la fit sursauter.

— Qui est là ?

— Mila, c'est moi. Tu vas bien ?

Elle se figea et essaya de ravaler ses larmes, mais en vain.

— Mila ? Ouvre-moi !

Le corps secoué de sanglots, mélange de choc et de dégoût, elle découvrit Sebastian devant la porte quand enfin elle alla l'ouvrir. Il la prit aussitôt dans ses bras.

— Mila, que se passe-t-il ?

Elle se plaqua contre son torse, trop bouleversée pour bouger ou parler. Il avait le souffle court, comme s'il avait couru et, pendant un moment, il se contenta de la serrer tandis qu'elle pleurait toutes les larmes de son corps.

— Le portail était ouvert. Je te cherchais. Mila, je suis désolé de n'avoir pas été là pour toi plus tôt, je sais ce que représente cette journée…

— Je ne pleure pas à cause de toi, le coupa-t-elle, se ressaisissant enfin un peu.

C'était en partie vrai. S'obligeant à se détacher de lui, elle posa la paume contre la porte de la salle de bains. Qui s'ouvrit dans un nuage de buée.

— Il y a des vers qui sortent de ma douche !

Il écarquilla les yeux, horrifié.

— Des vers !

Il entra dans la salle de bains sans hésiter. Elle entendit l'eau qui coulait encore sous la douche. Puis le juron qu'il lâcha, et l'eau fut coupée. Quand il revint auprès d'elle, s'essuyant les mains sur sa chemise bleue ouverte, elle n'avait qu'une envie, qu'il la reprenne dans ses bras.

— Ce sont des larves de moustiques.

— Quoi ? Ces trucs rouges, ce sont des larves ? s'exclama-t-elle, révulsée.

Il contourna le lit en direction de la porte.

— Ça doit venir du réservoir à eau. Je vais envoyer quelqu'un.

Mila tremblait encore.

— Sebastian, où étais-tu ?

— Il y a eu une urgence, dit-il en lui prenant les mains, l'air inquiet. Je voulais t'appeler, mais j'étais parti sans mon téléphone…

— J'ai passé en revue toutes les raisons pour lesquelles tu n'étais pas venu. Tu ne peux pas promettre à quelqu'un que tu seras là et puis ne pas venir. Tu ne peux pas me quitter… c'est ce qu'Annabel m'a fait, il y a pile trois ans jour pour jour.

Sitôt que les mots eurent franchi ses lèvres, il sembla comprendre l'importance de sa faute.

— Bébé, je suis tellement navré…

Il l'attira au bord du lit avec lui et l'assit. Dans sa serviette, elle se pelotonna contre lui.

— C'est ma faute si Annabel est morte, murmura-t-elle. Tout est ma faute, Sebastian.

Silence.

Elle se remit à sangloter contre son épaule jusqu'à mouiller complètement sa chemise, mais elle s'en fichait et il ne semblait pas s'en préoccuper non plus. Il gardait les bras fermement noués autour d'elle. C'était le moment de tout raconter.

— On était au téléphone ensemble pendant qu'elle conduisait. Elle me questionnait sur un gars, je la conseillais sur ce qu'elle devait faire… ou ne pas faire. On faisait toujours ça. Elle venait de quitter la maison. Soudain, la ligne a été coupée.

— Ça va, ça va, dit-il en l'embrassant sur la tempe.

— J'ai eu un pressentiment. Je savais que quelque chose n'allait pas. J'ai attrapé mon vélo et je suis partie sur la route qu'elle avait empruntée. Quand je suis arrivée sur les lieux, il y avait du sang partout. Du sang de ma sœur. Je n'arrivais pas à réfléchir, je me suis complètement pétrifiée, Sebastian.

Après tout mon entraînement, toute mon expérience au combat, toutes les fois où j'avais secouru des soldats de convois en feu, de tanks… Dès que j'ai vu ma sœur jumelle à travers le pare-brise, j'ai été incapable de penser à quelque chose… Et puis, j'ai essayé de la sortir par le pare-brise cassé. Je n'ai pas réussi. Mais de toute façon c'était trop tard. Ces quelques secondes où je suis restée figée…

— Tu as fait tout ce que tu pouvais.

Son regard si doux lui donnait encore plus mal au cœur. Il lui prit les mains et lui tourna les poignets.

— Tes cicatrices…, dit-il en passant le pouce sur les marques blanches. Ce sont des souvenirs d'Afghanistan ?

— Non, en essayant de la tirer de la voiture. Mais je suis arrivée trop tard. Trop tard…

— Ce n'est pas ta faute si Annabel est morte, Mila. Tu es bien placée pour le savoir. Écoute-moi : je ne suis certainement pas le premier à te le dire, mais je vais te le répéter. Ce n'était pas ta faute.

Il lui posa un baiser sur le nez, les yeux, les lèvres.

— C'est pour ça que tu n'as pas fait de chirurgie réparatrice sur tes cicatrices ? demanda-t-il, l'air incrédule. Tu voulais vivre avec parce que tu estimais que tu les méritais ?

Incapable de répondre, Mila le vit se lever du lit. L'espace d'une seconde, elle crut qu'il était trop révulsé pour rester auprès d'elle, mais il alla chercher la longue robe verte qu'elle avait suspendue à un cintre à la porte de son armoire.

— Habille-toi, ordonna-t-il en lui tendant la robe.

— Agung, on peut les voir ?

— Bien sûr, docteur Becker. Ils sont en pleine forme, malgré… Enfin, vous savez.

Il était minuit, mais Sebastian était convaincu que Wayan et Ketut seraient réveillés après ce qu'ils avaient traversé. La Blue Ray Clinic était calme, mais le gazouillis d'un bébé leur parvint dans le couloir.

Mila écarquilla les yeux sous l'effet de la surprise.

Il ne lui avait pas dit.

— C'est… ?

— Viens.

Il avait envie de transformer cette nuit affreuse en moment de grâce, de lui montrer ce qui lui avait fait perdre le fil du temps et oublier son téléphone.

Plus tard, il lui ferait une autre surprise : une proposition de voyage à Chicago. Après avoir tant de fois passé en revue les pour et les contre, il avait fini par conclure qu'il le regretterait toute sa vie, s'il ne l'invitait pas à l'accompagner.

Il avait les billets d'avion sur la table, une boîte cadeau derrière le canapé… et l'estomac noué.

Agung les guida jusqu'à la petite salle de repos que le personnel avait déjà remplie de ballons colorés.

— Wayan ! s'exclama Mila, une main sur la bouche en s'approchant du lit. Vous avez eu votre bébé !

Wayan rayonnait.

— Docteur Ricci, quel plaisir de vous voir.

— Je te présente Jack, annonça Sebastian en caressant d'un doigt la joue du bébé.

Il l'adorait déjà, avec ses cheveux noir de jais, ses petits pieds et ses doigts fripés… et une bouche qu'il trouvait adorable, même si le reste du monde pensait qu'il fallait la réparer.

— Sebastian nous a beaucoup aidés ce soir, intervint Ketut en ajustant les oreillers moelleux derrière Wayan. Je l'ai appelé quand les contractions sont devenues trop fortes, et il a piloté le bateau lui-même… pour nous amener ici.

Mila posa une main sur son bras qu'il recouvrit de la sienne. À l'heure qu'il était, ils auraient dû être partis plonger, mais il avait prévu la sortie plus tard pour ne pas risquer qu'ils soient vus ensemble ou photographiés. Jared s'était moqué de lui quand il le lui avait raconté au téléphone. Ils le croyaient tous paranoïaque, eh bien qu'ils se moquent. Ils n'avaient pas vu l'expression de Klara, quand elle avait lu la lettre des parents d'élèves. Si quelque chose du même genre arrivait à

Mila, surtout maintenant qu'elle s'était ouverte à lui au sujet d'Annabel et de sa culpabilité, qu'elle lui avait accordé sa confiance… Il ne se le pardonnerait pas.

À Chicago, ils devraient se montrer encore plus prudents, mais il trouvait que le jeu en valait la chandelle. Avoir cette femme à ses côtés valait la prise de risque.

— Je suis tellement heureuse pour vous, disait-elle à Wayan et Ketut, tendant un doigt vers la petite main de Jack.

Le bébé lui saisit le doigt et, soudain, Sebastian ressentit quelque chose d'étrange… un mélange de fierté pour ses amis et d'envie.

— Tu as décidé de venir nous rejoindre quelques semaines en avance, Jack ? demanda Mila.

— Peut-être parce qu'il voulait passer plus de temps avec tatie Mila avant qu'elle quitte le MAC, intervint Ketut en souriant.

— Tatie Mila… J'aime bien, commenta-t-elle en levant les yeux vers Sebastian.

— Fente palatine et labiale, dit-il plus tard, la voyant observer le bébé. Exactement ce qu'on avait vu sur l'échographie.

— Tu l'aideras, Sebastian, le moment venu ?

— Bien sûr. Mon équipe s'occupera de tout ce dont aura besoin ce petit bonhomme. Évidemment…

Rompant le contact visuel, il déplaça les ballons dans un coin de la pièce. Le ventre noué, il venait de se projeter dans les soins apportés à Jack… sans Mila.

Le voyage à Chicago tombait à peu près au même moment que son vol de retour était prévu. Il restait beaucoup de non-dits entre eux et lui demander de rencontrer sa famille était une décision importante qui changerait tout pour eux.

L'un des gros problèmes, c'étaient les médias. Pourtant, il se rendait compte à présent que, peut-être, il ne lui avait pas encore parlé de Chicago parce qu'il craignait qu'elle refuse d'y aller avec lui. Ou bien qu'elle l'accompagne puis qu'elle le quitte ensuite… comme Klara l'avait fait.

— Rien ne peut vous préparer à l'amour que l'on ressent pour son enfant, docteur Ricci, reprit Wayan, paraissant fatiguée mais ravie.

— Oh ! je l'imagine ! répliqua Mila avec un sourire, alors que Ketut posait un baiser sur le front de sa femme.

— C'est le genre d'amour qu'on sait avoir attendu toute sa vie, continua la jeune maman.

Sebastian vit l'expression émerveillée de Mila. Mais cette lueur, était-ce de la tristesse aussi ?

14.

— Ouvre, dit-il en lui présentant la boîte qu'il venait de récupérer derrière le canapé.

— Tu m'offres des cadeaux maintenant ? s'étonna Mila. Qu'est-ce que c'est ?

Elle relâcha Tempête qui était venue réclamer des câlins à l'instant où ils avaient franchi la porte de la villa.

— Ouvre !

Elle obtempéra, intriguée, ôtant l'emballage doré et l'énorme ruban rouge.

— La robe ! s'exclama-t-elle en sortant le tissu doux et fluide. Celle de chez le tailleur de Bali !

Elle était à la fois aux anges en sentant la douceur incroyable du tissu et un peu gênée à cause du prix qu'elle avait dû coûter. Puis elle se rappela que Sebastian était fortuné. Difficile à croire, étant donné la simplicité avec laquelle il traitait tout le monde.

Il lui prit la main et l'aida à se lever du canapé. Les bras tendus au-dessus de la tête, elle enfila lentement la robe jusqu'à ce que le doux tissu bleu lui ceigne la taille dans une coupe flatteuse pour lui retomber aux mollets. Elle passa une main le long de la manche transparente, et les battements de son cœur s'emballèrent quand il lui prit le poignet, que le tissu couvrait, et le porta à ses lèvres.

— Elle te va à ravir, commenta-t-il en l'embrassant.

Il s'était rappelé qu'elle préférait les manches longues qui couvraient ses cicatrices.

— Merci, murmura-t-elle en l'enlaçant. Je l'adore.

— Je veux que tu la portes à Chicago.

Le souffle coupé, elle le regarda prendre la brochure sur la table basse…

— Tu me demandes d'aller rencontrer ta famille ?

— Je te demande de m'accompagner à ce qui sera sans doute la fête la plus exagérément fastueuse d'une femme pour ses soixante-dix ans. Mon frère et sa femme Laura savent organiser une fête digne de ce nom et ils ont invité tout le club de badminton.

Mal à l'aise, elle pivota face à lui.

— J'apprécie ta proposition, Sebastian, mais je ne pense pas que ce soit une bonne idée…

Rencontrer sa famille alors qu'ils étaient si différents ? Elle l'avait vu avec Jack, le bébé de ses amis. Il voulait fonder une famille à lui ici, sur l'île. Par ailleurs, si elle allait avec lui à Chicago, elle ne ferait que tomber un peu plus amoureuse de lui… et donc souffrir un peu plus quand elle le perdrait.

— C'est juste quelques jours à Chicago. On prendra l'hélicoptère jusqu'à Denpasar, puis un vol direct en jet privé. On aura même notre chambre à bord. Imagine…, conclut-il en l'embrassant passionnément.

Son baiser, ses mains dans ses cheveux, ses mots à lui contre ses lèvres à elle… Elle en avait des frissons partout. Oui, mais…

— Mila, je sais que tu dois rentrer voir ta mère, mais tu pourrais faire ça après la fête et puis revenir ici, tu ne crois pas ? insista-t-il alors qu'elle rompait leur étreinte.

— Tu veux dire, prolonger mon contrat au MAC ?

— Si tu veux.

Son cœur s'affolait à présent. Tout paraissait si simple, présenté ainsi. Voyant qu'elle ne répondait pas, il crispa les mâchoires.

— Je te veux dans ma vie, reprit-il. On est bien ensemble, Mila.

— Tu ne veux même pas qu'on te voie avec moi au grand jour !

Il fronça les sourcils.

— Je ne proposerais pas de t'emmener chez moi, si je ne me sentais pas capable de gérer ce qui s'y passera. Jared n'a invité aucun média, donc personne ne prendra de photos à moins qu'on ne le veuille.

— Je ne peux pas vivre comme ça, Sebastian. Et toi non plus, d'ailleurs. Je n'ai pas peur de ce que les gens pourraient dire ou penser de moi, mais ce n'est pas la question. Je ne peux pas te donner ce que tu veux, Sebastian… Pas sur le long terme.

— De quoi parles-tu ?

— D'une famille. Je vois bien comment tu es avec les enfants, et je sais que tu en veux à toi.

Il ne répondit rien, et Mila sentit ses joues s'enflammer.

— Cette chose entre nous, c'est compliqué, dit-il enfin.

Se levant, il s'approcha d'elle, et elle sentit son souffle sur sa joue alors que ses mains puissantes lui enserraient la taille par-derrière, l'attirant doucement contre lui.

— Je ne demande rien de plus que ta compagnie, dit-il en balayant ses cheveux pour l'embrasser dans la nuque. Juste un peu de temps ailleurs que sur cette île, et puis on réfléchit ensemble à la suite. Qu'en dis-tu, docteur Ricci ? Tu ne vas pas me laisser seul au milieu du club de badminton, tout de même ?

15.

Rachel franchit les portes du MAC à une telle allure que Mila la prit d'abord pour une équipe d'urgentistes.

— Où est le Dr Becker ? demanda Rachel, surexcitée, le visage rouge tomate.

— Il est à Bali pour des consultations, répondit Mila en refermant la page sur l'écran de son ordinateur. Il rentre demain. Que se passe-t-il ?

Elle ne voulait pas que Rachel voie sa dernière recherche, sur la famille Becker – dans l'attente de les rencontrer.

— Ça !

Rachel sortit un iPad assorti à son sac à main.

— C'est en français, et je sais que le médecin n'aime pas les photos, mais là, c'est différent ! C'est un gosse !

Mila ne comprenait rien. Elle prit la tablette des mains de Rachel, ravalant une soudaine nausée. Était-ce l'odeur du détergent ou le parfum trop entêtant de Rachel ?

Fatema arriva à cet instant et vint se poster derrière l'épaule de Mila.

— Qu'est-ce que vous regardez ?

— Je ne sais même pas, répondit Mila. C'est écrit en français.

— Mais si ! s'exclama Rachel. Ça veut dire : « Une opération révolutionnaire m'a rendu mon visage ! » C'est cette gamine française, vous vous rappelez, la petite Françoise Marchand, qui s'était fait mordre par un chien. C'est le nouveau traitement au laser du Dr Becker qui lui a permis d'éviter de vilaines cicatrices. Et c'est elle qui a écrit cet article, à seulement huit ans ! Incroyable, non ? Son histoire a été publiée dans le journal…

Mila l'écoutait à peine, désormais. Une main posée sur le dossier de sa chaise, elle s'affaissa lentement sur le siège.

— Tout va bien, ma belle ? Vous êtes toute pâle.

À cet instant, la prochaine patiente de Mila, la ravissante top model indienne, Amita Ahluwalia, entra. C'était embarrassant.

— Docteur Ricci ? Ça va ? Vous ne vous sentez pas bien ? insista Rachel. C'est à cause de l'article ? De la photo ?

Les trois femmes la contemplaient.

— Excusez-moi…, murmura-t-elle en bondissant de son siège, les mains au ventre.

Non, elle ne pouvait pas vomir avant d'atteindre les toilettes. Manquant de renverser un vase de fleurs dans sa hâte, elle poussa enfin la porte et se précipita vers la cuvette des W-C la plus proche. Les mains sur la porcelaine, elle vomit en s'efforçant de faire le moins de bruit possible… Pas facile. D'autant que Rachel l'avait suivie dans les toilettes !

— Docteur Ricci ?

Mila tendit le bras derrière elle et verrouilla la porte.

— S'il vous plaît, Rachel, ça va aller. Pouvez-vous m'excuser auprès de Mlle Ahluwalia ?

Elle s'essuya la bouche d'un revers de la manche de sa blouse blanche avant de se laisser glisser contre le mur. Le carrelage était froid et la lumière trop forte, le mal de tête commençait à poindre. Derrière la porte, les sandales rouges de Rachel faisaient les cent pas, et sa voix exprima une inquiétude sincère.

— C'est la première fois que ça vous arrive ?

Mila se couvrit le visage. Oui, c'était la première fois qu'elle vomissait, mais elle avait déjà eu des nausées au cours des derniers jours.

— Je… Ce n'est rien, bredouilla-telle.

— Rentrez chez vous, et allongez-vous, répliqua l'infirmière. On va vous remplacer ici.

— Merci.

— Vous allez en parler au Dr Becker ?

— De l'article ?

— Non, des vomissements.

Une suée froide lui mouilla le dos contre le carrelage.

— Pas besoin de l'ennuyer avec ça, Rachel. Ça va déjà mieux.

L'infirmière quitta les toilettes sans un mot, mais Mila devinait ce qu'elle pensait. Sa romance avec Sebastian n'était plus un secret ici. Donc, si ce n'était pas le parfum ou l'odeur du détergent… Elle n'osait pas imaginer ce qui était la cause de ces nausées.

— Merci mille fois d'avoir accepté, Mila.

Wayan lui tendit Jack qui babillait doucement. Ce bébé, dans sa barboteuse bleue, était vraiment adorable. Puis la jeune maman lui plaça un sac géant chargé de couches, jouets et autres flacons divers sur l'épaule. Dont le poids menaça de la renverser sur le pas de la porte de chez Sebastian.

— Tu es sûre que ça ne te dérange pas ?

— Wayan, je t'ai dit que j'adorais jouer les baby-sitters, répondit-elle en se redressant.

En réalité, elle n'avait jamais gardé d'enfant de sa vie. Mais elle avait entendu le couple se renseigner auprès de Sebastian et s'était dit que ce serait sympathique de leur rendre ce service pendant que Sebastian était sur l'île principale. En plus, passer du temps avec le bébé l'aiderait peut-être à se détendre et à réfléchir.

— Profitez de votre dîner, Wayan, dit-elle, sourire aux lèvres, en la regardant partir.

Tempête et Bruno sautillaient autour d'elle tandis qu'elle allait dans la cuisine pour se préparer une tasse de thé. Pas facile avec un bébé dans les bras, mais elle s'en sortait pas mal.

Sur la table du salon, un sachet en papier ramena son attention sur la tâche qu'elle s'était fixée. Un test de grossesse. Mais rien ne pressait pour l'instant.

Jack tranquillement installé sur le canapé à côté d'elle, Mila se remit à lire l'article de Françoise sur l'iPad de Sebastian. L'enfant avait écrit des choses adorables sur le MAC et son expérience sur l'île, et sur sa fierté d'avoir été aussi courageuse que le Dr Ricci. Mila ne pouvait nier qu'elle était fière de faire partie de l'histoire et espérait qu'il en irait de même pour Sebastian. Ce n'était en rien le genre de « publicité » que les vautours tels que Hugo O'Shea aimaient publier. Cet article se contentait d'attirer l'attention sur l'impact positif de l'action de Sebastian sur l'île et ses patients.

La sonnerie aiguë de son téléphone réveilla le bébé qui toussa et se mit à hurler. Jamais Mila n'avait rien entendu de pareil. Elle le prit sur ses genoux et le berça.

L'appel provenait de Sebastian, mais elle le rappellerait car il était impossible de lui parler tant que Jack était dans cet état.

Une sorte d'instinct maternel sembla prendre possession d'elle tandis qu'elle berçait doucement l'enfant en lui chuchotant à l'oreille.

— Voilà, voilà. Tout va bien.

Mais Jack ne cessait pas de pleurer, alors elle envisagea de lui chanter une berceuse. Mais que chantait-on à un bébé ? Comme il sentait bon, cet enfant. Tous les bébés sentaient-ils aussi délicieusement bon ? Elle trouvait mignonne la peau toute claire autour de sa bouche déformée et adorait la façon dont il écarquillait les yeux en hurlant. Il allait avoir une vie idyllique, ici. Voir l'océan tous les jours, plonger avec son parrain. Ce devait être un privilège incroyable de voir grandir une petite personne, de savoir que l'on pouvait influencer son évolution, ses décisions.

Soudain, alors que Jack replongeait dans le silence et le sommeil au creux de ses bras, la peur panique habituelle se fraya un chemin au plus profond d'elle-même, en même temps que la raison de sa décision de ne pas devenir mère. Elle ferait une mère horrible.

Toutes ses amies voulaient devenir mères, sa propre mère adorerait devenir grand-mère, et Sebastian… Bref, tout le monde voulait des bébés, mais pas elle.

En parlant de Sebastian, elle devait le rappeler.

Tout plutôt que de faire le test.

16.

La ligne d'horizon bleu clair que Mila observait depuis le siège des toilettes semblait s'obscurcir dangereusement. Elle tremblait de tous ses membres, et la tête lui tournait dans la salle de bains extérieure.

Comment était-ce possible ? Elle avait toujours pris sa pilule sans oublier une seule fois. Elle ferait un autre test.

La gorge serrée par la panique, elle retourna auprès de Jack qui ronflotait toujours, enveloppé dans sa couverture. D'une certaine manière, c'était comme un présage que ce test soit positif justement le jour où elle gardait un bébé.

Annabel lui apparut, sorte de flash qui la fit tomber à genoux près du canapé. Peut-être était-ce un signe de sa jumelle pour lui dire qu'elle lui avait pardonné et qu'elle l'encourageait à fonder une famille.

Mila se prit la tête à deux mains. Non, elle était ridicule. Ce n'était pas quelque message divin. C'était sa faute, elle avait dû oublier sa pilule un soir.

Tu l'aimes. C'est bien pour toi, pour vous.

La voix parlait dans sa tête, pourtant elle paraissait venir d'ailleurs. Elle se tourna brusquement vers Jack : le bébé avait les yeux grands ouverts, levés vers le plafond. Elle alla poser un doigt dans sa petite main, mais il ne le saisit pas, le regard toujours rivé au plafond comme s'il était le seul à voir quelque chose.

— Qu'est-ce que tu regardes, mon bonhomme ? chuchota-t-elle en s'efforçant de refouler sa peur.

Les larmes lui piquaient les yeux. Non, elle ne parlerait pas avec Annabel. Non, elle n'était pas dans la pièce avec elle. D'ailleurs, depuis qu'elle et Sebastian dormaient dans le même lit, elle ne rêvait plus que rarement de sa jumelle, même si, évidemment, elle restait dans ses pensées. Elle faisait et ferait toujours partie d'elle.

Secouant la tête, elle caressa Tempête sur le cou qui avait posé le nez contre le petit pied de Jack. Elle s'assit en silence tandis que Jack se rendormait peu à peu.

Que faire ?

Elle ne pouvait demander à personne à la clinique de lui faire une prise de sang pour vérifier si oui ou non elle était enceinte. Cela avait déjà été compliqué de sortir un kit de test de l'infirmerie sans être vue. Si quiconque suspectait sa grossesse, on en déduirait sans l'ombre d'un doute que Sebastian était le père. Ce qui était loin d'être la situation idéale : arriver comme employée et repartir enceinte de son enfant. Sans compter qu'il détestait attirer l'attention, or les gens se focaliseraient forcément sur cette nouvelle juteuse et potentiellement scandaleuse.

Si le second test s'avérait positif aussi, comment réagirait-il quand elle l'informerait ? Voudrait-il de ce bébé avec elle ? Et si oui… Comment vivrait-elle dans la peur constante qu'il lui arrive quelque chose ? C'était justement tout ce qu'elle avait toujours redouté, et la raison pour laquelle elle s'était résignée à ne jamais avoir d'enfant.

— Aide-moi, Annabel, dit-elle tout haut, malgré elle. Je ne pense pas que je peux m'en sortir toute seule.

17.

Deux semaines plus tard

— Où est cette charmante chirurgienne qui était présente à la consultation initiale ?

La Britannique de soixante-six ans, venue pour sa blépharoplastie, semblait inquiète de ne pas voir Mila.

— Elle a dû partir en urgence, ce matin, expliqua Sebastian.

Il tendit la main vers le gramophone pour poser la tête de lecture sur le vinyle. Beethoven emplit la pièce, et il pensa à Mila. Pourvu qu'elle aille bien.

— Rien de sérieux, j'espère.

Le regard de sa patiente était empli d'une inquiétude sincère, à l'instar de celui de Fatema. Manifestement, Mila avait réussi à s'attirer l'affection de tout le monde, durant le bref laps de temps où elle avait été en contact avec les gens. Comme avec la petite Françoise.

— Le Dr Ricci était toujours encourageante, poursuivit la patiente. Elle m'a dit que je n'avais pas besoin d'opération, que les rides autour des yeux, c'était la marque de toutes les fois où l'on souriait, et que plus on souriait, plus on était beau pour les gens qui nous entourent. N'est-ce pas adorable ? Alors qu'elle aurait pu essayer de me vendre opération sur opération, non, elle me complimentait sur mon apparence actuelle.

De toute évidence, Mila avait fait encore meilleure impression qu'il ne l'avait cru. Depuis son arrivée au MAC, il ne cessait d'entendre ce genre de témoignages. « Mila est merveilleuse », « Mila est si attentionnée », « Mila vous fait tellement de bien… enfin, du bien au MAC ».

Seulement aujourd'hui, elle était partie en avance, disant qu'elle ne se sentait pas bien.

Pour l'instant, il s'était habitué aux chuchotements qui les accompagnaient, et il s'en moquait du moment que leurs photos n'étaient pas déversées partout sur Internet. Avec le voyage à venir à Chicago, le risque restait encore fort qu'un intrus ne braque son objectif là où il ne fallait pas.

Il priait pour que tout se passe sans accroc. Il avait fait comprendre à Mila qu'il souhaitait la garder au MAC, pour diverses raisons, mais ils s'étaient mis d'accord sur le fait que passer du temps loin de cette île recluse leur permettrait de discuter de la meilleure marche à suivre avant de coucher officiellement leur décision sur le papier.

Fatema l'arrêta au moment où il allait se désinfecter.

— Mila est encore nauséeuse ? demanda-t-elle.

— Le Dr Ricci ? Je crois, oui. Elle a peut-être mangé quelque chose de mauvais…

— Encore ? Il faut qu'elle surveille ce qu'elle mange, alors.

— C'est déjà arrivé ? Comment ça ? Quand ?

Il s'aspergea les mains de gel hydroalcoolique et le tendit à l'infirmière. Fatema parut soudain penaude.

— Il y a une semaine ou deux, quand vous étiez à Bali. Elle ne vous en a pas parlé ?

— Pourquoi m'en aurait-elle parlé ?

Fatema haussa un sourcil.

— Nous savons tous pourquoi, docteur Becker.

Il lâcha un soupir.

— Oui, bon. Mais non, elle ne m'a rien dit.

L'information continua de le turlupiner, même s'il s'obligea à retourner à sa tâche, à savoir superviser l'équipe la plus performante et qualifiée de toute l'Indonésie, au lieu de se demander s'il devait se tracasser à propos de l'étrange comportement de Mila et de son départ impromptu.

Elle s'était déjà sentie mal et elle ne lui en avait rien dit…

— Alors, pour récapituler, le Dr Ricci a dû vous avertir d'éviter de prendre tout traitement susceptible de fluidifier le sang en amont de cette opération, c'est bien exact ? demanda Fatema à la patiente.

— Oui, elle m'a expliqué tout ça.

— Ce qui inclut les antidouleurs comme l'aspirine et l'ibuprofène. Vous avez bien cessé d'en prendre ? Et vous avez mangé léger aujourd'hui, voire pas du tout ?

— Le Dr Ricci m'a demandé de ne pas petit déjeuner et de ne rien boire à partir de minuit la veille de mon opération. Elle a aussi précisé qu'il ne fallait pas venir maquillée, d'où l'horreur que vous avez sous les yeux.

Mais Sebastian n'était pas sensible à l'humour de la patiente, trop occupé à repenser à un épisode survenu au début de la semaine. Il avait emmené Mila sur le bateau de plongée. Elle avait accepté la promenade, mais refusé de plonger. Quand il avait plaisanté au sujet de sa peur des requins, elle avait répondu qu'elle souhaitait juste profiter de la chaleur du soleil sur sa peau. Alors il avait plongé avec le groupe, sans elle, sans être capable de se couper complètement du reste du monde comme il le faisait d'ordinaire.

Oui, Mila était plus silencieuse que d'habitude, moins impliquée. Comme les instants qui avaient suivi lorsqu'ils s'étaient embrassés pour la première fois, quand elle l'avait repoussé parce qu'elle croyait qu'il était sorti avec Annabel.

Fatema passait en revue les détails de la procédure à leur patiente avec une assurance exemplaire. Heureusement qu'elle était là…

Mila était toujours plus taciturne quand quelque chose la tourmentait. Peut-être était-elle nerveuse à la perspective de rencontrer sa famille ? Comme le départ était prévu pour le lendemain, ce serait donc compréhensible.

Ou alors la fin de son contrat au MAC la stressait, étant donné que rien n'était encore décidé pour le futur. Lui-même ne cessait de ressasser ce sujet. Il ne voulait pas lui mettre la pression, mais l'idée de se retrouver ici sans Mila l'oppressait.

Mila se réveilla de son rêve dans un sursaut. Elle jeta les jambes sur le côté du lit, attrapa l'oreiller près d'elle et colla son visage fiévreux contre le coton frais. Heureusement Sebastian n'était pas là, même si elle se serait volontiers pelotonnée au creux de ses bras réconfortants.

Dans son rêve, elle tenait un bébé sur ses genoux dans une voiture, mais sans ceinture de sécurité. Pourtant, elle devait se déplacer car le camp de base n'était pas sûr, ils voyageaient au sein d'un convoi, de nuit, à travers les plaines désertiques, sur des routes cabossées qui n'existaient pas en réalité, devant éviter des insurgés pareils à des personnages de jeu vidéo.

Puis leur véhicule avait été touché, attaqué par-derrière par des soldats afghans. Les balles pleuvaient, et quand elle avait crié, suppliant qu'on laisse la vie sauve au bébé, celui-ci avait disparu. Évanoui…

Elle s'était réveillée brûlante et encore tremblante. Rassemblant ses forces, elle avait réussi à atteindre la salle de bains, où elle se baigna le visage à l'eau froide. Par bonheur, on était venu débarrasser la cuve des larves de moustiques, mais c'étaient d'autres soucis qui se faufilaient dans sa tête, désormais. Le second test était positif, et ses cauchemars étaient revenus, plus virulents que jamais, et avec un nouvel élément pour la torturer. Un bébé.

Elle regarda, honteuse, son visage dans le miroir. Sebastian la réconforterait-il s'il savait ce qu'elle lui cachait ? Elle n'en avait parlé à personne. Comment annoncer cela à sa mère par téléphone ?

Enfilant un T-shirt, un short et des tongs, elle quitta la pièce le cœur battant la chamade. Il était presque 5 heures du matin. En marchant, elle se rendit compte qu'elle posait une main protectrice sur son ventre.

Sebastian s'inquiétait de son changement d'attitude, elle le voyait bien. Seulement, elle n'avait pas la moindre idée de la manière dont il réagirait. Quoi qu'il en soit, elle n'avait d'autre choix que de lui dire. Ce secret la minait.

À cette heure matinale, il n'y avait que le jardinier qui

était debout, ratissant les feuilles des allées. Les jambes en compote, elle redressa les épaules et franchit le portail de chez Sebastian. Comme d'habitude, elle fut accueillie par les chiens.

La valise de Sebastian était encore sur son perron – celle qu'il avait commencé à préparer pour Chicago. Il avait renversé du lait dessus – grâce à Tempête – et l'avait laissée sécher dehors, près du hamac. Sa seule vue redoubla la nausée de Mila. Elle avait repoussé ce moment si longtemps qu'ils devaient partir le soir même et elle ne lui avait toujours pas parlé.

Elle n'était pourtant pas du genre à avoir du mal à parler. Tout le contraire, et sa force en la matière avait défini sa carrière tout entière. Pourquoi était-ce différent cette fois ? Il suffisait de le dire, et voilà… Comme elle lui avait raconté, pour l'accident de voiture qui avait tué Annabel. Bon, cela non plus elle n'en avait pas parlé tout de suite.

C'était tellement difficile.

Ou alors, elle devrait attendre qu'ils aient quitté l'île ? Qu'ils aient plus de temps et d'espace pour réfléchir en privé. De toute façon, c'était un peu ce qu'ils avaient prévu. Après tout, il voulait qu'elle revienne avec lui après Chicago… Sauf qu'il n'avait pas envisagé qu'elle emmène un bébé dans ses bagages !

Elle monta les marches, mais comprit immédiatement que Sebastian n'était pas là. Aussitôt, son instinct s'éveilla.

Il devait y avoir eu une urgence.

18.

— Elle va s'en sortir ?

Pedro, jeune Brésilien de vingt-huit ans, avait les traits tirés, les yeux cernés et presque plus d'ongles à force de se les ronger. Il n'avait pas quitté la chambre de décompression de la Blue Ray de toute la nuit. Il était même encore en combinaison de plongée. Tout comme Sebastian, sous sa blouse blanche.

— L'équipe va la garder à l'œil, mais on a fait tout ce qu'on pouvait à ce stade, répondit Sebastian en prenant la tasse de café qu'un interne lui tendait. On en saura plus quand les résultats de ses tests reviendront.

Il tourna la tête vers Rose, la petite amie de Pedro, à travers la vitre circulaire. Quelle nuit de folie… Il était épuisé, mais se faisait un devoir de rester avec le jeune homme puisqu'il était présent pendant la plongée où l'accident était arrivé. Rose avait paniqué à quinze mètres sous l'eau sans qu'ils sachent vraiment pourquoi et elle était remontée à la surface sans effectuer son arrêt de sécurité à cinq mètres.

— Sebastian ?

La voix de Mila le fit sursauter, et il se retourna. Elle paraissait aussi hébétée que lui. Un instant, dans son immense fatigue, il faillit aller l'enlacer, mais il se retint.

— Docteur Ricci, bonjour.

— Je peux te parler en privé ?

Il s'excusa auprès de Pedro et l'entraîna dans le couloir, refermant la porte derrière eux. Agung et l'interne leur jetèrent un coup d'œil, mais il leur fit signe de la main, comme s'il était parfaitement normal de se tenir là, en combinaison de plongée à 6 heures du matin à la clinique avec Mila.

— Tu n'es pas allé au lit, dit-elle à voix basse.

— La patiente est en chambre de décompression depuis qu'on l'a ramenée de la plongée.

Mila eut l'air horrifié.

— La plongée que tu as faite hier soir ?

Il acquiesça, songeant que, finalement, il était soulagé qu'elle ait refusé de l'accompagner. Rien ne s'était passé comme prévu.

— On a dû appeler l'ambulance aérienne depuis Lombok pour la ramener car elle n'aurait peut-être pas tenu en bateau. Elle est toujours inconsciente. Mais toi, qu'est-ce que tu fais ici d'aussi bonne heure ?

Elle était toute pâle.

— Tu es encore mal fichue ? ajouta-t-il.

Elle détourna les yeux.

— Non, non, je me sens bien. Mais c'est affreux, cette histoire. Et toi, ça va ?

Ce genre d'accidents était rare, et il était sous le choc, pour le moins, et avait fonctionné à l'adrénaline toute la nuit.

— Ce n'était pas moi son partenaire de plongée, mais Pedro, son petit ami, expliqua-t-il en s'adossant au mur. Heureusement qu'on était là, tous les six, parce qu'on a réussi à lui venir en aide rapidement après sa remontée.

Mila posait sur lui un regard plein d'inquiétude et de compassion. Il n'allait pas craquer, bien sûr, toutefois il ne se rappelait pas la dernière fois qu'une femme avait semblé se soucier aussi sincèrement de son bien-être.

— Tu dois être très fatigué. Je te laisse retourner auprès de Pedro, on pourra parler plus tard.

Elle allait s'éloigner quand il la rattrapa par le poignet.

— Attends. De quoi voulais-tu me parler à une heure aussi matinale ?

Elle s'immobilisa, lui tournant à moitié le dos. À cet instant, l'obstétricienne, le Dr Raya, sortit d'une pièce de l'autre côté du couloir.

— Docteur Becker ? Les tests de Rose sont revenus du labo. Vous avez un moment ?

Il regarda Mila.

— Vous pouvez nous parler à tous les deux, répondit-il en retournant dans la chambre non sans faire signe à Mila de les suivre.

— D'accord. Votre patiente était enceinte. Je ne pense pas qu'elle était au courant. Ni elle ni son petit ami ne l'ont mentionné, je crois ?

Sebastian secoua la tête, le ventre soudain noué par un mauvais pressentiment. Il vit Mila s'éloigner vers la fenêtre, les bras passés autour d'elle comme pour se protéger.

— Le fœtus devait avoir quatre à cinq semaines, mais avec la décompression, j'ai bien peur…

— Qu'il n'y ait aucune chance de poursuite de cette grossesse, termina-t-il en jetant son gobelet dans la poubelle. Merde… Bon, il faut l'annoncer à Pedro, qu'il puisse se préparer avant le réveil de Rose. Pas besoin de la stresser plus qu'elle ne le sera déjà. Ce sera à lui de décider du moment où l'informer.

Mila venait de pivoter vers eux, une main plaquée sur la bouche. Avant qu'il ait le temps de dire ou faire quoi que ce soit, elle fila vers la porte et se précipita dans le couloir. Il la suivait quand, à mi-chemin de la réception, elle se plia en deux et vomit.

— Retourne auprès de Pedro, bredouilla-t-elle, mortifiée.

La brise marine lui fit du bien. Sebastian l'avait entraînée dehors, devant des patients étonnés à la réception. Elle était assise sur le muret devant la clinique, sous un palmier. Le jour se levait, et elle se sentait encore plus vulnérable maintenant que Sebastian se tenait devant elle, les bras croisés.

— Tu veux me dire ce qui se passe ?

Le moment était mal choisi, l'endroit aussi, surtout avec Rose dans la chambre de décompression et son pauvre compagnon sur le point d'apprendre qu'elle avait perdu le bébé dont il ignorait la présence.

— Mila, Fatema m'a dit que tu avais déjà vomi quand j'étais à Bali. Et maintenant…

Il s'accroupit pour être à son niveau. Il n'avait pas dormi de la nuit, portait encore sa combinaison de plongée sous sa blouse, et, pourtant, il était là, essayant de la réconforter. C'était trop. Par-dessus tout, elle détestait se sentir piégée, vulnérable. Ce n'était pas elle.

— En plus, tu as refusé de venir plonger, poursuivit-il. Enfin, je suis content que tu ne sois pas venu, tout compte fait, mais… Parle-moi, Mila.

— Je ne sais pas quoi dire, Sebastian. C'est le pire timing qui soit.

Il se redressa.

— Tu es enceinte, c'est ça ?

Comment savait-il ? Comment… *Ben oui, il est médecin, idiote.*

— Mila, c'est ça, tu es enceinte ?

Ne parvenant pas à parler, elle hocha la tête et se cacha le visage entre ses mains, prenant de longues inspirations. Elle se sentait sur le point de défaillir.

— Mon Dieu, oui, c'est ça.

Il avait parlé d'une voix glaciale, l'air dévasté. Si elle n'avait pas eu le ventre vide, elle aurait recommencé à vomir.

Il se tourna face aux montagnes où se levait le soleil, un cheval tirant un chariot de victuailles sur le chemin. C'était surréaliste. Mila avait l'impression d'assister à la scène depuis l'extérieur de son corps.

— Je suis désolée. Je ne savais pas comment te l'annoncer. Ce n'est pas comme si c'était prévu… ni même voulu.

— Depuis combien de temps le sais-tu ?

— Deux semaines.

— Deux semaines ! répéta-t-il en donnant un coup de pied dans le sable. Tu le sais depuis quinze jours et tu ne m'as rien dit ? Mila, on est sur le point de partir voir ma famille, alors quand prévoyais-tu de me l'annoncer exactement ? Je suis concerné aussi, il me semble, non ? Il est de moi, n'est-ce pas ?

— Bien sûr qu'il est de toi ! J'allais te le dire aujourd'hui.

La déception qu'elle lisait sur son visage parce qu'elle avait gardé ce secret noua la gorge de Mila. Évidemment, elle le méritait. Un immense froid la gagna.

— Je me disais qu'il serait plus facile d'en discuter une fois que nous aurions quitté l'île ; je réalise avec le recul que ce n'était pas ma meilleure décision…

— Je dois retourner auprès de Pedro, la coupa-t-il en se frottant les yeux. On reparlera de tout ça quand j'en aurai terminé. Ça va aller pour rentrer à la maison ?

Elle hocha la tête sans un mot, et son cœur se serra douloureusement quand il s'éloigna à grandes enjambées. Il était furieux et sans doute allait-il mettre un terme à leur relation étant donné la brèche qu'elle avait ouverte dans la confiance qu'il plaçait en elle.

C'était trop. Trop dur. Elle devait quitter cette île, réfléchir posément et rationnellement, quelque part où personne n'influencerait sa décision. Pas même Sebastian.

Alors elle fit demi-tour et se dirigea vers sa salle de consultation plutôt que la maison. Elle avait oublié de dire au service du personnel d'annuler son transfert au Royaume-Uni parce que Jared avait organisé le voyage à Chicago. Elle avait donc toujours son billet de retour pour Gatwick.

19.

— On ne savait pas qu'elle était enceinte. Autrement, on ne serait pas allés faire de la plongée.

Pedro était affalé sur le canapé de cuir, sous les ventilateurs du plafond, la tête entre les genoux.

— Je suis désolé d'être celui qui vous l'annonce, déclara Sebastian, dans le fauteuil en face.

Il était trop épuisé pour réfléchir correctement. Trop en manque de sommeil pour penser au-delà des réponses aux questions de Pedro. « Combien de séances encore ? » « Est-ce qu'on doit lui dire qu'elle était enceinte ? » « A-t-elle besoin de le savoir ? » « Est-ce que ça ne risque pas de la bouleverser encore plus ? »

Le sort le plaçait vraiment dans une situation cruellement ironique : devoir annoncer cette nouvelle à un jeune homme alors que lui-même venait d'apprendre que Mila était enceinte. Et qu'elle avait attendu deux semaines avant de le lui dire.

— Je pense que je peux prendre le relais, intervint gentiment le Dr Raya en entraînant Sebastian à l'écart. Vous avez passé la nuit debout, et j'imagine que vous êtes sous le choc. Et la pauvre Dr Ricci… J'espère qu'elle ira bientôt mieux.

Au lieu de rentrer directement à la maison, il se dirigea vers les rochers de la baie, où il s'était assis, avec Mila, le soir du gala de charité. Il était trop à cran, ses propres émotions se mêlant à l'histoire de Pedro et Rose, et il était furieux. Furieux contre Mila pour lui avoir caché sa grossesse, mais peut-être plus furieux encore contre lui-même pour n'avoir pas remarqué les signes. Il était médecin, bon sang, comment avait-il pu être aussi aveugle ?

Il était trop pris dans leur relation. Jamais auparavant il n'avait ressenti cela pour personne, pas même Klara… Et maintenant…

La culpabilité se faufila dans la brise marine alors qu'il revenait du rocher, pieds nus, presque content quand un morceau de corail lui écorchait le pied pour le punir.

Il avait haussé le ton devant Mila, mais c'était à cause du choc. Une réaction d'autodéfense. Il ne s'y attendait tellement pas. Et pourquoi ne lui avait-elle pas dit ? Parce qu'elle ne voulait vraiment pas d'enfant ?

Ils avaient plaisanté quand elle avait affirmé qu'elle préférait avoir un chien, mais il aimait à penser qu'il la connaissait mieux que cela maintenant. Mila gardait au fond d'elle-même la peur panique de perdre un être cher.

Elle croyait qu'il ne la connaissait pas, mais elle se trompait.

— Mila ?

Il enjamba les quelques marches du perron d'un bond, les chiens sur ses talons. La maison était encore verrouillée, à croire qu'elle n'y était même pas entrée.

— Zut ! marmonna-t-il en trébuchant sur sa valise là où il l'avait laissée.

Il l'emporta à l'intérieur. Il était si fatigué… Et il n'avait pas terminé de préparer ses affaires pour Chicago…

— Mila ! appela-t-il à nouveau, lâchant la valise sur le lit.

Elle n'était pas dans la salle de bains de l'étage. Et n'était nulle part. Il sortit son téléphone. Pas d'appel en absence. Il ôta ses chaussures d'un coup de pied et s'extirpa de la combinaison de plongée avant de filer prendre la douche dont il avait tant besoin.

Pourtant, il ne profita pas de l'effet apaisant du jet d'eau sur son corps en nage. Il était trop furieux contre lui-même, il s'en voulait de sa réaction face à Mila.

Sitôt sorti de la douche, il s'habilla à la hâte et fila chez elle.

— Mila !

Il allait frapper à sa porte, mais se ravisa et jeta d'abord un regard autour de lui au cas où un appareil-photo le guetterait.

Ne voyant rien ni personne alentour, il cogna du poing contre le battant.

Pas de réponse.

Il s'approcha de la fenêtre pour regarder à l'intérieur. Une femme passa, le contemplant avec perplexité, et il se sentit obligé de se justifier.

— Je la connais… Mila, ouvre, il faut qu'on parle.

Sa chambre était vide. Plus de vêtements sur les cintres qu'elle accrochait aux portes de l'armoire. Rien dans le dressing. Seulement le sèche-cheveux qui était là avant qu'elle emménage.

Quand il essaya de lui téléphoner, il tomba directement sur sa boîte vocale, alors il partit en courant en direction du club de plongée. Elle avait peut-être déménagé dans un hôtel, un endroit plus intime, songea-t-il, essayant de trouver une explication logique. Elle s'était peut-être réfugiée dans une autre partie de l'île, loin du MAC.

Mais pourquoi ? Ils étaient censés s'envoler pour Chicago dans quelques heures.

Il commençait à avoir un mauvais pressentiment. Elle avait emporté tous ses bagages. Ne lui avait pas dit au revoir…

Son téléphone vibra au fond de sa poche.

— Mila ? répondit-il sans vérifier.

— Docteur Becker ? C'est Ava, des ressources humaines… Tout va bien ?

— Oui. Non. Ava, que se passe-t-il ?

— Vous allez peut-être me le dire… Je viens de recevoir une notification par mail. Le Dr Ricci vient de s'enregistrer à l'aéroport de Denpasar. J'ai trouvé ça bizarre parce que je l'avais entendue dire qu'elle devait annuler le billet puisqu'elle devait aller à Chicago…

— Je m'en occupe, merci, Ava.

Le visage d'Amelia Ricci exprima la plus grande confusion quand, ouvrant la porte, elle découvrit sa fille sur le seuil.

— Mila, qu'est-ce que tu fais ici ? Mon Dieu, tu dois être gelée.

Effectivement, il faisait, à Rye, un froid auquel Mila n'était plus habituée. De toute façon, elle était comme engourdie de l'extérieur comme de l'intérieur lorsqu'elle se retrouva étreinte par les bras couverts d'un doux gilet de sa mère. Impossible de pleurer, elle n'avait plus de larmes. Du moins l'avait-elle cru jusqu'à ce qu'elle respire l'odeur de son enfance.

— Tu m'as manqué, maman. Je crois que j'ai fait une grosse bêtise.

— Qu'est-ce qui se passe, ma chérie ?

Sa mère l'entraîna dans la maison et l'enveloppa d'un plaid vert avant de l'installer sur le canapé. Mila se cala contre les coussins recouverts d'un motif éléphant, ceux qu'Annabel avait jadis rapportés d'Inde.

— Je suis enceinte, maman. De Sebastian.

Les bras de sa mère l'enlacèrent fort. Longtemps.

— Ce n'est pas la fin du monde, chuchota-t-elle en l'étreignant. Ça va aller.

— Je le lui ai annoncé, ou plutôt il l'a deviné, et il a pris peur parce que j'avais gardé la nouvelle secrète. Je ne veux pas le perdre à cause de ça, mais c'est au-delà de mes forces.

— Qu'est-ce qui est au-delà de tes forces ?

Sa mère l'aida à retirer sa veste tant elle était faible.

— Je ne peux pas avoir un bébé, maman.

— Bien sûr que si, tu peux avoir un bébé, Mila. Tu es enceinte.

— C'est un accident.

— Mais ce bébé de lui, tu le veux ?

— Je ne sais pas… Oui… Je n'aurais pas dû partir sans lui avoir parlé. C'était le pire à faire pour le blesser. J'ai essayé de le joindre en sortant de l'avion, mais son téléphone est éteint. Il doit être en route pour Chicago, à l'heure qu'il est.

— Chicago ?

— J'étais censée y aller aussi, pour rencontrer sa famille.

— Alors c'est sérieux ? Avec Sebastian ?

Mila haussa les épaules tout en songeant avec horreur qu'elle venait peut-être de fuir la meilleure chose qui lui soit arrivée de sa vie.

— Bon, je vais nous préparer du thé et on va discuter de tout ça, annonça sa mère en se dirigeant vers la cuisine.

Mila était épuisée. Elle n'avait pas fermé l'œil dans l'avion, trop préoccupée et regrettant déjà sa décision impulsive de partir sans en avertir Sebastian. En gros, elle lui avait filé entre les doigts sans un mot, comme son ex, Klara. Elle avait dupliqué le drame de sa vie.

20.

Sebastian avait réussi à faire abstraction du bourdonnement des conversations et des appels dans les haut-parleurs. Si des gens le prenaient en photo, il ne s'en rendit pas compte, mais il attendit d'avoir franchi l'enregistrement et les contrôles pour passer son coup de fil à Jared depuis le salon d'embarquement.

— Je ne peux pas venir à Chicago, il s'est passé quelque chose.

Puis il expliqua la situation du mieux qu'il put à son frère. Il avait réservé le premier vol pour Londres, songeant que s'il pouvait voir Mila, il parviendrait peut-être à la convaincre de l'écouter. Avant qu'elle ne prenne de décision irréversible.

— C'est de la folie, Seb ! s'exclama Jared à l'autre bout du fil. Tu aimes cette femme ? Je veux dire, tu l'aimes vraiment ? Assez pour avoir un enfant avec elle ?

— Oui. Sans hésiter.

Jared poussa un long soupir.

— Dans ce cas… Tu vas nous manquer pour la fête, et à maman aussi. Nous avons une nouvelle pour toi qui doit être annoncée en personne. Mais je te soutiens dans ta décision.

Après le désastre avec Klara, et tous les endroits où il était parti la chercher en vain, il était tombé amoureux de Gili Indah au point de ne plus quitter l'île. Du moins plus en quête de Klara. Il s'était construit sa vie là-bas, avec le MAC. On avait besoin de lui, et il y avait encore tant à faire. Il ne quitterait plus cette île pour personne.

Sauf Mila.

Il avait l'impression d'être un zombie quand l'avion atterrit. Son téléphone n'avait plus de batterie, mais, de toute façon, mieux valait peut-être ne pas annoncer son arrivée. Il avait opté pour la surprise, de peur qu'elle n'essaye de lui échapper à nouveau.

Il avait trouvé l'adresse de sa mère dans le dossier de Mila au MAC, annoncé à son équipe qu'il partait, laissé les chiens au soin de Wayan et Ketut…

Amelia Ricci se leva au « ding-dong » familier et lissa sa jupe rayée de rouge. Une bouffée de son parfum parvint aux narines de Mila.

— Ce doit être Julian, dit sa mère en rajustant sa coiffure dans le miroir.

Mila réprima un sourire : elle s'était demandé quand cela finirait par arriver. Elle fit mine de s'étonner.

— Qui est Julian ?

— Je n'étais pas sûre que ça devienne sérieux, alors je ne t'en ai pas parlé avant. Mais je pense que maintenant… Il est médecin, comme toi, pédiatre à St. Germaine. Tu n'es pas obligée de venir le rencontrer si tu ne te sens pas d'attaque, mais un jour, bientôt…

— Avec plaisir. Merci, maman.

Mila était heureuse de voir sa mère épanouie, mais, effectivement, le moment n'était pas des mieux choisis pour les présentations. Elle avait dormi quelques heures et pris une douche, pris rendez-vous avec l'obstétricien de la famille, mais le décalage horaire brouillait son esprit, autant que la pensée de Sebastian dont le téléphone semblait mort ou éteint.

— Tu continues pendant mon absence ?

Sa mère désignait les tiroirs et les cartons ouverts, paraissant pleine d'appréhension. Elles avaient passé l'après-midi à trier les affaires d'Annabel : photos, livres, cocardes, babioles, lettres d'amour toujours dans leurs enveloppes…

— Ne t'inquiète pas, maman, ça va aller.

Elle se rendit compte en le disant que c'était vrai. Souriant à sa mère, elle se remit à sa tâche en songeant que celle-ci méritait bien d'être heureuse enfin à nouveau.

Quelques minutes plus tard, l'escalier craquait derechef sous ses pas.

— Euh… Mila ? lança-t-elle, l'air penaud, en passant la tête par la porte. Ce n'était pas Julian, en fait.

La porte s'ouvrit en grand.

Mila se leva, en chaussettes et leggings, et son cœur menaça d'exploser dans sa cage thoracique.

Sebastian entra dans la vieille chambre, et son odeur familière prit ses narines au dépourvu. Et eut un drôle d'effet sur ses entrailles, là où se trouvait leur bébé – un effet agréable —, puis elle sentit ses yeux s'embuer. Une seconde plus tard, elle s'écroulait contre son torse puissant.

— Tu es là…

— Tu ne m'as pas laissé le choix.

— Je te demande pardon d'être partie comme ça, murmura-t-elle dans sa veste avant de s'accrocher aux revers pour l'embrasser sur les lèvres. Sebastian, je sais que j'ai très mal réagi, mais j'ai complètement perdu les pédales.

— Je sais, dit-il en lui posant des mains toutes froides sur les joues.

Dieu qu'il lui avait manqué.

— Je sais que tu es morte de frousse, Mila, mais je t'interdis de me refaire ça. On va gérer la situation ensemble, d'accord ?

Mila avait presque oublié la présence de sa mère jusqu'à ce que la sonnette retentisse de nouveau.

— Ah, cette fois ce doit être Julian ! Ravie de vous avoir rencontré, docteur Becker. Je vous laisse discuter, tous les deux.

Puis elle quitta la pièce à la hâte.

— Tu devrais être à Chicago, à l'heure qu'il est, chuchota Mila en s'écartant, mais sans lui lâcher les mains.

Pas question de le lâcher. Plus jamais. Il avait l'air épuisé, n'était pas rasé, mais il était magnifique. Même sorti de son environnement et placé dans la chambre où elle avait grandi, il apportait un rayon d'espoir avec lui.

Sa jumelle était là dans la pièce, Mila le sentait. Tout comme elle avait senti sa présence sur l'île parfois. Était-ce ce qu'Annabel souhaitait ? La voir heureuse avec un homme qu'elle avait validé sans le savoir des années plus tôt ?

Peut-être Mila avait-elle refusé de s'autoriser à être heureuse, tout emberlificotée qu'elle était dans son chagrin et sa culpabilité. Tellement longtemps. Maintenant elle avait un autre être à qui penser, elle allait devoir se montrer forte.

Sebastian regardait autour de lui, les trophées, les souvenirs ramenés d'ici ou là par Annabel.

— C'est la chambre qu'on a partagée jusqu'à nos dix-huit ans, expliqua Mila. Et tu vois, je suis enfin en train de tourner la page, soupira-t-elle en désignant le tiroir à moitié vide qu'elle avait déjà trié. Est-ce que tu pourras me pardonner ?

— Mila…, commença-t-il, secouant la tête.

Il ferma les yeux, se passa une main sur le visage et, l'espace d'une seconde, elle crut qu'il était venu pour rompre. Qu'elle avait définitivement tout gâché.

— J'étais en colère que tu m'aies caché la vérité, reprit-il. Je ne vais pas te mentir : tu m'as arraché le ventre… et le cœur. Car tu dois savoir une chose : je t'aime. Il faut aussi que tu saches qu'élever un enfant avec toi, ce serait… Ce serait le genre de défi que je suis d'accord pour relever. Je suis prêt.

De nouveau il secoua la tête, comme si lui-même ne parvenait pas à croire aux mots qui venaient de sortir de sa bouche. Le cœur de Mila se gonfla au point qu'elle redouta qu'il n'explose sur-le-champ.

— Je t'aime aussi, Sebastian. Oh oui, je t'aime. Et je sais que je n'ai pas été facile, mais je suis d'accord aussi pour essayer de faire en sorte que ça fonctionne. Sur l'île…

Dans sa tête, aucune hésitation : elle retournerait là-bas. L'île et le MAC lui manquaient déjà, le petit Jack aussi.

— On peut y arriver ensemble, si tu es vraiment sûr que c'est ce que tu veux, ajouta-t-elle.

— C'est toi que je veux, Mila. Et ce bébé.

— Je suis désolée de t'avoir fait rater l'anniversaire de ta mère.

En parlant, elle l'embrassait partout où elle pouvait l'atteindre, comme s'il risquait de disparaître soudain. Il était son havre, désormais. Elle le sentait au plus profond d'elle-même.

Il laissa échapper un soupir dans ses cheveux.

— En réalité, la fête n'est pas avant vendredi, donc si on veut y aller, on a encore le temps. Tu peux même me faire visiter un peu la campagne anglaise avant, me présenter à tes amis…

— Tais-toi, dit-elle.

Déjà elle lui ôtait sa veste et lui déboutonnait sa chemise.

21.

Sebastian mangea l'olive plongée dans son martini tout en admirant Mila de loin. Elle avait remonté ses cheveux en chignon, laissant quelques mèches lui encadrer le visage. Et elle portait la robe bleue de Bali qu'il avait emportée dans ses bagages… Pour le cas où. Elle était sublime, de loin la plus belle femme de la fête. Enfin, peut-être n'était-il pas objectif – elle portait son bébé, après tout.

— On dirait qu'elle leur a fait forte impression, dit Jared, à côté de lui. Dommage que tu aies dû partir aussi loin, sur ton île, pour la trouver. Mais bon, tu as bien fait d'aller la récupérer, conclut son frère plus sérieusement.

— Je sais.

La fête battait son plein. Mila se tenait près de la table du buffet et discutait joyeusement avec la femme de Jared, Laura, et le petit Charlie, ainsi que la mère de Sebastian… qui semblait déjà l'adorer.

Ils avaient passé une partie de la journée de la veille à annoncer en douceur la nouvelle de sa grossesse à la famille. Sa mère était si enthousiaste à l'idée d'être grand-mère pour la deuxième fois qu'elle avait déjà demandé à sa secrétaire de lui réserver un vol pour Bali. Dire qu'elle n'était jamais venue le voir auparavant… Mais le moment n'était pas à la rancœur.

La foule parut s'écarter sur son chemin alors qu'il s'approchait de Mila.

— Mila Ricci, ai-je besoin de te répéter combien tu me plais dans cette robe ?

— Alors j'ai intérêt à la porter souvent avant de devenir

trop grosse pour pouvoir la mettre, répondit-elle en se nichant dans ses bras.

— Je t'en ferai faire une plus grande à ce moment-là.

— Je vais la porter tous les jours en salle d'op.

— Tu peux porter ce que tu veux sous ta blouse… ou bien rien du tout.

Il savait que sa famille et tout le club de badminton les observaient à la dérobée. Pourtant, et malgré les battements redoublés de son cœur, il mit un genou à terre devant elle.

— Sebastian, qu'est-ce que tu… ?

Un attroupement se forma autour d'eux et, sur l'estrade couverte d'orchidées, les musiciens cessèrent de jouer leur air entraînant.

Devant une Mila toute rougissante, Jared tendit un micro à Sebastian. Il avait envisagé d'attendre qu'ils soient seuls, mais il y avait cinq cents personnes rassemblées ici : il fallait bien leur donner de quoi alimenter les discussions.

Lentement, il souleva le couvercle du petit boîtier en velours noir. Il entendit Mila retenir son souffle et vit ses yeux s'emplir de larmes alors qu'elle découvrait le superbe anneau de platine incrusté de diamants.

— Mila…, commença-t-il, les yeux braqués sur son visage.

Elle croisa son regard, et il sut qu'il avait pris la bonne décision. Oui, il voulait sceller leur relation. Maintenant.

— Je sais que c'est rapide, que c'est un peu fou et qu'on ne s'y attendait pas ni l'un ni l'autre, mais tu es la meilleure chose qui me soit arrivée et je te veux auprès de moi jusqu'à la fin de nos jours. Me feras-tu l'immense honneur de devenir ma femme ? reprit-il après une profonde inspiration. Mila, veux-tu m'épouser ?

Elle paraissait comme pétrifiée, incapable de parler. L'espace d'une seconde, il crut qu'il était allé trop loin. Quelqu'un sortit un appareil-photo, mais il vit Jared tendre le bras devant l'objectif pour l'empêcher de l'utiliser.

— Mila ?

— Oui, Sebastian. Oui ! Pardon, je suis sous le choc. Oui ! Bien sûr que je veux t'épouser.

Il se releva pour l'embrasser, et elle riait, pleurait, l'étreignait tout à la fois.

— Elle a dit « oui » ! cria-t-il à la foule qui avait déjà compris. Dieu, comme je t'aime quand tu rougis, lui murmura-t-il à l'oreille.

— Puis-je prendre une photo de l'heureux couple ? demanda quelqu'un.

Tout à coup, il y avait des appareils partout.

Mila s'avança pour se placer devant Sebastian, telle une louve protectrice.

— Non, merci, nous ne souhaitons pas de photos.

— C'est bon, dit-il en lui prenant la main.

Elle plissa les paupières, perplexe.

— Mais tu détestes ça !

— Là, c'est différent. Ce moment, j'en suis fier, répondit-il sans hésiter.

Tandis qu'ils posaient, souriants, avec la bague de Mila bien en vue, Jared prit soudain le micro.

— Félicitations à mon frère et à sa fiancée, le Dr Mila Ricci. Et, puisque c'est la soirée des annonces, j'en ai une aussi, ajouta-t-il en s'éclaircissant la gorge. Je voudrais vous dire qu'il n'y aura pas d'autre saison de *Visages de Chicago.*

Sebastian contempla son frère et lut, dans son regard complice, que cette nouvelle en annonçait d'autres très heureuses pour leur famille.

AMY RUTTAN

Jamais sans lui

Traduction française de
CÉCILE LOMBARD

BLANCHE

HARLEQUIN

Titre original :
TEMPTING NASHVILLE'S CELEBRITY DOC

Ce roman a déjà été publié en 2016

1.

Incroyable ! Rien n'avait changé…

Hésitante, Vivian marqua un temps d'arrêt devant l'imposante entrée du Cumberland Mills Memorial Hospital, où elle faisait sa rentrée ce matin après sept ans d'absence.

C'était ici, dans sa ville natale, qu'elle avait effectué son internat, avant de partir se spécialiser à Munich avec le Pr Mannheim.

Elle ferma les paupières et s'emplit les poumons du parfum suave et entêtant des fleurs de magnolia. Soudain, elle se revit enfant, courant nu-pieds dans l'herbe, l'été, tandis que son père, assis dans le fauteuil à bascule sous la galerie, chantait un succès de Ray Castille en grattant sur sa guitare. Son père… qui était parti bien des années plus tôt, et qu'elle n'avait plus vu depuis l'âge de dix ans…

Elle chassa cette vision de son esprit en soupirant. Il n'y avait pas de place en elle pour les souvenirs.

Hélas, comme il était difficile de ne pas les évoquer, ici ! Partout où elle allait, ses fantômes resurgissaient. Nashville, Tennessee, le mythique berceau de la musique country, attirait des foules de touristes, mais elle l'avait quittée avec soulagement. Avec l'intention de ne plus jamais y revenir.

Et voilà qu'elle se retrouvait à son point de départ… Ce retour au bercail avait un parfum de seconde chance, comme si le destin lui signifiait qu'elle s'était trompée de chemin.

Mais elle était rentrée pour sa mère. Il ne s'agissait pas de tout recommencer de zéro !

D'ailleurs, elle n'était plus la même personne. À l'époque, elle était timide, elle avait honte de ses origines populaires, et par-dessus tout de son accent. Elle avait eu bien du mal à se débarrasser de sa façon de parler, qui choquait ses collègues. Comme elle n'osait pas parler, les chirurgiens la jugeaient trop soumise pour réussir dans le métier ; quant à ses condisciples, rebutés par les airs froids et hautains qu'elle se donnait pour se protéger, ils la tenaient à l'écart.

Un seul l'avait percée à jour… à qui il valait mieux de ne plus penser.

Elle redressa les épaules et agrippa la bride de son sac dernier cri. Elle n'était plus la gamine complexée venue d'un milieu différent. À présent, elle était un neurochirurgien et diagnosticien mondialement connu.

La tête haute, elle franchit les portes du Cumberland Mills, l'un des plus hôpitaux les plus importants de Nashville, et observa les environs. Dans le hall spacieux, rien n'avait changé non plus…

— Docteur Maguire ! Content de vous voir de nouveau parmi nous !

Elle se retourna : le Pr Brigham, chef du service de neurochirurgie, s'avançait vers elle.

Comme la majorité du personnel, il parlait avec l'accent du quartier chic de Belle Meade… Elle l'étudia : hormis quelques fils blancs dans ses cheveux noirs, il était tel qu'elle se le rappelait, du temps où il était son professeur et elle une interne timorée qui tentait de se fondre dans le décor.

Elle serra la main qu'il lui tendait.

— Heureuse de vous revoir, docteur Brigham.

C'était faux. Il avait beau être excellent pédagogue, il pouvait assez vite se montrer irascible et borné. Pas facile d'être aimable avec lui…

— Appelez-moi Isaac.

— Je crains que ce ne soit difficile. Je veux dire… quand j'étais votre élève, vous m'inspiriez une telle terreur !

Il éclata de rire, et croisa les bras.

— De la terreur, vous ? Les échos que j'ai eus sur votre travail à Munich sont élogieux. J'étais certain que vous étiez douée, malgré votre timidité. Vous ne parliez jamais, vous chuchotiez !

Elle eut un petit rire.

— Maintenant, je ne chuchote plus.

C'était une bonne chose que sa réputation l'ait précédée. Le Pr Brigham préparait sa retraite, et elle visait le poste de chirurgien-chef qu'il allait libérer ; or la plupart des chirurgiens seniors avaient un avantage sur elle : ils venaient de familles riches et connues de la ville, alors que son nom à elle n'avait aucun poids. Pour l'instant.

— Bien, je vais vous faire faire le tour du service et vous présenter votre patient VIP, qui souffre d'un mal pour le moins mystérieux. Vous devez commencer à prendre des responsabilités, ici. Il paraît que vous êtes l'as du diagnostic.

— On le dit, en effet.

— Ce sera un excellent moyen de faire vos preuves. Vous travaillerez avec l'un de mes meilleurs éléments.

Qui devait, lui aussi, convoiter le poste, et serait donc un concurrent…

— J'adore les énigmes. Qui est ce patient si important ?

— Gary Trainer, une étoile montante de la musique country. Il est atteint de symptômes neurologiques des plus curieux, dont nous ne parvenons pas à déterminer la cause. Bien entendu, son agent voudrait qu'il reprenne les tournées au plus vite. Lui aussi, cela va sans dire.

Rien d'étonnant à cela, tous les artistes avaient la bougeotte. Son père n'avait eu aucune pitié pour sa mère…

« Reste encore un peu, Hank, je t'en prie ! Juste quelques jours !

— Impossible, Sandra, il faut que je reprenne la route. Tu verras, je réussirai, je deviendrai aussi célèbre que Ray Castille. »

Elle eut un rire nerveux.

— Ah, ces musiciens ! Ils ne tiennent pas en place.

Ils prirent l'ascenseur pour le dernier étage.

— C'est ici que séjournent nos patients VIP.

L'estomac de Vivian se noua : lorsque sa mère avait tenté de se suicider après le départ de son père, elles avaient attendu des heures dans la salle d'attente bondée des urgences. Mais les gens fortunés avaient droit à un traitement de faveur…

Elle suivit son patron jusqu'à la chambre du fond, dont la porte était ouverte. C'était manifestement l'heure de la tournée du médecin, car un groupe d'étudiants entourait le lit ; elle allait donc rencontrer le chirurgien qui serait en concurrence avec elle. À quoi pouvait-il donc ressembler ? Elle avait hâte de le découvrir.

Le Pr Brigham passa la tête dans l'embrasure.

— Pouvons-nous vous déranger ?

— Bien sûr, professeur ! répondit le chanteur d'une voix chaude et douce. Il paraît que vous m'amenez une spécialiste qui vient tout droit d'Allemagne pour identifier la cause de mon problème ?

— Nous faisons tout notre possible, monsieur Trainer.

Une fois le seuil franchi, Vivian eut un coup au cœur, et son sourire s'effaça.

Le médecin, au chevet du patient, était… Reece Castle. Bon sang, que faisait-il encore dans cet hôpital ?

Quand il se retourna, son regard froid la cloua sur place. Ses cheveux étaient plus courts qu'autrefois, et cela lui allait bien. Sa musculature s'était développée, et les traits adolescents avaient disparu de son visage. Il était durci, plus mûr… mais plus beau que jamais.

Ils avaient effectué leur dernière année d'internat ensemble, et c'était le seul de ses condisciples qui avait perçu sa timidité sous les airs hautains qu'elle affichait.

Ainsi, il était toujours là ! Incroyable qu'il ne soit pas parti exercer dans une ville plus importante. Doué comme il l'était, les occasions n'avaient pas dû lui manquer. Bien entendu, à l'époque, il affirmait vouloir s'installer à Nashville… mais elle ne l'avait pas vraiment cru.

Malgré tous ses efforts pour l'oublier pendant qu'elle était à Munich, elle n'avait cessé de penser à lui. Pourtant, c'était elle qui l'avait quitté… Parce qu'elle ne comptait que sur elle-même, et qu'elle ne voulait pas s'attacher. L'abandon de son père lui avait appris qu'il valait mieux reléguer l'amour en arrière-plan.

Ils s'étaient parlé pour la première fois dans la cour…

« Fatiguée ?

— Hmm. Le service a été long. J'avais besoin d'air.

— Moi aussi. J'adore le parfum des magnolias.

Et, sans crier gare, il avait grimpé dans l'arbre pour cueillir une énorme fleur qu'il lui avait glissée derrière l'oreille. Quand sa main s'était posée sur sa joue, pour la maintenir tandis qu'il piquait la fleur dans ses cheveux, elle avait frissonné de désir.

— Mais que faites-vous ? avait-elle murmuré.

— Je ne sais pas, je trouve que ça vous va bien, c'est tout. »

Sa joue brûlait encore du contact de cette paume. Elle se rappelait jusqu'à l'émotion qu'il avait déclenchée, le violent désir qu'elle avait eu de l'embrasser…

Elle avait accepté cette promotion en Allemagne parce qu'il menaçait de lui voler son cœur. Et qu'il souhaitait s'établir à Nashville, alors que l'idée d'y passer sa vie lui faisait horreur.

Depuis, elle avait eu tout le temps de le regretter. Elle n'avait plus cherché l'amour : comment aurait-elle pu le mériter, après être partie comme une voleuse, laissant seulement un mot sur la table de chevet ? Au mépris glacé qu'elle lisait dans le regard de Reece, il n'avait pas jugé cela suffisant…

— Monsieur Trainer, je vous présente le Dr Maguire, une diagnosticienne hors pair qui s'est spécialisée au centre de neurosciences de Munich, chez le Pr Mannheim.

Isaac Brigham bomba le torse.

— Avant cela, elle a aussi été l'une de mes internes.

— Je m'en souviens, dit Reece d'une voix sèche, nous étions dans la même promotion.

Sentant le rouge lui monter aux joues, elle fit un signe d'assentiment.

Le Pr Brigham fronça les sourcils.

— Par exemple ! Ça m'était complètement sorti de l'esprit. Toutes mes excuses. Vous vous connaissez, alors, c'est fantastique !

C'était le mot adéquat, songea Vivian avec amertume. Reece la regardait comme une étrangère, voire une ennemie. Mais à qui la faute ?

Gary Trainer lui tendit la main avec un sourire ravageur, qui devait faire se pâmer ses fans.

— Moi, par contre, je n'ai jamais eu le plaisir de vous rencontrer !

Elle lui serra la main, bonne occasion de procéder à un premier test : le patient était faible, ses muscles, raides, et il tremblait un peu. Bizarre, en effet…

— Enchantée, monsieur Trainer. Je suis impatiente de me mettre au travail avec l'équipe médicale qui vous suit.

Elle jeta un coup d'œil à Reece, mais il épluchait le dossier sur l'ordinateur en lui tournant le dos.

Cela lui revenait, il détestait les situations anormales et n'aimait pas être le centre des attentions. Lui aussi manquait parfois d'assurance, autrefois.

À l'évidence, c'était toujours le cas…

Reece bouillait intérieurement. Vivian le regardait, attendant sans doute une formule de bienvenue de sa part, mais elle ne l'aurait pas.

Il était encore sous le choc. Quand on l'avait prévenu qu'une diagnosticienne arrivait d'Allemagne, il n'avait pas pensé un instant que cela pouvait être elle. Elle n'était apparemment plus timide du tout. Très sûre d'elle au contraire, voire à la limite de l'arrogance.

Elle avait changé de style : elle s'habillait maintenant bon chic bon genre et portait un catogan sur la nuque. Malgré tout, en scrutant ses yeux verts, on devinait qu'elle préférait toujours courir nu-pieds en jean dans l'herbe. Comme lorsqu'il était tombé follement amoureux d'elle… Toutefois, à en croire son nouveau look, elle reniait cette dimension sauvage d'elle-même. Il avait presque oublié les reflets cuivrés de sa chevelure, la nuance émeraude de ses yeux, sa peau laiteuse, son nez semé de taches de rousseur… Mais, sous cette beauté suave, elle cachait un cœur de pierre.

Déjà, du temps de leur internat, elle ne rêvait que de travailler avec le Pr Mannheim… Reece avait bêtement cru que, malgré sa haine pour sa ville natale, l'amour la retiendrait.

Pourtant, elle avait disparu un beau matin sans crier gare, en laissant un mot sur la table de chevet. Anéanti, la mort dans l'âme, il s'était précipité chez la mère de Vivian, qui lui avait confirmé que sa fille s'était envolée à l'aube pour Munich.

Sans même lui proposer de l'accompagner… Un temps, il s'était bercé de l'illusion qu'elle savait que l'Allemagne ne l'attirait pas et qu'il refuserait de la suivre. En réalité, c'était beaucoup plus simple : elle avait préféré partir seule. Il en souffrait encore, après tout ce temps. Et voilà qu'elle était de nouveau dans la même pièce que lui, attendant une réponse de sa part… qui ne viendrait pas.

— Eh bien, si vous êtes impatiente, moi, je suis comblé ! dit Gary. Vous êtes un bonheur pour les yeux, ça va me changer !

Il se tourna vers Reece.

— Pardon, docteur Castle, mais j'en ai marre de voir votre sale tronche tous les jours.

Reece éclata de rire, et ses internes ricanèrent derrière lui. Les joues de Vivian avaient rosi. Si Reece se souvenait bien, elle n'appréciait pas les compliments. Et pourtant, elle était splendide. Grande, racée, et toujours aussi sexy…

Du temps où il était amoureux d'elle, il avait tendance à lui faire des confidences. Par chance, il avait gardé l'essentiel pour lui. Lui que sa mère avait abandonné très jeune, il aurait dû se souvenir que faire confiance à une femme était impossible…

Vivian était, elle aussi, secrète sur son enfance, qu'il supposait assez semblable à la sienne : elle avait souffert de la solitude et du manque d'amour. Les points communs qu'ils s'étaient découverts à l'époque étaient flous dans son esprit, à présent. Une seule chose était sûre, une attirance réciproque les avait rapprochés.

Il sourit au chanteur, qui attendait une réponse.

— Comment vous donner tort, Gary ? Le Dr Maguire est nettement plus plaisante à regarder que moi, j'en conviens volontiers !

Cette fois, elle rougit violemment et son sourire disparut. Il l'avait mise mal à l'aise, et ce n'était pas malin, devant son patient et ses internes… Il ferait bien de se souvenir qu'ils devaient travailler ensemble.

Sans répondre, elle tendit la main à Gary.

— Pour l'instant, je vais aller saluer le reste de l'équipe et trouver mon bureau. Monsieur Trainer…

— Appelez-moi Gary, je vous en prie.

— D'accord, Gary. À plus tard.

Elle lui serra la main et se tourna vers Reece.

— Docteur Castle, à bientôt, je suppose.

Il se borna à un signe de tête. Alors qu'elle sortait, il eut presque honte de sa propre froideur.

Mais, outre qu'il ne s'attendait pas à ce qu'elle ait le toupet de venir retravailler ici, ils seraient aussi en concurrence… Car pourquoi était-elle là, sinon pour briguer le poste de chef de service ? Lui n'en voulait pas, mais il n'avait pas sué tout ce temps au Cumberland Mills pour qu'elle resurgisse de nulle part et l'obtienne sans se fatiguer !

Elle avait quitté cet hôpital du jour au lendemain sans aucun remords, alors qu'il y était chez lui. Ce poste lui revenait de droit. Il le refuserait, parce qu'il détestait les honneurs, et que son défunt père l'avait convaincu qu'il n'était pas à la hauteur. Mais elle ne l'aurait pas non plus. De toute façon, il avait l'oreille du Pr Brigham. Et il faudrait d'abord qu'elle prouve son intention de rester, cette fois.

Oui, ce retour le contrariait, mais inutile d'y voir une menace… et encore moins une tentation.

C'était ce qu'il devait garder à l'esprit.

2.

— Eh bien, pour une surprise, c'est une surprise !

Vivian tressaillit et leva la tête : Reece, bras croisés, était adossé au montant de la porte de son bureau. Il la fixait de ses yeux noirs, mais l'étincelle qui y brillait autrefois avait disparu. Pourtant, il était plus beau que jamais. Elle sentit son cœur s'affoler et la chaleur se répandre dans son corps. Malgré tous ses efforts pour l'oublier, son attirance pour lui était intacte. Pas étonnant que toutes les relations qu'elle avait eues à Munich aient tourné court : aucun homme ne pouvait l'émouvoir comme Reece.

Elle ne l'avait pas entendu arriver… Oh ! rien d'anormal, il surgissait toujours ainsi, sans bruit. Comme une ombre, qu'on ne remarquait que si elle le voulait bien.

Elle l'avait interrogé à ce sujet, par le passé, et il avait vaguement expliqué avoir pris cette habitude dans son enfance… Tout ce qu'elle savait, c'était qu'il avait grandi à Belle Meade. Elle ne s'était pas beaucoup plus étendue sur son histoire à elle, d'ailleurs. Hormis qu'ils n'étaient pas du même monde, il ignorait tout d'elle. D'un accord tacite, ils s'en étaient tenus là. Ses mots d'alors lui revinrent.

« Le passé, c'est le passé, Vivian. Peu importe d'où tu viens, ce qui compte, c'est où tu vas. »

— À moi aussi, ça m'a fait un choc, dit-elle. Je ne m'attendais pas à te trouver encore ici !

— Que veux-tu, personne ne m'a offert une spécialisation chez le Pr Mannheim.

Son ton était amer… Un peu jaloux, sans doute. En sept

ans, elle avait rencontré pas mal de gens qui lui enviaient sa place auprès de cet éminent spécialiste.

— Rien ne t'empêchait de profiter des occasions, si tu avais eu de l'ambition. Je te croyais parti depuis longtemps, pour exercer ton habileté de chirurgien dans un centre plus important, où tes compétences auraient été valorisées.

Ses yeux flamboyèrent.

— Je n'ai jamais eu l'intention de quitter Nashville. Les honneurs ne m'intéressent pas, je ne suis pas attiré par ce qui brille, moi !

Elle posa les mains à plat sur son bureau.

— Écoute, Reece, je ne tiens pas à me disputer avec toi. Je suis ici pour travailler.

— Tu as raison.

Il entra, ferma la porte et s'installa sur une chaise.

— Que ça nous plaise ou non, nous sommes dans le même bateau. Concentrons-nous sur notre patient.

Elle fut soulagée, et curieusement un peu déçue de cette réaction… Mais avoir dû rentrer à Nashville était suffisamment pénible pour ne pas s'encombrer de sentiments anciens.

— Dans ce cas, qu'attendons-nous ? Mettons-nous au travail ! Explique-moi ce qui cloche chez Gary Trainer.

— Eh bien, tout indiquerait Parkinson, mais…

— Le test est négatif ?

— Oui. Bien entendu, nous savons qu'il est peu fiable dans les premiers stades de la maladie…

— Quand les symptômes sont-ils apparus ?

— Subitement, il y a deux jours, il s'est écroulé sur scène dans un stade, devant des milliers de spectateurs. Ça ressemblait à une crise d'épilepsie, et les examens confirment qu'il y a un terrain épileptique.

Elle se pencha sur son écran et scruta le cliché, une activité routinière pour elle. Hélas, trois mois plus tôt, elle avait aussi dû étudier le résultat de l'IRM de sa mère, qui avait révélé le stade précoce de la maladie d'Alzheimer.

« Ne t'en fais pas pour moi, ma fille. Reste en Allemagne, finis ce que tu as commencé. Ton travail d'abord ! »

Mais, sous cette légèreté factice, elle avait perçu le tremblement de sa voix. Comme le jour où elle l'avait trouvée baignant dans son sang sur le sol de la cuisine, assurant que tout allait bien, niant l'évidence…

Pas question de l'abandonner aux mains d'étrangers dans un établissement spécialisé. Elle s'occuperait de la seule personne qui lui avait procuré de la stabilité dans la vie, qui avait presque tout sacrifié pour lui donner un avenir… la possibilité d'être indépendante, c'étaient ses propres mots.

« Tu n'as pas besoin d'un homme, Vivian. Tu es douée, ne laisse personne te retenir. »

Son mari, jaloux de son succès, l'avait autrefois obligée à renoncer à sa carrière de chanteuse. Mais lorsqu'il avait lui-même enfin signé un contrat pour une tournée, il avait disparu, avec leurs économies…

— Vivian, que se passe-t-il ? demanda Reece.

Elle secoua la tête pour chasser ces pensées moroses.

— Pardon ?

— Tu étais ailleurs. Tu as repéré quelque chose qui m'aurait échappé ? Tu as des soucis ?

Il semblait inquiet pour elle, elle ne méritait pas cette attention.

— Pas du tout. Je suis fatiguée, c'est tout. Je suppose que je souffre encore du décalage horaire.

Pas question de lui confier le problème de sa mère…

— Il faudrait refaire une IRM, et établir une surveillance du cerveau pendant vingt-quatre heures. Nous pourrions provoquer une crise dans un environnement contrôlé.

— Bonne idée, mais si nous ne savons pas ce qui l'a déclenchée…

— Il était sur scène, non ? Et si nous le laissions dans la pénombre, sous des stroboscopes, avec de la musique très forte ?

Reece eut un léger sourire d'approbation, qui lui fit chaud au cœur. Elle avait oublié combien parler médecine avec lui était agréable…

— Bien vu ! Je mets mon équipe là-dessus.

— Parfait. C'est super d'avoir une équipe à sa disposition !

— Le reste du personnel est très bien aussi, mais mes internes sont spécialement entraînés par ma recherche sur Alzheimer.

— Ah ?

— Je viens de débuter un essai clinique. Thérapies médicamenteuse et électrique, avec surveillance par électroencéphalogramme.

— Tu as assez de participants ?

Il cilla, son expression se fit méfiante.

— Pourquoi ? Ça t'intéresse ?

— Non, simple curiosité. Ne t'inquiète pas, ça n'a jamais été mon sujet d'étude.

Il la regarda d'un air incrédule, puis parut soulagé.

— Oui, c'est complet. Il y a hélas suffisamment de gens qui souffrent des prémices de cette maladie…

Elle s'efforça de ne pas montrer sa déception, mais il fallait s'y attendre. Inutile, dans ce cas, de lui avouer le pourquoi de sa question.

— Donc, Alzheimer n'est pas ta spécialité, mais tu convoites le poste du Pr Brigham ?

C'était si abrupt qu'elle en fut déconcertée.

— Comment le sais-tu ?

— Je ne suis pas complètement bouché, Vivian. C'est la seule raison qui pouvait t'inciter à abandonner la clinique et la clientèle du Pr Mannheim.

— Je voulais élargir mes horizons.

— Le monde est grand, pourquoi ici ? Tu étais si impatiente de quitter la ville que tu t'es enfuie dans la nuit, sans même me dire au revoir !

Il était à l'évidence furieux, et peiné, ce qui se comprenait. C'était un fardeau qu'elle devrait porter…

Mais au début de leur relation, il avait prononcé des mots qui s'étaient gravés en elle.

« Ma vie a été une suite d'arrachements, j'ai envie de permanence, de me créer des racines. Ici, à Nashville. »

Ce qu'elle ne pouvait lui offrir.

— Reece… Je croyais qu'on devait se concentrer sur le présent ?

Il se leva, l'air à nouveau dur et glacial.

— Oui, tu as raison.

— Je suis navrée, docteur Castle, mais puisque nous devons travailler ensemble, je propose que nous arrondissions au maximum les angles.

— Bien d'accord ! Nous n'aurons pas à nous forcer longtemps, de toute façon !

Son ton sarcastique lui fit l'effet d'une gifle.

— Qu'entends-tu par là, exactement ?

— Que tu repartiras dès que le poste de chirurgien-chef te passera sous le nez.

— Et pourquoi ne l'aurais-je pas ?

— J'envie ton assurance, mais la compétition sera rude. Fortunes personnelles, relations, tous les trucs dont tu es dépourvue vont jouer…

Elle était atterrée. Il lui rappelait toutes ses anciennes appréhensions pour l'effrayer, pour la faire fuir. Mais elle était forte, à présent. Elle croisa les bras.

— J'aime les défis. Et à supposer qu'un autre soit choisi, qu'est-ce qui t'assure que je m'en irai ?

Il eut un rire grinçant.

— Je te connais, tu retourneras vers les honneurs !

— Tu te trompes. Si tu veux tout savoir, je suis ici pour monter un projet d'essai thérapeutique sur l'autisme qu'il m'est impossible de réaliser en Allemagne. Si l'on me fait travailler sur le mystérieux cas Trainer, c'est parce qu'on me considère comme l'une des meilleures diagnosticiennes d'Europe après Mannheim.

Il fit la moue.

— Dois-je conclure que la place de Brigham ne t'intéresse pas ?

— Bien sûr que si ! Tu peux me citer quelqu'un qui la refuserait si on la lui offrait ?

Moi, songea Reece. Mais à quoi bon avouer qu'il n'avait ni ambition ni plans pour l'avenir ? Qu'il préférait rester en première ligne, qu'il n'aimait ni les responsabilités, ni les postes en vue ? Il n'avait pas hérité de ses parents la passion pour les sunlights. Il était allé jusqu'à modifier son nom en « Castle » à dix-huit ans, pour que le milieu médical ne se doute pas qu'il était le fils de Ray Castille. Une star de la musique country, l'un des grands artistes qui passaient au « Grand Ole Opry », l'émission mythique que des milliers de fans se bousculaient pour écouter au studio d'enregistrement. Pendant que son père était applaudi, adulé, sa mère, un top model, menait la belle vie à Hollywood au milieu de la jet-set, sans se soucier ni de son mari ni de son enfant. Ce monde du clinquant faisait horreur à Reece. Voilà pourquoi il tenait à rester dans l'ombre.

— Bon, laissons tomber le sujet. Après tous, tes intentions ne me regardent pas. C'est juste que… j'ai été surpris.

Son bipeur sonna avant qu'elle ait pu répliquer : code bleu ! Pour Gary ! Il tourna les talons et se rua hors du bureau, Vivian à sa suite.

— Que se passe-t-il ?

— Code bleu ! cria-t-il par-dessus son épaule.

Dès leur arrivée, l'infirmière les mit au courant : crise d'épilepsie, qui semblait également affecter le cœur, cette fois. Les deux moniteurs s'affolaient.

Aussitôt, Vivian prit les choses en mains.

— Il ne respire plus ! Pourquoi manque-t-il d'oxygène ?

S'il le savait… Il tira le chariot près du lit sans répondre. Elle était manifestement toujours aussi sereine et efficace en situation d'urgence, et il se rendit compte que cela lui avait manqué.

— Electrocardiogramme plat ! Défibrillateur à dix !

Il appliqua les ventouses.

— Écartez-vous !

Tout le monde recula, et il envoya la décharge électrique.

Par chance, un choc suffit pour que le rythme cardiaque se

rétablisse, puis se stabilise peu à peu. La crise était passée. Il poussa un soupir de soulagement.

— Merci, Vivian.

Ils échangèrent un sourire, et il sentit son cœur bondir : c'était comme au bon vieux temps…

— Je suis là pour ça !

Mais jusqu'à quand ? Il éprouva un pincement au plexus et se détourna.

— C'est bon, je m'en occupe, à présent, dit-il.

Il souffrait encore de son abandon. Elle l'avait trahi, il ne pourrait plus jamais lui faire confiance.

— Tu es sûr ? Ça ne me dérange pas de rester.

— Oui. Finis de t'installer. Je te ferai prévenir dès que mon équipe aura terminé de préparer notre expérience.

Quand elle fut partie, il respira mieux. Mais tant que Gary serait à l'hôpital, il lui serait difficile d'éviter son ex…

3.

— Maman ? Tu es là ?

Vivian posa son sac dans l'entrée. Bizarre, la porte n'était pas fermée à clé… Désormais, sa mère vivait dans un quartier plus huppé, où Vivian lui avait acheté une maison confortable, mais ce n'était pas une raison pour tout laisser ouvert !

— Maman ? répéta-t-elle, nerveuse.

Malgré elle, l'horrible vision lui revint : sa mère sur le sol, baignant dans une mare de sang…

Elles n'en parlaient jamais, mais cette tentative de suicide l'avait choquée pour le restant de ses jours, et l'angoisse lui serrait la gorge.

— Maman ? C'est moi !

Enfin, sa mère, l'air ébahi, émergea de la cuisine, un torchon à la main, un plat dans l'autre. Vivian poussa un soupir de soulagement.

— Vivian ? Si je m'attendais à ta visite !

Elle sentit son cœur chavirer : le regard de sa mère était lointain, absent.

— Maman, je suis là depuis une semaine. Je suis revenue m'installer à la maison, tu te souviens ?

Elle vit une étincelle luire dans les yeux jusque-là hagards : le brouillard s'était dissipé. Sa mère hocha la tête et eut un petit rire gêné.

— Ah, c'est vrai ! Je me rappelle, maintenant. Alors, cette première journée dans cet hôpital que tu connais si bien ?

Un véritable cauchemar, mais à quoi bon l'inquiéter ?

— Excellente. Et toi, qu'as-tu fait ?

Sa mère poussa un soupir.

— Je… Je ne sais plus. Désolée de te laisser tomber.

Vivian lui caressa les cheveux pour l'apaiser.

— Maman, tu ne me laisses pas tomber. Tu viens d'avoir une absence. Ça t'arrive souvent ?

— Pas une seule fois depuis ton retour. Du moins, je crois.

Vivian soupira tandis que sa mère retournait à ses fourneaux. C'était le premier jour où elle n'était pas restée avec elle… Par chance, il n'y avait pas eu de drame, mais elle devait envisager d'engager quelqu'un à domicile pendant son temps de travail.

Quand sa mère revint, elles s'installèrent dans le salon douillet.

— Le Pr Brigham était content de te revoir ?

— Je suppose, oui.

— Comment ça, tu supposes ? Je suis certaine qu'il est ravi de récupérer l'une de ses meilleures élèves.

— Tu sais, il y en a qui ne sont jamais partis.

Elle regretta aussitôt ses mots. Sa mère ne portait pas Reece dans son cœur, et lui avait conseillé de l'oublier. Elle voulait tellement que sa fille réussisse !

« N'abandonne jamais tes rêves, Vivian. C'est peut-être un type bien, et que tu aimes, mais il faut que tu ailles en Allemagne, ou tu t'en mordras les doigts. »

— Oh ! poursuivit-elle, juste de vieux amis, des visages connus.

— Ah, tant mieux !

— Mais ça me change de la clinique privée du Pr Mannheim ! Je n'ai plus l'habitude de travailler à l'hôpital…

— Je ne m'inquiète pas pour toi, ça reviendra vite. Tu n'es pas heureuse d'être rentrée ?

— D'être à la maison avec toi, oui, maman.

Elle croisa le regard bleu chaleureux. Elle ne mentait pas, cette fois.

Son cœur se serra : sa mère était en train de la quitter. La maladie la dérobait à elle, morceau par morceau…

— Vivian, ça va ? Pas trop dur, aujourd'hui ?

Encore une absence… Légère, mais une absence.

— Non, tout s'est bien passé.

— Bon. Il faudra que tu me racontes ça en détail. Je vais finir de préparer le repas.

— D'accord.

Impossible de la laisser seule. Elle engagerait une infirmière, ou au moins une aide médicale. Et pour demain ? Il était trop tard. Elle demanderait à une amie de lui tenir compagnie pendant la journée.

Son portable annonçait un message : un interne de Reece l'informait que Gary Trainer était stable, en état de commencer les tests, et qu'elle pouvait donc mettre l'expérience en place tout de suite.

Bon sang ! Si elle en parlait à sa mère, celle-ci la pousserait à repartir. Mais comment s'absenter, la laisser livrée à elle-même ?

Même si elle ne passait pas la main de gaieté de cœur, Reece n'avait qu'à s'en charger. Elle chercha son numéro et, arguant d'un rendez-vous, envoya un texto laconique.

La réponse arriva aussitôt : il y allait.

Aucune question, bien qu'il soit sans doute contrarié. C'était bien son genre… Elle posa son téléphone et, soudain lasse, se laissa aller contre le dossier du canapé. Et glissa dans le sommeil.

Un cri à glacer le sang la fit sursauter. Elle bondit dans la cuisine où sa mère gisait sur le sol, tenant d'une main ensanglantée son poing fermé. Une vision atroce, comme si le passé se répétait…

Se raccrochant au présent, Vivian s'agenouilla près de la blessée qui tremblait, hébétée, les yeux écarquillés.

— Vivian ? Si je m'attendais à ta visite !

En sortant de la chambre de Gary, Reece décida de couper au plus court pour regagner le parking. Il traversa la salle des urgences, étonnamment déserte. Le texto de Vivian l'avait surpris. Ce n'était pas son genre de se défiler… Que lui arrivait-il ?

Bien entendu, cela ne le regardait plus… Il ne la connaissait plus. Mais finalement, que savait-il d'elle ? Par exemple, jamais il n'aurait imaginé qu'elle le laisserait tomber du jour au lendemain.

— Quelqu'un pourrait m'aider, s'il vous plaît ?

Cette voix… Il releva la tête, stupéfait : l'objet de ses pensées venait de se matérialiser. Oui, c'était bien Vivian, qui soutenait une femme aux bras ensanglantés. Sa mère ! Son sang se figea dans ses veines. Il ne l'avait vue que deux fois et, dès la première rencontre, elle ne lui avait pas caché qu'elle désapprouvait sa relation avec sa fille.

« Ne la retenez pas, Reece. Ne lui gâchez pas sa chance. »

Ni la seconde, d'ailleurs, le matin du fameux départ, où elle avait semblé heureuse que Vivian l'ait abandonné. Il chassa ces pénibles souvenirs et, espérant très fort ne pas être reconnu, se précipita vers elles.

— Reece ? Que fais-tu ici ? Maman a… eu un accident.

— Viens, emmenons-la dans la salle de trauma.

— Que s'est-il passé ? geignait la blessée, l'air égaré. Où suis-je ?

— À l'hôpital, maman. Tu t'es coupée en préparant le repas.

— Oh ! c'est vrai ? murmura-t-elle.

Il observa Vivian, qui lui lançait un regard peiné, et la lumière se fit dans son esprit. Il étudiait la maladie d'Alzheimer depuis longtemps, les symptômes ne trompaient pas. Voilà pourquoi elle était rentrée à Nashville ! Ainsi, elle n'était pas aussi égoïste qu'il le croyait…

— Je suis le Dr Castle, madame Maguire. Je vais vous soigner.

— Merci, docteur.

Aucun signe qu'elle l'avait reconnu. Avec douceur, il examina la blessure : elle était profonde, il faudrait faire des points de suture.

— Tu veux de l'aide ? demanda Vivian d'un ton suppliant.

Elle avait besoin d'agir. À sa place, il n'aurait pas pu rester inactif non plus.

— Essaie de la rassurer, pendant que je m'occupe d'elle. Je lui administre un sédatif, si tu es d'accord.

— Fais ce que tu juges le mieux.

Il prit les produits dans le tiroir fermé à clé, tandis que Vivian caressait les cheveux de sa mère en lui parlant gentiment. Son cœur se serra. Il n'avait jamais été proche de ses parents… et n'avait pas eu la chance de se réconcilier avec eux. Sa mère s'était tuée en voiture, et, deux ans plus tard, son père était mort sur scène, achevé par l'alcool et les drogues avant son temps.

Il était presque jaloux de Vivian, et en même temps attendri par sa vulnérabilité.

Mieux valait se concentrer sur sa tâche.

— Je vous donne quelque chose contre la douleur, madame Maguire.

Il procéda à l'injection et la blessée se détendit. Une fois qu'elle fut endormie, il examina de nouveau la plaie avec l'aide de Vivian.

— Comment est-ce arrivé ?

— Elle s'est coupé le poignet avec un couteau, je ne comprends pas pourquoi… Elle n'a pas de tendances violentes.

À l'anxiété qu'il percevait dans sa voix, elle lui cachait quelque chose. D'ailleurs, elle évitait de le regarder dans les yeux.

— Pourquoi ne pas m'expliquer en détail ?

— Mais quoi ? Je n'ai rien vu, j'étais au salon !

— Calme-toi. Tu n'as jamais su mentir. J'ai simplement l'impression que tu ne me racontes pas tout.

— Qu'est-ce qui te fait penser ça ?

— Cette ancienne cicatrice, ici, dit-il en pointant le poignet de sa mère.

Vivian soupira.

— C'était il y a longtemps. Désolée, je n'aime pas en parler.

— D'accord. C'est vrai que tu refuses d'évoquer le passé.

— Je ne suis pas la seule !

— Ne t'énerve pas, Vivian.

— Pardon… Ce n'était pas… Je ne sais plus ce que je dis.

Il perçut de la tristesse dans sa voix. Voire du désespoir, et c'était normal. Elle était démunie devant la maladie.

— Quand s'en est-on aperçu ?

— Il y a trois mois. Son généraliste m'a transmis l'IRM à Munich. Le temps de terminer le travail que j'avais en cours là-bas, et je suis revenue.

— Navré.

Il était sincère. Alzheimer était une affection terrible.

— Reece… J'apprécierais que tu n'en dises rien ici. Je me moque qu'on apprenne que ma mère s'est blessée, mais j'aimerais que tu taises que…

— Inutile de le préciser, je comprends.

— Merci.

— Ce qui explique ton intérêt pour mon essai clinique… Du coup, je suis rassuré.

Elle lui tendit les ciseaux.

— Tu pensais vraiment que j'essaierais de marcher sur tes plates-bandes ?

— Tu ne peux pas m'en vouloir d'être soupçonneux. Le monde est sans pitié, et je connais beaucoup de gens avides de ce genre d'aubaines.

— J'ai d'autres sujets d'étude, et je suis diagnosticienne avant tout.

— C'est pourquoi tu as été chargée d'élucider le cas du célèbre Gary Trainer ?

— Hmm. À vrai dire, jusqu'à aujourd'hui, j'ignorais son existence.

Ils échangèrent un vrai sourire, ce qui lui fit chaud au cœur. C'était si agréable de se comprendre à demi-mot… Il rangea le kit de suture et commença le pansement.

— C'est la situation de ta mère qui t'a retenue de venir préparer le test ?

— Aujourd'hui, je me suis absentée de la maison pour la première fois depuis mon retour. Et ce soir, j'ai constaté qu'elle ne pouvait pas rester seule. Je vais engager quelqu'un dès demain, mais…

— Je compatis, Vivian.

Lui aussi avait subi les conséquences de cette maladie, dans son enfance.

Ses parents dormaient le jour et vivaient la nuit, et il était forcé de suivre le rythme de leurs fêtes incessantes. Il ne menait pas une existence normale pour un enfant. Sauf l'été, où on l'envoyait chez son grand-père, dans les montagnes du Kentucky. Là, il était heureux, tranquille, trois repas par jour, promenades et baignades…

Hélas, à dix ans, il avait été brutalement privé de ces moments de sérénité lorsque son grand-père avait été atteint d'Alzheimer. Sans la moindre hésitation, Ray Castille avait vendu le chalet et placé son propre père dans un foyer près de Memphis, où celui-ci était mort au bout d'un an sans que Reece l'ait revu.

C'était ce qui l'avait décidé à consacrer sa vie à la recherche sur cette maladie.

— Voilà, ça devrait aller, mais essaie de savoir si elle a déjà tenté de se blesser volontairement par le passé. Si elle régresse, c'est peut-être un épisode de répétition.

Il la regarda d'un air grave.

— Tu comprends, je n'aimerais pas être obligé de la signaler comme suicidaire.

— Elle ne l'est pas quand elle est lucide, répondit Vivian, visiblement sur la défensive.

— C'est sûr, mais tu vois où je veux en venir, en tant que médecin.

— Tu n'es pas son médecin.

— Maintenant, si.

— Comment cela ? Que veux-tu dire ?

— Que je compte l'admettre comme participante à mon essai clinique.

Il n'aurait pas dû s'impliquer dans la vie de Vivian, mais il détestait la voir souffrir ainsi. De toute façon, Mme Maguire, diagnostiquée depuis seulement trois mois, était une candidate idéale. C'était cela l'important… Du moins devait-il s'en persuader.

Vivian ouvrit de grands yeux.

— Pardon ?

— Ce n'est pas ce que tu souhaitais ? Ce soir, elle va rester ici, je la prends en charge à partir de demain.

Lui qui voulait garder ses distances, il commençait mal…

4.

— Mais tu ne m'avais pas dit que c'était complet ?

Vivian n'en croyait pas ses oreilles. Reece en avait déjà tant fait pour elle… Elle ne méritait pas sa gentillesse et ne voulait aucun passe-droit.

Il haussa les épaules.

— On peut toujours rajouter un sujet intéressant, et je pense que c'est le cas.

— Reece, tu n'as pas à te mettre en quatre pour moi.

Il lui jeta un regard glacial.

— Je ne me mets pas en quatre. Ne te méprends surtout pas, mon intérêt est purement scientifique.

Aussitôt, elle eut honte d'avoir envisagé qu'il lui faisait une faveur. S'imaginait-elle compter encore pour lui, après la façon dont elle l'avait traité ?

— Pardon si je me suis montrée désagréable. La journée a été éprouvante.

Son expression se radoucit.

— Ce n'est pas grave, dit-il.

— D'accord. Et si tu m'expliquais comment cela va se passer ?

— Eh bien, d'abord, je la fais admettre en neurologie, et nous partirons de là.

Il se tourna vers l'ordinateur et se mit à remplir des formulaires.

— Et ensuite ?

— Comme tous mes patients, elle restera à l'hôpital après que j'aurai administré le traitement, jusqu'à ce qu'elle soit totalement remise de l'intervention. De cette façon, je garde un œil sur le protocole entier.

Comme frappé d'une idée, il fronça les sourcils.

— Zut, dit-il. Tu préfères que personne ne sache…

— Pas de problème, nous n'avons pas le même nom.

— Ah ? Elle ne s'appelle pas Maguire ?

— Non.

Inutile d'expliquer qu'elle-même avait choisi à dix-huit ans de porter le nom de jeune fille de sa mère, qui, elle, avait conservé le nom de son mari. Vivian ne voulait pas s'entendre rappeler sans cesse qu'elle était la fille de Hank Bowen, un chanteur de country raté, menteur, tricheur et ivrogne.

— Alors comment s'appelle-t-elle ? Il faut que je finisse de remplir son dossier.

— Bowen. Sandra Bowen.

— Tu es sa tutrice, à présent, je suppose ?

— Oui.

— Vivian ? gémit sa mère, qui se réveillait.

— Je suis là, maman.

Elle lui pressa légèrement la main.

— Où suis-je ?

— Au Cumberland Mills, répondit Reece d'une voix douce.

— Mais pourquoi…

Puis Sandra grimaça et regarda son poignet bandé.

— Qu'est-ce que j'ai fait ? Encore une absence ?

— Oui. Maman, le Dr Castle veut te garder en neurologie.

— Mais je n'ai pas tenté de me suicider ! Le couteau a glissé, c'est tout !

— Nous le savons, et ce n'est pas la question. Laisse le Dr Castle t'expliquer.

Reece lui sourit.

— Je procède à un traitement expérimental sur votre maladie, madame Bowen. Vous êtes une candidate idéale, et votre fille m'aidera.

Son sourire se fit enjôleur. N'importe quelle femme aurait succombé à son charme, et sa mère n'échappa pas à la règle.

— Oh ! ça a l'air très intéressant ! Que testez-vous ?

— Un traitement, qui avec de la chance pourra guérir la maladie.

Vivian prit la main de sa mère.

— Alors, qu'en penses-tu, maman ? Tu serais d'accord pour participer ?

— Bien sûr ! Comme ça, je pourrai te voir à l'œuvre.

Reece lui tapota le bras.

— Parfait. Je vais demander à quelqu'un de vous conduire dans votre chambre. Docteur Maguire, puis-je vous parler un instant ?

Vivian embrassa sa mère sur le front.

— Je reviens dans une minute, maman.

Elle sortit à la suite de Reece et referma la porte derrière elle.

— J'aimerais clarifier un détail, qui a son importance, dit-il.

Elle était anxieuse. Que se passait-il donc ? Avait-il changé d'avis ?

— Je t'écoute…

— Si j'ai dit à ta mère que tu m'aiderais, c'était simplement pour la rassurer. Mais puisque tu ne souhaites pas qu'on connaisse votre lien de famille, tu ne peux pas t'impliquer dans le traitement.

— J'ai bien compris !

— Je voudrais voir son IRM, celle que son généraliste t'a envoyée.

— Pas de problème. C'est tout ?

Il eut un haussement d'épaules désabusé.

— Hmm, je te tiendrai au courant quand j'en saurai plus.

— Bon. Merci encore.

Elle n'attendit pas de réponse. C'était très clair, sa mère était un sujet intéressant, point final. Il ne restait rien de leur relation passée, et cela lui convenait tout à fait. À présent, ils se borneraient à se tolérer au plan professionnel.

Reece regrettait d'avoir parlé sèchement, mais mieux valait que Vivian ne s'illusionne pas. Oui, il venait de renouer un lien en acceptant de faire participer sa mère à son essai clinique… Il n'était pas certain de ses motivations profondes, et refusait de les analyser, de peur de découvrir qu'il n'en avait pas fini avec elle.

Chaque fois qu'il la voyait, il se remémorait leurs baisers, leurs caresses, et sentait l'effluve de ses cheveux, le goût de ses lèvres…

Après elle, il n'avait plus eu de petite amie attitrée. Elle lui avait volé sa confiance, qu'il avait tant de mal à accorder, et l'avait réduite à néant. Par la suite il avait donc gardé ses distances avec toutes ses conquêtes, qui rompaient assez vite, au prétexte qu'il était ailleurs…

Et c'était vrai, puisque son cœur était en Allemagne.

Épuisé et amer, Reece referma la porte du bureau. Le passé n'existait plus, seul comptait le présent. Une voix le fit sursauter.

— Docteur Castle ?

C'était l'une de ses internes, qui se précipitait vers lui, hors d'haleine.

— Oui, docteur Brody ?

— Avez-vous vu le Dr Maguire ? On a besoin d'elle aux soins intensifs.

— Puis-je vous offrir mon aide ?

— Je l'ignore. Le Pr Brigham m'a chargée de lui ramener le Dr Maguire, il paraît qu'elle est ici, aux urgences…

— C'est exact. Je l'appelle. Dites au professeur que nous le rejoignons.

Le Dr Brody opina et repartit en courant. Reece eut un soupir de lassitude. Ce n'était pas encore ce soir qu'il dormirait…

Il entra sans frapper dans la salle de trauma.

— Docteur Maguire, le Pr Brigham vous demande aux soins intensifs. Il a spécifié qu'il fallait que ce soit vous. Je vais prier une infirmière de conduire votre maman dans sa chambre et de lui tenir compagnie.

Il vit Vivian jeter un coup d'œil inquiet à sa mère. Il y

avait tant de tendresse, tant d'amour, entre elles ! Ses parents n'avaient jamais fait attention à lui, sauf quand il avait osé préférer la médecine à la carrière musicale que son père avait prévue pour lui.

« Tu as été invité à chanter à l'Opry, c'est un tremplin pour ta carrière ! Tu ne peux pas refuser.

— Si, papa, bien sûr que je peux ! Je veux être chirurgien.

— Tu as un don, pas question que tu le gâches !

— C'est vrai que j'ai un don, mais pour la médecine. Je n'ai aucune envie de suivre tes traces et de vivre dans ton ombre. »

Il adorait la musique, mais sa véritable passion était la chirurgie. Les lumières de la scène n'étaient pas pour lui ; bien entendu, des résultats positifs de son essai clinique pourraient lui apporter la notoriété, mais c'était différent. Si on se souvenait de lui, ce serait grâce aux vies qu'il avait sauvées, pas à un succès qui lui aurait valu un disque de platine.

La voix de Vivian le ramena au présent.

— Ça ira, maman ?

— Mais oui, pas de problème ! Va, ma fille.

Dès que l'infirmière fut là, ils quittèrent la salle de trauma. Vivian semblait perplexe.

— Pourquoi moi en particulier ? Je ne suis pas de garde…

— Quelqu'un a dû te voir entrer.

Elle soupira.

— Je suppose que c'est parce que je suis la dernière arrivée.

— Probable.

Il ouvrit la porte de sortie des urgences, s'effaça pour la laisser passer et lui emboîta le pas.

— Quoi, tu m'accompagnes ? Tu ne rentrais pas chez toi ?

— Si, mais j'aimerais d'abord vérifier que ta mère est bien installée. Et j'imagine qu'il te faut un guide dans ce labyrinthe. Bien des choses ont changé, en sept ans…

Elle rit.

— Mon premier jour de travail ici, j'ai fini en pathologie, et je suis arrivée en retard pour mon service.

Il éclata de rire.

— Pareil pour moi ! Bon sang, Brigham était dans une colère noire !

— Tu veux dire Isaac ? dit-elle, de l'ironie plein la voix.

— Impossible de l'appeler par son prénom. Pour moi, il sera toujours Brigham le Fier-à-bras.

Elle pouffa.

— J'avais oublié ce surnom. C'est si loin…

Elle eut soudain l'air gêné, et resta silencieuse jusqu'à la porte des soins intensifs, où leur chef de service les attendait.

— Ah, vous voilà ! Nous avions un donneur d'organes, la mort cérébrale a été déclarée il y a six heures, mais une interne qui l'avait examiné soutenait mordicus que le blessé était en état de décérébration ; nous avons vérifié, et de nouveaux scanners ont révélé une grosseur anormale. Le problème, c'est que le patient ne se réveillera pas, c'est le respirateur qui le maintient en vie. Tout indiquait pourtant la mort encéphalique…

— C'est assez commun, dit Vivian.

— Bien sûr. Voici ma question, docteur Maguire : pouvons-nous extraire la tumeur, et, si oui, quelles chances a cet homme de s'en sortir ? Il a supporté la première intervention après son accident de voiture, mais survivra-t-il à une seconde ?

— Puis-je étudier les clichés ?

Leur patron leur fit signe de le suivre dans un bureau. Reece se rapprocha pour mieux voir : l'examen de routine aux urgences ne l'avait pas décelé, mais elle était bien là, cette tumeur à peine visible, et sur le tronc cérébral, l'endroit le plus critique. Si l'opération ratait, le cerveau serait fichu.

— C'est ce gliome qui empêche le patient de reprendre connaissance, dit Vivian. Très difficile à distinguer à ce stade précoce. Malgré tout, le médecin urgentiste n'aurait pas dû commettre cette erreur !

— Pouvez-vous essayer de l'enlever ?

— J'en ai extrait deux avec succès, mais pas sur des adultes, et pas aussi minuscules. Demandons à la famille de décider. Et renvoyez l'équipe de transplantation, qui n'aurait jamais dû être appelée. Nous devons tout tenter.

— Merci, docteur Maguire, je suis tellement soulagé de vous avoir ici !

Sur ces mots, le Pr Brigham quitta le bureau.

— Tu es vraiment sûre de toi ?

Reece s'approcha de Vivian pour regarder les clichés de plus près, et recula aussitôt : son parfum, la chaleur de son corps... Il ne pouvait pas se laisser séduire. Il avait oublié un instant de se méfier.

— C'est sa seule chance. Cette tumeur le tuera tôt ou tard, et sans qu'il ait repris conscience, parce qu'elle l'en empêche. C'est assez paradoxal, mais le grave accident qui l'a amené aux urgences lui a sans doute sauvé la vie. Veux-tu opérer avec moi ?

La question le prit au dépourvu. Il aurait dû décliner la proposition, et rentrer se reposer après avoir installé Mme Bowen... mais comment refuser de participer à une intervention aussi rare et délicate ?

— D'accord.

Elle sourit.

— Super ! J'ai besoin d'un chirurgien de confiance.

— C'est de moi que tu parles ?

— Tu es un as, si mes souvenirs sont bons. Tu es ultra-compétent, et comme je ne connais pas les autres...

— Bien, je passe voir ta mère, et on se retrouve au bloc.

— À tout de suite !

En remontant le couloir, le doute le reprit. Lui qui voulait tenir Vivian à distance, il allait rester des heures en salle d'op avec elle... Mais laisser passer une telle occasion serait de la folie. Et s'agissant de sa carrière, il avait la tête sur les épaules.

Vivian essuya ses mains moites. Elle n'avait plus ressenti ce stress depuis la première opération qu'on lui avait confiée en tant que chirurgien, et qui était censée être un test. Coïncidence étrange, ce jour-là Reece l'assistait déjà. Le Pr Brigham, qui la savait timide, avait tenté de l'impressionner pour la faire craquer. Elle avait encore dans l'oreille les mots exacts que Reece lui avait murmurés.

« Montre-lui de quoi tu es capable. Tu es plus forte qu'il ne pense, je te fais confiance. »

Aujourd'hui, le Pr Brigham était sans doute contrarié qu'elle ne l'ait pas invité à opérer avec elle, mais elle n'aurait pas aimé avoir son ancien professeur sur le dos. Le Pr Mannheim lui avait toujours laissé une grande liberté.

Elle se secoua, et se passa une main dans les cheveux. Cette opération directe sur le tronc cérébral exigeait une intense concentration. Un seul faux mouvement, la plus légère imprécision, et le patient mourrait. Mais c'était son unique chance…

Vivian prit une profonde inspiration. Ce serait sa première intervention depuis son retour à Cumberland Mills, devant des chirurgiens qui étaient ses concurrents pour le poste de chef de service. Sans doute assisteraient-ils à la procédure depuis la galerie d'observation.

La pression était forte. Ce n'était pas pour rien qu'elle avait choisi Reece, il avait le pouvoir de la calmer, de l'aider à rester concentrée au maximum.

Il entra dans la salle de lavage en tenue de bloc bleu-vert, avec le même calot que sept ans plus tôt : un tissu imprimé d'une forêt à l'automne.

L'esprit de Vivian s'évada un instant… Durant son enfance, sa mère et elle allaient, quand elles le pouvaient, se promener dans les Smoky Mountains, vers Knoxville, à l'est, ou Chattanooga, au sud. Et comme elle avait avoué à Reece sa nostalgie de la montagne, il l'avait emmenée une fois au nord du Kentucky, au fond des bois ; ils avaient passé la nuit dans un chalet au bord d'un lac, et fait l'amour, merveilleusement…

« Toi et moi, nous sommes pareils, lui avait-il murmuré dans le cou en la déposant sur le lit.

— Euh… pas tout à fait ! Et j'en suis plutôt heureuse, en ce moment !

Il avait ri en caressant son épaule nue.

— Moi aussi, j'apprécie ces différences-là, mais, ce que

je voulais dire, c'était que nous avons grandi de la même façon, tout seuls.

Submergée par l'émotion, elle avait retenu à grand-peine ses larmes.

— Nous ne sommes plus seuls, maintenant, Reece.

— Je sais.

Et il l'avait embrassée avec passion. »

À cette évocation, son cœur se serra : dans la mesure où elle n'était pas sûre de souhaiter s'engager, elle ne pouvait pas se permettre de retomber sous le charme de Reece. C'était risquer de l'exposer à une nouvelle souffrance… Désormais, elle était de nouveau seule, mais par choix, et c'était très bien ainsi.

— Alors, comment as-tu trouvé maman ?

— Détendue. Mon équipe va s'occuper d'elle, tu n'as pas à t'inquiéter.

— J'avoue que je suis un peu soucieuse.

— Ah, au fait, tout le monde ignore que c'est ta mère, puisque tel était ton souhait…

— Qu'est-ce que tu sous-entends ?

— Oh ! Rien du tout ! répondit-il en détournant les yeux.

Bien sûr, il réprouvait son attitude…

Elle se passa du désinfectant sur les mains et les bras, et se frictionna avec énergie.

— Je n'aime pas qu'on fourre son nez dans mes affaires privées. Je me fiche qu'on le découvre après, mais je refuse de l'annoncer officiellement dès le départ. De plus, ça risquerait de perturber ton essai clinique.

Il croisa enfin son regard, et ses yeux s'adoucirent.

— Navré, Vivian. C'était juste que je pensais… Oh ! oublie, accepte mes excuses.

— Qu'est-ce que tu pensais ?

— Peu importe.

— Vas-y, parle, maintenant que tu as commencé !

— Voilà : en général, lorsqu'un membre de la famille d'un chirurgien est hospitalisé, celui-ci a l'impression d'être en position de faiblesse, il redoute que les autres le sentent affecté par la maladie d'un proche.

— Je comprends.

— J'ai pensé que tu craignais d'exposer une faille dans ta cuirasse. Ce qui serait compréhensible, car personne ici ne t'a encore vue à l'œuvre. Il y a pas mal de requins qui lorgnent le poste de Brigham, et qui ne laisseront rien passer… D'ailleurs, je parie que la plupart sont déjà installés dans la galerie pour te regarder extraire ce gliome.

Elle ricana, tout en se séchant les mains avec soin.

— Ne t'en fais pas, j'ai l'habitude de la fosse aux requins ! Mes sept ans en Allemagne m'ont appris à les affronter.

Une ride soudaine barra le front de Reece, et elle eut le sentiment que son sourire était moins sincère.

— Tant mieux pour toi.

Il la précéda dans la salle d'opération, la laissant perplexe : une minute plus tôt, leur ancienne complicité semblait retrouvée, et d'un coup il était redevenu un étranger…

Ce qu'il était sans doute, de toute façon. Cependant, impossible d'y réfléchir maintenant : elle devait d'abord sauver la vie de l'homme allongé sur la table d'opération. En espérant que ce qui contrariait Reece ne le trouble pas durant la procédure, parce qu'elle voulait pouvoir compter sur lui à cent pour cent.

Elle prit une profonde inspiration et pénétra dans la salle, où une infirmière de bloc l'aida à enfiler sa blouse et ses gants.

— Savez-vous qui est l'interne qui a découvert l'erreur ? lui demanda-t-elle.

— Le Dr Berlin. Elle est dans la galerie d'observation, docteur Maguire.

Elle leva la tête vers l'aquarium aux squales : le Pr Brigham et tous les neurochirurgiens s'y trouvaient, mêlés aux internes et aux étudiants qui étaient, eux, avides d'apprendre. C'était une intervention si rare !

Elle se remémora la première du genre à laquelle elle avait assisté, et l'enthousiasme qu'elle en avait retiré. Cela avait été un moment décisif, qui l'avait décidée à se consacrer à la chirurgie du cerveau. Reece avait été là lui aussi, bien entendu, et aussi emballé qu'elle.

Elle s'avança vers la vitre, et le Pr Brigham appuya sur le bouton de l'Intercom.

— Puis-je vous aider, docteur Maguire ?

La plupart des chirurgiens se penchèrent en avant, anxieux, espérant qu'elle prie l'un d'entre eux de venir la rejoindre.

— Pouvez-vous m'envoyer le Dr Berlin ? Elle assistera le Dr Castle.

— Vous êtes certaine de votre choix ? J'ai déjà pratiqué cette intervention, et je le ferais volontiers, si vous me le demandiez.

— Je n'en doute pas, professeur, et j'apprécie votre offre, mais c'est le Dr Berlin qui a remis en question le diagnostic. Rendons-lui justice, c'est grâce à elle que nous sommes là aujourd'hui.

— Bon, d'accord.

Tandis que le Pr Brigham descendait au premier rang, elle sentit les regards braqués sur elle tels des poignards. Mais elle n'en avait cure.

En tant qu'assistante du Dr Mannheim, elle en avait fait l'expérience durant deux ans.

À vrai dire, elle n'avait nul besoin du Dr Berlin dans sa salle d'opération, mais elle tenait à récompenser sa perspicacité et son courage. Et au cas où elle obtiendrait le poste de chef du service, elle s'attirait ainsi à l'avance la faveur des étudiants et des internes.

Pas question d'être trop proche d'eux, sinon ils n'apprendraient rien, mais elle voulait leur montrer qu'elle était un professeur équitable, qui leur donnerait leur chance.

C'était la clé pour devenir un bon chirurgien-chef.

Elle regarda Reece s'asseoir près de la tête du patient, le rasoir à la main. Il lui jeta un regard interrogateur.

— Juste au-dessus de la base du crâne. Inutile de tout raser.

Il se mit à la tâche pendant qu'elle inventoriait les instruments sur le plateau en se concentrant sur chacun, l'un après l'autre, et sur le rôle qu'il allait jouer dans l'intervention. Cela l'aidait à anticiper.

Fermant les paupières, elle se remémora sa dernière opération semblable, quoiqu'un peu plus aisée, parce que le gliome était plus visible. Cette fois, il ne serait pas plus grand qu'un cheveu. Infime, insignifiant pour l'œil humain, et néanmoins fatal. Le moindre geste malheureux pouvait provoquer une catastrophe.

Le cerveau était une merveille d'intrication sur lequel elle avait encore beaucoup à apprendre. Surtout concernant l'autisme, qui faisait percevoir le monde d'une autre manière, et Alzheimer, qui effaçait les souvenirs et les processus mémoriaux jusqu'à prendre finalement la vie.

Son cœur se serra. Sa mère ne méritait pas cette terrible maladie, ce n'était pas juste. Si elle-même était rentrée plus tôt, peut-être… En fin de compte, tout ce qu'elle aimait lui était ôté, et par sa faute.

Elle observa Reece, imaginant ce qu'elle aurait pu vivre avec lui… Non, elle avait eu raison de partir. L'amour n'était pas l'essentiel.

En était-elle certaine ?

Une grosse boule se forma dans sa gorge à l'idée du vide de sa vie affective, et elle se secoua. Impossible d'y réfléchir maintenant. Elle était un chirurgien sur le point d'opérer. Un excellent chirurgien.

— Docteur Maguire, je ne vous remercierai jamais assez !

C'était le Dr Berlin, qu'on revêtait d'une blouse.

— C'est bien normal que je veuille vous féliciter. Vous avez sans doute sauvé la vie de ce patient, répondit Vivian.

S'il survivait à l'opération… Mais oui, il survivrait ! L'œil scrutateur des requins de l'aquarium la stimulerait.

Elle réussirait, une fois de plus.

— Merci quand même, docteur.

L'interne rougit, et Vivian se revit elle-même plus jeune, timide, réservée, craintive.

— Trêve de remerciements, placez-vous près du Dr Castle et étudiez le scope. Familiarisez-vous avec ce gliome.

Reece achevait d'inonder de Bétadine la peau dénudée du patient, tandis que l'infirmière de bloc préparait le champ opératoire. Vivian prit une profonde inspiration.

— Scalpel.

Elle procéda à l'incision pendant que Reece expliquait en détail ses gestes au Dr Berlin. Sans qu'elle ait eu besoin de l'en prier, ce qui était agréable.

Pourquoi n'était-il pas intéressé par le poste du Pr Brigham ? Il avait tout pour être chef de service, les connaissances et l'habileté. Il était brillant.

Parce qu'il voulait se concentrer sur son essai clinique, vraiment ? Mais le Pr Brigham avait lui aussi ses propres recherches. Il n'était pas question de choisir entre les deux…

De toute façon, cela ne la regardait pas, et ce n'était pas le moment de se laisser distraire.

Une vie était entre ses mains.

5.

Vivian se pencha sur l'évier, roulant les épaules en arrière pour atténuer les courbatures. Le patient avait été transféré aux soins intensifs. Le cerveau avait enflé, elle devait donc attendre qu'il ait repris ses proportions normales pour terminer son travail, mais, sauf anicroche, l'homme se réveillerait.

Dans quelques heures, elle serait fixée.

Pour l'instant, elle avait l'intention de prendre des nouvelles de sa mère et d'aller se reposer en chambre de garde.

— Bravo, Vivian !

Reece se tenait sur le seuil de la salle de lavage. Il revenait d'accompagner l'opéré, alors qu'elle était restée dicter le rapport de l'intervention pendant que tout était encore frais dans son esprit. Ce compliment la fit frémir.

— Merci. J'étais contente de t'avoir avec moi. C'était comme au bon vieux temps.

Il haussa les épaules.

— Hmm, je suppose…

— Quelle heure est-il ?

— Environ 4 heures du matin.

Elle eut soudain l'impression de flancher, l'épuisement la terrassa d'un coup.

— Il faut que je trouve un lit, dit-elle.

— Pourquoi ne rentres-tu pas dormir chez ta mère ?

— À quoi bon ? Mon service commence dans trois heures.

Il éclata de rire.

— Et le mien dans deux.

— Désolée, c'est moi qui t'ai retenu. Tu sortais quand nous sommes arrivées aux urgences, nous t'avons gâché ta nuit.

Il sourit et lui fit un clin d'œil.

— Pas de problème, j'ai été heureux de rester. Je n'ai pas vu beaucoup d'ablations de gliome dans cet hôpital.

— C'est assez rare chez l'adulte. D'après la famille, le patient ne présentait aucun symptôme ; sans cet accident de voiture, on l'aurait sans doute découvert trop tard.

— C'est sûr.

Il s'appuya au chambranle.

— La dernière fois, en fait, c'était le jour de notre premier rendez-vous.

Elle s'en souvenait si bien… Elle avait enfin eu l'audace d'exprimer son avis à voix haute, comme le Dr Berlin aujourd'hui. Et pris suffisamment confiance en elle pour approcher ce qu'elle désirait le plus au monde à l'époque, c'est-à-dire Reece…

Elle éprouva une soudaine envie de l'embrasser, et s'éclaircit la gorge.

— Une tous les sept ans, donc ?

— À peu près, oui.

Il se passa la main sur le visage.

— Je suis passé voir ta mère. Elle dort, rien de particulier à signaler. Nous commencerons le protocole dans la matinée. J'ai demandé une nouvelle IRM à 10 heures, mais j'ai tout de même besoin de l'ancienne.

— Accompagne-moi jusqu'à mon bureau, je te l'envoie tout de suite par e-mail.

— Pourquoi dois-je t'accompagner, si tu me l'envoies par e-mail ?

— Parce que je suis exténuée, et que je ne sais plus par où descendre de ce bloc. Je détesterais me retrouver en pathologie !

Ils éclatèrent de rire.

— Allons, viens, limaçon !

— Oh ! Tu te souviens encore, après tout ce temps ?

Il eut un large sourire.

— Quand tu manques de sommeil, tu n'as plus de colonne vertébrale. Ça n'a pas changé.

Mieux valait détourner la conversation. Elle réprima un bâillement.

— Au fait, as-tu rendu visite à Gary Trainer après le début des tests ?

— Hmm, j'y ai fait un saut en revenant des soins intensifs, rien à signaler non plus chez lui.

Elle jura entre ses dents.

— Si rien ne se produit dans les vingt-quatre heures et que son cœur fonctionne normalement, nous serons forcés de le laisser partir.

— Il n'attend que ça, et son impresario aussi. Il passe à l'Opry vendredi soir.

— Je vais le voir, il doit se demander pourquoi il ne m'a pas revue depuis mon arrivée…

— Repose-toi d'abord, ce n'est pas si urgent.

— Je croyais que c'était un VIP ?

— Oui, mais je lui ai expliqué que tu opérais depuis 22 heures. C'est un type sympa, il a compris.

Elle s'arrêta devant son bureau.

— Tant mieux. Viens, je t'envoie cette IRM.

Elle alluma son ordinateur pour transférer le dossier, et prit soudain conscience que Reece était penché sur elle. Si près… Elle inhala son effluve viril, et son pouls s'accéléra. Elle le désirait toujours autant. S'il ne s'éloignait pas tout de suite, elle allait lui sauter dessus…

Le soir de la fameuse extraction du gliome à laquelle ils avaient assisté, il était parti dormir dans une chambre de garde. Au moment où il s'apprêtait à se coucher, elle était entrée et avait refermé à clé derrière elle.

« Que fais-tu ? lui avait-il demandé, l'air surpris.

— Quelque chose dont j'ai envie depuis longtemps. »

Elle lui avait passé les bras autour du cou et avait pressé ses lèvres sur les siennes, pour lui faire sentir l'intensité de son désir. Elle avait voulu qu'il soit le premier.

« Vivian, avait-il murmuré, qu'es-tu en train de me faire ?

— Je t'embrasse.

— Je vois. »

Il lui avait pris le visage dans les mains, l'avait attirée pour un second baiser qui lui avait donné le vertige. Puis, comme dans une scène de film, il l'avait soulevée dans ses bras et déposée sur le petit lit, où ils avaient fait l'amour avec frénésie.

Elle avait ôté sa tenue, pour être nue, pour s'offrir tout entière. Ses lèvres lui avaient brûlé la peau, puis il l'avait pénétrée avec douceur… Elle avait épousé son rythme, et hurlé de plaisir.

— Peux-tu m'imprimer ce résultat ?

Elle s'agita sur sa chaise, haletante, le ventre en feu.

— Mais je viens de te l'envoyer !

Il fronça les sourcils.

— Je t'en prie, j'en ai besoin tout de suite.

Elle obtempéra, et il se pencha davantage pour observer le cliché. Elle sentit son sang bouillir et couler plus vite dans ses veines. Elle devait chasser ce souvenir qui ne faisait qu'empirer les choses. Ses mains sur elle, ses baisers…

Maintenant qu'elle lui avait brisé le cœur, elle ne pouvait plus rien exiger de lui.

C'était ce que lui dictait sa raison, mais, à l'évidence, son corps s'en moquait. Elle avait autant envie de lui que cette première fois, et que toutes les suivantes…

— Oui, c'est la candidate idéale, exactement au stade que je recherche.

Bizarrement, il se recula d'un coup, comme si elle l'avait mordu.

— Merci, dit-il.

— De rien, c'est à moi de te remercier d'avoir accepté maman.

— Hmm. Bon, je vais tenter de me procurer du café, je commence bientôt ma visite. Repose-toi.

— D'accord. Quand j'aurai dormi un peu, nous verrons Gary, et, s'il n'y a rien de nouveau, nous le laisserons sortir, probablement.

— À tout à l'heure.

Dès qu'il fut parti, elle s'affala dans le canapé. Depuis le jour de son arrivée, son corps n'avait pas réagi ainsi au sien, mais se trouver si proche de lui… elle avait l'impression de ne jamais l'avoir quitté ; tout était pareil.

Pour elle, du moins, car il était clair qu'elle lui était devenue indifférente, et elle l'avait bien cherché.

Reece arpentait la salle de neurologie en songeant à Vivian, qui occupait son esprit à chaque minute, bien que, la veille, il ne l'ait pas vue de la journée.

Il aimait son service le matin, lorsque tout était tranquille, même après deux nuits blanches d'affilée, ce qui ne lui était plus arrivé depuis son internat. À cette époque-là, l'exigence envers les étudiants et les internes était terrible, et ils étaient toujours les derniers à pouvoir dormir. Vivian et lui passaient les moments de calme à bavarder dans les couloirs en buvant du café.

Elle avait été sa première véritable amie. Quand il était enfant, ses parents ne fréquentaient que des hypocrites, et Vivian lui était apparue comme le premier être sincère qu'il rencontrait.

Ensuite, ils étaient devenus amants. Pendant les six mois où ils avaient vécu ensemble, il lui avait confié ses projets, supposant qu'elle les partageait à cause du point commun qui les rapprochait, leur enfance difficile à tous les deux. Maintenant qu'il l'avait vue avec sa mère, il s'interrogeait. Avait-elle déformé la vérité ? Il ne l'avait jamais réellement connue, en fin de compte. Peut-être n'étaient-ils pas si semblables…

Il fallait qu'il évite à tout prix de s'attacher à nouveau. Il soupira. Pas si facile… En salle d'opération, il avait vraiment apprécié de travailler avec elle. Ils formaient toujours un excellent tandem.

Toutefois, n'était-ce pas un peu tard pour reprendre ses distances ? Il avait déjà cessé de se méfier, et leur relation était redevenue amicale. Mais quand il s'était penché au-dessus de son épaule pour regarder le cliché, il avait franchi un pas de plus. Il avait reconnu son odeur, ses cheveux sentaient le shampoing à la noix de coco, comme avant.

Il se remémora leur première nuit ensemble, et la douche du lendemain matin… Il se revit en train de caresser son corps. À l'époque, elle lui faisait assez confiance pour se donner à lui. Il avait été le premier…

« Je t'aime, Vivian », avait-il murmuré, submergé par l'intensité de ce qu'il venait de vivre.

Elle avait répondu par un baiser.

Pour lui, cela signifiait qu'elle l'aimait aussi. Il s'était bien trompé ! Quel imbécile, de lui avoir offert son cœur…

Inutile de s'appesantir sur cette pensée. Il avait tourné la page une bonne fois pour toutes.

Dans le fond, il savait qu'il se mentait. Il ne l'avait pas oubliée, il avait simplement appris à exister sans elle.

Pourquoi diable était-elle revenue ?

Il s'arrêta devant son bureau, dont la porte était ouverte. Tout était plongé dans le noir. Elle avait dû être encore sur la brèche une partie de la nuit. Il ferait mieux de passer son chemin.

Pourtant, il ne put s'empêcher d'entrer. Allongée sur le canapé, elle dormait profondément, et respirait bruyamment. Comme d'habitude…

Il rit tout seul. Toutes ces nuits ensemble ! Il se souvint de leur escapade dans un chalet au milieu des bois. Il l'avait loué pour l'occasion, parce qu'elle lui avait dit aimer la montagne, et qu'il avait la nostalgie des étés chez son grand-père.

En l'entendant gémir dans son sommeil, il sourit. Les canapés installés dans les bureaux étaient très inconfortables, mais, après quarante-huit heures de station debout, cela semblait tout de même un grand luxe.

— Docteur Castle, l'agent de Gary Trainer au téléphone ! cria l'infirmière depuis le comptoir. Il voudrait parler au Dr Maguire aussi, mais elle ne répond pas.

Il repassa dans le couloir.

— Bien, je la réveille. Nous prendrons l'appel dans son bureau.

Il frappa un léger coup à la porte.

— Vivian ? Les tests de Gary Trainer sont terminés.

Elle ouvrit les yeux. Reece saisit le combiné et mit le haut-parleur.

— Ici le Dr Reece et le Dr Maguire. Nous vous écoutons.

— Bonjour, docteur, ici Buzz. Nous nous connaissons, je crois, mais je n'ai jamais rencontré le Dr Maguire.

— Non, en effet, répondit Vivian en réprimant un bâillement. Que pouvons-nous faire pour vous ?

— J'ai eu Gary dimanche soir au bout du fil. S'est-il passé quelque chose depuis ?

— Eh bien, il a eu une crise cardiaque, il a fallu le réanimer. Pour comprendre, nous avons procédé à une expérience et à une batterie de tests, mais sans résultat.

— Je sais qu'il est impatient de reprendre ses activités, mais si vous devez le garder encore, je peux reprogrammer le concert la semaine prochaine.

— Le problème, c'est que le cardiologue estime que tout va bien, à présent.

— Et vous ?

— Je vous le répète, les tests n'ont rien révélé, et les scanners sont normaux. Nous n'avons plus de raison de le retenir, et il insiste pour ne pas rater son tour de chant vendredi soir.

— Dans ce cas, vers quelle heure sortira-t-il ?

— Après un dernier test, vers 16 heures, répondit Vivian.

— D'accord, j'envoie une voiture le chercher. Merci.

Reece raccrocha et regarda Vivian.

— Un dernier test ? Quand pensais-tu me mettre au courant ?

— En me réveillant, dit-elle en attachant ses cheveux auburn en queue-de-cheval.

Elle s'étira en gémissant.

— Bon sang, j'ai l'impression de ne pas avoir dormi !

Instinctivement, il commença à lui masser le dos.

— Ces canapés sont atroces. Tu aurais dû aller dans une chambre de garde.

— C'était mon intention, mais, une fois assise, je n'ai pas eu le courage de me relever.

Elle s'écarta de lui.

— Merci, ça va mieux.

— Alors, ce test ?

— C'est sur scène que la première crise s'est produite, et, quand il m'a serré la main lundi, il tremblait. Il y a réellement quelque chose qui cloche, je veux tout vérifier avant de l'autoriser à retourner chanter.

— Mais nous l'avons placé plusieurs heures dans l'ambiance d'un concert, et rien ne s'est passé. Ni les lumières stroboscopiques ni la musique forte ne sont en cause.

— Nous avons omis son public de fans.

Impossible de la contredire. Comment avait-il pu oublier ? Aux spectacles de son père, les hurlements de ses admirateurs étaient assourdissants…

Ceci dit, le nouveau studio de l'émission, la Grand Ole Opry House, était une salle bien plus petite que le stade où Gary s'était écroulé.

— S'il n'y a pas de réaction, je le laisse sortir immédiatement après.

Il haussa les épaules.

— Bon, s'il est d'accord… Mais tout à l'heure, il faisait déjà des bonds dans son lit. Pourquoi penses-tu que son impresario nous téléphone à cette heure matinale ? Gary a dû l'appeler pour demander qu'on vienne le chercher.

— Ce n'est pas la première fois qu'il chante à l'Opry, si ?

— Non, mais jusqu'ici il n'avait pas eu de problème.

Elle se mordit la lèvre.

— Cela fait aussi quelques années qu'il se produit régulièrement dans des stades…

— Je croyais que tu n'avais jamais entendu parler de lui ?

— J'ai étudié sa biographie sur Internet, hier. Il ira loin, visiblement. On en parle comme du nouveau Ray Castille.

Reece eut un violent pincement au plexus.

— Qu'essaies-tu de démontrer ?

— Que puisqu'il a l'habitude de monter sur scène dans des espaces immenses, c'est en lui que quelque chose a changé. Qu'est-ce qui a déclenché la crise l'autre soir ?

— C'est toute la question.

Vivian n'avait aucune envie de libérer Gary avant d'en savoir davantage. Un patient que le Pr Brigham traitait en VIP…

Quand ils entrèrent dans sa chambre, Gary était déjà debout et habillé, et elle fut contrariée qu'il refuse tout net le test supplémentaire.

— Comprenez, docteur Maguire, j'apprécie que vous m'ayez sauvé la vie, mais je me sens en pleine forme. C'était peut-être le stress… Je sors un album à la fin de la semaine prochaine, et je m'efforce d'en faire un succès. L'industrie de la musique a changé depuis l'époque de Johnny Cash et Hank Williams ! J'ai pas mal de promotion à faire.

Elle fronça les sourcils.

— Si vous accusez le stress, attention, ménagez-vous !

Le chanteur eut un sourire ironique.

— Me ménager ! Je vous ai dit que mon dernier CD sortait bientôt. Vous savez ce que ça signifie ?

— Gary, ce qui nous inquiète, c'est que nous ignorons toujours ce qui provoque vos crises. Pourquoi refuser d'explorer un peu plus loin ?

Il secoua la tête.

— Merci, docteur, mais vous m'avez laissé vingt-quatre heures branché à ces machines, j'ai pris des lumières plein les yeux et du bruit plein les oreilles, et rien ne s'est produit. Rien. Je vous assure, je me sens complètement requinqué. Il faut que je retourne travailler.

Elle regarda Reece qui fronçait les sourcils, visiblement aussi réticent qu'elle à le libérer. Il se passait quelque chose d'anormal, elle en avait la certitude, mais ce quelque chose lui échappait, pour l'instant. Comment faire ? Il était impossible de garder un patient contre son gré.

— Bon, c'est vous qui voyez, Gary. Mais au cas où il vous arriverait quoi que ce soit, promettez-moi de revenir le plus vite possible, pour que nous puissions vous examiner.

— Promis, docteur Maguire ! Oh ! j'ai une idée. Pourquoi ne viendriez-vous pas m'écouter à l'Opry House, tous les deux ? De cette façon, vous ne seriez pas loin, si jamais il y avait un problème.

— Pas question, répondit Reece. Comment pourrions-nous vous soigner en plein concert, devant près de cinq mille personnes ?

Reece s'était raidi, et son ton était coupant. Bizarre…

Elle haussa les épaules.

— Eh bien, moi, je suis partante, je n'ai jamais assisté à l'émission.

— Comment ? En étant née à Nashville !

— Je suis restée longtemps à l'étranger, et… quand j'étais plus jeune, je n'avais pas vraiment les moyens de me payer un billet d'entrée.

— Je comprends. En tout cas, merci, vous me faites plaisir !

Tandis que le chanteur terminait de remplir sa valise, elle chercha le regard de Reece. Les yeux dans le vague, il paraissait sombre, bouleversé même.

Gary leva la tête et l'observa lui aussi.

— Docteur Castle ? On dirait que vous avez vu un fantôme !

Reece se passa la main sur le visage.

— Je suis crevé, c'est tout. Je n'ai pas dormi depuis des jours.

— Eh bien, faites une sieste, mais j'insiste, venez avec le Dr Maguire, vendredi soir.

— Allons, Reece, ça nous distraira ! dit-elle.

— J'y réfléchirai. Si vous me permettez…

Il sortit en hâte.

Elle le suivit des yeux, perplexe. Puis très vite, la solution de l'énigme lui apparut : il ne voulait pas se montrer en sa compagnie, et encore moins arriver avec elle parce qu'on les avait invités en même temps. Mais ce n'était pas une raison pour se priver du spectacle…

— À vendredi soir, Gary. N'en faites pas trop.

— D'accord, docteur.

En retournant à son bureau, elle passa devant la chambre de garde dont la porte était entrebâillée. Reece, assis sur le lit, semblait toujours aussi abattu.

L'énervement la gagna. C'était vraiment puéril de renoncer à une bonne soirée sous prétexte qu'elle y serait. Rien ne les forçait à faire le trajet ensemble, ni à entrer au même moment. Elle admettrait même qu'il feigne de ne pas la connaître.

Elle entra sans frapper.

— Reece, pourquoi t'obstines-tu à refuser d'aller à ce concert ?

— J'essaie de me reposer, fit-il en marmonnant.

— Tu n'as pas répondu.

Il poussa un soupir excédé.

— Ça ne te regarde pas.

— Tu ne veux pas t'afficher avec moi, c'est ça ?

— Exact. Je n'ai pas envie que tu te fasses des illusions.

— On n'est pas obligés d'y aller ensemble, ni de se parler, si ça t'arrange.

— Tu as fini ?

— Oui, je pense.

Il s'allongea sur le lit et se couvrit les yeux de son bras, comme si elle était déjà partie.

— Parfait. Referme la porte en sortant, je te prie.

Ces mots lui firent l'effet d'une gifle, mais que pouvait-elle espérer d'autre ? Elle s'exécuta, s'efforçant d'ignorer la migraine qui menaçait à cause du manque de sommeil, du stress et de la frustration.

Quant à Reece Castle, elle ne pouvait plus compter sur lui pour rien. Elle ne s'accorderait même pas le bénéfice du doute. Il n'éprouvait plus rien pour elle, c'était sûr et certain.

6.

— Tout va bien, madame Bowen. Vous passez une IRM, vous vous souvenez ?

— Oh ! oui, je vous demande pardon.

— Détendez-vous.

Reece se rencogna dans sa chaise et le technicien remit la machine en marche. C'était la deuxième fois que Mme Bowen s'agitait et les forçait à arrêter. Il fallait lui rappeler où elle était, pourquoi son poignet était bandé. Elle ne cessait de réclamer une fillette nommée « Vivi ».

Bien entendu, être enfermée dans cette machine, avec un masque sur le visage, n'était pas fait pour l'apaiser, mais la cause première de son angoisse était sans doute la disparition de sa fille. Une mère qui aimait son enfant… C'était nouveau pour lui.

Décidément, Vivian n'avait pas pu manquer d'amour dans son enfance, comme elle le prétendait.

— Nous avons les images, docteur.

Il se pencha.

— Bon sang ! On ne peut rien avoir de plus précis ? Augmentez le contraste.

— D'accord.

Le technicien se leva pour ajouter du gadolinium.

Reece poussa un soupir. Manifestement, la maladie progressait vite ; l'annoncer à Vivian serait pénible.

D'autant plus qu'il l'avait traitée d'une façon odieuse dans la chambre de garde, après son refus de l'accompagner à l'Opry. En croyant qu'il ne souhaitait pas se montrer en sa compagnie, elle lui avait fourni une excuse, et il ne l'avait pas détrompée parce que cela l'arrangeait. Comment aurait-il pu lui avouer qu'il redoutait d'être reconnu, dans ce studio où tous les amateurs de musique country seraient présents et où les affiches de Ray Castille s'étalaient sur tous les murs ?

Mais il regrettait son attitude, il s'en voulait de l'avoir fait souffrir.

Oh ! naturellement, sept ans plus tôt, lorsque la blessure était fraîche, il avait bien songé à se venger, à lui rendre la monnaie de sa pièce. Mais il avait mûri… Impossible à présent de la détester. Après l'avoir vue opérer si brillamment, il se disait même qu'elle avait eu raison d'aller se spécialiser en Allemagne.

Toutefois, pas question de lui donner le véritable motif de son refus d'assister à l'émission. Il ressemblait trop à son père, physiquement, pour prendre le risque que quelqu'un fasse le rapprochement.

Une soudaine idée lui traversa l'esprit : et s'il affrontait sa peur ? Que risquait-il, en fin de compte ?

La dernière fois qu'il avait mis les pieds à l'Opry, c'était juste avant de partir pour la fac de médecine. Il était allé écouter son père, qui faisait sa réapparition en public après la mort de sa mère.

Peut-être pouvait-il se cantonner aux coulisses et ne pas se montrer ? Mais il n'existait guère d'endroits où se cacher, dans la nouvelle salle. Si au moins Gary s'était produit à l'auditorium Ryman… Il était facile de se dissimuler dans l'ancien studio et Reece regrettait presque que le succès de l'émission en direct l'ait obligée à s'agrandir.

Enfant, il adorait le Ryman avant le spectacle. Son père faisait la balance, sa mère s'asseyait au premier rang, et lui allait jouer au balcon du premier étage. À certains moments, même, il s'imaginait sur scène, à la place de Ray Castille. Oui, Reece avait beau renier son nom, lorsque son père chantait, son charisme et sa présence étaient inimitables.

— Docteur, les nouveaux clichés sont prêts. Ils sont plus nets, en effet.

Il se secoua et chassa ces souvenirs, qui l'obsédaient depuis le retour de Vivian.

— Merci.

Il scruta les images, et son cœur chavira. La maladie évoluait vite, les résultats étaient bien différents des premiers, seulement trois mois plus tôt. Il devait débuter le protocole au plus vite, car d'ici peu Mme Bowen ne serait plus éligible pour sa recherche : elle aurait perdu la presque totalité de sa mémoire, et le produit qu'il testait ne serait plus efficace.

— Où suis-je ? demanda la voix tremblante de Mme Bowen à travers l'Intercom.

— À Cumberland Mills. Je suis le Dr Castle, et vous passez une IRM, vous vous rappelez ?

— Oh ! bien sûr, pardon !

— Inutile de vous excuser, madame Bowen.

Heureusement, elle ne l'avait toujours pas reconnu, malgré ses moments de lucidité. Cela dit, elle ne l'avait vu qu'en deux brèves occasions.

— C'est bientôt terminé ? demanda-t-elle.

— Oui. L'infirmière va vous ramener dans votre chambre.

Il envoya les clichés dans son bureau. Il devait trouver Vivian au plus vite pour obtenir son autorisation. Il fallait absolument commencer le traitement dans la journée, or, depuis le soir où elle avait amené sa mère, elle n'avait pas eu le temps de signer les papiers. Dès qu'il aurait sa signature, il emmènerait Sandra en salle d'opération et injecterait le produit dans des nerfs situés à la base du crâne. C'était une procédure délicate, qui nécessitait une sédation de la patiente et beaucoup de précision de sa part à lui.

Il partit donc à la recherche de Vivian, qu'il découvrit à la cafétéria. Elle buvait un café en lisant une revue médicale.

Il fit mine de s'asseoir à côté d'elle.

— Je peux ?

— Je t'en prie, répondit-elle sans lever les yeux de sa page.

Il s'installa et se tordit le cou pour distinguer ce qu'elle lisait.

— C'est en allemand ?

— Hmm, le dernier article du Pr Mannheim. Je me tiens au courant de ses recherches.

— Tu n'as pas quitté Munich de gaieté de cœur, n'est-ce pas ?

— Tu veux que je sois franche ?

— Hmm, je préfère.

— Eh bien, non, cela ne me disait rien de retrouver ma ville natale, j'y ai tant de mauvais souvenirs…

Cela lui fit l'effet d'une gifle.

— Merci pour moi ! dit-il. Ceci dit, maintenant que je vous ai vues ensemble, ta mère et toi, j'ai du mal à croire qu'elle t'ait délaissée dans ton enfance. Vous vous aimez, c'est flagrant.

— Bien sûr que oui ! Mais quand elle était de service de nuit, elle me laissait seule à la maison, et je mourais de peur. Mon père était souvent absent. Jusqu'à ce qu'il parte pour de bon, et qu'elle devienne folle de douleur. Voilà ce que j'appelle de mauvais souvenirs.

Elle tendit la main, la posa sur la sienne.

— Toi, tu n'en es pas un, Reece. Jamais de la vie.

Il eut honte de sa réaction, et ce contact lui fit bouillir le sang. Il la désira aussitôt.

Il retira sa main. Trop dangereux…

— Vivian, j'ai les résultats de la nouvelle IRM de ta mère.

— Et alors ?

— La maladie a progressé.

Ses épaules s'affaissèrent.

— Je le craignais, dit-elle, comme vaincue, mais je refusais de le croire. Tu comptes la traiter quand même ?

Il glissa les papiers vers elle.

— Oui. Il faut que tu signes l'autorisation. Je pensais pouvoir attendre que son poignet soit guéri, mais nous devons commencer aujourd'hui.

Elle tira un stylo de la poche de sa blouse et parapha les feuillets.

— Comment l'as-tu trouvée ?

— C'était difficile, j'ai dû demander deux fois à arrêter

la machine, parce qu'elle ne savait plus où elle était. Elle réclamait sans cesse Vivi…

Il la vit rosir.

— Elle m'appelait comme ça quand j'étais petite. J'avais horreur de ce diminutif.

Il eut un rire bref, se leva et reprit ses formulaires.

— Écoute, finalement, je serai à l'Opry House demain soir.

— C'est vrai ?

— Oui. Au cas où… Mieux vaut garder un œil sur Gary.

— Tout à fait d'accord ! répondit-elle en souriant.

Inexplicablement, il hésitait à s'en aller. Maintenant qu'il avait ce qu'il était venu chercher, il devrait retourner préparer Sandra pour l'intervention.

— Aimerais-tu tenir compagnie à ta mère pendant la procédure ? Comme il s'agit d'un essai en aveugle, tu serais obligée d'attendre avant d'entrer que je sache si j'injecte le produit actif ou un placebo.

— Merci, c'est gentil. J'aimerais lui tenir la main, si ça n'affecte pas ta recherche.

— Pas du tout, du moment que tu restes dans la salle de lavage jusqu'à ce que j'aie ouvert l'enveloppe.

— Bon, j'arrive. À quelle heure comptes-tu commencer ?

— Le plus tôt possible. En principe, j'ai toujours une salle libre à ma disposition.

— Waouh ! Le Dr Brigham condescend à ça pour toi !

— Pourquoi es-tu si surprise ?

— En général, ce genre de privilège est réservé aux hôpitaux spécialisés en neurochirurgie. Ici, le bloc ne désemplit pas, on opère beaucoup, et dans tous les domaines… Je suis épatée, ça a beaucoup changé en sept ans.

Il était sur le point de rétorquer que les urgences passaient encore en priorité, mais son bipeur sonna.

Il consulta l'écran et haussa les épaules.

— C'est compromis… On a besoin de nous, un grave carambolage, apparemment, pas mal de traumas crâniens et spinaux. J'ai bien peur qu'aucune salle ne soit dispo avant un bon moment…

— En fin de compte, c'est toujours pareil ! Bien, je descends dans cinq minutes.

— OK, juste le temps de porter ces papiers à mon interne, et je te rejoins.

Vivian gémit. Tous ses os lui faisaient mal. Elle était sur la brèche depuis des jours, à présent. Elle n'avait pas quitté l'hôpital depuis l'admission de sa mère. Ce n'était pas plus mal, d'un autre côté. L'idée de rentrer dans une maison vide ne lui souriait pas particulièrement.

Elle ne terminerait pas avant 16 heures, et même au-delà s'il y avait beaucoup de victimes… Elle avait perdu l'habitude d'un travail aussi intense. La clinique du Pr Mannheim ne comportait pas de service d'urgence, sa mission consistait surtout à opérer des tumeurs et à procéder à des tests. Espérant ne pas être trop rouillée, elle se tint sur le seuil du hall des ambulances, plein d'infirmières et d'urgentistes. Deux autres neurochirurgiens étaient sur le pied de guerre, prêts à intervenir dès l'arrivée des blessés. Elle sentait l'adrénaline monter dans ses veines. L'impression qu'on devait avoir au bord d'un champ de bataille…

Reece apparut à côté d'elle.

— Gary te cherche, nous n'avions pas signé son autorisation de sortie.

— Zut ! Eh bien, je le ferai quand nous aurons terminé. Il attendra.

— Les VIP n'aiment pas ça. Mais tu as raison. Tu as des précisions sur l'accident ?

— Pas trop, mais on nous a signalé un homme et une femme qui ont été éjectés. Ils sont grièvement blessés à la tête et au dos, ils n'avaient pas bouclé leurs ceintures de sécurité.

Il grimaça. Comme il ouvrait la bouche pour donner son avis, le Pr Brigham fit son apparition et tout le monde se tut.

— Vous travaillerez en tandem. Docteurs Castle et Maguire, puisque vous vous entendez si bien, vous prenez la première blessée, celle qui a été éjectée.

Son patron ironisait, maintenant ! Vivian était outrée. Mais il s'éloigna aussitôt pour continuer de distribuer les tâches, la privant de l'occasion de protester.

— Voilà l'ambulance ! annonça une infirmière.

— On y va ! dit Reece en se ruant vers les portes.

Elle le suivit. Le hurlement assourdissant de la sirène lui faisait battre le cœur plus vite. Elle se sentait très nerveuse. Et si elle avait perdu ses réflexes ?

Deux secouristes bondirent du véhicule pour en sortir le brancard, et l'un d'eux fit le rapport.

— Carmen Sanchez, trente ans. Arrêt cardiaque, réanimée sur le lieu de l'accident. Traumatisme contondant au crâne et à la nuque. Score de Glasgow 3, plus de réactions.

Vivian se plaça d'un côté du chariot et en profita pour observer la blessée pendant qu'on l'amenait dans une salle de trauma.

La blessure à la tête, dissimulée sous un gros pansement, devait être importante. Il y avait des contusions sur tout le corps, les tessons de verre plantés un peu partout signalaient que la jeune femme avait traversé le pare-brise.

Pourquoi diable ne portait-elle pas sa ceinture ?

Une fois dans la salle, les ambulanciers transférèrent avec précaution la patiente sur une table d'opération, et repartirent aussitôt chercher d'autres victimes.

Dès que Vivian se mit au travail, elle fut rassurée. Ses réflexes étaient intacts. Son instinct reprit le dessus, et elle sut exactement quoi faire : d'abord, découper les vêtements pour constater les dégâts, puis soulever les paupières pour vérifier la réaction pupillaire.

Reece ausculta attentivement la patiente, puis il releva la tête.

— Voies respiratoires dégagées. Comment s'appelle-t-elle, déjà ?

— Carmen, je crois.

Il toucha légèrement l'épaule de la blessée.

— Carmen ? Vous m'entendez ?

Pas de réponse.

Vivian braqua sa torche : seule la pupille droite se contracta sous l'effet de la lumière.

— Pas de réflexe photomoteur à gauche.

Elle prit le temps d'examiner la plaie au crâne.

— C'est assez profond, mais pour l'instant nous pouvons refaire un pansement pour la transférer. On l'emmène à la radio tout de suite.

Reece fit un signe d'acquiescement.

Il fallait attendre les résultats des scanners, à présent. Incroyable que les dégâts externes ne soient pas plus importants. Vivian secoua la tête. Un score de coma aussi faible ne présageait rien de bon… S'agissait-il d'une hémorragie intracérébrale ?

— Allons-y ! cria Reece pour se faire entendre au milieu du brouhaha ambiant.

Vivian s'assura que les perfusions étaient bien amarrées, et Reece tourna le chariot pour le mettre en position de départ.

— Prête ?

— Prête.

Ils échangèrent un sourire. Comme au bon vieux temps…

Poussant leur charge, ils se dirigèrent vers la radiologie, installèrent la jeune femme, puis examinèrent les images qui se chargeaient sur l'écran de l'ordinateur. Vivian retenait son souffle.

— Hématome intracrânien, annonça Reece. Et hémorragie abdominale. Éclatement de la rate, visiblement. Nous aurons besoin d'un chirurgien général.

— Il faut d'abord intervenir sur le crâne.

— Je vais préparer la salle. Appelle un chirurgien, celui que tu juges le meilleur pour travailler avec toi. Tu sauras retrouver l'étage du bloc ?

— Oui. Je te jure que je ne me perdrai pas en pathologie.

Il rit.

— Vas-y. À tout de suite.

Elle sortit en hâte. Ses muscles et ses os criaient grâce, mais elle les ignora. Elle avait une vie à sauver.

Avec l'équipe de chirurgie générale, qui attendait son tour, Reece regarda Vivian officier. Le masque chirurgical dissimulait son visage, mais elle basculait constamment son poids d'un pied sur l'autre. Elle était exténuée.

Son travail à Munich lui avait fait perdre l'habitude des urgences, et Reece avait craint qu'elle n'ait plus la résistance nécessaire. Pourtant, elle tenait le choc, et il en était agréablement surpris. Il se reprochait à présent d'en avoir douté…

Il avait toujours admiré cette force chez elle. Et plus il la voyait, plus il se rendait compte qu'elle comptait encore pour lui…

Pourquoi de telles pensées ? Il n'était pas question de renouer avec elle, pas plus que d'avoir une relation avec une autre, d'ailleurs. Il se concentra sur la craniotomie.

— Tout va bien, docteur Castle ?

C'était bizarre, de l'entendre employer son titre officiel… D'un accord tacite, ils le faisaient dès qu'ils n'étaient pas seuls. Du reste, il regrettait qu'ils aient si vite repris l'habitude de s'appeler par leurs prénoms…

Après son départ, il avait mis une année entière pour cesser de penser à elle jour et nuit et se remettre à vivre. Et au bout de quelques jours à peine, elle assiégeait de nouveau son esprit. S'il redevenait trop familier avec elle, il allait souffrir davantage.

Zut, voilà qu'il recommençait. Il devait se focaliser sur l'intervention !

— Oui, docteur Maguire, la tension intracrânienne est bonne.

— Parfait. À mon avis, si l'ablation de la rate réussit et que la patiente résiste cette nuit, elle s'en sortira. Elle a eu beaucoup de chance.

Il acquiesça de la tête, et ils s'occupèrent ensemble d'évacuer le sang.

— Alors, ce lieu mythique que je ne connais pas… À quoi ressemble la Grand Ole Opry House ?

Il répondit par un grognement. Ce n'était pas son sujet favori, encore moins en salle d'opération.

— Pourquoi cette réticence, quand Gary t'a invité ?

— Je n'ai pas envie d'en parler. Ça me regarde.

Il soupira, regrettant aussitôt sa brusquerie.

— Pour l'instant, j'essaie de ne pas être distrait.

— Moi aussi, mais on bavardait toujours, avant, tu te souviens ?

— D'accord, mais c'était avant.

— Comme tu voudras. Aspiration, s'il te plaît.

Il s'exécuta.

— Si tu ne veux pas parler, je vais le faire, ça m'aide à rester concentrée.

— Ne te gêne pas.

— Eh bien… Pour être franche, je ne suis pas fan de musique country, dit-elle d'une voix forte.

Un murmure de réprobation courut dans la salle. Elle venait de choquer tout le monde… y compris lui, même s'il était déjà au courant. Lorsqu'elle le lui avait avoué autrefois, il en avait été plutôt soulagé, car si elle ne s'intéressait pas à ce milieu, elle risquait moins de découvrir sa véritable identité. Cela lui convenait de n'être personne, comme son père le lui avait reproché.

Mais il avait eu beau détester la vie de star de Ray Castille, cette musique le prenait aux tripes, et il adorait la chanter en s'accompagnant à la guitare.

— Tu te rends compte que c'est sacrilège, à Nashville, de ne pas aimer la country ?

Elle rit.

— Oh oui ! Toute mon enfance, j'ai été forcée d'écouter les tubes de Johnny Cash et Hank Williams en boucle pendant des heures.

— Comme nous tous ici !

Des rires jaillirent de l'assistance, preuve qu'elle n'était pas la seule à avoir été bercée à la country. Reece ne se joignit pas au chœur, ses propres souvenirs lui donnaient plutôt envie de pleurer.

— Mais que veux-tu, c'est comme ça, je n'apprécie pas vraiment ça, dit-elle.

— Gary sera très déçu.

— Qui sait, peut-être réussira-t-il à me charmer ? Je suis restée longtemps en Europe, le genre a dû évoluer.

— C'est sûr, mais les thèmes sont invariables.

— Ah, fantastique ! dit-elle, sarcastique.

Cette fois, il ne put s'empêcher de rire.

— À propos, pourquoi ne pas me laisser refermer tout seul, et aller signer cette autorisation de sortie pour Gary ? Avoue-lui ton aversion pour sa musique, il sera ravi.

Elle leva les yeux au ciel.

— Très drôle ! Tu te débrouilles pour finir, alors ?

— Oui. Dépêche-toi, et file te mettre au lit.

— Et cette procédure que…

Elle faisait allusion à sa mère, bien entendu.

— Demain. Ce soir, les urgences monopolisent toutes les salles. Dès que ce sera possible, je te préviendrai. Rentre te reposer.

— D'accord, merci.

Il termina la craniotomie avant de céder la place aux autres chirurgiens pour l'ablation de la rate.

Lorsque Vivian fut sortie, il se sentit moins oppressé. Sa présence l'empêchait de clarifier ses pensées, de raffermir sa volonté.

Il devait absolument éviter de se rapprocher d'elle.

7.

— Pardon !

Vivian s'écarta de la trajectoire d'un machiniste chargé d'une guitare visiblement hors de prix, et resta sur le côté pour ne pas gêner le passage vers la scène. Les coulisses étaient un endroit effrayant, plein de bruit et d'inconnus. Sur les affiches de l'entrée, elle avait reconnu quelques idoles, Johnny Cash, Hank Williams, Wynette… et Ray Castille, que son père vénérait au point de passer sa vie à essayer de lui ressembler, et de négliger sa famille pour courir après son rêve. Elle ne connaissait pas vraiment Ray Castille, mais elle détestait le personnage depuis ses dix ans.

« Encore Ray Castille, maman ! Mais c'est à cause de lui que papa est parti !

— Ne pense pas à ça, Vivian. Écoute-le, essaie de ressentir ce qu'il transmet. »

Sa mère avait fixé un point au loin et éclaté en sanglots.

Vivian soupira. À présent qu'elle était dans le studio, elle déplorait que sa mère n'ait jamais pu passer dans l'émission, comme elle le méritait. Si son père n'avait pas tout fait pour l'en empêcher…

Elle jeta un nouveau regard autour d'elle, et ses yeux s'attardèrent sur le portrait de Ray Castille. Bizarre, il lui paraissait presque familier… Peut-être avait-elle vu des photos de lui à la maison, autrefois ?

— Ah ! Voilà le médecin le plus sexy qu'on puisse avoir !

Elle se retourna. Gary s'avançait vers elle en souriant, sa

guitare sur l'épaule. Il n'avait pas été si avenant, en refusant le dernier test… Aujourd'hui radieux, il était redevenu le charmeur qu'elle avait rencontré le premier jour. Son personnage de scène, à l'évidence.

— Gary ! Vous avez l'air en pleine forme ! répondit-elle sur le même ton.

En réalité, elle était inquiète. Le maquillage ne masquait pas les cernes profonds sous ses yeux, ni la teinte cireuse de sa peau.

Il repoussa son chapeau de cow-boy en arrière et hocha la tête avec un sourire éblouissant.

— Grâce à vous !

— Je n'ai pas fait grand-chose, à part signer votre autorisation de sortie.

Vu sa mine, elle se demandait si c'était une bonne idée…

— Hmm. Alors, comment trouvez-vous le temple de la renommée ?

— J'ai reconnu certains grands noms. Mon père était un grand fan de country.

C'était même sa religion…

— Eh bien, pourquoi ne pas l'amener à mon prochain concert ? Je peux vous avoir des billets.

Que répondre ? Inutile de raconter sa vie…

— Merci, je suis certaine qu'il sera enchanté !

Gary l'examina — en débardeur à paillettes, jean moulant et escarpins ouverts —, et émit un sifflement approbateur.

— Vous êtes splendide ce soir, docteur ! Si vous n'étiez pas mon médecin… Ah, et voici le second ! fit-il en regardant derrière elle.

Elle se retourna, et n'en crut pas ses yeux. Cela faisait longtemps qu'elle n'avait pas vu Reece autrement qu'en tenue de bloc. En tout cas, jamais ainsi : chapeau de cow-boy sur la tête — ce qui lui allait bien —, jean, pull gris à col V, bottes de motard. Il aurait aisément pu passer pour un chanteur de country, tant il semblait chez lui dans les coulisses de l'Opry House.

Pourtant, il marchait les poings enfoncés dans ses poches, et elle le sentait mal à l'aise, stressé.

Gary lui tendit la main.

— Docteur Castle, ravi que vous vous soyez déplacé !

— Moi aussi, je suis content d'être là.

Elle en doutait fort. Bizarre, il avait paru aussi choqué que les autres, quand elle avait osé donner son sentiment sur la musique country. Il aurait dû se réjouir d'avoir l'occasion d'en écouter…

— Pour être franc, je suis quand même étonné, docteur.

— Vous avez raison, Gary, j'ai failli ne pas venir.

Il jeta un bref d'œil à Vivian.

— Mais j'ai jugé plus sage de faire une apparition, pour faire cesser le harcèlement.

Le chanteur éclata de rire.

— De toute façon, ça me fait plaisir. Je vais me préparer, je vous retrouve tout à l'heure, à la fête !

Et il tourna les talons, les laissant seuls.

— Quelle fête, Reece ?

— C'est la tradition de se réunir après le concert. En général, on s'amuse pas mal. On boit, on chante, on bavarde…

— Ah ? Je ne suis pas sûre d'apprécier, surtout si je travaille le lendemain. Au fait, comment sais-tu tout ça ?

— Eh bien, je suis déjà venu. Je te rappelle que, moi, j'adore la country.

— À l'évidence, tu es un habitué des coulisses, il faut avoir des relations dans le milieu pour ça, ou être soi-même musicien. Tu ne m'en avais jamais parlé.

— Quelle importance ? Je m'en suis tenu à l'essentiel, et les salles de spectacle n'en font pas partie. Si tu veux des précisions, j'ai assisté deux ou trois fois à des concerts ici avant la fac de médecine.

— Tu connaissais qui ici, à ce moment-là ?

— C'est l'Inquisition ?

— J'aime bien connaître mes adversaires.

Il éclata de rire.

— Pardon ? Pourquoi te battrais-tu contre moi ?

— Pour le poste de chef de service.

— Je te répète qu'il ne m'intéresse pas !

— Je ne te crois pas. Tu es le meilleur, il serait logique que ce soit toi qui l'obtiennes.

Manifestement, elle l'avait mis encore plus mal à l'aise : il se raidit davantage, croisa les bras et détourna le regard.

— Merci du compliment.

— C'est la vérité, ce poste est pour toi. Alors bats-toi pour le prendre.

— Pourquoi tiens-tu à tout prix à ce que nous soyons en concurrence ? Si je le voulais, je l'aurais sans problème.

— Tu n'en as pas l'air très sûr.

Sa mâchoire se crispa, et elle perçut son irritation.

— Et si on parlait d'autre chose ? J'ai horreur de la compétition, point final. Laisse tomber.

Au moment où elle allait répondre, le haut-parleur résonna dans la salle.

— Et maintenant, nous avons le plaisir d'accueillir… Gary Trainer !

Elle fut soulagée de cette diversion.

— Nous ferions mieux de trouver un endroit d'où voir le spectacle, non ?

— Viens, rapprochons-nous de la scène.

Pour la guider parmi la petite foule rassemblée en coulisses, il lui plaqua la main dans le bas du dos.

Ce simple contact suffit pour qu'elle se revoie en train de virevolter avec lui au clair de lune dans Printer's Alley. Blottie contre lui, à la fois rassurée et effrayée…

« Nous ne devrions pas être ici, Reece.

— Pourquoi ? C'est un lieu public, nous ne faisons aucun mal !

— Il est minuit, il neige, et nous sommes au milieu de la rue.

— C'est le moment idéal pour danser, en profitant de la musique des cafés. Ce n'est pas toi qui voulais apprendre le pas chassé ? »

Avant qu'elle ait pu réagir, il l'avait fait pirouetter, et entraînée dans un rythme endiablé.

« Où as-tu appris ça ?

— À la fac de médecine ! »

Il l'avait fait tourner sous son bras, la rapprochant de lui, et elle avait vu passer dans ses yeux cette étincelle dangereuse, qui la rendait folle de désir…

Elle se secoua, jeta un coup d'œil en arrière pour le regarder, et son cœur s'emballa. Il était vraiment splendide ! Ils se placèrent à l'avant, juste devant le cordon du service d'ordre. Gary, au centre du podium, saluait ses fans, qui applaudissaient en hurlant leur enthousiasme.

L'estomac de Vivian se noua. Pour elle, cette musique était synonyme de souffrance et d'abandon.

Il y eut une vibration dans l'air, et un mélange d'émotions qu'elle croyait disparues la submergea. Elle frissonna, hésitant entre la peur et l'excitation.

L'Opry House avait beau être une salle de dimension modeste, elle était autrement plus impressionnante que les cafés-concerts de seconde zone où elle avait quelquefois assisté au tour de chant de son père…

— Ça alors ! Reece Castille ! Longtemps qu'on ne t'avait pas vu ici !

Surprise, Vivian regarda l'arrivant, un monsieur assez âgé, élégant, en veste de daim.

— Euh… Vous faites erreur, je suis le Dr Castle, le médecin de Gary Trainer.

— Oh ! pardon ! répondit l'homme avec embarras. J'étais pourtant persuadé…

— Pas de problème, ça m'arrive souvent.

Reece tourna le dos à l'importun et se trouva face à elle. Il semblait furieux.

— Que te voulait-il ?

Évitant son regard, il haussa les épaules sans répondre. Il lui cachait quelque chose, elle aurait juré qu'il connaissait le type qui l'avait abordé…

Mais les vivats augmentaient de volume. Elle reporta son attention vers la scène.

— Ce soir, je vais interpréter pour vous l'un des plus grands succès de mon idole, Ray Castille ! dit Gary. À la veille du trentième anniversaire de sa première apparition dans ce studio, qui lui a valu son premier disque de platine, j'aimerais lui rendre hommage. Voici donc… *Only hearts are broken.*

Vivian fit la grimace. C'était l'un des airs préférés de son père, et sa mère l'avait écouté encore longtemps. Pour Vivian, il évoquait la trahison et les rêves que son père avait brisés. Comme elle-même avait brisé ceux de Reece. En fin de compte, elle avait de qui tenir…

Soudain déprimée, elle s'apprêtait à gagner la porte, mais Gary les désigna au public.

— Je dédie aussi cette chanson à mes deux fantastiques médecins, sans lesquels je ne serais pas ici ce soir !

Après quelques accords, elle reconnut les premières paroles de la mélodie qui hantait sa mémoire.

Il fallait qu'elle sorte sur-le-champ.

— Impossible d'entendre ça, fit Reece sur un ton dégoûté. Je m'en vais.

— Ah, non ! L'un de nous deux au moins doit rester !

— Pourquoi ? Toi aussi, tu veux partir ?

Avant qu'elle ait pu répondre, la musique se tut brutalement et un hurlement se répercuta dans la salle. Ils se retournèrent tous les deux : Gary tressautait comme s'il était électrocuté. Bientôt sa guitare lui tomba des mains, et il s'écroula à sa suite.

Une crise d'épilepsie… Vivian se précipita, écartant les hommes du service d'ordre. Avec Reece, qui l'avait suivie, elle plaça le chanteur en position de sécurité. Reece réclamait une ambulance, tandis qu'elle tentait de maintenir le bras raidi de Gary contre son flanc. Bizarre, c'était comme si le fait de chanter avait provoqué la crise…

— Restez avec nous !

Les mouvements désordonnés cessèrent, mais le cœur ne battait plus : le chanteur ne respirait plus.

— Gary !

— Baissez le rideau ! cria quelqu'un.

Sans hésiter, elle fit rouler le corps inerte sur le dos, repoussa sa tête en arrière et vérifia que les voies aériennes étaient libres, puis se pencha pour commencer les compressions thoraciques.

— Un défibrillateur, vite !

— Rideau, bon sang ! Vous n'allez pas lui envoyer un choc électrique en direct à la télé !

— On s'en fiche ! hurla Reece. Trouvez-nous un défibrillateur !

Vivian s'efforçait de maintenir le rythme, alternant compressions et respiration artificielle.

Juste avant que le rideau tombe enfin, elle posa machinalement les yeux sur le public, et reconnut le visage de son père, qui la regardait.

— Un, deux, et trois !

Reece aidait à présent les secouristes à soulever Gary pour le transférer sur le brancard, tandis que Vivian donnait des instructions. Il n'était pas mécontent de la manière dont la situation évoluait — même si, à choisir, il eût préféré entendre toutes les chansons de son père d'affilée plutôt que de devoir réanimer son patient.

Le cœur était reparti, mais la tension était très basse et le chanteur n'avait pas repris conscience ; seules ses pupilles réagissaient. S'ils n'avaient pas été là, Vivian et lui, Gary serait mort sur scène.

— Nous avons bien fait de venir, non ? fit-elle en regardant s'éloigner l'ambulance.

— Exactement ce que je pensais.

Elle frissonna. C'était le début de l'été, mais les nuits étaient encore fraîches, et elle n'avait visiblement pas pris de veste pour compléter sa tenue sexy. Très sexy…

— Tu m'accompagnes à l'hôpital ? Je veux procéder à quelques tests supplémentaires.

— D'accord.

N'ayant pas non plus de manteau à lui offrir, il lui entoura les épaules de son bras, l'attira plus près et la tint serrée. C'était si bon de la sentir contre lui…

— Que fais-tu ? demanda-t-elle d'une voix tremblante.

— Tu dois geler, non ? J'ignorais qu'en Allemagne, le climat était tropical !

Elle rit.

— Oh ! merci ! Tu as raison, j'aurais dû prévoir…

Elle se blottit contre lui, et ils se dirigèrent vers la voiture. Quel dommage de devoir marcher si vite. Il était au paradis. Si seulement ils ne s'étaient jamais séparés !

Mais, à présent, impossible de redevenir intime avec elle. C'était déjà assez malheureux que ce producteur l'ait reconnu avant le concert, et qu'elle ait tout entendu. En arrivant, il l'avait surprise en train d'examiner le portrait de son père d'un air intrigué. Il avait vraiment cru qu'elle allait faire le lien… Il l'avait échappé belle.

Si elle restait à Nashville, il devrait lui avouer la vérité, tôt ou tard.

— Merci de m'avoir tenu chaud, Reece.

Il lui ouvrit la portière.

— Tu n'avais pas pris de veste ?

— Non. C'est vrai qu'il fait frais, mais c'est surtout le choc, après ce qui vient de se produire.

— Tu as fait du bon boulot, Vivian.

— Toi aussi. Tu vois, nous n'aurions jamais dû autoriser Gary à quitter l'hôpital. Et ça me rend folle de ne pas comprendre la cause de ce dysfonctionnement.

— Continuons à chercher, et nous trouverons.

Mais il fallait que ce soit avant l'autopsie… Il désirait vraiment que Gary se rétablisse.

— Évidemment, il faut que je trouve. Je veux dire, que nous trouvions.

Pour lui qui la connaissait bien, ce lapsus avait une signification claire : elle se reprochait son échec. Elle ne supportait pas de se tromper.

Il resta silencieux, de crainte qu'elle ne le repousse. Mais n'était-ce pas ce qu'il souhaitait ?

Il ne savait plus…

8.

— Que s'est-il passé, bon sang ?

Vivian leva la tête vers son patron, qui venait de faire irruption dans la salle de trauma, l'air furieux. Le haut à paillettes et le jean moulant qu'elle portait le choquaient peut-être, mais cette irascibilité était de toute façon dans son caractère : comme si c'était sa faute à elle ! Quel type injuste et mesquin !

— Gary nous avait invités à l'Opry House, ce soir. Il a de nouveau fait une crise d'épilepsie sur scène, et son cœur a encore lâché.

Elle avait pris la décision de l'intuber et de le placer en coma artificiel jusqu'à ce qu'elle découvre ce qui perturbait son métabolisme : chaque crise d'épilepsie semblait provoquer un arrêt du cœur, alors que le cardiologue ne décelait aucune anomalie cardiaque. Le mystère restait entier, et elle n'avait pas besoin que, par-dessus le marché, le Pr Brigham lui mette des bâtons dans les roues.

— Vous n'auriez jamais dû le laisser sortir !

— Quelle raison avions-nous de le garder ? Aucun des tests n'a révélé quoi que ce soit d'anormal ! répondit Reece.

Elle se mordit les lèvres. Zut, voilà qu'il volait à son secours, à présent. Elle n'y tenait pas du tout : son patron risquait de la juger faillible. Elle avait déjà honte de son moment de faiblesse, au début de la chanson… Un malaise qui avait empiré quand elle avait cru reconnaître son père dans la salle. Mais c'était impossible. Il avait dû beaucoup changer, et avec ce qu'il gaspillait en alcool et autres stupéfiants, comment aurait-il pu se payer un concert à l'Opry House ?

En tout cas, il faudrait qu'elle demande à Reece de ne plus intervenir en sa faveur. Elle regarda le Pr Brigham d'un air fâché.

— M. Trainer voulait à tout prix sortir hier soir, et nous n'avions pas le droit de l'en empêcher. Vous voulez que le Cumberland Mills se fasse la réputation de retenir les patients de force ?

Son patron prit une expression choquée, mais ne répliqua pas. C'était l'argument massue pour qu'il lui fiche la paix provisoirement. Malgré tout, il allait guetter la moindre faille, elle en était parfaitement consciente.

— Eh bien, vous avez intérêt à trouver vite, maintenant ! fit-il avant de tourner les talons.

— Ne t'inquiète pas, tu n'avais pas le choix, dit Reece à Vivian en l'aidant à intuber Gary.

— Bien sûr, mais ça m'énerve de ne pas comprendre de quoi il souffre !

— Tu y parviendras, j'en suis convaincu.

Cette foi aveugle en ses capacités la fit rougir. Après ce qu'elle lui avait fait, il croyait encore en elle ! Décidément, elle ne le méritait pas.

Enfin, Gary fut stabilisé. Le coma artificiel permettrait d'effectuer tous les tests qu'elle voudrait. Elle ne bougerait pas de l'hôpital tant qu'elle n'aurait pas la solution de l'énigme.

Elle regarda autour d'elle.

— On le descend à la radio, je veux un scanner du corps entier. Et qu'on prélève des échantillons, j'ai besoin d'une analyse de sang exhaustive.

— Bien, docteur Maguire, répondit un interne.

L'équipe s'affaira aussitôt. Ignorant Reece, Vivian se dirigea vers la porte, dans l'intention de se changer avant d'aller consulter les revues de neurosciences au labo de recherche. Elle y trouverait bien des indices qui la mettraient sur la voie !

— Tu sais, Vivian, tu ne risques pas d'avoir le poste du Dr Brigham, si tu lui parles sur ce ton ! dit Reece.

— Je tenais à ce qu'il comprenne qu'il n'avait pas à remettre mes décisions en cause. Au fait, inutile de prendre ma défense, c'était à moi qu'il s'adressait.

Il fronça les sourcils.

— Qu'est-ce qui t'arrive ?

— Je suis assez grande pour me débrouiller toute seule.

— Parfait, alors débrouille-toi toute seule.

Il lui passa devant à grandes enjambées et quitta la salle.

Honteuse de sa colère, elle jura entre ses dents. Tant pis, après tout, qu'il aille au diable !

Pourtant, non, c'était trop bête de se fâcher pour une vétille ! Elle sortit en trombe et courut derrière lui.

— Reece, attends !

Il s'arrêta et la regarda d'un air contrarié.

— Qu'y a-t-il ? J'ai encore commis une ingérence dans tes affaires ?

— Je suis navrée…

Il fit la moue.

— C'est une de tes phrases favorites, en ce moment.

— J'ai perdu l'habitude qu'on me soutienne. J'avais oublié.

— Quoi ? La courtoisie ?

Elle rit, et il se mit à rire avec elle.

— D'accord, j'accepte tes excuses. Je n'ai pas envie que tu me flanques une raclée dans le couloir.

— Écoute, essaie de comprendre. Ce que j'avais oublié, ce sont les rapports de hiérarchie d'un hôpital d'enseignement. À Munich, il y avait toujours une salle d'op libre pour moi, et les résultats des examens me parvenaient dans la minute. Tout était beaucoup plus rapide, et personne ne trouvait à redire à mes choix.

Elle se rendait compte qu'il était susceptible d'utiliser ses paroles contre elle, le cas échéant. Elle se défiait un peu de lui, comme d'ailleurs de tout le monde. Elle connaissait trop bien la chanson.

— *Ton père nous aime, Vivian, aie confiance en lui, il ne nous fera jamais de mal. Il reviendra nous protéger.*

— Tu vas réussir, Vivian. J'en suis certain.

Il n'avait pas dit « nous », cette fois… Elle en souffrit, sans trop savoir pourquoi.

— Merci, mais je ne mérite pas cette confiance.

— Tu es un excellent chirurgien.

— Toi aussi.

Son visage resta impénétrable.

— Occupe-toi de Gary, je te préviendrai quand je transférerai ta mère au bloc pour le protocole.

— C'est pour ce soir ?

— Oui, j'avais l'intention de te l'annoncer après le concert. Elle ne peut pas attendre beaucoup plus, et la salle d'op est disponible.

— Merci. Et pardonne-moi d'avoir été désagréable.

— J'ai l'habitude.

Son sourire s'accompagna d'un clin d'œil. Elle s'éloigna, soulagée. Leur différend était terminé, à présent elle avait l'esprit clair pour résoudre le mystère. Gary Trainer comptait sur elle, sa vie et sa carrière étaient dans la balance.

Elle découvrirait ce qui déclenchait ses crises et le ferait remonter sur scène.

Elle alla d'abord se mettre en tenue au vestiaire. Après avoir attaché ses cheveux en queue-de-cheval et accroché son badge, elle consulta ses messages sur son bipeur : un interne la prévenait qu'ils entraient dans la salle de scanner.

Elle disposait donc de quelques minutes pour passer voir sa mère… Elle la trouva assise dans son lit, en train de regarder la télévision.

— Maman, il est 11 heures du soir, il faut que tu dormes !

— Non, le Dr Castle m'emmène au bloc après minuit. Je n'ai rien mangé ni bu depuis deux heures.

Elle montra le dos de sa main : on lui avait posé une perfusion.

— Ah ! Tu es sous sédatifs, ainsi tu ne sentiras rien quand il injectera le produit.

— Ou le placebo, comme il me l'a expliqué !

Vivian rit. Sa mère était lucide, c'était si bon d'avoir une conversation normale avec elle. Il ne manquait plus que la ramener à la maison pour siroter un thé glacé au citron sous la galerie par une chaude nuit d'été…

— Où as-tu passé la soirée ?

— Imagine-toi que j'étais à l'Opry House.

— Ah ? J'ai vu les nouvelles à la télé. Gary Trainer a eu une crise cardiaque sur scène, c'est bien ça ?

— Hmm, j'y étais pour le surveiller. Je l'ai réanimé sur place.

— Incroyable ! Ma fille a réanimé Gary Trainer ! dit Sandra en s'adossant à ses oreillers.

— Je suis neurochirurgien, maman.

— Bien sûr, ma chérie. Mais je revois encore le bébé que j'ai tenu dans mes bras…

Elle rit.

— À propos, maman, cesse de raconter ma vie au Dr Castle.

— Il est si gentil !

— Tu l'as reconnu, n'est-ce pas ?

— Oui. Pas au début, mais j'ai fini par faire le rapprochement. N'importe comment, tu as eu raison de partir en Allemagne poursuivre ta carrière. Maintenant, tu es le médecin de Gary Trainer, et tu vas au Grand Ole Opry.

Vivian secoua la tête en riant.

— Voyons, je ne passe pas mon existence sous les feux de la rampe !

— Laisse-moi y croire, Vivian.

— D'accord.

— Bon, à présent, quelle est la suite du programme ?

— Que veux-tu dire ? Pour le Dr Castle et moi ?

— Non, pour moi.

Vivian poussa un soupir de soulagement.

— Là, tout de suite, je dois rejoindre mon patient en radiologie, mais je serai en salle d'op tout à l'heure pour te tenir la main, et en salle de réveil.

Elle l'embrassa sur le front.

— À bientôt, maman.

Quand elle arriva à la radio, les scanners apparaissaient sur l'écran. Le cerveau était net, aucune lésion visible. Rien.

Bon sang !

Elle se passa une main sur le visage. Elle avait besoin de réfléchir.

— Envoyez-moi les images, et emmenez M. Trainer aux soins intensifs. Surveillez-le de près, s'il y a un changement, le plus léger soit-il, prévenez-moi.

— Bien, docteur.

Elle était déterminée à réussir.

— C'est le produit actif, docteur Castle, dit l'interne en lui tendant la seringue pleine qu'il venait de sortir de l'emballage.

Reece sourit derrière son masque.

— Merci. Appelez le Dr Maguire, je vous prie.

L'une des infirmières poussa la porte de la salle de lavage et invita Vivian à entrer.

— Prenez sa main, docteur Maguire.

— Merci, docteur Castle.

— Attention, j'injecte.

L'œil collé au microscope, il observa la progression de la substance dans le cerveau de Sandra. Ils devraient attendre un peu avant de la réveiller.

Il étudia le touchant tableau formé par Vivian et sa mère. Cette tendresse l'émouvait, il était presque jaloux, lui qui n'en avait jamais reçu de ses parents.

À certains moments, il s'était demandé s'ils l'avaient au moins désiré.

En tout cas, il était moins que certain qu'ils l'aient aimé… Il avait causé une telle déception à son père en préférant la médecine à la carrière toute tracée de chanteur de country qui s'offrait à lui !

« Tu n'es personne, Reece, tu n'es rien. »

Le pire, c'était qu'il lui était arrivé de le croire… Par exemple, quand Vivian l'avait quitté, puis lors de la disparition subite de son père, qui l'avait empêché de clarifier tant de choses. Mort sur scène, pendant que lui-même travaillait dur à la fac de médecine. Il avait à peine trouvé le temps d'assister aux obsèques, et toute la famille avait été peinée par son refus de chanter quelques chansons du défunt pour honorer sa mémoire.

Peut-être aurait-il dû accepter…

La culpabilité le rongeait encore.

— Comment ça s'est passé ? demanda Vivian.

Il chassa ses pénibles pensées et revint au présent.

— Parfaitement.

— Merci.

— C'est mon métier.

C'était vrai, mais il était heureux de le faire pour elle. Elle comptait tant pour lui…

Il se tourna vers l'équipe.

— Vous pouvez l'emmener en salle de réveil.

Vivian se pencha pour embrasser sa mère sur le front pendant que Reece terminait la procédure.

Puis les infirmières sortirent en poussant le chariot, et ils se retrouvèrent seuls dans la salle de lavage.

— Tu es consciente que, même si vous ne portez pas le même nom, tout le monde a deviné votre lien de parenté, à présent, n'est-ce pas ?

— Évidemment ! En fait, ça ne me dérange pas qu'on sache que je tente de la faire bénéficier d'un traitement qui pourrait la guérir.

— Tant mieux. Et les résultats des scanners de Gary ?

— Toujours strictement rien d'anormal.

— Extraordinaire ! Comment est-ce possible ?

Elle haussa les épaules.

— Je retourne au labo de recherche, éplucher les revues et consulter tous les rapports sur des cas étranges proches de celui-ci. Il doit bien y avoir quelque chose ! Ça ressemble à Parkinson, mais ce n'est pas ça.

— Tu vas trouver.

— Ne sommes-nous pas supposés y travailler ensemble ? Rien ne t'empêche de m'accompagner.

Il rit.

— C’est ta spécialité d’élucider les mystères. Je préfère te laisser libre de le faire à ta guise.

— Bon, comme tu voudras.

— Ne t’inquiète pas pour ta mère, elle est en salle de réveil pour deux bonnes heures. L’injection entraîne d’assez fortes migraines, elle restera sous sédation toute la matinée. Tu as du temps devant toi.

— Et toi, où seras-tu ?

— Qu’est-ce que ça peut te faire ?

— Pardon de mon insistance, c’est une façon détournée de te demander de compulser ces revues médicales avec moi. Tu as toujours été doué pour la recherche.

Il en avait envie, vraiment. Lorsqu’il aurait dicté son rapport sur le protocole, il n’avait rien d’urgent au planning. Mais il avait résolu de garder ses distances…

— Ce serait avec plaisir, mais je dois aller voir comment se portent d’autres patients de mon essai clinique.

Il lut une déception passagère dans son regard.

— Bon, tant pis. Merci encore de t’être si bien occupé de ma mère.

— De rien. Vivian… tu vas trouver, je n’en doute pas une seconde.

— J’en ai l’intention, en tout cas. À plus tard.

Il la regarda quitter la salle de lavage et jura entre ses dents. Il aurait tant aimé l’accompagner. Mais moins il passerait de temps avec elle, mieux ce serait pour eux deux.

Il en était convaincu.

9.

Vivian ressortit bredouille du laboratoire, la tête bourdonnante, avec l'impression d'y être restée enfermée deux jours. Elle trouva Gary réveillé de son coma artificiel, mais très désorienté ; le tremblement de ses mains n'avait pas cessé.

Les scanners de la colonne vertébrale n'avaient rien révélé non plus.

Tout ce qu'elle pouvait faire, c'était le maintenir sous surveillance constante. Entre deux sessions de recherche, elle courait de sa chambre à celle de sa mère, consciente que les autres neurochirurgiens commençaient à douter de ses capacités. Elle était certaine que la solution était sous son nez, pourtant elle ne la voyait pas.

De plus en plus nerveuse, elle surprenait des regards éloquents, des murmures sur son passage, on lui rapportait des commérages. Sa carrière au Cumberland Mills était en jeu. Elle qui s'était vantée d'être l'une des diagnosticiennes les plus compétentes d'Europe…

Le seul à ne pas mettre ses compétences en doute était Reece. Une fois de plus.

Il l'encourageait, il était toujours aussi attentionné. Après ce qu'elle lui avait fait… Pourquoi était-il si gentil avec elle ? Et avec sa mère ?

Le plus raisonnable aurait été de reprendre ses distances, mais plus le temps passait, plus cela devenait difficile.

La voix tremblante de Gary interrompit ses pensées.

— Vous allez sans doute penser que j'inverse les rôles, docteur, mais permettez-moi de vous dire que je vous trouve une mise affreuse. Vous semblez complètement stressée.

— Quoi ? Vous pouvez parler, vous !

Il lui adressa un faible sourire.

— À mon avis, vous devriez prendre l'air.

— Je vous remercie de votre sollicitude. Comment vous sentez-vous ?

— Fatigué. Et j'ai envie de sortir d'ici, moi aussi.

— Je sais, Gary, j'y travaille.

— Merci. Ce soir, je devais chanter au Red Swallow Bistro, sur Printer's Alley. Par chance, j'ai déniché un chanteur pour me remplacer. Pourquoi ne pas y faire un tour, boire un verre à ma santé ? Ça me ferait plaisir.

— Je préfère ne pas vous quitter des yeux.

— Je me suis renseigné, votre service termine à 18 heures. Vous ne pouvez pas passer toutes vos nuits dans cet hôpital ! À mon avis, le Red Swallow est le moyen idéal de vous aérer le cerveau. J'ai une table réservée là-bas, c'est un endroit calme et sympa, et la musique est excellente.

— Le Dr Castle vous a-t-il dit que je n'étais pas fan de country ?

— Hmm, oui, je suis au courant.

— C'est pour ça que vous insistez ?

— Il faut vous changer les idées. Une ambiance et un décor nouveaux vous permettront peut-être de mettre le doigt sur ce que vous cherchez.

— Je doute que ça fonctionne…

Elle hésita. La pensée de rentrer dans une maison vide l'angoissait. Pourquoi ne pas accepter la suggestion de son patient ? Il n'avait sans doute pas tort, cela la détendrait.

— Allons, docteur, qu'avez-vous à perdre ? Ensuite vous viendrez au rapport. Si mon remplaçant a été bon, ça me rassurera, et je serai moins stressé.

Elle leva les yeux au ciel, puis éclata de rire.

— Vous êtes machiavélique ! C'est sur Printer's Alley, vous dites ?

— Hmm, ce n'est pas si loin d'ici. De toute façon, rien de mieux que la marche pour s'éclaircir les idées.

— Je sais où c'est. Mais vraiment, Gary, je ne suis pas emballée.

Elle avait passé tant de soirées sur cette avenue, avec Reece. Enlacée à lui dans l'un ou l'autre des cafés, parlant médecine ou jouissant en silence de l'instant.

Il y avait eu cette fois, au tout début de l'hiver, où la neige avait soudain fait son apparition… Elle avait couru jusqu'au seuil et observé le ciel d'un noir d'encre.

« Pas possible, il neige ! Mais c'est trop tôt ! »

Puis elle était sortie, s'était mise à tourbillonner, les bras en l'air, et avait tiré la langue pour attraper un flocon.

« Hé, attention aux pluies acides ! avait lancé Reece, qui l'avait suivie.

— Quel rabat-joie !

— Ah, c'est l'opinion que tu as de moi ? »

Et il l'avait attirée contre lui, swinguant sur place.

« Dansons, alors. J'adore danser sous la neige… »

— C'est l'idée de vous distraire qui vous donne cet air mélancolique ? Je ne comprends pas…

Elle tressaillit et revint au présent. Comment refuser, face à une telle insistance ?

— Bon, vous avez gagné. Mais promettez-moi de vous reposer. Pas de télévision. Du sommeil.

— Marché conclu, à condition que vous veniez me raconter après.

Elle éclata de rire.

— C'est du chantage !

— Si vous voulez. Allez, déguerpissez, docteur !

Décidée à suivre son conseil et se rendre au concert à pied, elle passa au vestiaire pour se changer.

Quand elle sortit, il n'était pas très tard mais le soleil était couché. Dans la pénombre, elle distinguait la passerelle piétonnière éclairée. L'été, les rues étaient beaucoup plus animées que l'hiver, à cause des foules de visiteurs du monde entier, convoyés par navettes des hôtels vers les pièges à touristes classiques.

Elle ne risquait pas d'en croiser au Red Swallow Bistro, et c'était aussi bien, elle préférait que l'endroit soit calme. Elle avait besoin de réfléchir.

Elle franchit le seuil du café.

— Vous désirez ? demanda aussitôt une serveuse qui s'avançait vers elle.

— C'est Gary Trainer qui m'envoie.

— Ah ! Docteur Maguire ? Il m'a prévenue par téléphone, en effet. Venez, je vous conduis à sa table.

Vivian la suivit dans la salle sombre, où seule clignotait une guirlande lumineuse disposée autour du comptoir. Pour ce qu'elle en voyait, l'ambiance était intime, le décor rustique — un mélange de bois, de brique et de pierre.

— Voici. Que prendrez-vous ?

— J'aimerais un thé glacé, avec une goutte de quelque chose dedans, s'il vous plaît.

La jeune femme sourit.

— Je reviens tout de suite.

Vivian se glissa dans le box, situé un peu à l'écart, mais avec une bonne vue sur la scène. Le petit podium encore désert était éclairé par un spot central et des néons fixés au mur du fond.

Elle se détendit peu à peu sur la moelleuse banquette de cuir. Cela faisait si longtemps qu'elle était stressée ! Sept ans, en vérité…

— Voilà, dit la serveuse en posant un verre devant elle. C'est M. Trainer qui vous l'offre.

— C'est gentil à lui, mais pas question !

— Il a insisté, et c'est le principal actionnaire de la boîte, je ne vais pas contrarier mon patron !

Vivian rit.

— Bon, dans ce cas, d'accord. Le tour de chant commence bientôt ?

— Dans une minute. Si vous désirez autre chose, faites-moi signe.

— Merci.

Elle but une gorgée de son thé. L'alcool qui y avait été ajouté, quel qu'il fût, lui procura un léger vertige très agréable.

Un micro grinça, attirant son attention vers la scène, où un présentateur venait d'apparaître.

— Mesdames et messieurs, ce soir, nous avons un invité très spécial. Un ami personnel de Gary Trainer — qui, comme vous le savez sans doute, est toujours hospitalisé. Je vous demande d'accueillir chaleureusement… Reece Castle !

Elle faillit s'étouffer avec son thé : Reece s'avançait sur le podium, une guitare en bandoulière et son chapeau de cow-boy rabattu sur les yeux. Ainsi, c'était lui qui remplaçait Gary ? Oh ! elle l'avait entendu chanter autrefois, il avait un certain talent, mais comment avait-il pu accepter de se produire en public ?

C'était pourtant bien lui, elle ne rêvait pas ! Sans relever la tête, il s'assit sur le tabouret au centre, et les musiciens du lieu s'installèrent derrière lui : un second guitariste, un joueur d'autoharp et un percussionniste.

Reece regarda enfin l'assistance.

— Merci à tous. Pour que Gary sache que nous pensons tous à lui ce soir, j'ai choisi d'interpréter des chansons qui lui tiennent à cœur, et qui ont également une importance pour moi.

Au premier accord, Vivian, stupéfaite, reconnut *Only Hearts are broken,* le succès de Ray Castille que Gary avait commencé à l'Opry House. Puis Reece se mit à chanter, et elle sentit un frisson la parcourir : cette voix chaude et veloutée… C'était celle de Ray Castille ! Exactement le même timbre… C'était hallucinant ! Elle aurait juré que le fantôme du chanteur était dans la salle.

Et elle n'était pas folle, à en juger par les mines ébahies et les murmures autour d'elle. Le silence revint vite, cependant. Reece avait envoûté l'assistance, comme si les mots qu'il tissait la retenaient captive…

Incroyable ! Dans les couloirs de l'hôpital, il était aussi discret qu'une ombre. Jamais d'éclat ni d'excentricité. Ses collègues appréciaient ses dons et ses compétences professionnelles, mais on le considérait en général comme falot, sans personnalité affirmée. Elle, au contraire, avait toujours été convaincue de son charisme.

C'était fascinant de l'entendre, elle était aussi captivée que les autres. Quand il se tut et plaqua le dernier accord de la dernière chanson, tout le monde se leva pour applaudir avec ardeur, et elle suivit le mouvement.

Ce fut à ce moment-là qu'il la vit. Elle plongea le regard dans le sien. Était-il heureux de la voir, ou plutôt gêné ? En tout cas, il ne détachait pas les yeux d'elle…

« Maintenant que tu m'as appris le pas chassé, quelle est la suite du programme ? avait-elle demandé en passant les doigts dans ses cheveux pour les poser sur sa nuque.

— J'avais l'intention de chanter pour toi.

— Là, tout de suite ?

— Hmm. »

Et il s'était mis à fredonner à son oreille. Une chanson mélancolique, mais elle s'en moquait, parce qu'il chantait pour elle en la tenant serrée contre lui, sous la neige, au milieu de la nuit.

Les applaudissements ne lui parvenaient plus. Son sang coulait plus vite dans ses veines, elle haletait… Bon sang, qu'elle était amoureuse, alors !

Elle aurait mieux fait de s'en aller avant qu'il ne vienne lui parler.

— Merci, et excellente soirée à tous, lança-t-il avant de courber la tête.

Puis il tourna les talons en hâte et disparut.

Elle se rassit, soudain nerveuse sans raison.

Bientôt, elle le vit se frayer un passage pour la rejoindre. Il se glissa sur la banquette d'en face et chercha son regard.

— Vivian, toi ici ! Comment est-ce possible ?

— Gary a tellement insisté… Mais je peux te renvoyer la question ! Tu te produis en public, à présent ?

— C'était la première fois, et… j'ai du mal à en parler.

— Pourquoi ?

— C'est très dur pour moi de monter sur une scène. Ça m'évoque tant de souvenirs douloureux…

Voilà pourquoi il était mal à l'aise à l'Opry. Mais alors, n'avait-il chanté ce soir que pour rendre service à Gary ?

— Je peux te dire que c'était réussi ! Tu as exactement le timbre de Ray Castille ! C'en est même stupéfiant. D'ailleurs, au début, tout le monde semblait… abasourdi.

Il se rembrunit.

— Tu connais la voix de Ray Castille ? Je croyais que tu détestais la country.

— Je l'ai entendue toute mon enfance. Ray Castille était l'idole de mon père, il rêvait de devenir aussi célèbre que lui.

— Bon, mettons qu'il existe une certaine ressemblance.

Elle posa la main sur la sienne.

— Pas seulement, Reece, on s'y tromperait. Mais pourquoi cela t'ennuie autant d'avoir du talent ?

— Mon unique talent, c'est celui de chirurgien.

— Bien sûr, aussi, mais… tu chantes d'une façon merveilleuse. Mieux que Ray Castille, à mon avis.

— N'importe quoi ! Papa était le meilleur !

Les yeux de Vivian s'arrondirent. Les oreilles bourdonnantes, le cœur battant la chamade, Reece prit conscience que, sur une impulsion idiote, il venait de lui livrer son secret.

Il était le fils d'une légende, et avait déçu son père en refusant de suivre ses traces.

« La médecine guérit peut-être les corps, Reece, mais la musique guérit les âmes. »

En y réfléchissant, il était soulagé qu'elle sache. C'était si dur de vivre avec ce lourd fardeau… En même temps, et c'était inquiétant, il recommençait à se confier à elle.

Elle le regarda d'un air suspicieux.

— Alors pourquoi n'as-tu pas le même nom que lui ?

— Je l'ai changé.

Elle rougit.

— Bon, d'accord. Mais dans quel but ?

— Pour ne pas être l'ombre de mon père. Je suis chirurgien avant tout.

— Je vois. Et Gary était au courant ? C'est pour ça qu'il t'a demandé de le remplacer ?

— Non, pas du tout. J'ai chanté un peu dans sa chambre pour le distraire, il a estimé que je me débrouillais, c'est tout. À l'évidence, il n'a pas fait le rapprochement.

— Tout de même, toi qui es toujours si discret ! C'est incompréhensible que tu aies accepté de monter sur une scène !

— J'aime la musique, même si je n'ai aucune envie d'en faire mon métier.

— Mais si tu interprètes les succès de ton père, avec la même voix que lui, ton secret sera éventé avant longtemps !

— C'était la première fois, et il n'y a que toi qui saches, pour l'instant.

— C'est vrai.

Elle lui sourit, et il sentit son cœur fondre. C'était bon de bavarder avec elle, comme avant…

— Pourquoi n'ai-je pas remarqué cette ressemblance avant ? Je t'ai pourtant souvent entendu chanter !

— C'est surtout flagrant quand il s'agit des chansons de mon père, je suppose. Vivian, s'il te plaît, pas un mot à Gary, ou il va me harceler pour que je recommence.

— D'accord, mais ça lui reviendra aux oreilles, de toute façon. Il est pratiquement le patron de ce café. Tu as pris des risques, Reece.

— Et alors, que va-t-on dire ? Qu'un chanteur inconnu, dans un bar, avait la même voix que Ray Castille ? Tant qu'ils n'ont rien de plus précis à se mettre sous la dent, je ne crains rien.

— Tu n'as pas peur que Gary te propose de faire l'Opry avec lui ?

— Eh bien, mon emploi du temps ne me le permettra jamais, je reporterai chaque fois, et il finira par oublier. Je connais les stars. Il passera vite à autre chose, pourvu que ce soit nouveau et que ça brille. Je t'en prie, Vivian, ne parlons plus de ça.

— Si tu veux. Où en est ton essai clinique ?

Il fut soulagé de cette question. Ses patients se portaient mieux, et Sandra se remettait doucement, avec très peu d'effets secondaires.

— Tout va bien. Le produit est bien accepté en général. Tu as vu ta mère récemment ?

— Oui, elle est lucide la plupart du temps. Quand comptes-tu la laisser sortir ?

— À la fin de la semaine, quand j'aurai terminé les derniers tests de mémoire.

La serveuse posa une tasse fumante devant Reece.

— Puis-je avoir un café ? demanda Vivian.

Du café, à cette heure ? Il lui jeta un regard intrigué.

— Tu as l'intention de passer une nuit blanche ?

— Exactement, jusqu'à ce que j'aie le fin mot de l'énigme.

— Je ne m'inquiète pas, tu l'auras.

— Pourquoi me fais-tu tellement confiance ? Je veux dire, je patauge, c'est évident, et tu es le seul à ne pas douter de moi. Pourquoi ?

— Parce que tu es extrêmement compétente.

— Excusez-moi… monsieur Castille.

Reece tressaillit. Il se retourna : l'homme en veste de daim qui l'avait approché à l'Opry House se tenait à côté du box. Un visage familier, mais qu'il n'était pas parvenu à associer à un nom. D'un coup, cela lui revint : c'était Andrew Sampson, le producteur et parolier de son père, qui avait écrit plusieurs de ses tubes.

Il détestait mentir, mais c'était bien suffisant que Vivian sache. Pas question de dévoiler son secret au reste du monde.

— Décidément, vous avez de la suite dans les idées ! Je suis le Dr Castle, le médecin de Gary Trainer.

M. Sampson eut un sourire indulgent.

— Si vous le dites… Mais ne niez pas que vous avez la voix de Ray.

— Merci du compliment. Voici Vivian Maguire, ma collègue au Cumberland Mills, qui soigne Gary avec moi.

Elle se glissa hors du box.

— Enchantée. Ne m'en veuillez pas, mon travail m'attend. Je vous laisse bavarder entre hommes.

Reece lui posa une main sur le bras.

— Tu es vraiment si pressée ?

Non, elle n'allait pas l'abandonner ! Il avait besoin d'elle, mais comment le lui faire comprendre ?

— Oui, je prends mon café au comptoir et j'y retourne. Je ne me sentirai pas tranquille tant que je n'aurai pas élucidé le mystère. À plus tard ?

— D'accord.

Il la suivit du regard, et son cœur chavira. Il était déçu, piégé, et se reprochait à présent d'avoir accepté de remplacer Gary. Pourtant, devant la tendresse qui unissait Vivian et sa mère, il avait regretté de ne jamais avoir fait la paix avec son père… Lorsque Gary, enthousiasmé par la chanson qu'il avait interprétée pour lui, lui avait fait cette proposition, il y avait vu une chance de se racheter en partie.

— Tu es donc vraiment médecin ? demanda Andrew dès que Vivian fut sortie.

Renonçant à mentir plus longtemps, Reece eut un sourire en coin.

— Hmm. Neurochirurgien.

— Bravo ! J'ai toujours su que tu étais brillant.

— C'est vrai ?

— Bien sûr ! Ainsi, c'est cette charmante dame et toi qui soignez Gary ? J'espère qu'il se remettra vite. Qu'a-t-il ? Il y a pas mal de bruits qui courent…

— Secret professionnel. Tout ce que je peux dire, c'est que ces rumeurs sont fausses.

— Ah, j'en suis ravi. C'est tellement décevant d'apprendre chaque fois que des musiciens de talent sont tombés dans l'alcool et la drogue.

Reece ressentit un pincement désagréable au plexus.

— En fait, que puis-je pour vous, monsieur Sampson ? demanda-t-il avec brusquerie.

— C'est bientôt le trentième anniversaire de la première

de ton père à l'Opry, tu ne l'ignores pas. C'est triste qu'il ne soit pas là pour le fêter avec nous, mais, puisque tu as hérité de son don, si tu pouvais passer à l'émission ce jour-là, ce serait du tonnerre !

C'était un peu ce qu'il avait fait ce soir, en réalité, mais le Red Swallow n'était pas l'Opry House…

Il n'était personne, il était nul. Impossible de chanter devant près de cinq mille spectateurs — sans compter le public du Ryman, où le concert était retransmis sur écran, et les millions d'auditeurs et téléspectateurs qui suivaient le concert.

Il se leva d'un bond.

— Navré, je suis trop occupé par mon travail. Et d'ailleurs, on m'attend à l'hôpital.

Il fila sans écouter les arguments d'Andrew. Lui qui n'avait jamais fait un pas vers la réconciliation avec son père, avait-il le droit d'honorer sa mémoire ? Comment avait-il pu accepter de se produire en public ? En une soirée, il avait perdu son identité de Reece Castle, neurochirurgien, pour redevenir le fils, l'ombre de Ray Castille. Alors qu'il ne serait jamais à la hauteur.

Il passa chercher sa guitare et sortit par la porte de service, son chapeau rabattu sur les yeux.

Une voix émana de l'obscurité.

— Où vas-tu comme ça, cow-boy ?

— Vivian ? Je croyais que tu repartais à l'hôpital !

— Bien sûr, mais, en route, j'ai revu ton visage, et j'ai pensé que je ferais mieux de rebrousser chemin. J'ai eu raison ?

— Oui. Je suis content que tu sois revenue.

Dans la pénombre, il distingua le rouge qui lui était monté aux joues et lui prit la main.

— Tu ne veux pas retourner au café, n'est-ce pas ?

— Non !

— Alors, partons d'ici.

À ce moment précis, il sut qu'il venait de balayer toutes ses résolutions. Le pire était qu'il s'en moquait.

10.

— Où m'emmènes-tu ? Dans le Kentucky ?

Vivian venait de prendre conscience que Reece avait bifurqué à la sortie de Nashville en direction du nord-est.

— Pourquoi le Kentucky ?

— Tu ne te rappelles pas notre escapade ?

Et la nuit qu'ils avaient passée dans les bras l'un de l'autre…

Elle vit son visage s'assombrir.

— Hmm. En fait, nous n'allons que dans les bois qui bordent Hendersonville.

— Tu as l'intention de m'assassiner parce que j'ai découvert ton secret ? demanda-t-elle pour atténuer la tension.

Au lieu de rire, il la regarda comme si elle était folle.

— Oh ! ne te fâche pas ! C'est toi qui fais des mystères…

— Tu tiens vraiment à savoir ? Je veux te montrer mon chalet.

— Ah bon ? Tu as un chalet à Hendersonville ?

— Oui, au bord du lac. Je l'ai restauré moi-même. Une aubaine, le terrain est mitoyen avec l'ancienne propriété de Johnny Cash.

— Tu me surprends !

— Johnny Cash a toujours été mon idole.

— Ah ? Tu ne préférais pas ton père ?

— Eh bien, non. Vivian, sois gentille, assez parlé de lui ce soir.

— D'accord.

Elle non plus n'aimait pas évoquer le sien. C'était sans doute ce qui les avait réunis, au début.

Elle l'avait cru son ami le plus proche, et elle s'apercevait qu'en réalité il était presque un étranger pour elle.

Après tout, elle récoltait ce qu'elle avait semé, ce qui était aussi bien, parce qu'elle n'était pas sûre de pouvoir accorder sa confiance à un homme.

Il s'engagea dans une allée qui traversait les futaies et s'arrêta dans une clairière. À la clarté des étoiles, elle distingua la façade d'une bâtisse plus imposante qu'un simple chalet.

— Tu habites ici ?

— Hmm.

— Je m'imaginais que tu vivais en ville ! Peut-être dans ta maison de famille…

Il ricana.

— Tu plaisantes ! C'est devenu un sanctuaire. Pardon, il paraît qu'il faut dire « un musée ». Et je préfère être au fond des bois, comme mon grand-père. J'ai passé des étés merveilleux chez lui jusqu'à l'âge de dix ans.

Il hésita un instant.

— Avant que la maladie d'Alzheimer ne le frappe.

— Ah ? Ça explique beaucoup de choses !

— Je l'adorais. Il menait la vie humble et proche de la nature que je n'ai pas eu la chance d'avoir avec mes parents.

Elle descendit du 4x4 et leva la tête vers la voûte étoilée, si nette et si belle, exempte de toute pollution. Le clapotis de l'eau contre le rivage lui rappela le chalet du Kentucky, et elle sentit la chaleur l'envahir au souvenir de leurs ébats…

C'était là-bas qu'elle avait compris qu'elle aimait Reece. Elle ne le lui avait jamais avoué, cependant. Elle eut soudain honte de l'avoir tant fait souffrir…

— Tu as envie d'un chamallow ?

Elle rit, et cette question futile balaya ses sombres pensées.

— Curieux, c'est la première fois qu'on me demande ça !

— Je comptais allumer un feu et en mettre quelques-uns à griller.

— L'idée du feu est géniale, mais je me passerai du chamallow.

— Tu ne sais pas ce que tu perds ! C'est sans doute ce qu'il y a de meilleur au monde.

Elle éclata de rire.

— J'avais oublié ta passion pour les grillades !

— Sauf le steak. Je ne supporte pas la viande trop sèche.

Elle lui prit la main, et il l'entraîna vers un cercle de pierres qui délimitait un foyer plein de cendres. Tout autour étaient disposés des bancs recouverts de coussins moelleux. La surface du lac brillait sous la lune. À travers les branches basses des pins, des lucioles dansaient sur le rivage.

Elle déglutit et son cœur se serra. Avant que son père n'ait la folle ambition de devenir célèbre, il l'avait quelquefois emmenée à la pêche de nuit. C'était l'un des rares souvenirs avec lui qu'elle chérissait…

Le bois qui s'enflammait craqua. Elle s'assit pour observer Reece, son chapeau de cow-boy dans le dos, accroupi près du feu.

— Je t'ai déjà dit qu'il t'allait à merveille ?

— Quoi ?

— Ton chapeau. Ça te donne un air énigmatique…

Aussitôt elle rougit.

Il sourit sans la regarder.

— Tu ne me préfères pas en calot de bloc ?

— Ce n'est pas comparable ! Je n'ai pas de préférence.

Elle poussa un soupir.

— Il y a des années que je n'étais pas venue au bord du lac… Mon père m'y amenait quand j'étais petite.

Elle se reprocha cette confidence. Était-ce bien le moment de raconter cela ?

— Tu ne parles jamais de ton père.

— Nous sommes deux, alors.

— Exact.

Il se releva et contourna le foyer pour s'asseoir près d'elle.

— En revanche, ta mère en parle.

Elle se raidit et son estomac se noua.

— C'est vrai ? Que dit-elle ?

— Qu'elle l'aimait, et qu'il l'a abandonnée.

— C'est à peu près ça, oui. Il lui a brisé le cœur.

— Et le tien avec ? demanda-t-il d'une voix douce.

Pourquoi était-il si gentil avec elle ? Elle refoula les larmes qui menaçaient.

— Hmm.

— Il est guéri, ce cœur, maintenant ?

— Totalement.

Il acquiesça de la tête, manifestement peu convaincu, et remua quelques tisons.

— Bon, il y a assez de braise, on peut mettre les chamallows à griller ! Je vais les chercher.

Elle le regarda se diriger vers la maison et poussa un soupir. Que faisait-elle ici ? Elle aurait dû appeler un taxi et retourner à l'hôpital. Rester seule avec lui était trop dangereux. Elle ne pouvait rien lui promettre, et détestait l'idée de le voir souffrir encore.

Sa décision arrêtée, elle se leva, quand il réapparut avec un paquet de chamallows et un étui à guitare. Il lui jeta un regard surpris.

— Qu'est-ce qui t'arrive ?

— Je ferais mieux de partir.

— Et moi, je pense que tu ferais mieux de te rasseoir, dit-il d'un ton grave. D'ailleurs, aucun taxi ne viendra te chercher au milieu des bois à cette heure-ci. Tu es piégée, totalement à ma merci.

— C'est-à-dire ?

Il eut un sourire sardonique et roula de gros yeux.

— Que je vais te bourrer de chamallows de force.

Elle haussa les épaules et reprit place sur son banc. Il la taquinait… comme au bon vieux temps, et c'était agréable. En fin de compte, elle avait chaud, elle était bien…

— Qu'est-ce que c'est que cet étui à guitare ?

— Crois-le si tu veux, il contient une guitare.

Elle rit.

— J'avais même l'intention de chanter, dit-il. Ta mère m'a appris que tu chantais bien, toi aussi.

— Quoi ? Elle raconte n'importe quoi, je chante faux !

Il coiffa son chapeau en riant. Cela faisait longtemps qu'elle ne l'avait pas vu si joyeux. Son cœur fondit, et tous leurs bons moments lui revinrent à la mémoire : les longues nuits à l'hôpital, les fous rires communs à propos de rien. Une complicité qui l'avait amenée dans ses bras pour la première fois…

Cette nuit-là, elle avait tant ri, elle était si épuisée, qu'elle avait trébuché dans le couloir. Il l'avait rattrapée et attirée contre lui. Quand elle avait croisé son regard, il était très sérieux. Ils avaient échangé un baiser passionné…

C'était le seul homme qui lui donnait le vertige. Aucun de ceux qu'elle avait embrassés après lui n'avait supporté la comparaison. Elle sentit la chaleur monter, et un frisson de désir lui vrilla le ventre.

— Alors, que comptes-tu me chanter ? demanda-t-elle pour échapper à ces pensées déplacées.

Si elle continuait à évoquer de tels moments, elle allait se jeter dans ses bras. Il la repousserait, et ce serait insupportable.

— *Under my spell*, tu connais ? demanda-t-il en sortant sa guitare.

Elle l'avait si souvent entendue, interprétée par son père…

— Vaguement. Je t'écoute, ne compte pas sur moi pour faire plus.

— Dommage…

Bientôt, la mélodie s'éleva dans l'obscurité. Comme par enchantement, la voix chaude de Reece effaça son amertume, et elle qui croyait avoir oublié les paroles se surprit à l'accompagner. Elle se revit en train de chanter avec ses parents, du temps de son enfance heureuse, quand ils étaient encore tous les trois.

Avec Reece, c'était simple et agréable, comme s'ils répétaient ensemble depuis longtemps.

Leurs regards se croisèrent au-dessus des flammes, et tandis que leurs voix se mêlaient, elle eut l'impression qu'une toile invisible se tissait autour d'eux pour les unir. Elle en eut la chair de poule.

À la fin de la chanson, la magie ne cessa pas. Les yeux de Reece brillaient à la lueur du feu, et elle avait le vertige.

C'était le moment de s'enfuir en courant, mais ses jambes ne lui obéissaient plus.

Brusquement, il posa sa guitare, vint vers elle, et lui prit le visage entre les mains ; puis il descendit les doigts sur sa nuque, et pressa les lèvres sur les siennes. Sa tête se mit à tourner… Elle se sentait fondre de plaisir. Et de désir.

Elle le repoussa d'un coup.

— Je dois retourner à l'hôpital, maintenant, murmura-t-elle.

— Tu as raison, dit-il d'une voix rauque. Le temps d'éteindre le feu, et je te retrouve au 4x4.

Le charme était rompu. Elle se dirigea vers le véhicule. Par-dessus son épaule, elle vit Reece jeter du sable sur les braises. Pourquoi n'y avait-il pas de moyen aussi simple pour éteindre les flammes qui brûlaient en elle ?

Reece parcourait le couloir à grands pas, furieux contre lui-même. Quel imbécile d'avoir embrassé Vivian la veille au soir ! Ce n'était pas prévu. Il voulait simplement l'aider à se détendre… Mais lorsqu'elle s'était mise à chanter avec lui, il avait perdu la tête.

Il n'en revenait pas : sept ans après, quand elle était dans ses bras et qu'il lui caressait les cheveux, il avait l'impression de l'avoir quittée la veille. Il avait eu envie d'elle, et pensé percevoir un désir égal au sien, mais elle l'avait repoussé. Il s'était donc trompé, et il en souffrait comme un damné.

Cela le ramenait à l'affreux matin où il s'était réveillé dans un lit vide.

Le mot qu'elle lui avait laissé était très explicite, mais il l'avait malgré tout appelée plusieurs fois dans toute la maison, parce qu'il ne parvenait pas à y croire, puis il s'était précipité chez sa mère.

« Elle a pris un vol pour Munich à l'aube, Reece. Je vous avais dit de la laisser tranquille.

— Pourquoi ne m'a-t-elle pas prévenu ?

— Elle a tenté de le faire, elle a même failli rester. Ne comprenez-vous pas que c'est mieux ainsi ? »

Non, il ne comprenait pas. Ce départ l'avait anéanti.

Au bout du compte, elle avait bien fait de s'en aller, la veille au soir. Il souffrirait trop d'être rejeté une fois de plus.

En arrivant dans le hall, il l'aperçut au comptoir des infirmières, en train de taper un message sur une tablette. Ses doux cheveux auburn étaient enroulés en un chignon qui dénudait sa nuque laiteuse... Elle était d'une beauté à couper le souffle.

Voilà qu'il recommençait à avoir besoin d'elle comme d'une drogue... Jamais plus il ne devait laisser ses émotions prendre le dessus.

S'était-elle sentie observée ? Elle se retourna, croisa son regard, rosit légèrement et se remit au travail.

Elle semblait aussi gênée que lui. Elle devait regretter de s'être laissée embrasser...

Son bipeur vibra, et il consulta l'écran : le Pr Brigham désirait le voir. Il se mit en route en soupirant vers le bureau de son patron, à l'autre bout du service.

— Ah, docteur Castle ! Asseyez-vous.

— Que puis-je pour vous, professeur ?

— Vous n'ignorez pas que je suis en train de me chercher un successeur. Selon l'usage, notre DRH me demande de choisir parmi l'ensemble des chirurgiens de l'hôpital.

— C'est assez sensé, répondit Reece, prudent.

— Bien sûr, mais je souhaiterais que mon remplaçant puisse prendre le relais pour la chirurgie, et un chirurgien général ne fait pas de craniotomies.

— Rien ne vous empêche de confier vos patients attitrés à un neurochirurgien qui ne serait pas forcément le chef de service.

— Hmm, pourquoi pas... Merci. J'aimerais aussi votre avis sur le Dr Maguire. J'ai quelques inquiétudes sur ses capacités de diagnosticienne... Elle n'a toujours pas découvert ce qui perturbe le système nerveux de M. Trainer.

— Pardon, professeur, mais nous avons réalisé tous les examens possibles, tous les tests, sans résultat. Le cas est vraiment complexe, et elle y travaille sans interruption depuis son arrivée. Gary s'est-il plaint ?

— Pas lui, mais son équipe s'impatiente. Ils perdent de l'argent… Leur poulain doit partir en tournée dans quelques jours.

Le cœur de Reece se serra. On avait aussi poussé son père à monter sur scène sans se soucier de sa santé. Autant que l'abus de drogues et d'alcool, c'était son agent qui l'avait conduit dans sa tombe…

— Eh bien, c'est tout simple, s'ils l'obligent à continuer avant que nous ayons découvert ce qu'il a, il y laissera sa peau. Le Dr Maguire et moi-même ne pouvons pas assister à chacun de ses concerts pour le réanimer.

Le Pr Brigham prit un air abattu.

— Ils menacent de le faire transférer dans un autre hôpital.

— Ce serait dommage. Je peux vous certifier que le Dr Maguire est tout à fait compétente.

— Voila une opinion tranchée, pour une fois ! Pourtant, elle a du mal à le prouver. Elle paraît distraite. Vous n'auriez pas une idée de ce qui la tracasse ? La maladie de sa mère, peut-être ?

— C'est bien naturel que cela l'inquiète…

— En effet.

— Voilà, professeur, je vous ai dit l'essentiel. Si vous permettez, je dois retourner auprès de mes patients.

— Une dernière chose, docteur Castle. Pourquoi ne pas argumenter en votre faveur ? N'importe qui d'autre l'aurait fait. Ce poste ne vous intéresse pas ?

Reece hésita un instant. Bien entendu, il serait honoré de cette reconnaissance, mais il ne se sentait pas capable de diriger un service, de communiquer avec l'administration et la presse, d'assister à des réceptions, à des dîners avec les personnalités…

« Tu n'es personne, Reece. Tu n'es rien. »

— Non, professeur, je ne suis pas candidat.

Sur un signe de tête, il quitta le bureau, mécontent que le

Pr Brigham se laisse manipuler par des gens du show-biz qui ignoraient tout de la médecine. Et mécontent de lui-même, parce qu'il se laissait manipuler par le fantôme de son père.

Qui le forçait à refuser les honneurs et à vivre caché.

11.

— Alors, docteur, ce remplaçant, il vous a plu ?

Elle termina son auscultation et releva la tête : Gary la regardait, l'air amusé.

— Vous auriez pu me dire qui c'était !

— Et vous n'y seriez pas allée…

— Probablement pas, en effet.

— Pourquoi ? J'ai comme l'impression qu'il y a quelque chose entre vous ; je vous avoue que je suis même un peu jaloux.

— Vous ne manquez pas d'imagination ! Du reste, je crois qu'il se serait bien passé de ma présence. Il n'a pas semblé apprécier particulièrement que je sois dans le public.

Vu la façon dont Reece l'évitait, il se reprochait de l'avoir emmenée chez lui la veille au soir. Quand elle l'avait repoussé, il avait eu ce regard glacial, le même que le jour de son arrivée. Même si elle pensait avoir agi au mieux, son cœur se serrait chaque fois qu'il détournait les yeux pour ne pas la voir.

— À moi, on ne me la fait pas, docteur ! Un type qui écrit des textes et qui chante de la country, il est forcément sensible, non ? Je sens bien que le courant passe entre vous. Allons, dites-moi tout. Vous vous êtes aimés, et vous vous haïssez ?

— Voilà, c'est ça. Je le hais.

Gary leva les mains en ricanant.

— Ne me racontez pas d'histoires. Je vous observe depuis un moment…

— C'est pour ça que vous vouliez à tout prix m'envoyer au Red Swallow ?

— Exact. Il n'y a pas meilleur entremetteur que moi. Si vous saviez combien de couples j'ai mariés avec mes chansons… Rien que l'année dernière, mon disque de platine *With every breath* a été le titre le plus demandé dans les mariages.

— Navrée de vous décevoir, mais le Dr Castle et moi n'en sommes pas là ! Nous sommes collègues, peut-être même amis, mais pas plus.

— Bon, bon ! Dans ce cas, tant mieux, je vais pouvoir vous faire la cour. Vous me plaisez, docteur…

— Reposez-vous, Gary. Demain, vous repassez un scanner.

— Encore ? Mais…

Il se tut, et jeta un regard surpris par-dessus l'épaule de Vivian.

— Andrew ? Que fais-tu là ?

Elle se retourna : le producteur-parolier qui avait abordé Reece au Red Swallow était sur le seuil.

— Qu'est-ce qui me vaut le plaisir ?

— Salut, Gary. J'avais envie de venir te dire un petit bonjour. Mes hommages, docteur Maguire.

— Vous vous connaissez ? demanda Gary.

— Oui, je l'ai rencontrée hier soir, en compagnie de Reece Castille. Ou plutôt « Castle », comme il se fait appeler…

Les yeux et la bouche de Gary s'arrondirent, et le cœur de Vivian chavira.

— Quoi ? C'est… le fils de Ray Castille ? Je me disais bien, aussi… Bon sang, j'aurais dû deviner tout seul !

Vivian était catastrophée. D'ici peu, tout l'hôpital serait au courant ! Elle devait absolument prévenir Reece.

— Messieurs, si vous me permettez, j'ai d'autres patients à voir.

Elle se précipita au comptoir des infirmières.

— Sauriez-vous où est le Dr Castle ?

— Salle d'op 3, une procédure pour son essai clinique.

Zut, il n'était pas question de le déranger !

— Pouvez-vous le joindre et lui demander de ne pas partir sans que je lui aie parlé ? C'est important.

— Bien sûr, où serez-vous ?

Elle réfléchit un instant.

— Dans mon bureau, ou au labo de recherche. J'ai déjà rendu visite à ma mère ce matin, elle semblait en forme.

— C'est vrai. À propos, votre maman a un visiteur, en ce moment.

— Oh ! un voisin, probablement ! Merci.

Tout de même… Qui cela pouvait-il être ? La curiosité l'emporta. Elle pouvait prendre cinq minutes…

En approchant de la chambre, elle entendit le rire de sa mère, et celui d'un homme qui lui faisait écho… Un frisson d'effroi la traversa. Ce rire… Non, impossible !

En entrant, elle eut le sentiment que le monde s'écroulait : assis au chevet de sa mère, son père lui tenait la main et bavardait comme s'ils s'étaient quittés la veille. Elle n'avait donc pas eu la berlue, à l'Opry House, c'était bien lui !

Et à présent il était là, en train de consoler sa mère, en bon mari… qu'il n'était pas. Vivian vit rouge. Il avait sans doute besoin d'argent.

Il leva la tête vers elle, souriant.

— Vivian ! Je suis heureux de te revoir !

— Qu'est-ce que tu fais ici ? lui cria-t-elle en fermant la porte.

Sa mère lui jeta un regard furieux.

— Docteur, je vous défends d'employer ce ton avec mon mari. Il a le droit d'être auprès de moi, je viens d'avoir un bébé.

Le cœur de Vivian se serra. Sa mère avait régressé… Le protocole avait échoué.

— Navrée, je vous laisse, mais puis-je parler une minute en privé à M. Bowen ?

Sa mère se tourna vers son père, les sourcils froncés.

— Hank, tu n'es pas obligé…

— Elle fait son travail, Sandra. Je ne serai pas long.

Une fois dans le couloir, Vivian le fit entrer dans une salle de consultation.

— Assieds-toi. Je te préviens, je suis sa tutrice, maintenant. Elle ne te donnera pas d'argent.

— Vivian… je comprends que tu sois choquée, mais tu

te trompes. Je souhaite simplement faire amende honorable. Pour de bon, cette fois.

— Tu sais qu'elle a la maladie d'Alzheimer ?

— Oui. Je suis revenu m'occuper d'elle.

Sa voix tremblait. Peut-être était-il sincère, mais c'était un ivrogne, il n'y avait rien de bon à en attendre. Elle se leva et ouvrit la porte.

— C'est très gentil de ta part, mais, depuis mes dix ans, c'est moi qui m'occupe d'elle !

Il soupira.

— Bon, ne t'énerve pas. Je chante au Dead End ce soir. Viens me voir après le spectacle, j'ai des trucs à t'expliquer. Je t'en prie. Je te répète que je ne veux pas d'argent.

— J'y réfléchirai. Je ne te promets rien.

Quand il eut franchi la porte du service, elle retourna dans la chambre de sa mère, qui se tourna vers le seuil, souriante, pour se rembrunir aussitôt.

— Oh ! encore vous !

— Maman, c'est moi, Vivian !

— À quoi jouez-vous, docteur ? Vivi vient de naître !

— Maman, c'était il y a longtemps. Tu ne te souviens pas ?

— Où est mon mari ? Je ne comprends rien à ce que vous me dites. Et mon bébé ?

La voix montait dans les aigus… Vivian s'approcha du lit pour prendre sa mère dans ses bras, mais elle la repoussa.

— Maman…

— Et ne m'appelez plus ainsi ! cria-t-elle.

— Madame Bowen ? Je suis le Dr Castle, vous vous rappelez ? Je vais retrouver M. Bowen et votre petite fille.

Reece, qui venait de surgir au chevet du lit, la regarda par-dessus son épaule.

— Va chercher un calmant, murmura-t-il.

Elle sortit sans répondre et rapporta de la pharmacie un sédatif léger, qu'il injecta dans la perfusion. Sa mère cessa de hurler, mais se mit à sangloter à fendre l'âme.

Vivian maudit son père, qui avait causé cet égarement et ce chagrin.

— Reposez-vous, madame Bowen.

Bientôt, sa mère dodelina de la tête et glissa dans le sommeil. Reece l'observa, perplexe.

— Elle semblait plutôt bien, pourtant… Pourquoi est-elle dans cet état ?

— Mon père lui a rendu visite.

— Ah bon ?

— Il ne s'était pas montré depuis des années. À l'évidence, il l'a fait régresser dans une période plus heureuse… Il veut se racheter, paraît-il. J'ai refusé d'écouter ses explications, et il m'a demandé de le retrouver ce soir au Dead End.

— Quoi ? C'est un bar minable…

— Il a l'habitude.

— C'est pour cette raison que tu m'as fait passer un message en salle d'op ?

— Non. Je… je voulais te prévenir. Andrew Sampson est venu voir Gary, il lui a dit qui tu étais.

Le visage de Reece tourna au gris.

— C'est vrai ?

— Hmm. C'en est fini de ton secret, j'en ai peur.

12.

Reece sortit de la chambre en jurant entre ses dents. Quelle tuile ! Déjà, toutes les têtes se tournaient sur son passage. C'était trop tard, la rumeur se répandait comme une traînée de poudre. Il allait se réfugier dans son bureau, réfléchir, inventer quelque chose…

Il se ravisa. Il n'était plus temps de nier, mieux valait faire face tout de suite, aller dans la chambre de Gary. Quand il entra, Andrew Sampson s'arrêta de parler et le chanteur jeta un regard peiné à Reece.

— Docteur Castle ! Pourquoi ces cachotteries ? Ray Castille a toujours été mon idole, mon inspiration vient de sa musique, vous le savez ! Vous devez en avoir, des histoires à raconter !

Reece ricana.

— Pas vraiment, non.

— Andrew vous a entendu, hier soir. Il me disait que vous aviez la voix de votre père, et un talent évident.

— Pour la médecine, oui. Que ce soit bien clair, Gary : j'ai justement changé de nom pour que mes collègues ignorent de qui j'étais le fils.

— Navré, je ne pouvais pas me douter, dit Andrew. Je comprends mieux ton attitude de ces derniers jours. Moi qui pensais que tu étais fier de ton père…

— Bon, reprit Gary. Je m'adresse au médecin, dans ce cas. J'aimerais savoir si je serai sorti d'ici pour chanter à l'Opry pour l'anniversaire de son premier passage dans l'émission. Vous avez une idée sur la question, docteur Castle ?

— Je n'ai aucune précision, mais, à mon avis, non.

— Et pourquoi ne le ferais-tu pas à sa place ? s'écria Andrew. Ce serait une bonne occasion de faire tes débuts !

— Les débuts sont pour ceux qui souhaitent faire carrière, monsieur Sampson.

Reece serra les mâchoires. Il devait quitter cette chambre sur-le-champ, sous peine de faire un malheur. Quel imbécile d'être allé s'exhiber au Red Swallow !

Ou peut-être, en y réfléchissant, avait-il inconsciemment eu envie d'être découvert…

— Messieurs, permettez-moi de vous abandonner, j'ai des patients à traiter, dit-il en quittant la chambre.

— Reece !

Il se retourna : Vivian courait pour le rattraper dans le couloir.

— Pas maintenant, s'il te plaît.

Il continua à vive allure jusqu'à son bureau, tenta de lui fermer la porte au nez, mais elle réussit à se faufiler derrière lui.

— Tu me fuis ?

— Et alors ? Chacun son tour !

Il se reprocha aussitôt sa mesquinerie.

— Je regrette. Mais laisse-moi tranquille, je t'en supplie.

— Explique-moi d'abord pourquoi tu es si bouleversé qu'on connaisse ta véritable identité.

— Je ne supporte pas la célébrité.

— Reece… Je suis désolée. Pour ça, et pour le reste.

S'il avait bien entendu, elle lui demandait pardon… Il s'affala dans son fauteuil.

— Il ne me manquait plus que ça ! J'ai encore trois protocoles qui m'attendent, et j'ai envoyé ta mère repasser un scanner.

— Hmm. Elle a régressé, visiblement.

— Navré. D'après toi, c'est le retour de ton père qui a déclenché la crise ?

— J'en suis convaincue.

L'amertume qu'il perçut dans sa voix lui noua les entrailles. Inutile de la détromper, pour l'instant…

— En tant que tutrice, tu peux lui interdire de voir ta mère. Ici, et ensuite, quand elle sera dans un foyer.

— Un foyer ? Jamais de la vie !

— Vivian, sois réaliste. Tu ne peux pas passer tout ton temps près d'elle. Tu as une vie, une carrière…

— Pas vraiment, à en juger par les rumeurs. On doute de mes compétences, l'administration réclame un diagnostic. Et je ne peux rien leur donner, je n'ai rien !

— Aie confiance en toi, Vivian. Tu vas trouver.

Elle haussa les épaules.

— Je fais mon possible. Mais si l'état de maman s'aggrave, je demanderai un congé sabbatique pour rester auprès d'elle.

— Tu crois que ce sera facile ? Tu souffriras chaque fois qu'elle ne te reconnaîtra pas, elle deviendra agressive…

— Qu'est-ce que ça peut te faire ?

— Je m'inquiète pour toi, c'est tout.

Il faillit la prendre dans ses bras, malgré la rage qui bouillonnait dans ses veines. En fait, il lui reprochait surtout de lui inspirer du désir…

— Ma mère est tout ce que j'ai.

— Tu oublies ton père, qui souhaite se racheter.

— À ce qu'il prétend.

— Si tu veux, je t'accompagne ce soir dans ce bar, pour lui mettre les points sur les *i*.

Il lut le soulagement sur son visage.

— Merci, mais ne te sens pas obligé…

— Nous sommes amis, n'est-ce pas ? Viens, les résultats du scanner doivent être prêts. Ensuite, direction le Dead End.

— Et ton secret ?

— Trop tard, tout le monde est au courant. Il ne me reste qu'à limiter les dégâts au maximum.

Ils sortirent du bureau et se dirigèrent vers la radiologie.

— Quel était le but d'Andrew, tu as une idée ?

— Il m'a proposé de chanter à l'Opry à la place de Gary, pour le trentième anniversaire. C'est hors de question, évidemment.

— Tu es certain ? Pas même en mémoire de ton père ?

— Tu veux que je te raconte tout, là, maintenant ?

— Entendu, oublie. Voyons ces résultats, pour l'instant.

Il marqua un temps d'arrêt.

— Vivian… Désolé, mais si ta mère tombe en dessous de la barre des cinquante pour cent, je ne peux pas la garder dans l'essai clinique.

— Je comprends tout à fait, inutile de t'excuser.

Vivian tentait de contrôler son angoisse. Que ferait-elle si sa mère devait sortir de l'hôpital ? En dépit de son air assuré, elle appréhendait beaucoup ce qui l'attendait.

Sa rencontre avec son père l'obsédait. Il fallait qu'elle le voie, pour lui interdire une fois de plus de s'approcher de sa mère. Pour l'instant, il restait sur ses gardes, mais il était tellement manipulateur…

Anxieuse, elle s'installa devant l'ordinateur.

— Pourquoi mon père est-il venu, aussi ? fit-elle entre ses dents.

— Il n'y est pour rien, Vivian. Il aurait mieux fait de s'abstenir, je te l'accorde, mais tu sais aussi bien que moi qu'il n'est pas responsable de cette régression.

En effet, Reece était la voix du bon sens… C'était hélas ainsi qu'évoluait la maladie. Heureusement qu'il était là ! C'était si rassurant de se sentir conseillée, soutenue… Bon, mais il ne voulait plus d'elle. Mieux valait penser à sa mère.

Enfin, les résultats apparurent sur l'écran, et elle vit un sillon se creuser sur son front.

— Navré, Vivian, murmura-t-il.

Ignorant les larmes qui menaçaient, elle se redressa.

— Tu m'avais prévenue. Merci de lui avoir donné une chance.

Il tendit les bras vers elle, et elle le repoussa.

— Ne t'inquiète pas, je ne vais pas m'écrouler. Je termine quelques bricoles ici, puis j'irai au Dead End. Tu sais, je crois que je peux m'en sortir seule, tu as déjà pas mal de choses à gérer.

— Comme tu voudras.

Elle avait tant envie de se blottir contre lui, de pleurer sur son épaule ! Mais à quoi bon, si elle n'était pas sûre d'elle-même ? En fin de compte, elle était bien la fille de son père ! Comme lui, elle avait une volonté de fer, et une passion qu'elle ne sacrifierait pas à l'être qu'elle aimait…

Une grosse boule se forma dans sa gorge. Elle aussi, elle avait abandonné sa mère pour poursuivre sa carrière en Allemagne. Et pour quel résultat ? Elle n'était même pas capable de poser le diagnostic de Gary Trainer…

Soudain, une idée la frappa : elle avait cherché un signe d'anomalie, de tumeur, la présence d'un élément microscopique dans le sang et la moelle épinière… Mais si c'était encore plus profond dans les tissus ? Elle devait vérifier immédiatement.

— Excuse-moi, Reece à plus tard !

Elle se rua dans son bureau, sortit les plus récents scanners du chanteur et, enfin, elle vit : il y avait une ombre, très faible, sur le dernier lobe du poumon gauche. Le corps n'avait sans doute pas commencé à produire suffisamment de globules blancs pour qu'on le remarque.

Elle aurait parié qu'il s'agissait d'un tératome, et que Gary souffrait du Syndrome myasthénique de Lambert-Eaton. Un syndrome auto-immun extrêmement rare, qu'elle n'avait rencontré qu'une fois, et n'avait pas envisagé cette fois. À présent, elle comprenait pourquoi il manquait d'oxygène quand il chantait. Il fallait d'urgence demander une biopsie.

Elle alla jusqu'au comptoir des infirmières.

— Swain, peux-tu m'indiquer le meilleur chirurgien thoracique ? Qui puisse faire une bronchoscopie le plus vite possible à un patient VIP. Gary Trainer.

— Le Pr Spader. Je l'appelle et je l'envoie chez lui. Mais… M. Trainer est bien en neurologie ?

— Oui, mais j'ai une théorie à confirmer.

Elle transmit les résultats sur sa tablette et se hâta vers la chambre de Gary. Le Pr Spader l'attendait devant la porte.

— Bonjour, professeur. J'ai besoin d'une bronchoscopie et d'une biopsie des poumons pour mon patient.

Elle lui montra le scanner et zooma sur la zone de l'ombre.

— Il souffre d'une série de symptômes étranges. Faiblesse musculaire, raideur, crises d'épilepsie entraînant des arrêts cardiaques… Une température parfois élevée, alors que le taux de globules blancs est très peu supérieur à la normale. Je soupçonne le SMLE. Si nous n'agissons pas rapidement, il risque le coma et la mort.

— Je prépare mon équipe et je vous fais ça demain à la première heure.

— Merci.

— De rien. J'espère pour vous que c'est le bon diagnostic, il paraît que vous étiez un peu dans le flou jusqu'à présent.

Elle serra les dents. Inutile de s'énerver, l'important était de soigner Gary.

— Si j'ai vu juste, vous comprendrez au moins pourquoi j'ai mis autant de temps à le poser.

— En effet, c'est un syndrome extrêmement rare, et très difficile à déterminer.

Elle trouva Gary épuisé et souffrant. Par chance, elle n'eut pas à parler devant Andrew Sampson, qui avait disparu. C'était déjà assez stressant que les médias campent à l'entrée de l'hôpital, à l'affût de la moindre nouvelle de la vedette.

— C'est vous, docteur ? Je vous croyais partie pour la nuit.

— Pas encore. Gary, demain matin, le Dr Spader vous opère. Une biopsie du poumon. Je soupçonne une tumeur sur un lobe, je veux vérifier.

— Ah… Et si jamais ce n'est pas ça ?

— Je ne sais pas, Gary. Nous chercherons ailleurs. Reposez-vous.

— Merci, docteur.

Elle quitta la chambre. Elle n'aurait pas de confirmation avant le lendemain matin, mais chaque chose en son temps.

Elle devait maintenant se préparer à rencontrer son père, qu'elle allait bannir de son existence et de celle de sa mère une bonne fois pour toutes.

C'était l'unique solution pour aller de l'avant.

13.

Reece avait raison, le Dead End était un bar tellement minable que Vivian regretta d'avoir décliné sa proposition de l'accompagner…

Elle se faufila discrètement jusqu'au comptoir, s'efforçant de passer inaperçue. Son père, déjà sur scène, interprétait un succès de Ray Castille. Elle se revit enfant, avec sa mère, dans des endroits pas plus reluisants que celui-ci, où il les emmenait parfois entendre son tour de chant. Elle soupira. Après toutes ces années, il courait encore après le même rêve, qui ne se réaliserait jamais…

À la fin de la chanson, il leva la tête et adressa un clin d'œil à Vivian. Comme si de rien n'était, comme s'il n'avait rien détruit. Elle se détourna, furieuse.

Pourtant, elle ne valait pas mieux que lui, elle avait aussi préféré sa carrière à l'amour…

Il ne tarda pas à la rejoindre.

— Je n'ai que deux minutes… Content que tu m'aies laissé une chance de m'expliquer !

— Je ne suis pas venue écouter tes explications, mais te sommer de ne plus ennuyer maman. Je suis sa tutrice et son neurochirurgien, j'en ai le droit.

— Je regrette que tu m'en veuilles autant, Vivian.

— Qu'est-ce que tu croyais ? Que je te sauterais au cou ? J'avais dix ans quand tu es parti ! Tu m'avais promis que tu reviendrais, et tu as menti.

— Je suis là, maintenant.

— C'est trop tard !

— Vivian… Il faut que je retourne sur scène, attends-moi, nous irons boire un café dans un endroit plus tranquille.

— Inutile. Je m'en vais.

— S'il te plaît ! Tu as tort de penser que j'importune Sandra. Tu ne sais pas tout.

Il tourna les talons et remonta sur l'estrade.

Au moment où elle s'apprêtait à sortir, elle vit, à sa grande surprise, approcher… Reece, coiffé de son chapeau de cow-boy !

Tout bien réfléchi, elle était heureuse qu'il ne l'ait pas écoutée.

— Que fais-tu ici ? demanda-t-elle.

— Je garde un œil sur toi, ce n'est pas un lieu pour une fille seule. Comment ça se passe ?

Elle fit la grimace.

— Il veut absolument me révéler des trucs que je suis censée ignorer. Et je ne comprends vraiment pas dans quel but.

De la scène parvint le premier accord de guitare, et Reece tendit l'oreille.

— Mais… c'est une chanson de mon père !

— Il les connaît toutes. Ray Castille a toujours été son idole, et son modèle. Il rêvait d'une maison à Belle Meade…

— Habiter Belle Meade, et réussir comme mon père ! S'il savait…, dit-il, un profond chagrin sur le visage.

— Je suis contente que tu sois là.

— Ta mère reste ma patiente, et j'ai l'intention de la suivre après son départ de l'hôpital. Qui était son neurochirurgien ?

— Elle n'a vu que son généraliste. Je pensais avoir encore le temps de chercher.

Elle refréna son envie d'avouer qu'elle regrettait de l'avoir abandonnée pour partir si loin, et qu'elle était en train de découvrir à quel point elle ressemblait à son père.

À la fin de son tour de chant, son père revint au comptoir, et, après un instant d'hésitation, tendit la main à Reece.

— Je ne crois pas vous connaître… Hank Bowen, le père de Vivian.

— Enchanté. Reece Castle, le médecin de votre épouse.

— Vous aussi, vous êtes venu me dire de cesser de l'importuner ?

— Ne t'énerve pas, papa. Il voulait me soutenir, et te mettre au courant de l'état de maman.

— Je ne l'ai pas attendu… pour savoir… ce qu'est la maladie d'Al… d'Alzheimer, bredouilla son père.

Qu'avait-il ? Cette difficulté d'élocution… Vivian l'étudia avec répugnance : il transpirait, et un tremblement constant agitait ses mains. Il avait bu !

— Tu n'es pas en état de parler sérieusement. Je préfère m'en aller.

— Mais… il faut… que… tu m'écoutes, Vivian ! Reviens, je… t'en supplie ! articula son père qui semblait avoir de plus en plus de mal à s'exprimer.

Elle qui n'avait jamais pleuré en public sanglotait à présent sans retenue, devant son père… et Reece.

— Emmène-moi loin d'ici, murmura-t-elle.

Reece lui entoura les épaules de son bras et l'entraîna vers la porte. Une fois dehors, elle se mit à trembler. Il la serra contre lui. Cette fois, elle ne le repoussa pas.

Cela lui avait tant manqué ! Elle avait besoin de lui, elle avait envie qu'il la tienne ainsi… jusqu'au matin. Même une seule nuit.

— Merci, Reece. Je…

— Viens, je te ramène.

Il l'aida à monter dans le 4x4, puis prit place au volant et démarra.

— Où habites-tu ?

Après lui avoir donné l'adresse, elle détourna la tête vers la fenêtre, et — preuve qu'il la connaissait bien — il ne fit aucune tentative pour lui parler de tout le trajet. Comment pouvait-il être aussi attentionné avec elle ? Elle ne le méritait pas… Lorsqu'ils arrivèrent, il descendit pour l'accompagner devant sa porte. Elle sortit sa clé, ouvrit, et se tourna vers lui.

— Tu entres avec moi ?

— Bien sûr, si tu m'invites !

— Pardonne-moi, je me sens très mal. Je n'avais pas vu mon père depuis si longtemps ! Et ce soir, dans ce décor minable, les mauvais souvenirs ont resurgi.

— Je sais ce que tu ressens. À ses débuts, mon père n'était pas une superstar, il a aussi chanté dans des bars peu recommandables. Tu te souviens de ce que je t'avais dit ? Que nous étions semblables, tous les deux ?

— Tu as raison, Reece, nous nous ressemblons.

Ses yeux noirs étincelaient dans la pénombre. Elle leva la main pour lui caresser la joue, mais il l'attrapa et l'éloigna de son visage.

— Vivian, tu ne devrais pas faire ça, c'est dangereux !

Elle sentit son pouls s'accélérer.

— Et si j'estime que ce n'est pas un risque ?

— Ne plaisante pas, chuchota-t-il dans son cou.

Au lieu de répondre, elle lui ôta son chapeau pour mieux le voir, passa les doigts dans ses cheveux courts et plongea les yeux dans les siens.

— Reece, s'il te plaît, reste avec moi, juste cette nuit !

Il lui jeta un regard intense.

— Si j'étais raisonnable, je refuserais, mais… je ne le suis pas.

Il lui prit le visage entre les mains et l'embrassa, comme l'autre soir au bord du lac. Cette fois, elle se blottit contre lui et son corps épousa le sien. Elle n'avait pas ressenti un tel bien-être depuis si longtemps ! En réalité, elle ne l'avait jamais oublié, elle savait que c'était l'homme de sa vie… Elle avait tout gâché, et le paierait jusqu'à la fin de ses jours, mais, ce soir, elle allait profiter au mieux de ce moment qu'il lui concédait.

Tandis qu'il commençait à la caresser, elle s'agrippa à sa chemise, arqua son corps pour se rapprocher encore de lui… Il interrompit le baiser, la souleva et la porta dans ses bras jusqu'au bout du couloir. Tout cela sans qu'ils aient besoin de prononcer un seul mot.

Jamais, sans doute, elle n'avait éprouvé un désir aussi violent par le passé. Mais chaque fois qu'elle pensait à lui, elle s'imaginait ainsi, contre lui, sentant son cœur cogner sous sa paume. Impatiente, elle défit les boutons de sa chemise pour le toucher. Lorsqu'il fut torse nu, elle fit courir ses doigts sur ses muscles puissants, puis descendit vers la ceinture de son jean. À ce moment-là, il lui saisit les poignets et la prit contre lui pour presser ses lèvres sur les siennes, forcer sa bouche…

Ce baiser la rendit folle, comme le contact de ses mains sur sa peau à mesure qu'il lui ôtait ses vêtements, l'un après l'autre, puis ses sous-vêtements. Quand elle fut nue, il l'amena jusqu'au lit, l'allongea avec douceur et se pencha sur elle.

Comment avait-elle pu se priver aussi longtemps de lui ? Son corps était en flammes, elle haletait, elle tremblait de désir.

Prenant son temps, il la caressa et l'embrassa partout… Elle n'en pouvait plus. Elle souleva les hanches et noua les jambes pour l'attirer à elle.

— Reece, je te veux ! Maintenant ! gémit-elle.

Pour un moment, elle allait oublier tout le reste, il fallait qu'il efface tout ce qui s'était passé avant.

Il se redressa une minute pour se débarrasser de son jean, puis s'étendit de nouveau sur elle, enfin, entre ses cuisses… Le regard rivé au sien, il s'enfonça en elle, et elle laissa échapper un sanglot de nostalgie à la pensée de ces sept années perdues. Il amorça un mouvement de va-et-vient, et elle épousa son rythme, sans cesser de pleurer doucement sur cet amour trop grand pour elle, qui l'avait effrayée… Et, cette fois, elle regretta amèrement de lui avoir infligé cette souffrance.

Quand elle cria son plaisir, il la suivit aussitôt, puis l'embrassa tendrement et essuya ses larmes.

Reece se releva sur un coude pour regarder Vivian dormir. Sa peau laiteuse luisait sous les lumières de la ville qui pénétraient par les fentes des persiennes. Ses joues, en revanche, étaient encore roses, ce qui le fit sourire.

Le jour où il l'avait vue arriver au Cumberland Mills, il s'était juré de ne pas se laisser reprendre dans ses filets, mais il était incapable de se passer d'elle. En fait, elle possédait toujours son cœur.

Pourtant, il hésitait : pouvait-il lui accorder à nouveau sa confiance, oublier sa trahison ? Ce dont il était sûr, c'était qu'il ne désirerait jamais aucune femme comme elle.

D'un autre côté, qu'avait-il à lui offrir ? Il ne se sentait pas l'étoffe d'un mari, d'un père… Enfant, il n'avait eu que de mauvais exemples autour de lui, et son propre père, au lieu de le soutenir, l'avait renié.

« Tu es nul, Reece. Tu as la country dans l'âme, et tu la rejettes au profit de quoi ? De rien.

— C'est faux, papa. Je soigne des malades. On est nul quand on gâche son talent, moi, je développerai mon talent de médecin.

— Sors de chez moi tout de suite, et ne remets plus les pieds ici !

— Avec joie ! »

C'étaient les derniers mots qu'ils avaient échangés, Reece avait quitté la maison à jamais. Il le regrettait à présent, mais c'était trop tard… Il n'aurait pas de seconde chance.

Comme il n'en aurait pas avec Vivian, parce qu'il se savait incapable de satisfaire à ses souhaits : elle rêvait de voir le monde, alors qu'il tenait à ses racines.

Son bipeur vibra dans le silence, et il le tira de la poche de son jean. C'était un message d'un médecin des urgences, qui le priait de venir au plus vite.

Il poussa un soupir de regret. S'il partait maintenant, il brisait la magie de ce moment, qui ne se reproduirait plus… Il s'habilla en faisant le moins de bruit possible, pour ne pas éveiller Vivian, mais l'entendit remuer.

— Où vas-tu ?

— À l'hôpital.

— Je t'accompagne ! Je prendrai des nouvelles de ma mère. De toute façon, je préfère ne pas rester seule.

— Bien, dépêchons-nous.

Elle s'habilla à la hâte, et ils reprirent le 4x4 pour effectuer le court trajet jusqu'au Cumberland Mills. Ils se mirent en tenue, puis Vivian se dirigea vers la chambre de sa mère et lui vers les urgences, où l'attendait le médecin de garde.

— Navré de vous avoir dérangé, docteur, mais ce patient exigeait de vous voir, vous. Une crise cardiaque. Il a refusé d'absorber quoi que ce soit avant votre arrivée.

Reece tira le rideau du box, et fronça les sourcils en reconnaissant Hank, le père de Vivian.

— Monsieur Bowen ! Vous êtes en train de faire un infarctus, et le médicament qu'on vous a prescrit est absolument nécessaire pour réduire les éventuels dommages au cerveau.

Hank secoua la tête.

— Quand vous… m'aurez écouté, articula-t-il avec peine. Puisque Vivian… a refusé… de le faire. Il y a deux ans… que Sandra… m'a pardonné. Et… je ne touche… plus à l'alcool… Regardez.

Il sortit maladroitement de sa poche une médaille des Alcooliques Anonymes, qu'il lui tendit d'un bras tremblant.

— Prenez ce médicament, je vous en supplie, monsieur Bowen.

Le bras de Hank retomba, ses yeux se révulsèrent, et le tracé devint plat sur le moniteur.

Jurant entre ses dents, Reece appuya sur le bouton d'alarme.

— Code bleu ! Défibrillateur, vite !

Tandis que son collègue baissait le lit, il commença les compressions.

Pas question de laisser mourir Hank Bowen avant que Vivian n'ait fait la paix avec lui. Pas question qu'elle souffre ce que lui-même souffrait tous les jours, ce sentiment de culpabilité, d'irrémédiable inachevé.

Vivian se pencha pour embrasser sa mère, qui ouvrit les paupières et lui sourit.

— Vivian ? Mais c'est le milieu de la nuit !

Son cœur se gonfla de joie. Sa mère la reconnaissait, elle ne l'insultait plus…

— J'ai un patient qui doit être opéré tôt demain matin, j'attends des résultats. Comme je ne pouvais pas dormir, je suis passée voir comment tu allais.

— Je me sens bien. Pourquoi m'a-t-on endormie ? J'étais en salle de réveil, tout à l'heure…

— Tu as eu une absence, maman, et… nous avons dû t'administrer un sédatif.

— Oh ! ça empire, alors ?

— Hmm, je suis désolée. Tu vas devoir rentrer à la maison.

— Mon Dieu ! Et ta carrière, la promotion que tu escomptais…

— N'y pense plus, j'ai décidé de me concentrer sur ma recherche et de laisser tomber les responsabilités. J'ai envoyé un e-mail à mon chef de service pour le prévenir que je me désistais.

— Impossible ! Tu as tout sacrifié pour réussir, tu ne peux pas abandonner à cause de moi !

— Tu es plus importante que tout, maman. J'engagerai une infirmière pour te tenir compagnie quand je serai à l'hôpital.

— Mais je n'en ai pas besoin…

— Si, ne discute pas. Maman, j'ai quelque chose à te dire. Papa est venu.

— Oui, bien sûr !

— Mais… tu trouves ça normal, après tout ce temps ?

— Vivian, il est rentré à la maison depuis deux ans. Tant que tu étais à Munich, je te l'ai caché, mais j'avais l'intention de te l'annoncer le soir où j'ai eu cet… accident. Il ne touche plus une goutte d'alcool, il va aux réunions des Alcooliques Anonymes. J'ai retrouvé l'homme dont j'étais amoureuse.

Vivian était abasourdie.

— Mais… alors où était-il, depuis mon arrivée ?

— En tournée. Il chante toujours, tu sais. Quand j'ai appris que j'avais cette maladie, j'ai été très malheureuse, parce que je ne pouvais plus l'accompagner.

Vivian secoua la tête et fit la moue.

— Vivian ? Tu ne me crois pas ?

— Maman, il n'a pas cessé de boire. Je l'ai rencontré ce soir. Il transpirait, et il bredouillait.

— Tu mens !

— Je t'assure. Je lui ai interdit de venir te voir, et je maintiens ce que j'ai dit. Je suis ta tutrice, j'en ai le droit.

Elle tourna les talons, et faillit se heurter à son chef de service.

— Professeur Brigham ? À cette heure-ci ?

— Je sors d'une réunion qui s'est prolongée très tard. Il paraît que vous avez résolu le cas Trainer ? J'ai reçu votre e-mail, j'aimerais bien savoir ce qui vous a fait changer d'avis d'un jour à l'autre.

— Je suppose que je ne vous l'apprends pas, ma mère est atteinte d'Alzheimer. Elle aura besoin de beaucoup de surveillance et de soins, et je ne serai pas disponible pour assumer de telles responsabilités.

À ce moment-là, elle réalisa qu'elle était sincère : elle ne voulait vraiment plus de ce poste.

— Très bien, je comprends, vos raisons sont tout à fait respectables. Tenez-moi au courant, pour Gary Trainer.

— Puis-je vous faire une suggestion, professeur ?

— Je vous écoute.

— Le Dr Castle est tout indiqué pour prendre votre suite. C'est un chirurgien exceptionnel, attentionné avec ses patients, qui a le sens de la diplomatie.

— Merci, docteur Maguire. J'apprécie votre opinion.

Elle le salua d'un signe de tête et se dirigea vers la chambre de garde, espérant pouvoir dormir quelques heures avant les résultats de la biopsie.

Dans le couloir, elle croisa Reece, le regard sombre, qui lui saisit le bras.

— Viens, accompagne-moi aux urgences.

— Que se passe-t-il ? Ils veulent une consultation ?

— Non, ton autorisation pour opérer un patient victime d'un infarctus. Je m'en chargerai.

— Mais…

Sa voix se brisa quand elle vit son père inconscient, relié à des machines.

— Il était conscient en arrivant, il m'a fait demander.

L'estomac noué, elle se détourna.

— OK, vas-y, fais ton travail.

— C'est tout ce que tu trouves à dire ?

— S'il n'avait pas ingurgité autant d'alcool et de drogue, il n'en serait pas là.

— Vivian, il n'a plus touché à rien depuis longtemps. Nous avons fait des tests, tous négatifs.

— Je ne te crois pas !

En réalité, elle était troublée : le malaise cardiaque expliquait sa transpiration et sa difficulté d'élocution de la veille au soir… Mais de là à ce qu'il ait réellement changé…

— Pourquoi lui en veux-tu à ce point ? demanda-t-il.

— Et toi, au tien ?

— C'est à moi-même que j'en veux ! Quand mon père a tenté de faire un pas vers moi, je n'ai pas bougé. Comme toi en ce moment !

— Eh bien, on t'offre un moyen de te racheter en chantant à l'Opry, et tu le refuses ! Par conséquent, tu n'as pas à me juger.

Ses yeux noirs étincelèrent de rage.

— Mes parents m'ont ignoré toute mon enfance, alors que les tiens t'aiment !

— Ma mère, oui, pas mon père, qui me laissait entendre que je ne méritais pas son amour. Et il n'avait pas tort, je n'ai rien à donner.

— Ça, je le sais ! Je n'ai jamais vu un tel égoïsme !

— Je ne t'ai jamais caché que ma carrière passerait avant tout le reste. Toi, tu rêvais d'une famille, de permanence, de t'installer pour la vie à Nashville. Ne t'étonne pas que je sois partie seule à Munich.

— Tu as eu raison, je ne t'aurais pas suivie.

— Alors nous n'avons rien en commun. Nous ne voulons pas les mêmes choses.

— Je te voulais toi ! hurla-t-il. Je t'aimais. Cette famille, c'était avec toi que je souhaitais la fonder !

— Reece… Je suis incapable d'aimer de la façon dont tu l'entends.

— Je te plains. Tu as dû être très malheureuse et solitaire.

Ces derniers mots atteignirent leur but. Oui, elle avait énormément souffert de la solitude, tout le temps où elle était restée à Munich… Elle sentit une larme rouler au coin de son œil.

— Je te demande pardon, Reece.

Puis, sans attendre, elle tourna les talons. Elle avait besoin d'être seule, une fois de plus. Ce n'était pas son rêve, mais elle l'avait compris trop tard.

14.

Vivian attendait les résultats de la biopsie, les yeux sur la pendule mais sans la voir. En ce moment, Reece tentait de sauver la vie de son père.

Si jamais il y restait, sa mère serait anéantie, elle en était convaincue. Ce qui signifiait que ses parents s'aimaient encore… L'amour existerait-il, en fin de compte ?

À présent, elle se rendait compte que si elle avait si peur d'aimer, c'était parce que son père avait brisé son cœur de dix ans. C'était précisément cela qu'elle lui reprochait, depuis toutes ces années. Sa mère était autrement plus tolérante…

Vivian soupira. Elle avait été sans pitié avec lui, ces derniers jours. S'il mourait avant qu'elle ait pu l'écouter et lui pardonner, elle ne s'en remettrait jamais.

— Docteur Maguire ? Voici vos résultats.

— Merci.

Elle saisit la feuille que lui tendait la technicienne et l'étudia.

Elle ne s'était pas trompée : il y avait un tératome sur le lobe du poumon gauche. En prélevant l'échantillon pour la biopsie, le Pr Spader avait procédé à l'ablation de la minuscule grosseur. Gary devrait sans doute subir une chimiothérapie légère, mais, une fois la cause éliminée, les symptômes disparaîtraient, et il se rétablirait.

Elle prit un rendez-vous en oncologie pour lui et se rendit dans sa chambre, où l'attendaient le Pr Brigham et Buzz, l'impresario.

— Alors, docteur Maguire ?

— C'est bien le Syndrome myasthénique de Lambert-Eaton. Un syndrome paranéoplasique, d'origine auto-immune.

— Et en langage normal, ça donne ? demanda Buzz, à peine poli.

— Nous avons découvert un tératome en formation sur un poumon. Pratiquement invisible, mais son corps le sentait. Bien que la tumeur cancéreuse en soit au tout début, son système immunitaire se défendait, mais en attaquant le corps lui-même ; dans ce cas, en déconnectant sa transmission neuromusculaire. C'est ce qui explique, entre autres, ses crises d'épilepsie.

— Il lui faudra une chimio ?

— Je le suppose, mais assez brève. En réalisant la biopsie, le chirurgien a pu ôter entièrement la tumeur. J'ai demandé un suivi en oncologie.

— Excellent travail, docteur Maguire ! s'écria le Pr Brigham.

Elle hocha la tête. Un syndrome si rare qu'elle ne l'avait pas envisagé…

Comme elle n'avait pas envisagé qu'elle retomberait amoureuse de Reece. Ou plutôt, qu'elle n'avait jamais cessé de l'aimer.

Elle chassa cette pensée et quitta la chambre. De loin, elle le vit se diriger vers les soins intensifs, accompagnant le chariot où reposait son père. Il ne tourna pas la tête vers elle.

Elle se mordit la lèvre. Il avait raison de dire qu'elle était malheureuse et solitaire. Elle avait compris, à présent, que sa carrière ne lui suffisait pas. Qu'elle avait besoin d'amour.

Avant de tourner le coin, Reece jeta un regard en arrière, mais son expression était glaciale.

Comment lui demander des nouvelles, dans l'état d'esprit où il se trouvait ? Elle se précipita à la porte des soins intensifs, et l'attendit sur le seuil.

— Reece… Comment va-t-il ?

— Il vit, mais c'était grave. Je préfère t'avertir que le cerveau a pu être endommagé. Il a refusé de prendre un thrombolytique en arrivant, tant il était obsédé par l'idée de me prouver qu'il avait changé.

Il sortit de sa poche la médaille des Alcooliques Anonymes, et la lui mit dans la main.

— Il m'a remis ça. Deux ans sans boire, c'est la preuve.

Et il lui tourna le dos pour repartir. Confuse, elle examina le disque de métal : ainsi, son père n'avait pas menti, ni sa mère. Pourquoi doutait-elle de tout le monde ?

Elle sentit les larmes jaillir, amères : si elle avait écouté son père au Dead End, elle aurait sans doute reconnu les symptômes de l'infarctus, on aurait pu intervenir plus tôt. Mais elle était aussi têtue que lui.

Elle alla vers son père et lui prit la main.

— Papa, je te pardonne, s'il te plaît, ne me laisse pas !

Elle perçut une légère pression, et il sourit sans ouvrir les yeux.

— Merci, papa. Moi aussi, je dois te demander pardon.

Un second faible sourire, un hochement de tête imperceptible, comme pour signifier qu'il comprenait… C'était une lueur d'espoir. Comme il ne lui lâchait pas la main, elle tira une chaise pour s'installer à son chevet.

— Très bien, je reste avec toi.

— Docteur Castle, puis-je vous parler une minute ?

Voyant le Pr Brigham lui faire signe de le rejoindre dans la salle de conférences, Reece s'arrêta en grommelant. Il n'avait vraiment pas le temps.

— Oui, professeur ? demanda-t-il en entrant.

Il se figea. Toute l'administration était là, au grand complet.

— Eh bien, nous avons enfin nommé le chef de service qui me remplacera, dit Brigham.

— Parfait. S'agit-il du Dr Maguire ?

— Non, elle a renoncé à postuler hier, répondit Brigham sur un ton détaché.

Reece n'en crut pas ses oreilles. Qu'est-ce qui lui prenait ? Elle était revenue dans le but d'obtenir ce poste !

— Pardon ? Et sait-on pourquoi ?

— Pour des motifs personnels tout à fait estimables. En revanche, elle vous a recommandé.

— Moi ? Je ne suis pas intéressé, et vous connaissez mes raisons.

— Peu importe, puisque nous sommes tous tombés d'accord. Et comme nous comprenons que vous vouliez poursuivre vos travaux sur Alzheimer, c'est le Dr Maguire qui héritera de ma clientèle pour la chirurgie, qu'elle exercera à mi-temps, toujours pour les mêmes motifs.

Le Pr Brigham le scruta, l'air impatient.

— Alors, docteur Castle, vous acceptez ?

Que dire ? Il redoutait tant la notoriété ! Mais, d'un autre côté, c'était la reconnaissance…

— Euh… En fait, oui, merci.

— Je savais que vous étiez fait pour ce poste ! Je regrette simplement que vous m'ayez laissé chercher si longtemps avant de décider que vous le méritiez.

— Je vous en demande pardon, professeur. Puis-je disposer ? J'ai un patient à voir aux soins intensifs.

Sidéré, il quitta la salle. Comment Vivian avait-elle pu renoncer à cette promotion et à la moitié de son horaire de travail ? Elle était si compétente ! Quel dommage !

Bien entendu, il comprenait qu'elle veuille passer plus de temps auprès de sa mère.

Et lui, l'imbécile, il l'avait traitée d'égoïste ! Elle avait bien fait de lui renvoyer à la figure son propre problème de culpabilité. S'il se jugeait indigne de passer à l'Opry en mémoire de son père, c'était parce qu'il se considérait comme un mauvais fils, haineux et aigri. S'apercevoir qu'elle était sur le point de l'imiter l'avait rendu furieux.

Sur le seuil de la chambre de Hank Bowen, il s'arrêta net : elle était toujours là, assise près du lit…

Serait-ce possible qu'elle ait pardonné ?

— Vivian, tu as renoncé au poste, chuchota-t-il.

— C'est mieux ainsi. C'est plus juste qu'il te revienne à toi, qui travailles dur dans cet hôpital depuis longtemps.

Il haussa les épaules.

— Si c'est ton avis… Comment va-t-il ?

— Il m'a pressé la main plusieurs fois, et a paru me reconnaître. Je dois te remercier, tu avais raison. J'aurais regretté toute ma vie de ne pas lui avoir pardonné.

Il fit un léger signe de tête et sortit en hâte. Son patient était en bonne compagnie, et lui heureux que Vivian ait trouvé la paix. Par contre, il ne pouvait pas en dire autant de lui-même. Il n'était pas certain de pouvoir se libérer du passé et pardonner à son père.

S'il n'avait pas cette force, comment demander à Vivian de l'aimer ?

S'il voulait vraiment le savoir, il devait lui poser la question.

15.

Trois semaines plus tard

— Zut, fit Vivian, cette sonnette ne s'arrête plus !

Chaque fois qu'elle était à l'autre bout de la maison, on sonnait à la porte. Pour aider ses parents, elle avait engagé Maud, une infirmière à domicile, mais également demandé un congé jusqu'à ce qu'ils soient bien installés. Son père se remettrait sans doute totalement, bien que, pour l'instant, il ait quelques problèmes de motricité. Il lui faudrait pas mal de rééducation, et il n'était pas près de remonter sur scène pour chanter.

Cependant, il le prenait plutôt bien, et répétait en riant que sa dernière tournée avait justement été… la dernière. Puisqu'il était revenu s'occuper de sa femme, disait-il, il avait l'intention de lui consacrer son temps dès qu'il serait sur pied.

Quant à sa mère, il y avait des hauts et des bas, mais Maud, très compétente, était d'un grand secours ; et Vivian avait constaté avec étonnement que la présence de son père réduisait la fréquence des absences de Sandra.

Vivian était impatiente de retourner travailler, à présent sous les ordres de Reece. Selon la rumeur, il avait réalisé de nombreuses innovations, il y avait eu du changement dans le service.

Elle était vraiment heureuse pour lui. Elle avait toujours su qu'il avait des qualités de leader, bien qu'il parût l'ignorer lui-même.

La sonnette retentit de nouveau.

— Voilà, j'arrive ! cria-t-elle en dévalant l'escalier.

Comme Maud s'avançait déjà vers la porte, elle lui fit signe qu'elle s'en chargeait, et ouvrit.

— Docteur Maguire ?

— C'est moi.

Le facteur lui remit une missive et lui tendit un bloc quadrillé.

— Il me faudrait une signature, s'il vous plaît.

— Très bien.

— Merci, et bonne journée !

Après avoir refermé, elle examina l'enveloppe.

— Qu'est-ce que c'était, Vivian ? cria son père du salon.

— Une lettre pour moi !

Elle le rejoignit et s'installa dans son fauteuil préféré. Son père, visiblement curieux, détourna les yeux de la télévision.

— Et alors ?

— C'est un mot d'un de mes patients, Gary Trainer. Il m'envoie un billet pour le Grand Ole Opry de ce soir.

Son père eut un large sourire.

— Quelle chance ! C'est un grand jour, aujourd'hui ! On fête les trente ans du premier disque de platine de Ray Castille. Vas-y, Vivian, si tu veux me faire plaisir !

— Papa, pas de surexcitation, ça fait monter ta tension.

— Je ne suis pas surexcité ! Je pense que tu dois accepter, c'est tout !

— Gary dit qu'il reprend peu à peu du poil de la bête, mais qu'il ne sera pas la vedette. Il ne fera que quelques intros à la guitare.

Elle soupira.

— Ses cordes vocales doivent être encore douloureuses, après toutes les intubations qu'il a subies, et sa capacité pulmonaire est réduite.

En fin de compte, tout s'était terminé au mieux pour lui. Il n'avait pas eu besoin de chimiothérapie. Le tératome avait bien été ôté en totalité, et les symptômes avaient disparu rapidement. Ce qui lui permettait d'être sur scène ce soir…

Elle poursuivit sa lecture, et éclata de rire.

— En plus, je n'ai pas le choix, il m'envoie une voiture… dans une heure !

Son père rit.

— Alors prépare-toi vite ! De toute façon, Maud devait rester pour la nuit, puisque tu avais prévu de faire de la recherche à l'hôpital. Va te faire belle, et ne t'inquiète pas pour nous.

— D'accord.

Elle remonta au premier en réfléchissant à ce qu'elle allait porter. Pourquoi pas la même chose que la première fois ? Gary n'aurait pas de crise cardiaque, ce soir… Le débardeur à paillettes et les talons aiguilles avaient semblé à son goût, et à celui de Reece.

Reece… qu'elle comptait voir au Cumberland Mills, ce soir… Mais que lui dire ? À l'évidence, il ne souhaitait pas renouer avec elle. Il le lui avait clairement fait comprendre avant d'opérer son père. Elle avait donc abandonné tout espoir. Et ce n'était pas plus mal d'avoir une certitude. Elle ne regrettait pas les quelques heures d'intimité qu'ils avaient pu voler, et elle serait enchantée de travailler sous ses ordres.

Une fois prête, elle redescendit l'escalier et… non, elle devait rêver ! Par la fenêtre, elle avisa une limousine noire stationnée devant la maison.

— Tu es sûr que tout se passera bien, papa ?

— Pas de problème ! Oh ! tu es éblouissante !

— Maman dort, j'ai vérifié, et Maud prépare le repas.

Il se leva et la serra un instant dans ses bras.

— Vas-y vite, ma fille, ne te mets pas en retard. Je suis si heureux que l'un d'entre nous puisse être à l'Opry ce soir !

— J'y serai, et à l'heure ! Ne t'en fais pas !

Dès qu'elle fut dehors, Gary descendit de la voiture. Un peu amaigri, mais souriant, et arborant une mine superbe.

— Docteur, vous êtes splendide ! dit-il. Un baume pour les yeux fatigués !

Il lui donna un rapide baiser sur la joue.

— Merci d'avoir accepté de m'accompagner. Une sorte de talisman, au cas où… On ne sait jamais !

— Voyons, Gary, vous êtes totalement remis. Vous n'avez pas besoin de moi !

Il ouvrit la portière avec un sourire espiègle.

— Mettons que je suis superstitieux.

Elle se glissa sur le siège moelleux, et il s'installa à côté d'elle. Ils bavardèrent à bâtons rompus pendant le trajet. Quand la limousine s'arrêta, elle fut ébahie par la multitude de fans hurlants qui l'attendait.

— Navré, docteur, on va devoir en passer par là…

Il l'aida à descendre, et ils se faufilèrent le plus vite possible à travers la foule.

En atteignant les coulisses, ils commencèrent par prendre un verre au foyer. Lorsque le spectacle débuta, il guida Vivian vers le côté de la scène, et se dirigea vers l'escalier qui conduisait sur le podium.

— Je vous laisse, il est temps que j'accueille mon invité d'honneur.

Elle le regarda gravir les quelques marches et s'emparer du micro sous les vivats.

— Bonsoir, et merci à tous d'être venus ! C'est un privilège pour moi d'honorer avec vous la mémoire de Ray Castille, l'une de mes idoles. Il y a trente ans jour pour jour, il faisait ses débuts au Grand Ole Opry, et son premier single lui valut un disque de platine. Hélas, il ne sera pas avec nous ce soir pour le fêter… Aussi, je vous prie de réserver un accueil chaleureux à son fils, Reece, qui nous interprétera le titre qui l'a lancé. Voici donc *My heart is yours*, « Mon cœur t'appartient », comme disent les Français, fit-il avec un clin d'œil.

Vivian n'en croyait pas ses oreilles. À sa grande stupéfaction, Reece apparut avec sa guitare du côté gauche du podium, et se plaça sous le spot central. Souriant, il fit signe au public du Ryman et aux téléspectateurs.

— Merci de me recevoir ici. C'est un bonheur pour moi d'honorer la mémoire de mon père.

Puis il se tourna vers Vivian et se mit à chanter comme si elle était seule dans la salle.

Aveuglée par les larmes, elle le voyait à peine. Comme au Red Swallow, elle était sous le charme de sa voix et de la musique. Mais cette fois, ce furent des souvenirs heureux qui lui revinrent, et son cœur se gonfla d'allégresse. Il se pencha vers elle, qui l'écoutait dans l'ombre, et Gary, dans son dos, la poussa en avant.

— Allez-y, docteur, il chante pour vous !

Les jambes tremblantes, elle s'approcha et entonna avec lui le refrain, qu'elle connaissait par cœur… C'était son cœur qui lui dictait les paroles, des mots qu'elle n'aurait jamais pensé partager un jour avec Reece…

À la fin de la chanson, le public applaudit à tout rompre, et Reece, les yeux étincelants, posa sa guitare pour tendre la main à Vivian.

— Qu'est-ce que tu fais ? murmura-t-elle.

— À ton avis ? Je te demande de me rejoindre sur scène.

— Je ne le mérite pas, Reece. Je t'ai tant fait souffrir…

— Oui, j'ai été très malheureux quand tu étais loin de moi. Tu m'as manqué, Vivian, je t'aime.

— C'est vrai ? chuchota-t-elle.

— À ton avis ? répéta-t-il avec un sourire espiègle.

— Il faut que tu en sois sûr ! répliqua-t-elle sur le même ton.

— Je le suis. Sans toi, ma vie est incomplète, et tu mérites mille fois mon amour. Tu es tout pour moi, Vivian.

Elle sentit les larmes ruisseler sur ses joues.

— Moi aussi, je t'aime, bredouilla-t-elle.

Elle en était certaine, maintenant. Elle avait besoin de lui pour exister pleinement.

— Alors, tu montes ?

Elle s'empara de sa main et se laissa conduire vers le centre du podium, où il l'enlaça et la serra contre lui.

— Je n'aurais jamais dû te quitter, murmura-t-elle dans son cou. J'ai été folle.

— Pas du tout ! Nous n'étions pas encore prêts à nous embrasser sous les projecteurs, c'est tout.

Elle rit et il posa les lèvres sur les siennes, sous les applaudissements nourris du public. Puis elle rejeta la tête en arrière pour le regarder dans les yeux.

— Dois-je comprendre, Reece Castille, que tu abandonnes la médecine pour reprendre le flambeau de ton père ?

Il y eut un hurlement d'enthousiasme dans la salle, et soudain, elle se souvint : quelle étourdie ! Elle ne parlait pas qu'en présence du public du studio ! Qui savait combien de milliers de gens l'avaient entendue ?

Reece couvrit le micro en lui jetant un regard mi-furieux, mi-amusé, et fit signe à l'assistance qui scandait son nom.

— C'est malin !

— Désolée, murmura-t-elle.

Il ôta sa main du micro.

— Je donnerai peut-être un ou deux concerts de temps en temps, en l'honneur de mon père. Vivian, acceptes-tu de m'accompagner pour une seconde chanson ?

— Avec joie, laquelle ?

Gary gravit les marches, se plaça entre eux et les prit par les épaules.

— Que diriez-vous de l'une des miennes ? J'en ai tellement envie !

Il se tourna vers le public.

— Pour les chirurgiens qui m'ont sauvé la vie !

Puis il prit position au centre et leur fit signe de le rejoindre.

La foule applaudit, et Vivian se pencha vers Reece.

— Mais je n'en connais aucune ! chuchota-t-elle.

— Il ne te reste plus qu'à les apprendre !

En riant, elle s'avança avec lui, et il la tint par le cou tout en chantant avec Gary.

Oui, elle apprendrait de nouvelles chansons, et peut-être même y prendrait-elle plaisir…

Épilogue

Un an plus tard

Une tasse de café dans une main et un jus d'orange dans l'autre, Vivian s'approcha de la rive du lac, où elle trouva Reece assis avec sa guitare, en train de composer.

Un mois déjà qu'ils étaient mariés… Son père, qui avait recouvré toutes ses facultés, s'occupait de sa mère avec l'aide de Maud, toujours précieuse, qui habitait maintenant la maison. Aussi Vivian était-elle assez rassurée pour s'installer chez Reece.

Pour l'instant, il écrivait de la musique pour Gary. Il avait découvert que c'était un excellent dérivatif au stress, et un bon moyen, selon lui, d'en finir avec sa culpabilité, d'honorer la mémoire de son père et de lui dire adieu, pour permettre à son fantôme de reposer en paix.

D'après Andrew Sampson, qui était à présent son manager, il était très doué. Cependant, sa véritable passion restait le Cumberland Mills. Comme elle, du reste.

— Voilà, dit-elle en posant la tasse sur le banc à côté de lui. Tout se passe bien ?

— J'ai presque terminé. Je suis triste que notre lune de miel prenne fin… Ce mois a été merveilleux.

Elle sourit.

— En effet. Pourtant, je suis impatiente de retrouver ma salle d'opération, demain.

— Qu'as-tu à faire ?

— Extraire un autre gliome. Pas sur le tronc cérébral,

cette fois. Et ne te réjouis pas trop vite, c'est le Dr Berlin qui m'assiste.

— Elle a fait un vrai bond en avant, depuis cette extraction où tu l'as priée de nous rejoindre !

— Je me suis reconnue en elle. Je voulais lui donner sa chance, lui faire prendre confiance en elle. Je me souviens de la tension, lors de mes premières interventions, qui aurait pu me conduire à l'échec.

— Mais tu n'as pas échoué.

— Grâce à toi, et je t'en remercie. Oui, vraiment, j'ai hâte d'être à demain.

Il fit la moue.

— Ce sera sans doute plus intéressant que pour moi.

— Je croyais que tu débutais la phase deux de ton essai clinique ?

— Oh ! ça, c'est excitant, bien entendu, mais la réunion avec la direction, je m'en serais passé.

— Eh bien, tu es chef de service, maintenant !

— C'est exactement pour ça que je n'y tenais pas ! Et c'est à cause de toi qu'ils m'ont choisi. C'est ta faute.

Elle se pencha pour l'embrasser.

— Allons, admets que tu es content. Ce poste était pour toi, tu adores cet hôpital et personne ne t'arrive à la cheville.

— Je dois te remercier, alors, fit-il en grommelant.

Elle poussa un soupir d'aise.

— J'aime te regarder composer au bord de ce lac. C'est si paisible, ici ! Je n'ai jamais été aussi détendue.

Il lui jeta un regard malicieux.

— C'est parce que tu fais beaucoup d'exercice !

Elle rit.

Il posa sa guitare et lui entoura les épaules de son bras.

— Peut-être pourrons-nous trouver un moment de libre et une chambre de garde, demain…

— Quel exemple pour tes internes !

— Je m'en fiche. Tout ce que j'ai en tête en ce moment, c'est de te ramener au lit.

— Euh… Je me sens un peu vaseuse. Allez, termine cette chanson avant que Gary ne vienne la réclamer.

— D'accord.

Il reprit sa guitare, et fixa soudain le verre de jus d'orange qu'elle tenait d'un air perplexe.

— Pas de café, ce matin ?

— J'ai besoin d'acide folique, qui aide à prévenir la spina-bifida, entre autres.

Elle sourit pour elle-même. Il était si absorbé par sa musique qu'il n'avait pas saisi l'allusion.

— La spina-bifida ? Qu'est-ce que c'est que ces préoccupations, Vivian ? rugit-il tout à coup en reposant sa guitare. Qu'est-ce que ça veut dire ?

— Eh bien, docteur… ça veut dire que je vais devoir solliciter un congé de maternité.

Il poussa un nouveau hurlement, l'attira contre lui et la serra à l'étouffer.

— Si je comprends bien, tu es content ?

Il lui prit son verre et le déposa sur le banc.

— Oh ! et comment ! Et je vais te le prouver.

Et il la souleva dans ses bras pour l'embrasser à perdre haleine. Elle se dégagea en riant.

— Attention, professeur, je risque de devenir exigeante…

Il rit.

— Que veux-tu, encore ?

Elle lui passa les bras autour du cou.

— Ton cœur tout entier.

— Mais tu l'as déjà !

Et il reprit sa bouche pour un baiser passionné.

Retrouvez prochainement, dans votre collection

BLANCHE

Le secret de Dolphin Cove, d'Annie O'Neil - N°1531

SÉRIE : VÉTÉRINAIRES À DOLPHIN COVE - 1/2

Ellie est fière d'elle. Avec passion, elle a créé le cabinet vétérinaire le plus innovant de Grande-Bretagne, dans un village des Cornouailles. C'est là qu'elle élève Maverick, son fils chéri. Hélas, son bonheur est brutalement menacé par l'arrivée à Dolphin Cove de Lucas Williams, le très célèbre M. Véto. Non seulement cet homme lui a brisé le cœur autrefois mais, surtout, il est le père de son enfant – et l'ignore…

Un vétérinaire si séduisant, d'Annie Claydon

SÉRIE : VÉTÉRINAIRES À DOLPHIN COVE - 2/2

Enfin ! Après une longue rééducation, Drew est de retour à Dolphin Cove. S'il a hâte de reprendre la pratique vétérinaire, tous au cabinet l'incitent à la patience. Heureusement, on lui propose de collaborer avec Caro Barnes sur un prototype de prothèse animale. Ce projet innovant est exactement ce qu'il lui faut pour se remettre en selle ! Quant à travailler avec la sublime ingénieure, Drew n'y voit que des avantages…

Une infirmière à chérir, de Juliette Hyland - N°1532

Embauchée comme infirmière à l'hôpital de Boston, Amara y retrouve le Dr Eli Collins. Dix ans plus tôt, elle l'a quitté, craignant d'être délaissée au profit des ambitions du brillant médecin. Revoir celui qu'elle a tant aimé est troublant, d'autant qu'Eli est aujourd'hui un autre homme. Devenu le tuteur d'une petite fille, il se révèle attentionné. Se pourrait-il que le destin les ait réunis pour leur donner une seconde chance ?

Attirée par un chirurgien, de Lucy Ryder

Bouleversée par ses fiançailles rompues, Samantha se console dans les bras d'un inconnu rencontré dans un bar, durant une nuit époustouflante. Quelle n'est pas sa surprise de découvrir que son amant n'est autre que le Dr Adam Knight, membre de la fondation Galahad dont elle vient d'être nommée directrice de projets ! Auprès du séduisant chirurgien cardiaque, saura-t-elle faire taire son émotion pour rester professionnelle ?

Leur mission : sauver des vies.
Leur destin : trouver l'amour.

BLANCHE

Le patron de Samantha, de Meredith Webber - N°1533

Samantha n'en revient pas. En prenant son poste de pédiatre à l'hôpital, elle ne s'attendait pas à se retrouver sous les ordres du Dr Andy Wilkie... Autrefois, tous deux étaient amis, avant qu'une terrible dispute les sépare. D'abord anxieuse à l'idée de travailler avec lui, Samantha apprécie chaque jour davantage son nouveau patron. Peut-être même un peu trop...

Le bébé d'un docteur islandais, de Louisa Heaton

En débarquant en Islande, Merry a un seul objectif : retrouver le Dr Kristjan Gunnarsson. Tous deux se sont connus lors d'un colloque à Hawaï. Les tropiques, la chaleur, la certitude de ne jamais se revoir ont eu raison de leur volonté. Ils ont vécu une idylle passionnée et éphémère. Seulement voilà, après cette aventure sans lendemain, Merry s'est découverte enceinte. Or, si elle est résolue à élever seule son enfant, Kristjan a le droit de savoir qu'il sera bientôt père...

Une famille à construire, de Jennifer Taylor - N°1534

La vie de Mia est bouleversée lorsque la clinique où elle a accouché cinq ans plus tôt lui apprend que son fils, Harry, n'est en réalité pas le sien. Certes, cela ne change rien à l'amour qu'elle porte à son enfant, mais elle doit apprendre à vivre avec cette nouvelle et celle qu'on lui révèle ensuite : son fils biologique se nomme Noah, et il a grandi auprès du Dr Leo Forester, son collègue à l'hôpital...

Le médecin de sa vie, de Sue MacKay

Profondément blessée par l'échec de son mariage quelques années plus tôt, Tori ne comprend pas comment elle peut tomber de nouveau sous le charme de son ex-mari, qu'elle a retrouvé par le plus grand des hasards à un congrès de cardiologie. Après seulement quelques rendez-vous, il est clair qu'elle l'aime comme au premier jour. Et les attentions que Ben lui témoigne lui soufflent qu'il est tout aussi troublé qu'elle...

HARLEQUIN

eur mission : sauver des vies.
eur destin : trouver l'amour.

BLANCHE

HARLEQUIN

Le point faible du Dr Edwards, de Carol Marinelli - N°1535

Scarlet ose lui demander son aide ? Cette actrice aussi jolie qu'égoïste n'a pas changé, songe Luke. Deux ans plus tôt, ne lui a-t-elle pas brisé le cœur en refusant de garder le bébé qu'elle attendait de lui ? S'il ne lui a jamais pardonné sa décision, Luke sait hélas qu'il ne pourra lui résister bien longtemps. Et puis, la côtoyer de nouveau l'aidera peut-être à comprendre pourquoi, à l'époque, Scarlet n'a pas su lui faire confiance...

Un amour surgi du passé, d'Emily Forbes

Elle devra travailler aux côtés de Henry, son ancien petit ami, aux urgences pédiatriques. Maia est bouleversée. Alors qu'elle avait enfin réussi à oublier leur douloureuse rupture, la voilà forcée de collaborer jour après jour avec l'homme qui l'a abandonnée trois ans plus tôt... Un défi d'autant plus grand que Henry éveille toujours en elle un désir aussi puissant qu'incompréhensible.

Leur mission : sauver des vies.
Leur destin : trouver l'amour.

HARLEQUIN
www.harlequin.fr